얼터드 카본

리처드 K. 모건 | 유소영 옮김

ALTERED
CARBON
얼터드 카본

황금가지

ALTERED CARBON

by Richard Morgan

/ 차 례 /

동맹

어플리케이션 업그레이드

"시나모페스테론에 대해 알고 있나?"

"들어 봤어."

오르테가는 부츠 끝으로 모래를 멍하니 파고 있었다. 조수가 밀려 나간 뒤라 모래는 아직 축축했고, 우리가 남긴 발자국이 등 뒤로 움푹 패어 있었다. 곡선을 그린 해변은 양쪽 끝까지 텅 비어 있었다. 머리 위 높은 곳에서 기하학적 편대를 이루고 날아가는 갈매기 떼만 빼면, 우리뿐이었다.

"기다리기도 지루하니 좀 가르쳐 주시지?"

"하렘용 약물이야."

여전히 모르겠다는 내 표정을 보고 오르테가는 답답한 듯 뺨을 불룩 내밀었다. 잠을 잘 자지 못한 것 같았다.

"난 여기 출신이 아니잖소."

"샤리아에 있었다고 했잖아."

"그렇소. 군인 자격으로. 그곳 문화를 알아볼 시간은 별로 없었지. 사람들을 죽이느라 바빴으니까."

마지막 말은 사실이 아니었다. 지히체 약탈 후, 특파 부대는 유엔 보호령에 고분고분한 정권을 세우느라 바빴다. 불평분자를 색출하고 저항 부대 점조직에 침투, 조직을 파괴하며 부역자를 정권 체제 속에 심는 일이었다. 그러는 과정에서 샤리아의 문화에 대해 상당히 많은 것을 알게 되었다.

그리고 나는 전출 신청을 했다.

오르테가는 손으로 눈 위를 가리고 양쪽 해변을 둘러보았다. 움직이는 것은 전혀 없었다. 그녀는 한숨을 쉬었다.

"남성 신체 반응 강화제야. 공격성과 성행위 능력, 자신감을 향상시키지. 중동과 유럽 지역에서는 '종마'로 불리고 남부에서는 황소라고도 해. 베이시티에서는 별로 유통되지 않아서 거리가 평온해. 아주 고약한 물질이라고 들었어. 간밤에 그런 걸 보기라도 했나?"

"그 비슷해."

간밤에 헨드릭스의 데이터베이스에서 알아낸 내용과 비슷했지만, 이쪽이 보다 간단명료하고 화학식이 덜 들어간 설명이었다. 간밤 커티스의 행동은 이 약을 복용했을 때의 증상과 부작용에 딱 들어맞았다.

"이런 물건을 구하고 싶으면 어디로 가야 하지? 쉽게 구하려면 말이오."

오르테가는 나를 날카롭게 쳐다본 뒤 마른 모래땅 쪽으로 시선을 돌렸다.

"말했지만 베이시티에는 별로 없어."

그녀는 조심조심 발을 디디는 박자에 맞춰 말했다.

"수소문을 해야 할걸. 보통 건달들 이상의 연줄이 있는 사람한테. 아니면 직접 합성하는 데를 찾아보거나. 잘은 모르겠어. 디자이너 호르몬은 그냥 남부 지방에서 사서 들여오는 게 만드는 것보다 비용이 덜 들 거야."

오르테가는 모래톱 꼭대기에 올라서서 주위를 둘러보았다.

"도대체 어디 있는 거야?"

"안 올 수도 있지."

나는 침울하게 대답했다. 나야말로 잠을 푹 자지 못했다. 로드리고 바우티스타가 간 뒤로 아귀가 좀처럼 맞지 않는 뱅크로프트 퍼즐 조각들을 놓고 밤새도록 고민하면서 흡연 욕구까지 참아내야 했던 것이다. 잠을 자는 둥 마는 둥 하고 있는데 헨드릭스 호텔이 오르테가의 전화를 연결했다. 말도 안 되게 이른 시각이었다.

"올 거야. 개인 수신 번호를 통해 연결했으니까. 접속 보안을 통과하느라 늦어지는 거겠지. 우리가 여기 온 지 실제 시간으로는 10초밖에 안 지났어."

나는 바다에서 불어오는 찬바람에 부르르 떨고 아무 말도 하지 않았다. 머리 위에서는 갈매기 편대가 다시 똑같은 방향으로 지나가고 있었다. 장시간 사용을 고려하지 않은 싸구려 가상현실이었다.

"담배 있소?"

차가운 모래 위에 앉아 기계적으로 열심히 담배를 피우고 있는

데, 만 오른쪽 끝에서 뭔가 움직였다. 나는 허리를 펴고 게슴츠레한 눈으로 건너다본 뒤 오르테가의 팔에 손을 얹었다. 움직임은 모래 먼지, 혹은 물보라 같은 모양으로 변하더니 고속 차량의 형태로 해안의 곡선을 따라 빠른 속도로 우리 쪽으로 돌진해 오고 있었다.

"온다고 했잖아."

"아직 누군지 모르잖아."

나는 중얼거리며 일어나서 네멕스 총 쪽으로 손을 뻗었지만, 당연히 총은 그 자리에 없었다. 가상현실 포럼에서는 보통 총기 구현이 금지되어 있다. 나는 옷에서 모래를 떨어낸 뒤, 시간 낭비를 하고 있는 게 아닌가 하는 기분을 떨치려고 애쓰며 해안 쪽으로 내려갔다.

구름 먼지 앞쪽에 작은 점처럼 찍힌 차량은 이제 육안으로 뚜렷이 보일 정도로 가까워졌다. 울적하게 까악 소리를 내는 갈매기 소리를 뚫고, 날카로운 엔진 소리도 점점 커져 가고 있었다. 나는 어느새 내 옆에 와서 무표정한 얼굴로 다가오는 차량을 바라보고 있는 오르테가를 돌아보았다.

"전화 한 통치고는 지나친 거 아닌가?"

나는 심술궂게 말했다. 오르테가는 어깨를 으쓱하고 모래 위에 담배꽁초를 던졌다.

"돈이 많다고 저절로 취향이 생기는 건 아니지."

빠르게 다가오는 점은 뭉툭한 모양에 형광 분홍색을 칠한 일인용 수상 제트카의 형태를 갖추기 시작했다. 제트카는 물보라와 젖은 모래를 뒤로 마구 휘날리며 물가의 얕은 파도를 따라 오다가, 몇 백 미터 떨어진 지점에서 우리를 보았는지 자기 높이의 두 배나 되는 물보라를 휘날리며 수심이 깊은 쪽으로 방향을 획 틀어 곧장 이쪽을 향했다.

"분홍색이라니."

오르테가는 다시 어깨만 으쓱했다. 제트카는 10미터쯤 떨어진 모래사장 위로 올라오더니 젖은 모래 덩어리를 주위로 마구 튀기며 멈춰 섰다. 소용돌이가 가라앉은 뒤 해치가 뒤로 열리고 검은 옷에 헬멧을 쓴 사람이 나왔다. 몸에 딱 붙는 비행복과 발끝에서 뒤꿈치까지 은이 곡선으로 박힌 부츠 차림의 몸매는 분명 여자였다. 나는 한숨을 쉬고 오르테가를 따라 제트기 쪽을 향했다.

비행복 차림의 여자는 얕은 물 위로 뛰어내리더니 물을 첨벙거리며 이쪽으로 다가오면서 헬멧 이음매를 붙잡고 잡아당겼다. 우리가 마주 서는 순간 헬멧이 벗겨지면서 긴 구릿빛 머리카락이 비행복 어깨 위로 흘러내렸다. 여자가 고개를 뒤로 젖히며 머리카락을 뒤로 획 넘기자, 골격이 큰 얼굴에 표정이 풍부한 마노 빛 눈동자, 우아한 곡선을 그리는 콧날, 도톰한 입술이 드러났다.

이 여인이 한때 갖고 있었던, 미리엄 뱅크로프트를 희미하게 연상시켰던 아름다움의 자취는 이제 흔적도 찾을 수가 없었다. 오르테가가 딱딱하게 소개했다.

"코바치, 이쪽은 레일라 베긴. 베긴 씨, 이쪽은 다케시 코바치. 로렌스 뱅크로프트의 개인 탐정이에요."

커다란 두 눈이 솔직한 태도로 나를 뜯어보고 있었다. 베긴은 물었다.

"외계에서 왔나요?"

"맞습니다. 할란스 월드 출신이지요."

"네. 경감님한테서 들었어요."

허스키한 목소리에는 아맹글릭어에 익숙하지 않은 듯한 악센트가 실려 있었다.

"외계 출신이시니 열린 마음을 갖고 계셨으면 좋겠네요."

"무엇에 대해 열린 마음 말입니까?"

베긴은 놀랍다는 눈길을 보냈다.

"진실에 대해. 오르테가 경감님은 당신이 진실에 관심이 있다고 말씀하셨어요. 좀 걸을까요?"

그녀는 대답도 기다리지 않고 파도에 평행한 방향으로 걸음을 옮기기 시작했다. 나는 오르테가와 눈빛을 마주쳤고, 오르테가는 엄지손가락으로 따라가라는 손짓을 해 보였지만 자신은 움직일 생각이 없어 보였다. 나는 잠시 망설이다 베긴의 뒤를 따랐다.

"진실이라니, 무슨 뜻입니까?"

나는 베긴을 따라잡으며 물었다. 여자는 돌아보지 않고 강한 어조로 말했다.

"로렌스 뱅크로프트를 살해한 사람을 알아내는 것이 당신 임무라고 들었어요. 그가 죽은 날 밤의 진상을 알고 싶은 거죠. 안 그런가요?"

"그럼 자살이라고 생각하지 않으십니까?"

"당신은 그렇게 생각해요?"

"내가 먼저 물었습니다."

베긴의 입가에 희미한 미소가 떠올랐다.

"아뇨, 자살이라고 생각하지 않아요."

"내가 추측해 볼까요. 미리엄 뱅크로프트 짓이라고 생각하시는군요."

레일라 베긴은 멈추더니 화려한 부츠 뒤 굽을 중심으로 빙글 돌아섰다.

"절 놀리는 건가요, 코바치 씨?"

베긴의 눈빛을 보는 순간, 내 얼굴에서 재미있다는 듯한 기색이 싹 가셨다. 나는 고개를 저었다.

"아니, 놀리는 건 아닙니다. 하지만 내 말이 맞지 않습니까?"

"미리엄 뱅크로프트를 만나 봤나요?"

"잠깐, 네."

"매력적이라고 생각하셨겠지요."

나는 애매하게 어깨를 으쓱했다.

"가끔 신경을 건드리지만, 대체로 그렇죠. 매력적이라는 표현이 맞습니다."

베긴은 내 눈을 응시했다.

"그 여자는 사이코패스예요."

진지한 음성. 베긴은 다시 발걸음을 옮겼다. 잠시 후 나도 따랐다.

"요즘 사이코패스는 좁은 의미의 용어가 아닙니다."

나는 신중하게 입을 열었다.

"어떤 문화 전체를 가리키는 데 쓰이기도 하고. 나한테도 누가 몇 번 그런 말을 하더군요. 요즘은 현실 자체가 워낙 가변적이기 때문에 누구는 현실에서 유리되어 있고 누구는 아니라고 말하기가 어렵습니다. 아무 의미 없는 구분이라고 할 수도 있죠."

"코바치 씨. 미리엄 뱅크로프트는 임신한 내게 폭행을 가하고 태어나지도 않은 내 아이를 살해했어요. 내가 임신했다는 걸 알고 있었다고요. 의도적으로 저지른 행동이었어요. 임신 7개월을 경험해 본 적 있으신가요?"

베긴의 목소리에 갑갑하다는 뜻이 실려 있었다. 나는 고개를 저었다.

"아니요."

"안됐군요. 모든 사람이 적어도 한 번은 겪어 봐야 하는 경험이에요."

"법률로 만들기는 좀 까다롭겠습니다만."

베긴은 내게 곁눈질을 했다.

"그 몸만 봐서는 상실감이라는 것을 잘 아시는 분 같은데, 어차피 겉모습에 지나지 않으니. 당신은 겉보기와 같은 사람인가요, 코바치 씨? 잃어버린다는 게 뭔지 알아요? 회복 불가능한 손실. 그게 뭔지 아세요?"

"그런 것 같습니다만."

내 말투는 의도했던 것보다 약간 더 뻣뻣하게 나왔다.

"그렇다면 미리엄 뱅크로프트에 대한 내 감정을 이해하시겠군요. 지구에서는 대뇌 피질 기억장치를 출생 뒤에 장치해요."

"내 고향도 마찬가집니다."

"난 그 아이를 잃었어요. 어떤 기술로도 그 앨 살려낼 수 없어요."

레일라 베긴의 음성에서 점차 격해지는 감정의 물결이 진심에서 우러난 것인지 가장된 것인지 알 수 없었다. 어쨌든 초점이 흐려지고 있었다. 나는 처음으로 되돌아갔다.

"그게 미리엄 뱅크로프트가 남편을 죽일 만한 동기라고 볼 수는 없습니다만."

"동기가 되죠."

베긴은 다시 내게 시선을 던졌다. 얼굴에 쓴웃음이 떠올랐다.

"로렌스 뱅크로프트의 인생에 여자가 나 혼자뿐이었던 게 결코 아니니까. 그가 날 어떻게 만났겠어요?"

"오클랜드에서 만났다고 들었습니다."

미소는 거친 웃음으로 터져 나왔다.

"완곡하게 말씀하시는군요. 네, 오클랜드에서 만났죠. '고깃간'이라고 불리던 곳에서. 아주 고상한 장소는 아니었어요. 로렌스는 스스로를 타락시켜야 하는 사람이었어요. 그래야 흥분을 했죠. 나 이전에도 수십 년 동안 그랬고 이후에도 안 그럴 이유가 없어요."

"그렇다면 미리엄이 갑자기 더 이상 못 참겠다, 그러고 남편을 쐈다?"

"그 여자는 그럴 수 있어요."

"물론 그럴 수야 있겠죠."

베긴의 이론은 샤리아 탈영 포로의 증언처럼 허점투성이였지만, 내가 알고 있는 사실을 이 여자에게 일일이 설명해 줄 생각은 없었다.

"그럼 당신은 뱅크로프트에 대해서는 아무런 감정이 없는 겁니까? 좋은 감정이든, 나쁜 감정이든?"

다시 미소.

"난 창녀였어요, 코바치 씨. 솜씨가 좋은. 솜씨 좋은 창녀는 고객이 원하는 것을 느껴요. 다른 감정이 개입할 여지가 없죠."

"그럼 그냥 그렇게 감정을 닫아걸었다는 겁니까?"

"못할 것 같아요?"

그녀는 응수했다.

"좋습니다. 로렌스 뱅크로프트는 당신이 뭘 느끼기를 원하던가요?"

베긴은 걸음을 멈추고 천천히 나를 돌아보았다. 여자의 뺨이라도 때린 것 같은 불편한 감정이 나를 휩쌌다. 과거를 회상하는 베긴의 얼굴은 가면처럼 굳어 있었다. 그녀는 마침내 입을 열었다.

"동물적인 포기. 그다음에는 비굴한 감사. 뱅크로프트에게서 돈이 들어오지 않게 된 뒤로 둘 다 전혀 느끼지 않게 됐어요."

"그럼 지금은 뭘 느낍니까?"

"지금?"

레일라 베긴은 가슴속에 묻은 감정에 비교해 바람의 온도를 가늠해 보려는 듯 바다를 응시했다.

"지금은 아무것도 느끼지 않아요, 코바치 씨."

"이야기를 하자는 데 동의하셨는데, 이유가 있었을 텐데요."

베긴은 별것 아니라는 손짓을 했다.

"경감님이 요청하셨으니까요."

"대단히 공익을 존중하는 마음가짐이시군요."

베긴의 시선이 다시 나를 향했다.

"유산 후에 어떻게 됐는지 알고 있어요?"

"돈으로 합의하셨다고 들었습니다만."

"네. 추하게 들리죠? 하지만 그렇게 됐어요. 난 뱅크로프트의 돈을 받고 입을 닫았죠. 많은 돈이었어요. 하지만 내 출신 성분은 아직 잊지 못하고 있어요. 아직까지도 1년에 두세 번 오클랜드로 가곤 하죠. 내가 아는 여자들이 아직도 고깃간에서 일하고 있고. 오르테가 경감은 거기서 평판이 좋아요. 많은 여자들이 신세를 졌죠. 그 신세를 조금이나마 갚는 거라고나 할까."

"미리엄 뱅크로프트에 대한 복수심은 전혀 없었습니까?"

"무슨 복수?"

레일라 베긴은 다시 거친 웃음소리를 냈다.

"난 경감님이 요청하셨기 때문에 정보를 주고 있는 것뿐이에요. 당신은 미리엄 뱅크로프트에게 아무 짓도 못 해요. 메트족이니까. 그 여자는 못 건드려요."

"세상에 못 건드릴 사람은 없습니다. 메트족일지라도."

베긴은 슬픈 눈으로 나를 보았다.

"당신은 여기 사람이 아니죠. 확실히 표가 나네요."

베긴은 카리브 해 연안의 연결 브로커를 경유해서 접속했고, 접속 시간은 차이나타운의 어느 포럼에서 대여했다.

"싼 데야."

오르테가는 들어오는 길에 말했다.

"그리고 아마 어떤 곳보다 더 안전할걸. 뱅크로프트 같은 사람은 프라이버시가 필요해서 수십만 달러를 보안 시스템에 쏟아 붓지만, 나 같은 사람이야 그냥 아무도 안 듣는 데 가서 이야기하면 그만이니까."

비좁은 곳이었다. 탑 모양의 은행 건물과 수증기가 잔뜩 낀 식당 유리창 사이에 끼어 있었는데, 손님도 많았다. 좁은 철제 계단을 올라온 뒤 탑의 중간층 한쪽에 달린 교각을 건너면 대기실이 있었다. 넓이는 7에서 8제곱미터 정도, 바닥에는 용융 모래가 깔려 있었고 싸구려 유리 돔에서 자연광이 흘러들고 있었다. 폐기 처분한 항공기에서 떼어낸 듯한 의자가 두 줄 놓여 있었다. 의자 옆에 설치된 비서용 장비 뒤에는 늙은 아시아계 여자가 앉아서 건물 아래쪽으로 내려가는 계단 입구를 지키고 있었다. 장비 스위치는 대부분 꺼져 있었다. 아래쪽에는 온통 케이블과 관으로 꽉 찬 유(U) 자 모양의 복도가 이어졌다. 복도에는 서비스 칸막이로 들어가는 문이 늘어서 있었다. 칸막이 안쪽에는 공간을 절약하기 위해 긴 의자가 위로 비스듬히 세워져 있었고, 모든 벽면에 먼지투성이 계기판이 깜박이고 있었다. 안으로 들어가서 몸에 좌석 띠를 두르고 전극을 몸에 붙인 다음, 대기실에서 받은 코드 번호를 의자 팔걸이에 입력하는 방식이었다. 그러면 기계가 돌아가고 가상현실 속으로 들어간다.

수평선까지 탁 트인 바닷가에서 돌아오는 순간은 충격이었다. 머리 바로 위쪽에 계기판이 잔뜩 늘어서 있는 좁은 공간에서 눈을 뜨는 순간, 할란스 월드 시절의 기억이 겹쳐졌던 것이다. 열세 살 때 가상 아케이드에서 처음으로 포르노를 경험했던 때. 저비율이었다. 실시간 2분 동안, 진짜 여자보다는 만화에 등장하는 여자들과 비슷하게 가슴이 커다란 여자 둘과 함께 1시간 30분을 즐겼다. 분홍색 쿠션과 인조 털 양탄자가 깔린 달콤한 냄새가 나는 방이었고 창밖으로 해상도가 낮은 밤 풍경이 펼쳐졌다. 갱단 활동을 하면서 돈을 더 많이 벌게 된 뒤로는 비율과 해상도가 점차 올라갔으며 시나리오도 보다 창조적인 것으로 바뀌었지만, 관처럼 좁은 벽면 사이에서 진득한 전극을 몸에 붙이고 깨어난다는 것만은 변하지 않았다.

"코바치?"

나는 눈을 깜빡이고 좌석 띠에 손을 갖다 댔다. 칸막이에서 나와 보니 오르테가는 이미 복도에서 기다리고 있었다.

"어떻게 생각해?"

"말도 안 되는 소리들이오."

나는 반론을 미리 막는 뜻으로 두 손을 올려 보였다.

"아니, 들어 봐. 미리엄 뱅크로프트가 무섭다는 건 믿지. 그 점은 나도 이의가 없소. 하지만 미리엄 뱅크로프트가 범인일 가능성이 없는 이유는 수십 가지가 넘어. 오르테가, 당신이 직접 거짓말 탐지도 했잖소."

"그래. 알아."

오르테가는 내 뒤를 따라 복도를 걷기 시작했다.

"하지만 이런 생각이 들더군. 알다시피 부인은 자진해서 거짓말 탐지를 받았어. 어쨌든 증인에겐 필수적인 절차긴 하지만, 내가 현장에 도착하자마자 검사부터 해 달라고 요구했다고. 남편이 죽었는데 흐느끼고 뭐 이런 것도 전혀 없이, 눈물 한 방울 흘리지 않고 크루저에 올라타더니 다짜고짜 검사를 요구했다고."

"그래서?"

"그래서 혹시 당신이 러더포드 앞에서 해 보인 그런 게 아닌가 하는 생각이 들었어. 당신이 그걸 하면 거짓말 탐지기로 조사를 받아도 들키지 않는다고 했잖아. 그러니……."

"오르테가, 그건 특파 부대 강화 훈련을 말한 거요. 순수한 정신훈련이지. 육체적 강화 장치가 아니야. 그건 절대 신체 시장에서 살 수 없는 거요."

"미리엄 뱅크로프트는 나카무라사에서 개발한 최신식 몸을 입고 있어. 그 회사에서는 그 여자의 얼굴과 몸을 이용해서 자기네 물건을 선전해."

"나카무라에서 경찰 거짓말 탐지기를 속일 수 있는 약물을 개발해 냈소?"

"공식적으로는 아니지."

"글쎄, 당신은……."

"왜 이렇게 이해를 못하지. 맞춤형 신체 조정이라고 못 들어 봤어?"

나는 대기실로 향하는 계단참에 서서 고개를 저었다.

"말도 안 돼. 자신과 남편만이 손댈 수 있는 무기로 남편을 쏴 죽인다. 그렇게 멍청한 사람이 어디 있어."

우리는 계단을 올라갔다. 오르테가가 내 뒤를 따랐다.

"생각해 봐, 코바치. 계획범죄가 아닐 수도……."

"원격 의식 저장은? 전혀 불필요한 범죄를……."

"……이성적인 범죄 행위도 아니지. 하지만……."

"……틀림없이 그걸 몰랐던 사람이……."

"빌어먹을! 코바치!"

오르테가의 음성이 한 옥타브 위로 치솟았다.

우리는 대기실에 들어와 있었다. 왼쪽에는 고객 두 명이 아직도 기다리고 있었다. 남자와 여자는 종이로 포장한 큼직한 꾸러미를 사이에 두고 뭔가 심각하게 이야기를 나누고 있었다. 오른쪽으로 언뜻 진홍색 얼룩이 눈에 띄었다. 그런 색이 보일 리가 없는 곳이었다. 피였다.

늙은 아시아계 안내원은 죽어 있었다. 목둘레로 난 상처 속 깊숙이 뭔가 금속 같은 것이 파고 들어가서 목덜미를 잘라 놓았다. 자신이 흘린 피로 흥건한 책상 위에 머리를 대고 있었다.

내 손이 눈 깜짝할 사이 네멕스 쪽으로 향했다. 옆에서 오르테가가 스미스 앤드 웨슨의 약실에 철컥 하고 첫 실탄을 장전하는 소리가 들렸다. 나는 종이로 포장한 꾸러미를 손에 들고 기다리던 고객 둘을 향했다.

시간이 꿈처럼 흘렀다. 뉴라켐 때문에 모든 움직임이 현실 속에서는 불가능할 정도로 느려졌고, 독립된 장면 장면들이 마치 가을 낙엽처럼 내 시야의 밑바닥으로 서서히 떨어져 내렸다.

꾸러미는 찢겨 나가 있었다. 여자의 손에는 단단한 선젯이 들려 있었고, 남자는 자동권총을 들고 있었다. 나는 네멕스를 꺼내 엉덩이 부근에서 쏘기 시작했다.

연결 다리로 통하는 문이 벌컥 열리더니, 다른 한 놈이 문간에 서 있었다. 양손에 하나씩 권총을 들고 있었다.

내 옆에서 오르테가의 스미스 앤드 웨슨이 불을 뿜더니, 마치 입장하던 장면을 거꾸로 돌리듯 다시 그놈의 몸을 문밖으로 날렸다.

첫 발은 여자가 앉은 의자 머리 받침대를 찢어 놓았다. 흰 속 재료가 눈처럼 날렸다. 선젯이 빔을 뿜었지만 빗나갔다. 두 번째 총알은 여자의 머리를 터뜨렸다. 하늘하늘 내려앉던 흰 안감이 붉게 물들었다.

오르테가는 광포하게 소리 지르고 있었다. 곁눈으로 보니 아직 총을 쏘고 있었다. 머리 위쪽 어디서 오르테가의 총알이 유리를 산산조각 냈다.

자동권총을 든 놈은 비틀비틀 일어섰다. 나는 합성 인간 특유의 밋밋한 얼굴을 확인한 뒤 총알 두 방을 그놈에게 박아 넣었다. 그는 벽 쪽으로 쓰러지면서도 총을 들어 올리고 있었다. 나는 바닥에 몸을 날렸다.

머리 위에서 돔이 안쪽으로 깨졌다. 오르테가가 뭐라 소리쳤고, 나는 옆으로 굴렀다. 시체 한 구가 내 옆에 털썩 떨어졌다.

자동권총이 무턱대고 불을 뿜었다. 오르테가는 다시 비명을 지르며 바닥에 납작 엎드렸다. 나는 죽은 여자의 무릎 위에서 몸을 굴려 허리를 세우고 합성 인간을 향해 빠르게 세 번 연달아 쏘았다. 총질이 그쳤다.

정적.

네멕스를 오른쪽 왼쪽으로 휘두르며 방구석과 문을 겨냥했다. 머리 위로 박살이 나서 비죽비죽한 돔 모서리도. 아무도 없었다.

"오르테가?"

"괜찮아."

오르테가는 방 반대편에 쓰러진 채 한쪽 팔꿈치로 상체를 일으켜 세우고 있었다. 하지만 힘이 들어간 목소리는 그렇지 않았다. 나는 일어서서 그쪽으로 다가갔다. 깨진 유리 조각이 발밑에서 버석거렸다.

"어디 다쳤나?"

나는 쭈그리고 앉아 오르테가를 일으켜 앉혔다.

"어깨. 나쁜 년, 선젯으로 날 맞혔어."

나는 네멕스를 집어넣고 상처를 보았다. 빔은 오르테가의 재킷 등을 길게 대각선으로 가르며 올라가 왼쪽 어깨 패드를 찢어 놓았다. 어깻심 밑의 살이 익어 한가운데 길고 좁게 뼈까지 타 들어가 있었다.

"운이 좋았어."

나는 억지로 가볍게 말했다.

"숙이지 않았으면 머리가 날아갔어."

"숙인 게 아니야. 빌어먹을, 넘어진 거라고."

"그게 어디야. 일어설 수 있나?"

"일어설 수 있냐고?"

오르테가는 멀쩡한 팔을 짚고 무릎을 꿇은 뒤 일어섰다. 재킷이 상처에 쓸리는지 얼굴을 잔뜩 찌푸렸다.

"젠장, 아프군."

"문간에 있던 그놈도 그 말을 하던데."

오르테가는 내 몸에 기댄 채 올려다보았다. 그녀의 눈은 겨우 내 눈 몇 센티미터 앞에 있었다. 시침을 뚝 떼고 쳐다보고 있으니, 햇살처럼 그녀의 얼굴에서 웃음이 터져 나왔다. 오르테가는 고개를 저었다.

"맙소사, 코바치. 정말 못 말리겠군. 도대체 특파 부대에서는 총격전 후 유머 교육이라도 하는 거야, 아니면 당신만 이런 거야?"

나는 오르테가를 출구 쪽으로 안내했다.

"나만 그런 거요. 자, 나가서 빨리 바깥바람을 쐬자고."

뒤에서 갑자기 비척거리는 소리가 들렸다. 휙 돌아서니 합성 인간이 비틀거리며 몸을 일으키고 있었다. 내가 마지막으로 쏜 총알에 두개골 옆면이 완전히 날아간 머리는 형체를 알아볼 수가 없었고 총을 쥐고 있던 손은 피투성이로 뻣뻣한 오른팔 끝에서 부들부들 떨고 있었지만, 왼손은 힘을 주어 주먹을 쥐고 있었다. 합성 인간은 비틀거리며 의자에 기대 몸을 세우더니 오른다리를 질질 끌며 다가오기 시작했다.

나는 네멕스를 빼들고 합성 인간을 겨눴다.

"전투는 끝났어."

축 늘어진 얼굴은 나를 향해 씩 웃어 보였다. 다시 걸음이 멈칫했다. 나는 이마에 주름을 잡았다.

"빌어먹을, 코바치."

오르테가는 무기를 더듬더듬 찾고 있었다.

"끝내 버려."

나는 총을 발사했다. 합성 인간은 유리 조각이 깔린 바닥에 뒤로 벌렁 자빠졌다. 몇 번 꿈틀거리더니 움직임은 멈췄지만 아직 힘들게 숨을 쉬고 있었다. 신기한 눈으로 바라보고 있는데, 구르륵거리는 웃음소리가 그 입에서 새어 나왔다.

"이제 충분해."

합성 인간은 기침을 하더니 다시 웃었다.

"어, 코바치? 빌어먹을, 이제 충분하다고."

심장이 딱 한 번 고동치는 짧은 순간, 내 몸은 얼어붙었다. 다음 순간 나는 휙 돌아서서 오르테가를 끌고 문을 향했다.

"왜……."

"나가. 빌어먹을, 나가라고!"

나는 오르테가를 문밖으로 밀며 바깥의 난간을 붙잡았다. 총잡이의 시체가 뒤틀린 채 앞에 쓰러져 있었다. 나는 오르테가를 다시 밀었다. 그녀는 시체를 꼴사납게 뛰어넘었다. 나는 등 뒤에서 문을 쾅 닫고 오르테가의 뒤를 따라 달렸다.

교각 끝까지 거의 다 왔을 때쯤, 돔이 유리와 쇳덩어리를 분수처럼 내뿜으며 폭발했다. 등 뒤에서 문짝이 떨어져 나오는 소리가 또렷이 들려왔고, 폭발의 회오리가 벗어 버린 외투처럼 우리 둘을 번쩍 들어 올려 계단 아래 길거리로 내동댕이쳤다.

경찰은 밤에 보다 인상적이다.

일단 번쩍이는 경광등이 사람들의 음울한 얼굴에 범죄의 붉은색과 거무스름한 파란색을 번갈아 던지며 극적인 효과를 낸다. 여기다 마치 도시의 한 층 한 층을 서서히 내려가는 엘리베이터 같은 밤의 사이렌 소리, 컴셋에서 흘러나오는 짤막짤막하면서도 수수께끼 같은 지직거리는 목소리, 덩치 큰 사람들이 어둠 속에서 오가는 그림자, 언뜻 귀에 들려오는 수수께끼 같은 대화들, 잠에서 깬 구경꾼들의 눈을 휘둥그렇게 하는 법 집행기관의 기술 문명, 게다가 그 외에는 아무 일도 일어나지 않는다는 것이 일종의 진공 같은 배경으로 작용한다. 달리 전혀 구경거리가 없기 때문에 몇 시간이고 바라보게 되는 것이다.

하지만 평일 아침 9시는 다르다. 오르테가의 호출을 받은 크루저 몇 대가 나타났지만, 대낮의 경광등과 사이렌 소리는 소란스러운 도시의 소음에 묻혀 거의 느껴지지도 않을 정도였다. 제복 차림의 경찰들이 길 양쪽에 진입 금지 벽을 설치하고 옆 건물 고객들이 줄줄이 대피하는 동안, 오르테가는 폭발 사건 공범 용의자로 나를 고발하지 말도록 은행 사설 보안팀을 설득했다. 테러리스트에 현상금이 걸려 있는 모양이었다. 거의 눈에 띄지 않을 정도로 희미한 진입 금지 벽 너머로 온갖 인파가 모여들었지만, 대부분 갈 길을 못 가 짜증이 난 행인들인 것 같았다.

그동안 나는 내내 건물 맞은편 보도 가장자리에 앉아, 연결 다리에서 도로 사이의 짧은 거리에서 얻은 얕은 상처를 살폈다. 주로 타박상과 찰과상이었다. 건물 구조 덕택에 폭발 충격의 대부분은 수직으로 지붕을 뚫고 나갔고 파편 역시 주로 그 방향으로 튀었다. 우리는 운이 좋았다.

오르테가는 제복 경찰 한 팀을 은행 밖에 세워 둔 채 길을 건너 이쪽으로 향했다. 재킷을 벗어서 어깨에 난 상처 위에는 흰 조직 응고제가 길게 발라져 있었다. 어깨걸이 총집은 한 손에 들고 있었고, "당신에게는 묵비권이 있다. 한번 써 보지?"라는 문구가 적힌 얇은 흰색 면 티셔츠 아래로 젖가슴이 흔들렸다. 오르테가는 내 옆에 나란히 앉아 밑도 끝도 없이 입을 열었다.

"감식 차량이 오는 중이야. 저기서 유용한 걸 건질 수 있을까?"

나는 연기가 피어오르는 돔의 폐허를 바라보며 고개를 저었다.

"시체도 있고 그중에는 손상되지 않은 스택도 있을 수 있겠지만, 그냥 동네 깡패 수준이었소. 나올 말이라고는 합성 인간에게

1인당 테트라메스 앰플 대여섯 개를 받고 일해 주기로 했다. 이 정도뿐일걸."

"맞아, 솜씨가 서툴렀지?"

내 입술에 희미한 미소가 스쳤다.

"그랬지. 하지만 우릴 처치할 목적이었던 것 같지 않아."

"그냥 당신 친구가 폭발할 때까지 시간 끌기?"

"그런 거지."

"내가 보기엔 뇌관이 생체 반응과 연결되어 있었던 것 같던데. 당신이 그를 죽이면 쾅, 같이 폭발하도록. 나도 같이. 싸구려 깡패도."

"더불어 본인의 스택과 몸도 깨끗이 제거할 수 있지. 깔끔하지?"

나는 고개를 끄덕였다.

"한데 어디가 잘못됐지?"

나는 눈 밑의 흉터를 멍하니 비볐다.

"저쪽은 날 과대평가했어. 아마 내가 자길 곧장 죽일 거라고 생각했겠지. 그런데 총이 빗나갔소. 그렇게 되면 자살을 할 생각이었을 텐데, 난 총을 못 쏘게 하느라고 팔을 쐈거든."

머릿속에서는 펼친 손가락 사이에서 총이 떨어져 바닥을 미끄러지는 광경이 다시 펼쳐지고 있었다.

"총은 손이 닿지 않는 곳으로 떨어져 버렸고. 그래서 그냥 누워서 죽으려고 생각하는 와중에 우리가 떠나는 소리를 들은 거야. 도대체 그 몸은 어디 제품인지 궁금해."

"누군지는 몰라도, 몸은 내가 언제라도 보증서를 써 줄 수 있겠어. 감식반이 분석할 거리가 조금은 남아 있겠지."

오르테가는 유쾌하게 말했다.

"그놈 누군지, 당신 모르겠소?"

"당신더러 코바치라고……."

"그건 카드민이었어."

잠시 침묵이 흘렀다. 나는 폐허에서 모락모락 피어오르는 연기를 바라보았다. 오르테가는 숨을 크게 들이쉰 뒤, 다시 내쉬었다.

"카드민은 수용 중이야."

"이젠 아니오."

나는 흘끗 곁눈질을 했다.

"담배 있나?"

오르테가는 말없이 담뱃갑을 건넸다. 나는 담배 하나를 꺼내 입가에 물고 발화 패치를 건드려 불을 붙인 뒤 깊숙이 한 모금 들이마셨다. 필요가 명령어를 내리듯이, 오랜 세월 동안 몸에 밴 반사 신경으로 막힘없는 동작이었다. 의식적으로 동작을 할 필요가 없었다. 옛 연인이 뿌리던 향수 냄새 같은 담배 연기가 허파로 하늘하늘 흘러 들어갔다.

"날 알고 있었어."

나는 연기를 뿜어냈다.

"퀠주의자의 역사도 알고 있었고. '이제 충분해.'라는 말은 이피 데미라는 퀠주의자 게릴라가 할란스 월드 혼란기에 고문당하다 죽을 때 했던 말이야. 체내 폭탄을 장착하고 있었는데, 폭발로 인해 건물 전체가 무너졌더랬지. 비슷하지 않소? 밀스포트 토박이처럼 퀠의 어록을 입에 올릴 만한 사람이 또 누가 있겠어?"

"그는 수용 중이야, 코바치. 수용 중인 사람은……."

"인공지능이 없으면 빼낼 수 없지. 인공지능이 개입하면 가능해. 전에도 본 적이 있소. 아도라시온의 핵심 사령부가 우리 전쟁 포로를 빼낼 때 그렇게 했어."

나는 손가락을 딱 울렸다.

"산호초 주변에서 물고기 낚아 올리는 것만큼 쉬운 일이지."

"그렇게 쉽다고?"

오르테가는 비꼬듯이 말했다. 나는 연기를 빨아들이며 오르테가를 무시하고 말을 이었다.

"카드민과 가상현실에 있을 때 하늘에 번개 같은 효과가 지나갔던 거 기억나나?"

"못 봤어. 아니, 잠깐. 그래. 프로그램 결함이라고 생각했는데."

"그렇지 않아. 카드민까지 건드렸거든. 테이블에 반사된 형태로. 카드민이 날 죽이겠다고 협박한 게 바로 그때였소."

나는 오르테가를 돌아보며 불편한 미소를 지었다. 가상현실 속에서 구현된 카드민의 흉악한 모습이 뚜렷하게 떠올랐다.

"할란스 월드 신화 1세대 버전 하나 들려줄까? 외계의 동화?"

"코바치, 인공지능이 개입했다 해도 용의자를 빼내려면……."

"듣고 싶소?"

오르테가는 어깨를 으쓱하고 눈살을 찌푸리더니 고개를 끄덕였다.

"좋아. 내 담배 좀 돌려줘."

나는 담뱃갑을 던지고 오르테가가 담배에 불을 붙이는 동안 기다렸다. 그녀는 길 저쪽을 향해 연기를 뿜었다.

"해 봐."

"내 원래 고향 뉴페스트는 원래 섬유 도시였소. 할란스 월드에는 바다에서 자라는 벨라위드라는 식물이 있는데, 대부분의 해안에서 볼 수 있소. 말려서 약품 처리를 하면 면섬유 같은 것을 만들 수 있지. 정착 시대 뉴페스트는 할란스 월드 벨라 섬유의 중심지였소. 당시에도 공장 작업 조건은 상당히 나빴는데, 퀠주의자가 등장해서 모든 것을 뒤엎으면서 더욱 나빠졌지. 벨라 섬유산업은 내리막길을 탔고 대량 실업과 빈곤 사태가 이어졌는데 정착민들이 어떻게 할 방법은 전혀 없었소. 퀠주의자들은 혁명가였지 경제학자가 아니었거든."

"유서 깊은 이야기군."

"음, 귀에 익은 얘기지. 당시 황폐화된 섬유 공장 주위에서는 끔찍한 이야기가 나돌았소. 탈곡기 유령, '기타노 가의 살육' 같은 이야기들."

오르테가는 담배 연기를 빨아들이고 눈을 크게 떴다.

"딱이군."

"뭐, 힘든 시기니까. 미친 재단사 루드밀라도 그런 이야기요. 아이들한테 잡일을 시키고 어두워지면 얼른 집에 들어오라고 들려주던 이야기지. 미친 재단사 루드밀라는 망해 가는 벨라위드 공장을 갖고 있었는데 자식 셋은 어머니 일을 전혀 돕지 않았소. 늦게까지 밖으로만 돌아다니고 오락이나 하고 하루 종일 잤지. 그래서 어느 날 어머니는 발끈했소."

"그럼 아직 미친 건 아니군?"

"아니, 그냥 약간 스트레스를 받았지."

"미친 루드밀라라면서."

"이야기 제목이 그거라니까."

"한데 처음부터 미쳤던 게 아니라면……"

"이야기 들을 거요, 말 거요?"

오르테가의 입가에 짓궂은 미소가 떠올랐다. 그녀는 담배를 휘둘러 계속하라는 신호를 보냈다.

"어느 날 저녁, 아이들이 외출할 준비를 하고 있을 때 루드밀라는 커피에다 약을 탔소. 아이들은 몽롱해졌지만 아직 의식은 있었는데, 루드밀라는 그런 애들을 미첨스 포인트로 데려가서 하나씩 탈곡기에 집어넣어 버린 거요. 늪지 건너편까지 비명 소리가 울려 퍼졌다고 하지."

"으흠."

"물론 경찰도 의심을 했는데……"

"그래?"

"……증거가 없었소. 애들 둘은 안 좋은 약물에 빠져 있었고 인근 야쿠자들도 건드리고 돌아다녔기 때문에 애들이 없어져도 놀라는 사람이 없었지."

"이 이야기, 요점은 있어?"

"그럼. 루드밀라는 쓸모없는 애들을 처치했지만 그렇다고 도움이 된 것도 없었소. 약품 처리통을 관리할 사람, 벨라위드를 들고 공장 계단을 오르내릴 사람은 필요한데 돈은 여전히 없었으니까. 그래서 어떻게 했겠소?"

"뭔가 끔찍한 짓일 것 같은데."

나는 고개를 끄덕였다.

"루드밀라는 아이들의 조각난 시체를 다시 건져 온 다음 바늘로 기워서 키가 3미터나 되는 거대한 송장으로 만들었소. 그런 다음 어둠의 힘이 지배하는 어느 날 밤에 덴구를 불러내서……."

"뭘 불러내?"

"덴구(깊은 산에 산다는 일본의 요괴 — 옮긴이). 장난꾸러기 요괴 같은 건데, 악마라고 보면 되지. 루드밀라는 송장에 생기를 불어넣기 위해 덴구를 불러낸 뒤 송장 안에 넣고 기워 버렸소."

"허, 방심하고 있을 때 몰래 말이야?"

"오르테가, 이건 그냥 동화요. 루드밀라는 덴구의 영혼을 안에 넣고 기웠지만, 9년 동안 봉사하면 풀어 주겠다고 약속했어. 9는 할란의 신전에서는 신성한 숫자이기 때문에, 덴구와 마찬가지로 루드밀라도 이 약속을 지킬 의무를 지게 됐지. 불행하게도……."

"아."

"덴구는 참을성이 별로 없는 족속이고, 루드밀라 역시 같이 일하기 쉬운 사람이었을 것 같진 않거든. 어느 날 밤 계약 기간이 3분의 1도 채 끝나기 전에 덴구는 루드밀라를 덮쳐서 갈기갈기 찢어 버렸소. 혹자는 기시모진이 덴구의 귀에 뭔가 끔찍한 이야기를 불어넣은 거라고 하기도 하는데……."

"기시모진?"

"아이들을 보호하는 여신. 루드밀라가 아이들을 죽인 데 대한 복수였소. 이런 버전도 있고 다른 버전도 있는데……."

나는 오르테가의 폭발할 것 같은 표정을 곁눈으로 읽고 얼른 이야기를 이어 나갔다.

"어쨌든 덴구는 루드밀라를 갈기갈기 찢었지만, 그 결과 주문에 사로잡혀 송장 안에 영원히 갇혀 있게 됐소. 원래 주문을 불어넣었던 사람이 죽었고 게다가 배신 때문에 그렇게 됐으니 송장은 썩기 시작했지. 여기 한 조각, 저기 한 조각, 살려낼 수 없이. 그래서 덴구는 섬유 지대 인근의 공장과 거리를 배회하며 썩은 부분을 대신할 신선한 육체를 찾아다니게 됐소. 언제나 아이들만 죽였지. 대체해야 하는 부위가 모두 아이들 거니까. 하지만 새 살을 아무리 기워 넣어도…….”

“그럼 바느질하는 법도 아는 요괴군?”

“덴구는 재주가 많지. 아무리 몸을 갈아 넣어도 며칠만 지나면 새로 간 부분도 썩기 시작해서 다시 사냥하는 악순환이 계속됐소. 섬유 지대에서는 이 요괴를 조각보 사나이라고 불렀지.”

나는 입을 다물었다. 오르테가는 말없이 “오.” 하는 입 모양을 지어 보인 뒤 천천히 연기를 뿜어냈다. 연기가 공기 속으로 퍼져 가는 모습을 지켜보더니, 나를 돌아보았다.

“어머니한테 들은 거야?”

“아버지한테. 다섯 살 때.”

그녀는 담배 끝을 응시했다.

“멋지군.”

“아니. 그렇지 않았어. 그건 다른 이야기고.”

나는 일어서서 진입 금지 벽 한쪽으로 모인 군중 쪽을 바라보았다.

“카드민은 풀려났고 통제 불가능이오. 누구를 위해서 일했는지는 몰라도, 지금은 자기 자신의 목적을 위해 움직이고 있소.”

“어떻게?”

오르테가는 갑갑하다는 듯 두 손을 벌렸다.

"좋아. 인공지능이 베이시티 경찰서 스택에 침입할 수 있었다고 쳐. 그건 그럴 수 있다고 봐. 하지만 몇 분의 1초 단위야. 더 지체하면 여기서 새크라멘토까지 경보가 울린다고."

"몇 분의 1초면 충분해."

"하지만 카드민은 스택 상태가 아니었어. 언제 가상현실에 입력되는지 알고 들어와야 하는데. 그러려면 위치 추적자가 필요하고. 그러면……."

오르테가는 그제야 무언가를 깨달았는지 말을 멈췄다.

"그쪽에선 내가 필요했어. 내가 필요했다고."

나는 말을 맺었다.

"하지만 당신은……."

"정리하려면 시간이 좀 걸릴 것 같아, 오르테가."

나는 담배를 하수구에 던지고 입 안의 상처를 핥으며 얼굴을 찌푸렸다.

"오늘, 아니 내일이라도. 스택을 확인해 봐. 카드민은 없을 거요. 내가 당신이라면 몸을 숨기고 지내겠어."

오르테가는 탐탁지 않은 표정을 지었다.

"내가 지키는 도시에서 비밀 활동이라도 하라는 거야?"

"뭘 하라는 이야기가 아니라."

나는 네멕스를 꺼내 담배에 불을 붙였을 때와 마찬가지로 기계적인 동작으로 반쯤 비운 탄창을 꺼냈다. 탄창은 재킷 주머니 속으로 들어갔다.

"게임의 규칙을 알려 주는 거요. 우리가 접선할 장소가 필요해.

헨드릭스는 안 돼. 위치 추적이 가능한 곳도 안 돼. 말하지 말고, 글로 써."

나는 진입 금지 벽 너머에 모인 인파 쪽으로 고갯짓을 했다.

"쓸 만한 도청기만 이식했다면, 우리의 대화만 증폭시켜서 엿들을 수 있는 사람이 저 중에 있을 수도 있소."

"맙소사."

오르테가는 뺨을 부풀렸다.

"기술공포증이야, 코바치."

"그런 소리 마. 난 이걸 직업으로 하는 사람이오."

오르테가는 잠시 생각에 잠겼다가 펜을 꺼내 담뱃갑 옆면에 썼다. 나는 여전히 인파 쪽을 바라보며 주머니에서 새 탄창을 꺼내 네멕스에 집어넣었다.

"받아."

오르테가는 담뱃갑을 내게 던졌다.

"목적지 코드야. 베이 지역의 택시에 그 코드를 입력하면 데려다 줄 거야. 오늘 밤, 내일 밤은 거기 있을게. 그 뒤부터는 평소처럼 업무에 임할 거야."

나는 왼손으로 담뱃갑을 낚아채고 숫자를 힐끗 본 뒤 재킷 주머니에 넣었다. 그런 다음 네멕스의 슬라이드를 찰칵 당겨 첫 번째 실탄을 장전시킨 뒤 권총을 다시 총집에 집어넣었다.

"스택을 확인하면 연락 주시오."

나는 일어서서 걷기 시작했다.

나는 남쪽으로 걸었다.

머리 위에서는 자동택시가 고도로 효율적인 프로그램으로 차량의 흐름 속을 누비고 있었고, 가끔씩 고객을 유치하기 위해 지상 높이까지 내려앉기도 했다. 교통의 흐름 위쪽으로는 날씨가 변화하고 있었다. 회색 구름이 서쪽에서 몰려와 하늘을 덮었고, 올려다보면 가끔 빗방울이 뺨을 때렸다. 택시는 타지 않았다. *원시적인 행동 방식.* 버지니아 비도라라면 이렇게 말했을 것이다. 인공지능이 노리는 상황에서는 전기장 밖에 떨어져 있는 것만이 유일한 희망이다. 전쟁터에서는 이것이 훨씬 쉽다. 진흙탕과 혼란 속에 숨어들 수 있으니까. 하지만 폭탄을 맞지 않은 현대적인 도시에서 이런 잠적 방식은 당연히 악몽과 같다. 모든 건물, 모든 차량, 모든 거리가 웹에 연결되어 있고, 거래를 한 건 할 때마다 데이터를 노리는 사냥개를 위한 흔적을 남기게 된다.

나는 낡은 화폐 인출기를 찾아 얇아진 지갑을 채웠다. 두 블록 다시 돌아와서 동쪽으로 가다가 공중전화를 발견했다. 나는 주머니를 뒤져 명함을 꺼낸 뒤 전화 단자를 머리에 붙이고 다이얼을 입력했다.

영상은 없었다. 연결음도 들리지 않았다. 체내 칩이었다. 빈 화면에서 갑자기 목소리가 튀어나왔다.

"누구세요?"

"당신한테서 명함을 받았습니다. 심각한 상황이 발생하면 걸라고 하셨지요. 지금 대단히 심각한 상황이 생겼으니 이야기를 좀 하시죠, 박사."

침을 삼키는지 툭 하는 소리가 한번 들리더니 차갑고 냉정한 목소리가 다시 흘러나왔다.

"만나서 얘기하죠. 교도소로 직접 오진 않으시겠죠."

"맞습니다. 붉은 다리 아십니까?"

"금문교라고 해요. 알아요."

여자는 냉랭하게 말했다.

"11시에 거기 있겠습니다. 북쪽 차선에서. 혼자 오십시오."

나는 연결을 끊었다. 다이얼을 다시 돌렸다.

"뱅크로프트 저택입니다. 누구를 연결시켜 드릴까요?"

목소리가 약간 먼저 흘러나오더니 앤진 챈드라를 연상시키는 헤어스타일을 한 엄숙한 옷차림의 여자가 화면에 나타났다.

"로렌스 뱅크로프트 부탁합니다."

"뱅크로프트 씨는 지금 회의 중이신데요."

더 수월해졌다.

"됐습니다. 회의 끝나시면 다케시 코바치에게서 연락 왔더라고 전해 주십시오."

"뱅크로프트 부인을 바꿔 드릴까요? 연락 오시면 전해 달라고……."

나는 얼른 말했다.

"아뇨. 그럴 필요는 없습니다. 뱅크로프트 씨에게 며칠 동안 연락이 안 될 것 같은데 시애틀에서 다시 전화 드리겠다고 전해 주십시오. 그뿐입니다."

연결을 끊고 시계를 보았다. 다리에 가 있겠다고 한 시간까지 1시간 40분 남아 있었다. 나는 바를 찾았다.

나는 저장됐어, 백업됐어, 나는야 오 단.

조각보 사나이도 두렵지 않아.

동요 한 구절이 침적토처럼 굳은 어린 시절의 추억 속에서 비죽 고개를 내밀었다.

하지만 나는 두려웠다.

다리로 올라서는 길에 도착했을 때는 비가 아직 본격적으로 내리지 않았지만 구름은 머리 위에 묵직하게 내려앉아 있었고 굵은 빗방울이 트럭 앞 유리창에 와이퍼를 켜기 무엇할 정도로 띄엄띄엄 떨어지고 있었다. 나는 유리창에 깨지는 빗방울을 통해 이지러져 보이는 녹색 다리를 바라보았다. 몸이 젖겠군.

다리에는 통행하는 차량이 없었다. 버려진 아스팔트 도로와 정체 모를 찌꺼기로 뒤덮인 옆 난간 위로 현수탑이 거대한 공룡 뼈처럼 솟아 있었다.

"속도를 늦춰."

나는 첫 번째 탑을 지나치면서 말했다. 묵직한 차량은 쓸데없이 세게 브레이크를 밟았다. 나는 옆으로 눈길을 보냈다.

"진정해. 위험한 일이 아니라고 했잖아. 그냥 사람을 만나는 거야."

그래프트 니콜슨은 운전석에서 흐릿한 눈길을 보냈다. 알코올 냄새가 숨결에 실려 날아왔다.

"그래. 그렇겠지. 매주 운전사한테 이렇게 많은 돈을 쓰는 거요? 자선사업 하듯이 릭타운 바에서 아무나 골라서?"

나는 어깨를 으쓱했다.

"좋을 대로 생각해. 속도만 낮춰. 날 내려 주고 난 뒤엔 마음대로 밟아도 되니까."

니콜슨은 혼란스러운 머리를 흔들었다.

"이건 말도 안 돼."

"저기. 보도에 서 있군. 저기 내려 줘."

한 사람이 만의 정경을 감상하듯이 저 앞쪽 난간에 기대서 있었다. 니콜슨은 정신을 집중하느라 눈살을 찌푸리면서 이름에 어울리게 지나치게 듬직한 어깨를 웅크렸다. 낡은 트럭은 조용히, 하지만 상당히 덜컹거리면서 차선 두 개를 가로질러 오른쪽 중앙 분리대 옆에 끽 하고 멈춰 섰다.

나는 차에서 내린 다음 구경꾼이 없는지 주위를 둘러보았다. 아무도 없었다. 나는 다시 열린 문 위로 올라섰다.

"좋아. 잘 들어. 난 적어도 이틀, 아니면 사흘은 지나야 시애틀에 도착할 테니까, 시내 정보망에 올라 있는 호텔 아무 데나 들어가서 꼼짝도 말고 날 기다려. 결제는 현금으로 하되 투숙은 내 이름으로 해. 아침 10시에서 11시 사이에 연락할 테니까 그 시간에는 다른 데 가지 말도록 해. 나머지 시간은 좋을 대로 하고. 내가 준 돈 정도면 심심하지 않을 정도는 될 거야."

그래프트 니콜슨은 잘 알겠다는 듯 이를 드러내며 히죽 웃었다. 그 웃음을 보니 이번 주 시애틀 여가 산업에 종사하는 사람들이 약간 불쌍해졌다.

"내 걱정은 하지 마쇼. 이래 봬도 사창가 돌아다니면서 시간 보내는 건 잘하니까."

"다행이군. 너무 푹 퍼지지는 마. 급히 움직여야 할 일이 생길지도 모르니까."

"알겠어, 알겠어. 그럼 나머지 돈은?"

"말했잖아. 끝나면 주겠다고."

"사흘 후에 당신이 안 나타나면?"

"그럴 경우엔."

나는 유쾌하게 대꾸했다.

"난 죽은 거야. 그렇게 되면 몇 주 동안 남의 눈에 띄지 않는 게 좋을 거야. 아마 당신을 찾느라 시간을 낭비하진 않겠지. 나만 찾아내면 만족할 거야."

"이봐, 혹시 나까지……."

"괜찮아. 사흘 후에 보자고."

나는 다시 차에서 뛰어내려 문을 닫은 뒤 두 번 두드렸다. 엔진이 우르릉거리기 시작했고, 니콜슨은 트럭을 다시 차도 가운데로 몰고 떠났다.

트럭이 떠나는 모습을 보면서 문득 저 친구가 시애틀에 가기는 할까 하는 생각이 잠시 들었다. 약속을 이행했을 때 나머지 돈을 준다고는 했지만, 상당액의 현금 뭉치를 이미 받았으니 해안 어디쯤에서 도로 돌아와서 아까 있던 바로 곧장 다시 들어가 버릴까 하는 유혹이 없지는 않을 것이다. 아니면 겁을 먹고 호텔 방에 들어앉아 누가 문을 노크하기만 기다리고 있다가 사흘이 지나기도 전에 튀어 버릴지도 모른다. 그럴 경우 솔직히 저 친구를 탓할 수는 없다. 나 역시 갈 생각은 없으니까. 어떻게 하든 상관없다.

시스템을 회피할 때는 적의 예상을 교란해야 한다. 버지니아가

귓가에 속삭였다. *보조가 흐트러지지 않는 한에서 최대한 많은 방해물을 심어라.*

"당신 친구인가요, 코바치 씨?"

의사가 어느 새 중앙 분리대 쪽으로 다가와서 멀어져 가는 트럭을 바라보고 있었다.

"바에서 만났습니다."

나는 솔직히 말하며 분리대를 타고 넘은 뒤 난간 쪽으로 향했다. 지구에 도착한 날 커티스의 차를 타고 선터치 하우스로 가는 길에 봤던 풍경과 똑같았다. 비 내리기 직전의 어둑어둑한 빛 속에서 빌딩 숲 위쪽을 지나는 공중 교통의 불빛이 마치 반딧불처럼 반짝이고 있었다. 눈을 가늘게 뜨니 저 멀리 앨커트래즈 섬 위에 사이카색의 회색 벽과 오렌지색 창문들까지 알아볼 수 있었다. 그 너머에는 오클랜드. 등 뒤로는 탁 트인 바다, 남쪽과 북쪽으로는 텅 빈 다리가 1킬로미터는 족히 뻗어 있었다. 전략 무기쯤 되지 않는 이상 어떤 기습 공격에도 놀라지 않을 만한 곳이라는 점을 확인한 뒤, 나는 돌아서서 의사를 응시했다.

내 시선에 그녀는 움찔하는 것 같았다. 나는 부드럽게 물었다.

"왜? 의료 윤리에 좀 찔리십니까?"

"하고 싶어서 한 일은 아니었어요."

"알고 있습니다. 당신은 석방 증명서에 사인만 하고 눈을 감기로 했겠지. 그래, 누가 시켰습니까?"

의사는 불안정한 음성으로 말했다.

"몰라요. 누가 설리반을 찾아왔더랬어요. 합성 인체. 아시아계 같았는데."

나는 고개를 끄덕였다. 트렙이다.

"그래서 설리반한테 무슨 지시를 받았습니까?"

"가상 네트워크 위치 추적기. 대뇌피질 기억장치와 신경 인터페이스 사이에 장치했어요."

학술적 용어를 사용하니 자신감이 되돌아오는 모양이었다. 의사의 음성은 단호해졌다.

"당신 의식이 도착하기 이틀 전에 미리 몸에다 수술을 했어요. 원래 스택을 삽입했던 선을 따라 척추를 미세하게 절개한 뒤 세포 조직과 같이 끼워 넣었죠. 가상현실 밖에서는 어떤 신체 수색 장비에도 걸리지 않아요. 전신 전기 신경검사를 해야 찾아낼 수 있죠. 어떻게 알아냈어요?"

"알아낼 것도 없었습니다. 누군가 그걸 이용해서 베이시티 경찰 구금용 저장소에서 청부살인범을 빼냈으니까. 이건 범행 방조죠. 당신과 설리반 둘 다 최소 20년형은 살 겁니다."

의사는 사람 없는 다리를 양옆으로 살폈다.

"그럼 왜 경찰을 데리고 오지 않았죠, 코바치 씨?"

나와 같이 지구에 전송되었을 전과 기록과 군 복무 기록이 떠올랐다. 그 모든 짓을 저지른 사람과 단둘이 이런 곳에 있다는 것이 어떤 기분일까 하는 생각이 들었다. 혼자 여기까지 오려면 얼마나 큰 용기가 필요할까. 내 입가에 천천히, 마지못한 미소가 떠올랐다.

"좋아. 감동했습니다. 그럼 이제 이걸 무력화시키는 방법을 알려 주시죠."

의사는 심각한 눈으로 나를 바라보았다. 비가 내리기 시작했다. 묵직한 빗방울이 의사의 외투 어깨를 적시고 있었다. 내 머리카락에도 느껴졌다. 우리는 위를 올려다보았고, 나는 욕지거리를 내뱉었다. 잠시 후 의사는 내게 가까이 다가오더니 코트 한쪽 자락에 달고 있던 무거운 브로치를 손으로 건드렸다. 머리 위 허공이 반짝거리기 시작하더니 빗방울이 몸에 와 닿지 않았다. 올려다보니 머리 위에 둥글게 형성된 반발장 위쪽으로 빗물이 튕겨 나가고 있었다. 발밑의 도로도 군데군데 젖어 가고 있었지만, 우리가 서 있는 곳을 중심으로 하여 둥그렇게 안쪽은 마른 그대로였다.

"추적기 자체를 떼내려면 장착할 때와 똑같은 미세 시술이 필요해요. 그렇게 할 수도 있는데 그러려면 미세 광학 장비를 완벽하게 갖춘 수술실이 있어야 하죠. 그렇지 않으면 신경 인터페이스나 척추 신경관이 손상될 위험이 있어요."

나는 너무 가까이 서 있는 것이 불편해져 몸을 약간 움직였다.

"그럴 거라고 생각했습니다."

"음, 그럼 이 점도 이미 '생각하셨겠군요.'"

의사는 내 억양을 흉내 냈다.

"스택 수신기에 교란 신호나 미러 코드를 입력해서 발신 암호를 무력화시킬 수 있다는 점 말예요."

"원본 암호만 있다면."

"당신 말대로 원본 암호가 있다면."

의사는 주머니에 손을 넣어 플라스틱 갑에 든 작은 디스크 하나를 꺼내더니 잠시 손바닥 위에 올려놓고 있다가 내게 내밀었다.

"자, 여기 있어요."

나는 디스크를 받아 들고 생각에 잠겨 내려다보았다.

"확실한 거예요. 신경전기과 아무 데나 가서 확인해 보셔도 돼요. 혹시 미덥다면 추천해 줄 만한 곳이……."

"날 위해 왜 이렇게 하는 겁니까?"

의사는 내 눈을 응시했다. 이번에는 움찔거리지 않았다.

"당신을 위해 하는 일이 아니에요, 코바치 씨. 날 위해 하는 거지."

나는 말없이 기다렸다. 의사는 잠시 만 저쪽으로 시선을 돌렸다.

"난 부패에 익숙한 사람이에요, 코바치 씨. 교도소에서 오래 근무한 사람치고 갱단을 못 알아보는 사람은 없죠. 그 합성 인간도 그런 부류였어요. 내가 베이시티에 처음 근무하기 시작했을 때부터 설리번 소장은 그런 사람들과 거래를 하고 있었어요. 경찰 관할권은 교도소 문 밖에서 끝나고 월급도 그리 세지 않으니까요."

"인간의 눈은 훌륭한 장치다."

나는 「시와 기타 얼버무림」의 한 구절을 무심히 읊었다.

"약간의 노력만 있으면 뻔한 불의마저 못 보고 지나칠 수 있으므로."

"핵심을 찔렀네요."

"내 말이 아닙니다. 당신은 왜 수술을 하게 됐습니까?"

의사는 고개를 끄덕였다.

"말했지만, 지금까지 난 그런 사람들과 실제 접촉을 피했어요. 설리번은 외계 수신 의식 입력 업무만 내게 맡겼죠. 별로 건수가 많지 않고, 설리번이 신세 지는 사람들은 모두 지구인들이었으니까. 양쪽 모두에게 그게 편했어요. 그 점에서는 훌륭한 관리인이죠."

"한데 내가 나타난 거군요."

"네. 그게 문제였어요. 유독 이번 건만 내게 맡기지 않고 설리번에게 고분고분한 의사한테 시키면 이상하게 보일 거고, 혹시 소란스러워지기라도 하면 곤란하니까요. 한데 이번은 상당히 '큰 건'이었나 봐요."

의사는 아까처럼 힘을 주어 '큰 건'이라고 말했다.

"고위층과 줄이 닿는 사람들이었고, 아무 문제없이 순조롭게 넘어가야 했어요. 한데 설리번은 멍청한 사람이 아니죠. 그럴듯한 변명을 늘어놓더군요."

"어떤?"

의사는 솔직한 눈빛으로 나를 바라보았다.

"당신은 위험한 사이코패스다. 폭주하는 살인 기계다. 이유가 뭐든 추적 장치 없이 데이터 세상 속을 누비게 하는 것은 위험하다. 일단 실제 세계만 벗어나면 니들캐스트를 통해 어디로 도망갈지 아무도 모른다. 난 믿었어요. 당신 서류를 나한테 보여 줬거든요. 아, 설리번은 멍청하지 않아요. 절대로. 내가 어리석었죠."

레일라 베긴과 가상의 바닷가에서 나누었던 사이코패스에 대한 이야기가 떠올랐다. 경박하게 내뱉은 내 대답도.

"날 사이코패스라고 부른 사람은 설리번 외에도 많을 겁니다. 그걸 믿었던 사람도 당신이 처음이 아니고. 특파 부대는, 음……."

나는 어깨를 으쓱하고 시선을 비켰다.

"일종의 딱지죠. 대중적 이해를 위해 단순화시킨."

"당신이 변절했다고 들었어요. 보호령 내에서 일어나는 심각한 범죄의 20퍼센트가 변절한 특파 부대에 의해 저질러진다고들 하는데, 사실인가요?"

나는 그녀를 돌아보았다.

"우리가 훈련받은 일들은 범죄와 워낙 가깝죠. 사실 거의 다를 바가 없습니다. 범죄를 저지르는 게 오히려 더 쉽습니다. 아시겠지만, 대부분의 범죄자들은 어리석죠. 조직화된 단체조차도 특파 부대와 비교하면 애들 장난입니다. 다들 대단하다고 생각하지요. 게다가 지난 10년 동안 이 몸 저 몸 들락거리며 저장소와 가상현실 속에서 살다 보면 사법기관의 협박 따위는 따분하게 느껴지기 마련입니다."

우리는 잠시 말없이 서 있었다.

"미안해요."

그녀는 마침내 말했다.

"그럴 거 없습니다. 내 파일을 읽은 사람이라면 누구나……."

"그런 뜻이 아니었어요."

"아."

나는 손에 든 디스크를 내려다보았다.

"음, 뭔가 속죄하고 싶으셨다면, 지금 이 일로 충분히 하셨다고 생각합니다. 믿어도 좋습니다만, 티끌 하나 없이 깨끗한 사람은 아무도 없지요. 그럴 수 있는 유일한 곳은 저장 상태에 있을 때뿐입니다."

"네. 알고 있어요."

"음, 그리고 궁금한 게 한 가지 더 있습니다."

"네?"

"설리번은 지금 베이시티 중앙 교도소에 있습니까?"

"내가 나올 때는 있었어요."

"오늘 저녁에는 몇 시쯤 퇴근할까요?"

"보통 7시경."

의사는 입술을 굳게 다물다가 물었다.

"어떻게 하시려고요?"

"몇 가지 물어볼 게 있습니다."

이건 진심이었다.

"그가 대답하지 않으면?"

"당신이 말했듯이, 그렇게 멍청하진 않겠죠."

나는 디스크를 재킷 주머니에 집어넣었다.

"도와줘서 감사합니다, 박사. 오늘 밤 7시경에는 교도소 근처에 가지 마시길 권하고 싶군요. 그리고 감사합니다."

"아까도 말했지만, 코바치 씨, 난 나 자신을 위해서 한 거예요."

"그런 뜻이 아니었습니다, 박사."

"아."

나는 의사의 팔에 가볍게 손을 올린 뒤 그녀에게서 물러나 빗속으로 다시 나갔다.

수십 년간 사람들을 거치며 닳은 나무 벤치는 엉덩이 모양으로 파여서 편안했고 팔걸이 역시 닳아 있었다. 나는 세로로 길게 누워 부츠를 벤치 끝에 올리고 문 쪽을 바라보며 나무에 새겨진 낙서를 읽기 시작했다. 한참을 걸어서 시내로 돌아오느라 흠뻑 젖어 있었지만, 홀은 기분 좋게 따뜻했고 빗물은 머리 위 높다랗게 경사진 긴 투명 지붕을 무기력하게 때리고 있었다. 잠시 후 개 한 마리만 한 청소 로봇이 다가오더니 내가 합금 유리판 위에 남긴 진흙투성이 발자국을 닦아냈다. 나는 내가 벤치까지 걸어온 흔적이 완전히 지워지는 광경을 태평스럽게 바라보았다.

내가 남긴 전기적 흔적 역시 그런 식으로 지울 수 있다면 참 좋겠지만, 그런 탈출 방식은 다른 시대의 전설적 영웅에게나 가능한 일이다.

청소 로봇은 둘둘 굴러 사라졌고, 나는 다시 낙서로 시선을 돌렸다. 대부분 아맹글릭어 아니면 스페인어였고, 다른 곳에서도 수백 번 구경한 오래된 농담들이었다. 카브론 모디피카도(Carbron Modificado)! 신체 무단 이탈! 변형된 고향 사람이 여기 왔노라! 문득 벤치 위쪽에 한자로 아래위를 거꾸로 뒤집어 새긴 묘한 하이쿠 한 구절이 눈에 띄었다. 이 모든 분노와 절망적인 자존심의 표현들 속에서 마치 평온한 작은 연못 같은 느낌이었다.

빌린 장갑처럼 새 몸을 입으니
다시금 손가락을 데는 고행이 시작되누나

아마 벤치 등받이 뒤쪽에서 몸을 굽혀 새긴 모양이었지만, 글자 하나하나는 정성들여 우아하게 새긴 흔적이 역력했다. 오래전에 새겨진 듯한 글자를 응시하고 있으려니, 할란스 월드 시절의 기억이 팽팽한 케이블처럼 머릿속에서 진동했다.

느닷없이 오른쪽에서 울음소리가 들려와서 나는 상념에서 깨어났다. 젊은 흑인 여성과 역시 흑인인 두 아이가 너덜너덜한 유엔 구호물자 작업복 차림의 구부정한 중년 백인 남성을 바라보고 있었다. 가족의 재회. 젊은 여인의 얼굴은 아직 상황을 완전히 납득하지 못한 듯 충격으로 가면처럼 굳어 있었고, 기껏 네 살 정도 된 듯한 작은 아이는 아예 이해가 안 되는 얼굴이었다. 아이는 백인 남자의 눈을 뚫어지게 쳐다보며 입 모양으로 아빠 어디 있어? 아빠 어디 있어? 계속 질문을 던지고 있었다. 빗물로 얼룩진 천장에서 쏟아지는 빛에 남자의 얼굴이 번들거리고 있었다. 탱크에서 끌려나온 뒤로 계속 울었던 모양이었다.

나는 사람이 없는 쪽으로 고개를 돌렸다. 내 아버지 역시 새 몸으로 출소한 뒤 기다리고 있는 가족 앞을 그냥 지나쳐서 우리의 인생에서 사라져 버렸다. 우린 누가 아버지였는지 알지도 못했다. 어머니만은 혹시 피하는 듯한 시선, 어떤 자세나 버릇 같은 것으로 아버지를 알아보지 않았을까 하는 궁금증이 가끔 떠오르기도 한다. 부끄러워 우리를 대할 자신이 없었던 건지, 이쪽이 더 가능성이 높지만 혹 알코올에 전 원래 몸보다 더 멀쩡한 몸을 배당받는 행운을 얻어 다른 도시에서 더 젊은 여자와 새 출발을 하려 했던 건지, 난 모른다. 당시 나는 열 살이었다. 문 닫을 시간이 되어 직원들이 우리를 시설 밖으로 내보냈을 때가 되어서야 알았다. 우리는 정오부터 거기 가 있었다.

수석 직원은 아이들을 잘 다루는 푸근한 노인이었다. 그는 내 어깨에 손을 얹고 친절하게 말을 걸었다. 어머니에게는 약간 고개를 숙여 보이고 필사적으로 유지하고 있는 자제력을 무너뜨리지 않도록 형식적인 말을 몇 마디 중얼거렸다.

그는 아마 우리 같은 사람들을 매주 보았을 것이다.

나는 머리 쓸 일을 찾느라 오르테가의 비밀 목적지 코드를 암기한 다음 담뱃갑 껍질을 찢어서 먹어 버렸다.

옷이 거의 다 말랐을 때쯤 설리번이 교도소 밖으로 나와 계단을 내려오기 시작했다. 그는 마른 몸에 긴 회색 레인코트를 두르고 있었고 내가 베이시티에서는 아직 본 적이 없는 중절모를 쓰고 있었다. 팔걸이에 브이 자로 올려놓은 두 발 사이로 들어온 그의 얼굴을 뉴라켐 능력으로 당겨서 바라보니 창백하고 피곤해 보였다. 나는 벤치에서 자세를 약간 바꾼 뒤 총집에 든 필립스 총을 손가락 끝으로 살짝 건드렸다. 설리번은 곧장 이쪽으로 오다가 벤치에 널브러져 있는 내 모습을 보고 시설을 어지럽히는 부랑자라고 생각했는지 불쾌한 듯 입술을 부르르 털고 진로를 바꾸었다. 그리고 내게 눈길 한번 주지 않고 옆을 지나쳤다.

그가 몇 미터 지나친 뒤, 나는 천천히 발을 내려놓고 코트 안에서 필립스 총을 빼 들며 뒤를 따랐다. 출구에서 그를 따라잡았다. 그리고 문이 열리자마자 그의 등허리를 거칠게 밀며 얼른 밖으로 나갔다. 문이 다시 닫히기 시작했고, 설리번은 휙 돌아섰다. 얼굴이 분노로 일그러져 있었다.

"도대체 어떤 놈이……"

내 얼굴을 확인하는 순간 나머지 말은 입 밖으로 나오지 못했다.

"설리번 소장."

나는 붙임성 있게 말을 걸며 재킷 아래의 필립스 총을 보여 주었다.

"이건 소음이 없는 총이야. 난 별로 기분이 좋지 않아. 그러니 내가 시키는 대로 해."

그는 침을 삼켰다.

"원하는 게 뭐지?"

"무엇보다 트렙 이야기를 하고 싶어. 하지만 빗속에서 하고 싶지는 않아. 가자고."

"내 차는……."

"좋지 않은 생각이야. 그러니 그냥 걷지. 그리고 설리번 소장. 만약 엉뚱한 사람에게 눈 한번 깜빡하는 게 보이면 이 총으로 두 동강을 내 버리겠어. 총은 아무한테도 안 보여. 하지만 계속 겨누고 있어."

"지금 실수하는 거요, 코바치."

"난 그렇게 생각하지 않는데."

나는 드문드문 줄지어 서 있는 주차장의 차 쪽으로 고개를 까딱했다.

"곧장 지나친 다음 왼쪽으로 꺾어서 큰길로 나가. 내가 멈추라고 할 때까지."

설리번은 뭐라 말하려다 내가 필립스 총구로 쿡 찌르자 입을 다물었다. 그는 옆으로 비스듬히 선 채 계단을 내려간 뒤, 뒤를 연방 흘끗거리며 울퉁불퉁한 주차장을 지나 열린 채 녹이 슨지 몇 세기쯤 되어 보이는 이중문 쪽으로 향했다.

"앞을 봐."

나는 설리번과 점점 거리를 벌리며 소리쳤다.

"난 계속 따라가고 있어. 그건 걱정하지 말고."

큰길로 나선 뒤, 나는 간격을 10미터가량으로 늘리고 앞선 사람과 아무 상관없는 척하며 따라갔다. 좋은 동네가 아니었고 빗속에서 걷는 사람도 많지 않았다. 지금의 두 배로 거리를 벌린다 해도 쉽게 명중시킬 수 있을 것이다.

다섯 블록쯤 가니 김이 서린 국숫집 창문이 보였다. 찾던 곳이었다. 나는 걸음을 재촉해서 설리번 바깥쪽 차도 옆에 섰다.

"이리 들어가지. 안쪽 칸막이 테이블에 가서 앉아."

거리를 한번 획 둘러보았다. 눈에 띄는 사람은 없었다. 나는 설리번의 뒤를 따라 들어갔다.

식당에는 사람이 거의 없었다. 점심 손님은 오래전에 끝났고 저녁 장사도 시작하기 전이었다. 말린 꽃다발 같은 시든 우아함을 지닌 늙은 중국인 여자 둘이 고개를 함께 꾸벅거리며 구석에서 졸고 있었다. 반대편에는 연한 실크 정장 차림의 젊은 남자 넷이 위험스럽게 서성거리며 비싸 보이는 무기를 만지작거리고 있었다. 창가 테이블 한 곳에 뚱뚱한 백인이 엄청나게 큰 차우멘 한 대접을 꾸역꾸역 먹으며 홀로포르노 만화 페이지를 넘기고 있었다. 한쪽 벽 높이 설치된 비디오 화면에서는 규칙을 알 수 없는 지구 스포츠 중계가 펼쳐지고 있었다.

"차."

나는 이쪽으로 다가온 젊은 웨이터에게 말하고 설리번 맞은편에 앉았다.

"당신도 무사하지 못해."

설리번은 설득력 없는 어조로 말했다.

"날 죽이면, 진짜로 죽이면 최근 있었던 의식 입력 건을 확인해서 곧 당신을 추적해 낼 거요."

"그렇겠지. 내가 도착하기 전에 이 몸에 시행했던 불법 수술 건도 알아내겠지."

"나쁜 년. 내가 말하지 말라고 했는데……."

"당신은 협박할 처지가 아니야."

나는 부드럽게 말했다.

"지금은 내 질문에 대답하고 그 대답을 내가 믿어 주기만 바라는 수밖에 다른 방법이 없어. 나한테 추적 장치를 달라고 한 자가 누구지?"

침묵. 벽에서 흘러나오는 스포츠 중계 소음뿐이었다. 설리번은 뚱한 얼굴로 나를 쳐다보고만 있었다.

"좋아. 그럼 질문을 쉽게 바꿔 보지. 네, 아니오로만 답해. 트렙이라는 합성 인간이 당신을 찾아왔을 거야. 그 여자와 거래를 한 게 이번이 처음인가?"

"무슨 소릴 하는지 모르겠소."

나는 계산된 분노를 내보이며 손등으로 설리번의 입가를 세게 쳤다. 설리번은 부스 벽에 옆으로 부딪혔다. 모자가 떨어졌다. 실크 정장 차림의 젊은이들이 나누던 대화가 뚝 끊겼다. 내가 그쪽으로 시선을 보내니 대화는 다시 활기차게 계속되었다. 늙은 여자 둘은 뻣뻣하게 일어서서 뒷문으로 나갔다. 백인은 홀로포르노에서 눈길을 들지도 않았다. 나는 테이블 위로 몸을 내밀었다.

"설리번 소장. 그런 식으로 나오면 곤란해. 난 당신이 날 누구한테 팔았는지 아주 관심이 많아. 고객 비밀 유지가 어쩌고 하는 윤리 관념이 아직 남아 계시다고 해서 그냥 넘어가 주진 않아. 그리고 분명하지만 내게 입을 다무는 것까지 책임져야 할 정도로 돈을 많이 받지는 않았을걸."

설리번은 입가에서 흘러내리는 피를 닦으며 다시 몸을 일으켰다. 꿋꿋하게도 멀쩡한 입술 반쪽으로 제법 씁쓸한 미소까지 지어 보였다.

"내가 협박 한 번 안 당해 본 사람처럼 보이나, 코바치?"

나는 그를 때린 손등을 물끄러미 살피며 말했다.

"직접적인 폭력은 별로 경험이 없으실 텐데. 그 점이 당신한테 불리할 거야. 지금 여기서 실토할 기회를 주겠어. 그다음은 방음 장치가 된 곳으로 가도록 하지. 자, 트렙은 누가 보냈지?"

"넌 불한당이야, 코바치. 불한당 주제에……."

나는 주먹을 쥔 손을 테이블 위로 날려 설리번의 왼쪽 눈을 갈겼다. 뺨보다 소리가 덜했다. 억 소리와 함께 몸이 빙글 돌아가더니 자리에서 잔뜩 오그라들었다. 나는 그가 제정신을 차릴 때까지 무표정하게 보고만 있었다. 뭔가 차디찬 것이 내 안에서 솟아나고 있었다. 뉴페스트 교도소 벤치에서 싹이 텄고, 수많은 세월 동안 목격해야만 했던 무의미한 고통들로 담금질된 뭔가. 우리 둘 다를 위해 본인이 장담하는 것만큼 설리번이 끈질긴 놈이 아니기를 바라는 마음이었다. 나는 다시 몸을 내밀었다.

"말 잘했어, 설리번. 난 불한당이야. 당신처럼 존경할 만한 범죄자가 아니지. 메트족도 아니고, 사업가도 아니야. 기득권도 없고 연줄도 없고 사회적 지위도 없어. 난 그냥 나고, 네가 날 방해하고 있어. 그럼 다시 시작하지. 누가 트렙을 보냈지?"

"그 사람은 몰라, 코바치. 시간 낭비야."

긴 검정색 코트 주머니에 손을 찔러 넣은 여자가 문간에서 여기까지 들리도록 큰 목소리로 가볍고 경쾌하게 말했다. 날씬한 몸매에 짧게 친 검은 머리, 창백한 피부. 서 있는 자세에서 만만치 않은 전투 능력을 감지할 수 있었다. 코트 안에는 충격 흡수 기능이 있는 듯한 회색 퀼트 튜닉을 입고 있었고, 튜닉과 어울리는 작업복 바짓단은 발목까지 오는 부츠 안에 집어넣은 차림이었다. 전기 단자 모양의 은 귀걸이가 하나가 왼쪽 귀에서 반짝이고 있었다. 혼자인 것 같았다.

나는 필립스 총을 천천히 내렸다. 총구가 자신을 향하고 있었다는 것을 몰랐으면서도, 마치 그것이 신호가 된 것처럼 여자는 식당 안으로 들어섰다. 실크 정장 차림의 젊은이들이 걸음 하나하나를 빈틈없이 지켜보고 있었지만 전혀 의식하지 않는 태도였다. 여자는 우리 테이블에서 다섯 걸음 정도 떨어진 곳에서 손을 주머니에서 천천히 빼내며 보여 줄까 하고 묻는 듯한 시선을 보냈다. 나는 고개를 끄덕였고, 여자는 손을 꺼냈다. 검은 유리 반지를 낀 손에는 아무것도 없었다.

"트렙?"

"맞았어. 앉아도 될까?"

나는 필립스 총으로 맞은편을 가리켰다. 설리번은 아직 두 손으로 눈을 움켜쥐고 있었다.

"여기 있는 당신 동지한테 옆으로 비켜 달라고 해. 손은 테이블 위에 올려놓고."

여자는 미소 짓고 고개를 숙였다. 그리고 이미 벽으로 딱 붙어 자리를 마련해 놓은 설리번을 흘끗 보더니, 손을 양옆에 붙인 채 우아하게 그 옆에 들어와 앉았다. 귀걸이조차 거의 움직이지 않을 정도로 경제적인 동작이었다. 자리에 앉은 트렙은 손바닥을 위로 해서 두 손을 테이블 위에 올려놓았다.

"이렇게 하면 마음이 더 놓이나?"

"됐어."

검은 유리 반지는 귀걸이와 마찬가지로 일종의 장난이었다. 마치 엑스레이처럼 그 아래 손가락뼈가 으스스한 푸른색으로 비쳐 보였던 것이다. 적어도 스타일만은 내 마음에 들 것 같기도 했다.

"난 아무 말도 안 했소."

설리번이 불쑥 말했다.

"당신은 아는 게 없잖아."

트렙이 관심 없다는 듯 대꾸했다. 설리번 쪽을 돌아보지도 않았다.

"내가 나타난 게 당신에게는 천만다행이야. 코바치 씨는 '모른다'는 대답을 받아들일 만한 사람이 아닌 것 같으니까. 내 말 맞아?"

"원하는 게 뭐야, 트렙?"

"도와주러 왔어."

그릇 부딪히는 소리를 듣고 트렙은 고개를 들었다. 웨이터가 커다란 찻주전자와 손잡이 없는 컵 두 개를 쟁반에 받쳐 들고 옆에 서 있었다.

"당신이 시켰나?"

"그래. 알아서 드시지."

"고마워. 이거 좋아하는데."

트렙은 웨이터가 테이블 위에 차를 내려놓는 동안 기다리더니 부지런히 차를 따르기 시작했다.

"설리번, 당신도 차 한 잔 드릴까? 웨이터, 컵 하나 더 갖다 줘요. 고마워요. 그래, 어디까지 얘기했더라?"

"날 도와주러 왔다면서."

나는 날카롭게 말했다. 트렙은 녹차를 마시며 잔 너머로 나를 응시했다.

"맞아. 상황을 분명히 하려고 왔어. 당신은 여기 설리번에게서 정보를 억지로 뜯어내려 하고 있는데, 이자는 아무것도 몰라. 이 사람과 접촉한 사람은 나니까, 그래서 내가 왔어. 나랑 이야기해."

나는 침착하게 그녀를 응시했다.

"지난주에 내가 널 죽였는데, 트렙."

"그래, 나도 들었어."

트렙은 찻잔을 내려놓고 자신의 손가락뼈를 유심히 들여다보았다.

"물론 기억은 안 나. 사실 난 당신을 알지도 못해, 코바치. 마지막으로 기억나는 건 한 달 전에 탱크에 들어갔던 일뿐이야. 그 이후의 기억은 모두 사라졌어. 당신이 크루저 안에서 태워 죽였던 나, 그 여자가 죽은 거지. 그건 내가 아니야. 그러니 당신에게 나쁜 감정은 전혀 없어."

"원격 저장은 안 하나, 트렙?"

트렙은 코웃음을 쳤다.

"농담해? 나도 당신처럼 이 짓으로 먹고사는 사람이지만 그 정도로 벌진 못해. 게다가 그따위 원격 저장이 왜 필요해? 일을 망치면 어떤 방식으로든 그 대가를 치른다, 이게 내 사고방식이야. 난 당신 건을 망쳤어. 됐어?"

나는 차를 마시며 크루저 안에서의 격투 장면을 다각도로 머릿속에서 재생해 본 뒤 결론을 내렸다.

"좀 느리더군. 약간 신중하지 못했고."

"맞아. 신중하지 못했지. 나도 나중에 봤어. 합성 신체를 입고 있으면 그렇게 돼. 대단히 반선(反禪)적이지. 뉴욕에 계시는 센세(선생)가 봤다면 펄펄 뛰었을 텐데."

"안됐군."

나는 참을성 있게 말했다.

"이제 누가 널 보냈는지 말해 주겠나?"

"더 나은 정보가 있어. 그분이 널 초대했어."

트렙은 내 표정을 보고 고개를 끄덕였다.

"그래. 레이가 당신과 이야기하고 싶어 해. 지난번과 마찬가지지만 이번은 자발적으로 간다는 점이 다르지. 강제 동행은 당신한테 잘 안 먹히는 것 같아서."

"카드민은? 그자도 한패야?"

트렙은 잇새로 숨을 빨아들였다.

"카드민은, 음, 지금으로서는 카드민은 약간 부차적인 문제야. 솔직히 약간 곤혹스러운. 하지만 그 건에 대해서도 의논할 수 있을 거야. 솔직히 지금은 더 이상 말해 줄 수 없어."

트렙은 어느새 일어나 앉아 귀를 기울이고 있는 설리번 쪽으로 힐끗 눈짓을 해 보였다.

"다른 곳으로 가서 이야기하자고."

나는 고개를 끄덕였다.

"좋아. 따라가지. 하지만 가기 전에 기본적인 규칙 몇 가지는 분명히 해 두겠어. 첫째, 가상현실은 사절."

"그 점은 벌써 짐작했어."

트렙은 찻잔을 비우고 테이블에서 일어서기 시작했다.

"레이한테 직접 데려오라는 지시를 받았으니까. 실물을."

나는 트렙의 어깨에 손을 얹었다. 그녀는 우뚝 멈췄다.

"두 번째. 날 놀라게 하지 마. 무슨 일이 진행될지 나한테 미리 정확하게 말해. 예기치 못한 일이 조금이라도 생기면, 당신 센세를 실망시킬 일이 한 번 더 생길 거야."

"좋아. 놀라게 하지 않는다."

트렙은 팔을 붙잡히는 데 익숙하지 않은 듯 약간 억지 미소를 지었다.

"식당 밖으로 나간 다음 택시를 탈 거야. 됐나?"

"빈 택시일 경우에만."

나는 팔을 놓았다. 트렙은 물 흐르듯 두 손을 양옆에서 뗀 채 마저 일어섰다. 나는 주머니에서 플라스틱 화폐 몇 장을 꺼내 설리번에게 던졌다.

"당신은 여기 있어. 우리가 사라지기 전에 문밖으로 나오는 게 보이면 얼굴에다 구멍을 뚫어 버릴 거야. 찻값은 내가 내지."

트렙을 따라 문으로 향하는 동안, 웨이터가 설리번의 찻잔과, 뭉개진 입술을 닦으라는 뜻인지 큰 흰색 손수건을 들고 테이블로

갔다. 착한 친구였다. 내 앞길을 막지 않으려고 비켜서다 발이 엉켜 넘어질 뻔했다. 나를 보는 눈빛에는 혐오와 경외감이 뒤섞여 있었다. 아까 나를 사로잡았던 얼음장 같은 분노가 사라지면서, 나는 그의 눈빛에 공감할 수 있었다.

실크 옷차림의 젊은이들은 우리가 나가는 모습을 뱀 같은 눈으로 뚫어지게 쳐다보고 있었다.

바깥에는 여전히 비가 내리고 있었다. 나는 옷깃을 세우고 트렙이 차량 호출기를 꺼내 머리 위에서 이리저리 흔드는 것을 바라보았다.

"잠시면 돼."

그녀는 내게 묘한 시선으로 곁눈질을 했다.

"그 가게 누구 건지 알고 있어?"

"대충."

트렙은 고개를 저었다.

"삼합회 국숫집이야. 그런 데서 사람 취조할 생각을 하다니. 당신 위험하게 사는 걸 즐기나?"

나는 어깨를 으쓱했다.

"내 고향에서 범죄자들은 다른 사람이 싸우는 데 끼어들지 않아. 대체로 겁쟁이들이지. 오히려 건실한 시민들이 끼어들 가능성이 높아."

"여긴 안 그래. 지구의 건실한 시민들은 대체로 너무 건실해서 모르는 사람을 위해 주먹질은 안 한다고. 그런 건 경찰이 할 일이니까. 당신은 할란스 월드 출신이지?"

"그래."

"아마 퀠주의자 정신 같은 건가 보군?"

"그럴지도."

자동택시가 호출에 응답하여 빗줄기를 뚫고 빙글빙글 내려앉았다. 트렙은 열린 해치 옆에 서서 빈 좌석을 보라는 듯 가리켰다. 나는 옅은 미소를 지었다.

"먼저 들어가."

"그러시든가."

트렙은 택시에 올라 반대편으로 옮겨 내가 탈 자리를 마련해 주었다. 나는 맞은편에 앉아 트렙의 손을 보았다. 트렙은 내가 손을 보고 있는 것을 눈치 챘는지 씩 웃으며 의자 등받이 위쪽에 십자가 모양으로 팔을 걸쳤다. 해치가 아래로 내려오면서 빗물이 튀었다.

"어브라인 서비스를 이용해 주셔서 감사합니다. 목적지를 말씀해 주십시오."

택시는 상쾌하게 말했다.

"공항."

트렙은 등받이에 몸을 기대며 내 반응을 살폈다.

"개인 비행기 전용 터미널."

택시는 이륙했다. 나는 트렙 뒤쪽 창문에 부딪히는 빗물을 바라보며 억양 없이 말했다.

"그럼 가까운 곳은 아니군."

트렙은 다시 팔을 끌어당겨 손바닥을 위로 향했다.

"가상현실로 들어가려 할 것 같지는 않아서 힘든 길을 택했지. 준궤도 비행이야. 세 시간쯤 걸려."

"준궤도 비행?"

나는 심호흡을 하고 총집에 든 필립스 총을 가볍게 두드려 보였다.

"비행기 타기 전에 이걸 내놓으라고 하면 난 정말 화낼 거야."

"그래, 그것도 그럴 것 같았어. 진정해, 코바치. 개인 터미널이라고 했잖아. 맞춤형 비행이야. 너만 타는. 원한다면 전술 핵이라도 지참하고 탈 수 있어. 됐어?"

"어디로 가는 거지, 트렙?"

그녀는 미소했다.

"유럽."

유럽 어디인지는 몰라도 날씨는 더 좋았다. 둔중하고 창문이 없는 준궤도 비행선은 합금 유리 활주로에 내려앉았고, 우리는 비행기에서 내려 반짝이는 햇빛을 받으며 터미널 건물로 향했다. 햇빛이 마치 재킷을 뚫고 들어와 몸 위에 물리적인 압박을 가하는 기분이었다. 하늘은 지평선 끝부터 끝까지 한결같이 파랬고, 공기는 단단하고 메마른 느낌이었다. 파일럿이 불러 준 여기 시간은 이제 겨우 한낮이었다. 나는 어깨를 움츠리며 재킷을 벗었다. 트렙이 어깨 너머로 말했다.

"리무진이 기다리고 있을 텐데."

우리는 터미널 안으로 들어가서 야자나무와 기타 알 수 없는 열대식물들이 거대한 유리 천장에 닿을 듯 솟아 있는 미세 기후 조정 구역을 지났다. 스프링클러 시스템에서 안개비가 부옇게 내리고 있어서 건조한 바깥 공기보다 습기 있고 쾌적했다. 나무 사이 복도에는 아이들이 소리치며 놀고 있었고, 그 아이들과 도저히 같은 하늘 아래 있을 법하지 않은 노인들이 연철 벤치에 앉아 꾸벅꾸벅 졸고 있었다. 중간 세대들은 커피 스탠드에 여기저기 모여앉아 대부분의 터미널 건물 안을 지배하는 시간과 일정이라는 요소를 모두 망각한 듯 베이시티 사람들보다 더 활발한 몸짓을 해 가며 이야기를 나누고 있었다.

나는 어깨 위에 걸친 재킷을 당겨 총을 최대한 잘 가리고 트렙을 따라 나무 사이로 들어섰다. 하지만 바로 옆 야자나무 아래 서 있던 보안 요원 두 사람과, 복도 가장자리를 따라 발가락을 질질 끌고 이쪽으로 다가오던 어린 여자아이의 시선을 미처 피하지는 못했다. 긴장하는 보안 요원들에게 트렙이 사인을 보내자 그들은 고개를 끄덕이더니 원래의 느긋한 자세로 돌아갔다. 분명 우리가 온다는 것을 알고 있었던 모양이었다. 아이 쪽은 그렇게 쉽게 안심시킬 수 없었다. 아이는 눈을 커다랗게 뜨고 보다가 내가 손가락으로 권총 모양을 만들어서 시끄러운 음향 효과까지 곁들여 총 쏘는 시늉을 해 보이자 이를 드러내고 활짝 웃더니 옆의 벤치 뒤에 숨어 버렸다. 복도 끝까지 걸어가는 내내 아이가 내 등에 대고 총 쏘는 소리가 들려왔다.

밖으로 다시 나오자 트렙은 빽빽하게 늘어선 택시를 지나 대기 지역 바깥에서 빈둥거리고 있는 검은 크루저를 향했다. 우리는 에어컨 공기가 시원한 택시에 탄 뒤 연회색 형상 기억 좌석에 앉았다.

"10분 걸려."

크루저는 상공으로 날아올랐다. 트렙이 말했다.

"미세 기후 조정 어땠어?"

"멋있더군."

"공항 곳곳에 있어. 주말이면 사람들이 중심가에서 공항으로 몰려들어 하루를 보내지. 재미있지?"

나는 입속으로 투덜거리며 창밖을 바라보았다. 소용돌이 모양으로 인구가 정착한 대도시 패턴이 한눈에 내려다보였다. 저 멀리 먼지가 부옇게 긴 듯한 평야가 지평선을 넘어 눈이 시리도록 푸른 하늘까지 이어지고 있었다. 왼쪽으로는 산맥의 윤곽이 보였다.

트렙은 내가 이야기를 할 마음이 아니라는 것을 알아챘는지, 귀걸이를 낀 귀 뒤에 전화 잭을 꽂느라 바빴다. 역시 체내 칩이었다. 통화를 시작하자 트렙은 눈을 감았고, 다른 사람이 이런 물건을 사용할 때 느끼는 혼자가 된 듯한 묘한 기분이 나를 감쌌다.

혼자가 된 것은 좋았다.

솔직히 여기까지 오는 내내 트렙에게 나는 따분한 길동무였다. 비행선 객실에서 트렙은 내 과거에 대해 눈에 띄게 관심을 보였지만 나는 줄곧 입을 다물었던 것이다. 마침내 트렙은 할란스 월드와 특파 부대에서의 활약상을 끄집어내는 것을 포기하고 대신 카드 게임 몇 가지를 가르쳐 주겠다고 나섰다. 그나마 남은 문화인으로서의 예절 때문에 나도 호응해 주었지만, 둘이라는 인원수는 카드놀이에 썩 어울리지 않는 데다 둘 다 마음은 다른 곳에 가 있었다. 우리는 각자 비행기에 구비된 미디어 스택을 뒤적이며 말 없이 유럽에 착륙했다. 트렙은 별 관심이 없는 것 같았지만, 나는 지난번 둘이 같이 했던 크루저 여행의 기억을 아직 잊지 못하고 있었다.

발아래 평야는 점점 녹색을 더해 가며 산지로 이어졌고, 바위 틈에 숲이 우거진 어느 계곡을 지나자 뭔가 인공적인 구조물이 나타났다. 하강하는 동안 트렙은 눈꺼풀을 파르르 떨며 잭을 뽑았다. 이것은 칩 시냅스 연결을 해제하지 않은 채 잭을 뽑았다는 뜻이다. 대부분의 제조사에서 엄격히 금지하는 일이었다. 배짱을 자랑하고 싶었는지도 모른다. 하지만 나는 신경 쓰지 않았다. 정신이 온통 착륙장 옆의 물체에 쏠려 있었던 것이다.

오랜 세월 동안 풍화된 흔적이 있는 육중한 돌 십자가였다. 내가 지금껏 본 그 어떤 십자가보다 더 컸다. 크루저가 맴을 돌면서 십자가 아랫부분을 지나치는 순간, 십자가 아래쪽 한가운데에 거대한 암석으로 된 기반이 깔려 있는 것이 눈에 띄었다. 마치 어느 은퇴한 전쟁의 신이 거인의 칼날을 땅에 박아 놓은 듯한 모양이었다. 규모가 거의 주변의 산과 어깨를 겨룰 정도여서, 도저히 인간의 힘으로는 운반했을 것 같지가 않았다. 받침대 아래의 계단식 테라스와 부속 건물만 해도 엄청나게 컸지만, 그 위에 웅장하게 버티고 있는 십자가에 비하면 아무것도 아니었다.

트렙은 눈을 반짝이며 나를 바라보고 있었다.

리무진은 평평한 암석 위에 내려앉았다. 나는 차에서 내리면서 햇빛에 눈을 가늘게 뜨고 십자가를 올려다보았다.

"이건 가톨릭 물건인가?"

"예전에는."

트렙은 저 앞의 암석에 뚫린 길쭉한 철문 쪽으로 향했다.

"처음 세웠을 때. 지금은 개인 소유야."

"어쩌다가?"

"레이한테 물어봐."

이번에는 트렙 쪽에서 대화에 별 흥미를 보이지 않았다. 거대한 건축물이 트렙의 성격 중에서 다른 부분을 이끌어내고 있는 것 같았다. 그녀는 마치 자석에 이끌리듯 문 쪽으로 다가갔다.

입구로 다가가자 경첩의 동력 장치가 둔한 굉음을 내며 문이 서서히 열리더니 2미터 정도 벌어진 뒤에 멈췄다. 나는 트렙에게 먼저 가라고 손짓했다. 트렙은 어깨를 으쓱하며 문지방을 넘어섰다. 어둑어둑한 입구 양쪽 벽에서 뭔가 커다란 것이 거미처럼 움직였다. 나는 네멕스 총에 손을 갖다 댔다. 하지만 쓸데없는 짓이라는 것을 알고 있었다. 우리는 거인의 땅에 와 있었던 것이다.

남자의 몸길이만 한 총열이 어둠 속에서 나타나더니, 경비 로봇 두 대가 몸수색을 했다. 헨드릭스의 로비 방어 시스템에 장착되어 있던 것과 거의 비슷해 보이는 총열 구경을 보고 나는 내 총을 포기했다. 자동 살상 시스템은 곤충처럼 희미하게 지직거리는 소리를 내며 물러나더니 벽이 약간 움푹 파인 곳으로 돌아갔다. 총기 아래쪽 바닥에는 검을 쥔 거대한 금속 천사상이 서 있었다.

"진정해."

성당 같은 고요 속에서 트렙의 음성이 유난히 크게 들렸다.

"죽일 생각이었으면 뭐 하러 여기까지 데려왔겠어?"

트렙을 따라 긴 돌계단을 내려가니 주 석실이 나왔다. 거대한 바실리카는 십자가 아래의 기반암 길이 전체를 차지할 정도로 거대했고 천장은 너무 높아 잘 보이지도 않았다. 앞쪽 계단 위쪽은 약간 높고 폭이 더 좁은 공간이었으며 조명이 더 밝았다. 계단 위로 올라가 보니 두건을 쓴 수호천사 석상들 위로 돔형 천장이 솟아 있었다. 천사들은 손을 두꺼운 검에 대고 두건 아래 입가에는 경멸의 빛이 희미하게 어린 미소를 짓고 있었다.

내 입술도 반사적으로 약간 비틀려 올라갔다. 온갖 생각이 고성능 폭탄처럼 머릿속을 오가고 있었다.

바실리카 저쪽 끝에 회색 물체가 공중에 매달려 있었다. 비석 같은 것을 영구 자력장 안에 배치해 놓았나 하는 생각이 잠시 스쳤지만, 다음 순간 회색 물체 중 하나가 서늘한 바람결에 살짝 움직였다. 문득 나는 그것의 정체를 깨달았다.

"감탄했어요, 다케시 상?"

우아한 일본어 목소리가 시안화물처럼 나를 강타했다. 온갖 감정이 치밀어 오르며 순간 호흡이 멎었다. 뉴라켐 시스템을 타고 한 줄기 전류가 지그재그로 흘렀다. 나는 목소리가 들린 쪽으로 천천히 돌아섰다. 폭력을 행사하고 싶은 의지를 억누르느라 눈 아래 근육이 바르르 떨렸다.

"레이."

나는 아맹글릭어로 말했다.

"처음부터 눈치 챘어야 하는데."

바실리카 저쪽 끝의 원형 석실로 통하는 문간에서 레일린 가와하라가 나오면서 조롱하듯 허리를 굽혀 절을 해 보였다. 그리고 유창한 아맹글릭어로 말했다.

"눈치 챘어야 했는지도 모르지. 그래. 하지만 당신에게 내 마음에 드는 구석이 하나 있다면, 코바치, 놀랄 수 있는 무한한 능력이랄까. 역전의 용사다운 그 모든 태도에도 불구하고, 당신 영혼은 본질적으로 순진해. 요즘 같은 때 흔치 않은 업적이지. 어떻게 해

낸 거지?"

"직업상의 비밀이야. 인간이 아니면 이해 못 하지."

내 모욕적인 대꾸도 상대에게 가 닿지 않았다. 가와하라는 내 말이 바닥에 떨어져 있기라도 한 듯 대리석 바닥을 찬찬히 바라 보았다.

"그래, 이런 건 예전에 다 했던 얘기지."

내 기억은 뉴 베이징으로 날아갔다. 가와하라의 세력이 건설한 암적인 권력 구조, 그리고 그녀의 이름과 늘 함께 떠올리게 되는, 고문당하는 자들의 귀를 찢는 비명 소리.

나는 회색 자루 쪽으로 다가가서 툭 쳤다. 우툴두툴한 표면이 푹 꺼지면서 케이블에 매달린 채 약간 흔들거렸다. 안에서 뭔가 꿈틀거렸다.

"방탄이지?"

가와하라는 고개를 갸우뚱했다.

"음. 총탄 종류에 따라 다르다고 봐야겠지. 하지만 충격 흡수는 확실해."

나는 어딘가에서 웃음을 짜냈다.

"방탄 자궁벽이라! 정말 당신뿐일 거야, 가와하라. 자기 클론에 방탄 처리까지 해서 산속에 묻어 놔야 하는 사람은."

가와하라는 조명 빛 속으로 들어섰다. 그 얼굴을 보는 순간 강 렬한 증오의 감정이 치밀어 올라 명치끝을 때렸다. 레일린 가와하 라는 오스트레일리아 서부 피션 시티의 지저분한 슬럼가 출신이 라고 스스로 주장하고 있지만, 그게 사실이라 해도 그 시절의 흔 적은 오래전에 지워 없애 버린 것이 분명했다. 내 앞에 서 있는 인물은 댄서 같은 우아한 자세와 즉각적인 호르몬 반응을 불러일으키지 않는 미묘한 매력을 지닌 균형 잡힌 몸, 장난꾸러기 요정 같은 영리한 얼굴의 소유자였다. 뉴 베이징에서 입었던 몸과 같은, 전혀 이식 수술을 받지 않은 맞춤 배양된 신체였다. 예술 수준으로 끌어올린 순수한 유기체. 가와하라는 그 몸에 검은 옷을 입고 있었다. 종아리 중간까지 내려오는 빳빳한 튤립 봉오리 같은 스커트가 아랫도리를 감싸고 있었고 상체에는 부드러운 실크 블라우스를 검은 물처럼 두르고 있었다. 신발은 스페이스덱 실내화를 본뜬 것이었지만 굽이 약간 있었고, 짧게 친 다갈색 머리카락은 뒤로 빗어 넘겨 윤곽이 깨끗한 얼굴을 드러내고 있었다. 살짝 섹시하게 찍은 투자 펀드 회사 광고 속에 사는 인물 같았다.

"권력은 습관적으로 자신을 은폐하는 법이지."

가와하라는 말했다.

"할란스 월드의 유엔 방위군 벙커를 생각해 봐. 당신을 숨겨 놓고 특파 부대에서 원하는 인간형으로 개조했던 그 땅굴이나. 지배력의 본질은 사람들의 눈에서 숨겨져 있다는 데 있어. 안 그런가?"

"지난주 내내 질질 끌려 다녔던 방식으로 생각해 보자면, 맞는 말이라고 해야겠지. 그래, 이 장광설의 요점이 뭐요?"

"좋아."

가와하라는 트렙에게 시선을 주었다. 트렙은 관광객처럼 고개를 쭉 빼고 천장을 쳐다보며 어두운 그늘 속으로 물러갔다. 나는 앉을 자리를 찾아 주위를 둘러보았지만 의자는 없었다.

"물론 이미 알고 있겠지만 로렌스 뱅크로프트에게 당신을 추천한 건 나였어."

"뱅크로프트에게 들었소."

"그래. 네가 들어간 호텔이 그렇게 사이코 같은 곳만 아니었어도 지금처럼 일이 얽히지는 않았을 텐데. 일주일 전에 이 대화를 나누고 모두가 쓸데없는 고통을 겪지 않아도 됐을 거야. 내 의도는 카드민에게 당신을 해치라는 게 아니었어. 산 채로 여기 데려오라는 거였지."

"프로그램이 변했더군."

나는 곡선으로 된 벽을 따라 걸으며 말했다.

"카드민은 이제 당신 명령을 따르지 않아. 오늘 아침 나를 죽이려고 했소."

가와하라는 짜증스럽다는 듯한 몸짓을 했다.

"알고 있어. 그래서 널 여기 데려온 거야."

"당신이 카드민을 탈옥시킨 거요?"

"물론이지."

"카드민이 당신에 대해 경찰에 불겠다고 해서?"

"경찰 구금 상태에서는 최선의 작전을 펼칠 수가 없다고 키스 러더포드에게 말했다더군. 그런 상태에서는 나와의 계약을 지키기가 어려울 것 같다고."

"미묘한 표현이군."

"그렇지. 나는 복잡 미묘한 협상을 도저히 거부하지 못하는 성미라. 카드민한테는 재투자를 하게 될 것 같아."

"그래서 추적 장치로 날 따라와서 카드민을 빼낸 다음 카니지한테 보내 의식 입력을 시켰군, 그렇지?"

주머니에 오르테가의 담배가 느껴졌다. 바실리카의 어스름한 불빛 속에서, 익숙한 담뱃갑은 마치 다른 세계에서 날아온 우편엽서 같았다.

"파나마 로즈에서 두 번째 격투 선수의 몸에 의식을 입력하지 않고 있었던 이유가 그거였군. 그때 막 카드민 건을 끝낸 뒤였어. 카드민은 '신의 오른손' 순교자의 몸을 입고 유유히 빠져나간 거고."

"당신이 거기 도착했을 때쯤."

가와하라는 고개를 끄덕였다.

"당신이 옆을 지나칠 때 카드민은 잡부 흉내를 냈다고 알고 있어. 여기서는 담배를 피우지 않았으면 좋겠어."

"가와하라. 내가 당신더러 내출혈로 죽어 버리라고 한다고 당신이 내 말을 들어줄 것 같지는 않은데."

나는 담배를 발화 패치에 갖다 대서 불을 붙였다. 문득 기억났다. 링 안에서 무릎을 꿇고 있던 남자. 나는 영상을 천천히 재생시켰다. 격투장 갑판 위에서 살인 무대에 칠하고 있는 디자인을 내려다보고 있던 사람. 우리가 지나칠 때 올려다보던 얼굴. 그래, 미소까지 지었더랬다. 나는 얼굴을 찌푸렸다.

"이런 상황에 처한 사람치고는 상당히 무례하군."

침착한 음성 밑바닥에 거칠거칠한 분노가 깔려 있는 것이 느껴졌다. 자제심이 강하다는 것을 늘 과시하는 사람이었지만, 레일린 가와하라는 무례한 행동에 대처하는 데는 뱅크로프트나 매킨타이어 장군, 그간 내가 만나 봤던 그 어떤 권력자들보다 나을 것이 없었다.

"네 목숨은 위험에 처해 있어. 널 지켜 줄 수 있는 사람은 나뿐이야."

"목숨이 위험에 처한 적은 많았어. 대체로 당신 같은 시시한 자들이 현실을 좌지우지할 수 있는 중대한 결정을 내린 여파로 인해 생긴 일들이었지. 벌써 당신 때문에 카드민이 날 상당히 귀찮게 했잖소. 아니, 어쩌면 당신의 가상현실 위치 추적기를 이용해서 날 추적했을지도 모르지."

가와하라는 이를 악물었다.

"내가 보냈어. 널 데려오라고. 이번에도 날 거역했지만."

"왜 안 그랬겠나."

나는 어깨의 멍을 문질렀다.

"이런 마당에 도대체 당신이 나한테 다음에는 얼마나 더 잘해 줄 거라고 기대하란 말이지?"

"넌 내게 그럴 능력이 있다는 걸 알고 있으니까."

가와하라는 고개를 숙여 회색 클론 포대를 피해서 방을 가로지르더니 벽을 따라 돌고 있는 내 앞을 가로막았다. 분노로 얼굴이 팽팽했다.

"나는 이 태양계에서 가장 강력한 일곱 사람 중 한 사람이야. 유엔 야전 사령관조차 부러워할 권력을 휘두를 수 있는 사람이라고."

"자부심이 이 건물을 닮아 가는군, 레일린. 설리번을 추적하고 있지 않았다면 날 찾아내지도 못했을 주제에. 도대체 카드민은 어떻게 찾아내겠다는 거요?"

"코바치, 코바치."

가와하라의 웃음에는 내 눈구멍을 손가락으로 파헤쳐 놓고 싶은 충동을 억지로 참는 듯한 떨림이 있었다.

"지구의 그 어느 도시든 내가 누구를 추적하라는 명령만 내리면 길거리에서 무슨 일이 벌어지는지 알아? 여기서 지금 당장 널 죽여 버리는 게 얼마나 쉬운 일인지 알아?"

나는 유유히 담배 연기를 빨아들인 뒤 가와하라의 얼굴에 내뿜었다.

"당신의 충직한 가신 트렙이 10분 전에 말했어. 그냥 죽여 버리려면 왜 여기까지 데려왔겠냐고. 당신은 내게 원하는 게 있어. 그게 뭐요?"

가와하라는 콧김을 세게 내뿜었다. 침착한 표정이 서서히 떠올랐다. 그녀는 몇 걸음 물러나더니 돌아섰다.

"네 말이 맞아, 코바치. 넌 살아 있어야 해. 네가 지금 사라지면 뱅크로프트가 오해할 테니까."

나는 발밑의 돌에 새겨진 문자를 멍하니 발로 문질렀다.

"오해가 아니라 이해를 할지도 모르지. 뱅크로프트를 죽인 게 당신인가?"

가와하라의 얼굴에 재미있다는 표정이 떠올랐다.

"아니야. 그는 자살했어."

"아, 그렇군."

"네가 믿든 안 믿든 내게 그건 중요한 문제가 아니야, 코바치. 내가 원하는 건 수사 종료야. 깔끔한 마무리."

"어떤 깔끔한 마무리를 원하는 거요?"

"상관없어. 뭐든 꾸며 내. 넌 특파 부대잖아. 뱅크로프트를 설득하라고. 경찰의 결론이 옳았다고 생각하도록 잘 이야기해. 필요하다면 범인이라도 꾸며 내든지."

엷은 미소.

"물론 그 후보자 중에서 난 빼 줘."

"당신이 뱅크로프트를 죽이지 않았다면, 그가 정말 자기 머리를 날린 거라면, 결론이 어떻게 나든 당신이 무슨 상관이지? 당신이 얻는 게 뭐요?"

"그건 논하고 싶지 않아."

나는 천천히 고개를 끄덕였다.

"그럼 그 깔끔한 마무리의 대가로 난 뭘 얻게 되지?"

"10만 달러 외에?"

가와하라는 궁리를 해 보자는 듯 고개를 갸우뚱했다.

"음, 다른 쪽에서도 상당히 후한 유희 제공 제안이 들어온 걸로 알고 있는데. 그리고 나는 무슨 수를 써서라도 카드민을 네게서 떼어내 주지."

나는 발밑의 문자를 내려다보며, 연결 고리 하나하나를 곱씹어 보았다. 내 눈길이 닿은 곳을 보고 그 문자에 대해 생각한다고 착각했는지 가와하라가 말했다.

"프란시스코 프랑코. 오래전의 시시한 독재자야. 이 건물을 지은 사람이지."

"트렙은 가톨릭 건물이라고 하던데."

가와하라는 어깨를 으쓱했다.

"종교의 환상을 지닌 시시한 독재자였어. 가톨릭은 독재와 잘 어울리지. 문화 자체가 비슷하니까."

나는 일부러 태연한 시선으로 주위를 둘러보며 로봇 보안 시스템을 찾았다.

"흠, 그런 것 같군. 내가 정리해 보지. 엉터리 이야기를 지어내서 뱅크로프트를 설득시켜라, 그러면 그 대가로 애당초 당신이 내게 붙인 카드민을 떼내 주겠다. 이거요?"

"그렇게 표현하자면, 바로 그거야."

나는 마지막 연기를 허파 가득 들이마시고 향을 음미한 뒤 내뿜었다.

"집어치워, 가와하라."

나는 글자가 새겨진 돌조각 위에 담배를 내던지고 발뒤꿈치로 밟아 껐다.

"카드민은 운에 맡겨 보겠어, 뱅크로프트한테는 당신이 살해 명령을 내린 것 같다고 보고할 거고. 자. 이제 혹시 날 살려 놓겠다는 마음이 바뀌셨나?"

양옆에 늘어뜨린 손이 권총의 까칠한 손잡이를 쥐고 싶은 욕구에 부르르 떨었다. 가와하라의 목줄기, 스택이 있는 높이에다 네멕스 세 방을 박아 넣은 뒤, 입에 권총을 물고 내 스택을 날려 버리고 싶었다. 가와하라야 틀림없이 원격 저장 장치가 따로 있겠지만, 빌어먹을, 어떻게든 발버둥은 쳐 봐야 하는 거 아닌가. 자살 충동도 이 정도 견뎌 냈으면 충분하다.

더 나쁠 수도 있었다. 이네닌 때와 같았을 수도 있었다.

가와하라는 딱하다는 듯 고개를 저었다. 그녀는 미소 짓고 있었다.

"언제나 변함없는 코바치 그대로군. 무의미한 음향과 분노에 가득 차 있는. 낭만적인 허무주의. 뉴 베이징 이후로 배운 게 전혀 없나?"

"너무나 부패한 무대에서 유일하게 할 수 있는 깨끗한 행위는 허무주의적인 행위뿐이다."

"아, 퀠이군. 그렇지? 내가 좋아하던 문장은 셰익스피어였는데, 식민지 문화는 그렇게 역사가 깊지는 않을 테고."

가와하라는 공연을 시작하려는 전신극의 체조 선수 같은 포즈를 취한 채 아직도 미소 짓고 있었다. 나는 잠시 가와하라가 머리 위 돔 어딘가에 숨겨진 스피커에서 흘러나오는 정크 리듬에 맞춰 정말 춤을 추려는 게 아닌가 하는, 환각에 가까운 확신에 젖었다.

"다케시, 그렇게 맹목적이고 단순한 방식으로 모든 걸 해결할 수 있다는 그 확신은 도대체 어디서 생긴 거지? 특파 부대는 아닐 테고. 뉴페스트 갱단에서? 어렸을 때 아버지한테 채찍질을 당할 때 생긴 건가? 정말 네가 멋대로 하도록 내가 그냥 내버려 둘 거라고 생각했어? 정말 내가 이렇게 빈손으로 협상 테이블에 앉았다고 생각하는 건가? 생각해 봐. 넌 날 알잖아. 정말 그렇게 쉬울 거라고 믿었나?"

몸 안에서 뉴라켐이 끓어올랐다. 나는 낙하 해치에서 대기하고 있는 특수부대처럼 잠시 숨을 고르고 성질을 억눌렀다.

"좋아."

나는 평정하게 말했다.

"재미있는 이야기를 해 봐."

"기꺼이."

가와하라는 검정 실크 블라우스 가슴 주머니에 손을 집어넣었다. 그리고 작은 홀로파일 하나를 꺼내더니 엄지손가락 손톱으로 딸깍 하고 켰다. 파일 위 허공에 영상이 생겨나기 시작했다. 가와하라는 파일을 내게 건넸다.

"법률 용어투성이지만, 요점은 파악할 수 있을 거야."

나는 작은 빛의 구체를 독이 든 꽃송이라도 된다는 듯 받아들었다. 이름 하나가 곧장 눈에 띄었다.

세라 사칠로프스카.

계약 전문 용어가 마치 슬로모션으로 머리 위를 덮치는 건물처럼 하나씩 눈에 들어왔다.

석방하여 개인 저장소에 수용한다.

수용 조건은.

무기한.

유엔 재량하에 자격 심사 의무.

베이시티 교도소 감독 하에.

서류의 내용이 머릿속을 역겹게 통과했다. 기회가 있었을 때 설리번을 죽여 버렸어야 했다.

"열흘이야."

가와하라는 내 반응을 찬찬히 지켜보고 있었다.

"이 기한 내에 뱅크로프트에게 수사가 끝났다는 걸 납득시키고 손을 떼. 이 기한을 넘기면 사칠로프스카는 내가 운영하는 클리닉에 저장된다. 요즘 새로운 세대로 진화한 가상 고문 프로그램이 속속 나오고 있는데, 사칠로프스카가 그 선구자가 되도록 내가 직접 감독해 주지."

홀로파일이 대리석 바닥에 부딪혀 와작 하고 깨졌다. 나는 이를 드러내고 가와하라를 향해 비틀비틀 다가갔다. 내가 받은 전투 훈련과는 아무 상관없는 으르렁거리는 소리가 목구멍에서 낮게 울려 나왔고 손은 매의 발톱처럼 구부정하게 세워져 있었다. 가와하라의 피 맛을 보고 싶었다.

절반도 채 가기 전에 차가운 총구가 목덜미에 닿았다.

"안 그러는 게 좋을걸."

트렙이 귓가에 대고 말했다.

가와하라가 다가와서 내 앞에 섰다.

"식민지 교도소에 수용된 골칫거리들을 사들일 수 있는 재력가는 뱅크로프트뿐만이 아니야. 이틀 전에 내가 사칠로프스카를 사겠다고 하니 가나가와 교도소가 환호성을 지르더군. 외계로 일단 전송되면 니들캐스트를 통해 다시 돌아올 만한 돈을 모을 가능성이 상당히 희박하다고 생각하는 거지. 보내는 것도 고마운데 거기다 돈까지 받으니. 더할 나위 없이 좋은 거 아니겠어. 아마 이런 유행이 계속 번지기를 바라고 있을 거야."

가와하라는 생각에 잠겨 내 옷깃을 손가락으로 쓸었다.

"가상현실 시장이 요즘 같다면 솔직히 한번 시작해 볼 만한 유행이지."

눈 밑의 근육이 격렬하게 떨렸다.

"죽여 버리겠어."

나는 속삭였다.

"네 심장을 찢어발겨서 먹어 버리겠어. 이 건물을 모조리 깔아뭉개고……"

가와하라는 얼굴이 거의 닿을 정도로 몸을 기울였다. 숨결에서 민트와 오레가노 향이 희미하게 느껴졌다.

"아니, 넌 못해. 정확히 내가 시킨 그대로, 열흘 안에 할 거야. 하지 않으면 네 친구 사칠로프스카가 구원의 여지 없는 지옥 여행을 시작하게 될 테니까."

가와하라는 물러서서 두 손을 들어 보였다.

"코바치, 내가 새디스트가 아니라는 사실에 대해 할란스 월드에서 섬기는 무슨 신에게든 감사를 드리는 게 좋아. 이거 아니면 저거라는 선택의 기회를 줬잖아. 사칠로프스카에게 어느 정도의 고통을 겪게 할 건지도 쉽게 협상할 수 있어. 뭐, 지금부터 시작할 수도 있지. 그러면 일을 좀 더 빨리 마무리하는 동기 부여가 되지 않을까, 안 그래? 가상현실 속에서 열흘이라면 주관적으로는 삼사 년에 달하는 기간이야. 너도 웨이 클리닉에서 당했잖아. 사칠로프스카가 그 정도 고문을 3년이나 견딜 수 있을까? 아마 돌아버리지 않을까 싶은데. 안 그래?"

증오를 억제하느라 눈알 뒤에서 가슴까지 찢어지는 것 같았다. 나는 겨우 입을 열었다.

"조건. 그녀가 석방되었다는 걸 내가 어떻게 확인하지?"

"내가 보증하니까."

가와하라는 팔을 양옆으로 늘어뜨렸다.

"내 보증이 유효하다는 건 과거 경험을 통해 알고 있을 거야."

나는 천천히 고개를 끄덕였다.

"사건이 종료되었다는 것을 뱅크로프트가 받아들이고 네가 눈앞에서 사라지는 순간, 나는 사칠로프스카를 할란스 월드로 돌려보내 그곳에서 형기를 마치도록 하겠어."

가와하라는 허리를 굽혀 내가 떨어뜨린 홀로파일을 집어 들었다. 그리고 능숙하게 몇 번 기울여 페이지를 넘겼다.

"여기 계약 파기 조항도 적혀 있는 거 보일 거야. 물론 나는 계약금 상당 부분을 잃게 되겠지만 상황에 따라 기꺼이 그럴 용의가 있어."

가와하라는 희미하게 미소 지었다.

"하지만 계약 파기는 쌍방에서 가능하다는 걸 명심해. 난 돌려준 것도 언제든 도로 살 수 있거든. 그러니 혹시라도 잠시 숨어 지내다가 다시 뱅크로프트에게 돌아갈 생각을 하고 있다면, 그 생각은 지금 당장 포기하는 게 좋을 거야. 네게 승산이 없는 수니까."

목에서 총구가 떨어졌다. 트렙은 물러났다. 뉴라켐이 마비 환자를 위한 자동운동복처럼 내 몸을 겨우 지탱해 주었다. 나는 멍하니 가와하라를 응시했다.

"나한테 도대체 왜 이러는 거야?"

나는 속삭였다.

"뱅크로프트가 원하는 대답을 얻지 못하기를 바랐다면 뭣 때문에 굳이 나를 끌어들인 거지?"

"넌 특파 부대니까, 코바치."

가와하라는 아이를 대하듯 천천히 말했다.

"자기 손으로 죽었다는 것을 로렌스 뱅크로프트에게 납득시킬 수 있는 사람이 있다면, 그건 너뿐이니까. 그리고 난 네 행동을 예측할 수 있을 정도로 널 잘 알고 있으니까. 네가 지구에 도착하는 즉시 이리 데려오도록 조치해 놨는데, 호텔이 개입해서 실패했지. 그리고 웨이 클리닉에서 기회가 왔을 때도 다시 이리 데려오려고 노력했더랬어."

"내가 허풍을 쳐서 웨이 클리닉에서 빠져나갈 수 있었던 거야."

"아, 그래. 생체 밀매꾼 이야기. 정말 그따위 삼류 익스피리언스 같은 엉터리로 그 친구들을 속여 넘겼다고 생각하는 거야? 잠시 고민하는 동안 시간을 벌었을지는 모르겠지만, 네가 웨이 클리닉에서 무사히 빠져나온 이유, 유일한 이유는 내가 그렇게 내보내라고 명령했기 때문이었어."

가와하라는 어깨를 으쓱했다.

"한데 넌 굳이 애써서 탈출을 하더군. 정신없는 일주일이었어. 그 누구보다 내게도 책임이 있고. 꼭 마치 생쥐의 미로를 엉터리로 설계한 행동심리학자 같은 기분이야."

내 몸이 부들부들 떨리고 있는 것이 희미하게 느껴졌다.

"좋아. 하겠어."

"그럼. 당연히 해야지."

뭔가 다른 할 말이 없는지 찾았지만, 무슨 수술로 인해 저항 능력이 완전히 빠져나간 것 같은 기분이었다. 바실리카의 냉기가 뼛속까지 스며들어오는 것 같았다. 나는 애써 떨림을 진정시키고 가려고 돌아섰다. 트랩이 조용히 다가와 앞장을 섰다. 열 발자국쯤 갔을까, 가와하라가 뒤에서 불렀다.

"아, 코바치……."

나는 꿈결처럼 돌아섰다. 가와하라는 미소 짓고 있었다.

"깔끔하게, 아주 신속히 마무리하는 데 성공한다면 격려 조로 현금을 줄 생각도 있어. 보너스 정도로 해 두지. 협상 가능해. 트렘이 전화번호를 알려 줄 거야."

나는 다시 돌아섰다. 연기가 피어오르던 이네닌의 폐허 이래로 단 한 번도 느껴 보지 못한 무감각이었다. 희미하게, 트렙이 어깨를 두드리는 것이 느껴졌다.

"힘내. 여기서 나가자고."

트렙은 동지처럼 말했다. 나는 트렙의 뒤를 따라 영혼을 짓누르는 건물 아래, 두건을 쓴 수호천사의 조롱하는 듯한 미소 아래를 걸어 나왔다. 회색 자궁에 든 클론 사이에서 가와하라가 비슷한 미소를 띤 채 줄곧 나를 지켜보고 있다는 것을 알 수 있었다. 홀을 빠져나가는 데는 영원과 같은 시간이 흘렀다. 거대한 철문이 열리고 바깥세상이 눈앞에 펼쳐지는 순간 안으로 쏟아진 햇빛이 마치 생명줄처럼 느껴져서 나는 물에 빠진 사람처럼 정신없이 거기 매달렸다. 순간 바실리카는 수직의 차가운 심해였고, 나는 물결치는 수면 위 햇빛을 향해 발버둥치고 있었다. 침침한 건물 그늘에서 벗어나는 순간, 내 몸은 온기를 마치 자양분처럼 빨아들였다. 아주 천천히, 떨림이 사라져 갔다.

하지만 고요한 힘을 뿜어내는 십자가 아래에서 천천히 멀어지는 동안에도, 마치 목덜미에 닿은 차가운 손길처럼 그 공간의 존재감은 계속 느껴졌다.

그날 밤은 모든 것이 흐릿했다. 나중에 재구성해 보려고 했지만, 특파 부대 기억술로도 기억의 파편만 남았을 뿐이었다.

트렙은 시내에서 밤을 보내자고 했다. 유럽 최고의 밤 문화가 몇 분 거리에 있는지 어디가 좋은지도 다 알고 있다는 것이었다.

나는 사고 과정을 정지시키고 싶었다.

우리는 내가 발음할 수 없는 어느 거리의 호텔방에서 시작했다. 니들스프레이로 안구의 흰자에 무언가 테트라메스 유사 물질 같은 것을 쏘았다. 나는 창가 의자에 수동적으로 앉아서 트렙의 손길에 몸을 내맡긴 채 세라와 밀스포트의 방을 떠올리지 않으려고 애썼다. 아예 아무 생각도 하지 않으려고. 창밖의 2색 홀로그래피가 뿜어내는 붉은색과 황동색 불빛 속에서 정신을 잔뜩 집중한 트렙의 얼굴은 마치 계약을 맺고 있는 악마 같았다. 테트라메스가 전신의 시냅스를 통과하면서 지각의 가장자리가 음험하게 기우뚱했다. 내가 트렙의 눈에 약을 주사할 차례가 되었고, 나는 얼굴의 형태적 구조 자체에 넋을 잃을 뻔했다. 이건 아주 좋은 약이었다…….

기독교의 지옥을 묘사한 벽화 속에서, 벌거벗은 죄인들이 지르는 끝없는 비명 위로 화염이 구부정한 손가락처럼 날름거리고 있었다. 홀 한쪽 끝에서는 벽화 속의 인물들이 연기와 소음 속에서 술집의 인간 군상과 섞여 들었고, 회전식 무대 위에는 여자 하나가 춤을 추고 있었다. 가장자리에 설치된 유리 꽃봉오리가 무대와 같이 회전하고 있었는데, 꽃봉오리가 관객과 댄서 사이를 지나칠 때면 여자는 사라지고 그 자리에 미소 띤 해골이 나타나 춤을 추었다.

"여기는 '모든 육체는 소멸한다'라는 곳이야."

트렙이 관객들 사이를 헤치고 지나가며 소음 너머로 소리쳤다. 그녀는 댄서를 가리킨 다음 자기 손에 낀 검은 유리 반지를 가리켰다.

"이 반지 아이디어도 여기서 얻었지. 대단한 무대 효과지?"

나는 빠른 속도로 술을 마셨다.

인류는 수천 년 동안 천국과 지옥을 꿈꾸어 왔다. 삶과 죽음이라는 구속으로 인해 끝나거나 줄어들거나 단축되지 않는 쾌락과 고통. 가상현실 포맷 덕분에 이러한 환상은 현실이 되었다. 필요한 것은 오로지 공업 용량의 발전기뿐. 인류는 지구 위에 정녕 지옥을, 그리고 천국을, 만들어 낸 것이다.

"서사적이군. 앤진 챈드라의 외부로 향하는 인간에게 보내는 고별사 같은 건가."

트렙이 외쳤다.

"하지만 무슨 뜻인지는 알겠어."

머릿속을 달리던 말들이 입 밖으로 나왔던 모양이었다. 인용이었다 해도, 나 역시 누구 말인지 몰랐다. 분명 퀠주의는 아니다. 퀠이 이런 소리를 하는 자를 봤다면 아마 뺨이라도 때렸을 것이다.

트렙은 아직도 소리치고 있었다.

"요점은 당신한테는 열흘이라는 기한이 있다는 거야."

현실이 기우뚱, 불꽃 빛 조명 덩어리로 비스듬히 흐른다. 음악. 움직임과 웃음. 내 이빨 아래의 유리잔 모서리. 허벅지에 와 닿는 따뜻한 허벅지. 트렙의 허벅지라고 생각했지만, 돌아보니 긴 검은 생머리에 진홍빛 입술을 한 다른 여자가 나를 향해 미소 짓는다. 노골적인 유혹의 표정에 최근 보았던 뭔가가 희미하게 떠오르고……

거리의 한 장면.

거리 양쪽으로 발코니가 줄지어 있고 수많은 작은 술집에서 새어 나오는 빛과 소리가 보도 위로 혓바닥을 날름거리고 있었다. 거리에도 사람들이 여기저기 모여 있었다. 나는 지난주에 내가 죽였던 여자 옆에서 걸으며 고양이에 대해 하던 이야기를 마저 하려 했다.

내가 잊고 있었던 뭔가가 있었다. 가려진 뭔가가.

중요한 뭔가가…….

"그런 소릴 어떻게 믿어."

트렙이 불쑥 말했다. 아니, 뭔가가 거의 윤곽을 잡아 가는 순간 그 소리가 머릿속으로 직접 불쑥 튀어들어…….

일부러 그랬던 걸까? 방금까지 그렇게 굳게 믿고 있었던 고양이에 대한 내 생각이 무엇이었는지조차 기억나지 않았다.

춤을 추었다. 어딘가에서.

눈에 테트라메스를 다시 집어넣었다. 길모퉁이 벽에 기대서서. 누군가 지나치다가 우리를 향해 뭐라 소리쳤다. 나는 눈을 깜빡이고 그쪽을 보려고 했다.

"젠장, 가만히 있어."

"저 여자 뭐라고 했지?"

트렙은 집중하느라 눈살을 찌푸린 채 내 눈꺼풀을 다시 뒤집었다.

"우리 둘 다 예쁘다고 했어. 빌어먹을 마약쟁이, 적선이라도 달라는 거겠지."

어딘가의 나무로 벽을 댄 화장실에서, 나는 금이 간 거울 속의 내가 입고 있는 얼굴을 바라보았다. 마치 그 얼굴이 나에 대해 범죄라도 저질렀다는 듯이. 아니면 금이 간 얼굴 뒤에서 누군가 다른 사람이 나타나 주기를 기다리는 듯이. 내 손은 거울 아래 지저분한 철제 세면대를 짚고 있었고, 몸무게 때문에 세면대를 벽에 붙인 길쭉한 에폭시에서 금방이라도 뜯겨 나갈 듯한 소리가 났다.

얼마나 오래 거기 있었는지 알 수 없었다. 거기가 어디인지도 알 수 없었다. 오늘 밤 우리가 지나온 그런 곳이 얼마나 되는지도 알 수 없었다.

그런 것들은 전혀 중요하지 않은 것 같았다. 왜냐하면······.

거울은 틀에 맞지 않았다. 별 모양의 거울을 위태롭게 지탱하고 있는 플라스틱 모서리에는 들쭉날쭉한 홈이 파여 있었다.

"모서리가 너무 많군."

나는 혼잣말로 중얼거렸다. 도대체 서로 맞는 게 없잖아.

이 말이 불현듯 의미심장하게 들렸다. 일상 회화에서 우연히 리듬과 운율이 맞아떨어지듯이. 이 거울을 내가 고칠 수 있을 것 같지는 않았다. 수리하려다가 유리 조각에 손을 벨 것이다. 집어

치우자.

나는 거울 속 라이커의 얼굴을 남겨 두고 다시 밖으로 나왔다. 트렙은 촛불이 높다랗게 쌓인 테이블 앞에 앉아 긴 상아 파이프를 빨고 있었다.

"미키 노자와? 진담인가?"

"젠장, 그래."

트렙은 열렬히 고개를 끄덕였다.

"함대의 주먹, 그렇지? 적어도 네 번은 봤을 거야. 뉴욕 익스피리어 극장가에서는 수입된 식민지물을 많이 틀어. 요즘 인기가 있거든. 그가 작살잡이를 날아차기로 물리치는 장면. 아름답지. 동작 자체가 시야. 이봐, 그가 젊었을 때 홀로포르노물을 찍었다는 거 알고 있어?"

"말도 안 돼. 미키 노자와는 포르노를 찍은 적이 없어. 그럴 필요가 없었어."

"필요 같은 소리 하고 있네. 여자 둘이랑 하는 장면이 있어. 나라면 공짜로라도 같이 찍었을걸."

"말도. 안. 돼."

"하느님께 맹세해. 백인 코와 눈을 한 그 몸으로 찍었어. 크루저 사고에서 폐기 처분한 그 몸. 진짜 초기작이야."

벽과 천장에 초현실적인 잡종 악기 같은 것들이 매달려 있는 바가 있었고, 바 뒤쪽 선반에는 오래된 술병과 정교한 조각상들, 이름 모를 허섭스레기들이 꽉 차 있었다. 소음의 정도는 비교적 낮았고 나는 내 시스템에 즉각적인 손상을 지나치게 입히지 않을 듯한 맛이 나는 것을 마시고 있었다. 공기에서는 희미한 사향 냄새가 났고 테이블 위에는 사탕 과자를 담은 작은 쟁반이 있었다.

"도대체 왜 그래?"

"뭐가?"

트렙은 멍하니 고개를 저었다.

"고양이 기르는 거? 고양이를 좋아하……."

"빌어먹을 가와하라 밑에서 일하는 것 말이야. 인간 실패작에다 스택이 아까운 쓰레기 메트족 같은 그런 여자를 위해서 뭐 하러……."

트렙은 손짓을 하고 있던 내 팔을 잡았다. 순간 나는 폭력이 날아올 거라고 생각했다. 뉴라켐이 나른하게 깨어 일어났다. 하지만 트렙은 내 팔을 다정하게 자기 어깨에 걸치더니 내 얼굴을 자기 쪽으로 끌어당겼다. 그리고 부엉이처럼 눈을 껌뻑이며 나를 쳐다보았다.

"잘 들어."

긴 침묵이 흘렀다. 나는 귀를 기울였다. 트렙은 미간을 찌푸리며 생각을 가다듬더니 잔에서 술을 한 모금 길게 들이켠 뒤 과장된 동작으로 조심스럽게 테이블 위에 놓았다. 그녀는 나를 향해 손가락 하나를 까딱거렸다.

"비판당하지 않으려면 비판하지 말라."

혀가 꼬이는 말투.

약간 아래로 경사진 다른 거리. 갑자기 걷는 것이 쉬워졌다.

머리 위에는 별빛이 총총했다. 베이시티에 와서 일주일 내내 봤던 그 어느 때보다 더 또렷한 별빛이었다. 나는 하늘을 올려다보며 걸음을 멈추고 산양자리를 찾았다.

뭔가. 이상하다.

낯설었다. 단 하나의 별자리도 알아볼 수가 없었다. 식은땀이 팔 안쪽에 배어났다. 갑자기 또렷하게 반짝이는 별빛들이 마치 행성 폭격을 위해 모여든 외계 군단처럼 보였다. 화성인이 돌아왔다. 좁은 골목 위 하늘을 육중하게 가로지르는 우주선이 보이는 것만 같았다…….

내가 비틀거리며 넘어지자 트렙이 웃으며 붙잡았다.

"이봐, 뭐가 보인다고 그래? 메뚜기?"

나의 하늘은 아니었다.

점점 나빠지고 있다.

눈부실 정도로 밝은 다른 화장실 안에서, 나는 트렙이 준 가루를 코에 넣으려고 안간힘을 쓰고 있다. 콧구멍은 이미 바싹 말랐고, 이 몸은 이미 취할 만큼 취했다는 듯 가루는 자꾸 떨어지기만 한다. 등 뒤의 칸막이 안에서 물 내리는 소리가 들린다. 나는 커다란 거울을 올려다본다.

지미 드 소토가 이네닌의 진흙이 잔뜩 묻은 전투복 차림으로 칸막이 안에서 나온다. 밝은 욕실 조명 안에서 얼굴이 유난히 안 좋아 보인다.

"괜찮나, 친구?"

"별로."

나는 코 안쪽을 긁는다. 점막이 부어오르기 시작한 것 같다.

"자넨?"

지미는 불평해서는 안 된다는 듯한 몸짓을 하더니 거울 안에서 내 옆으로 와서 선다. 그가 세면대 위로 몸을 숙이자 광반응 센서가 달린 수도꼭지에서 물이 나오고, 그는 진흙을 씻어 내기 시작한다. 살갗에서 씻겨 나간 진흙과 피딱지가 걸쭉한 죽처럼 작은 소용돌이를 일으키며 배수구 안으로 빨려 들어간다. 어깨에 그의 몸이 느껴졌지만, 남아 있는 그의 한쪽 눈이 거울 속의 나를 뚫어지게 쳐다보고 있기 때문에 돌아볼 수는 없다, 아니, 돌아보고 싶지는 않다.

"이거 꿈이야?"

지미는 어깨를 으쓱하고 계속 손만 문지른다.

"가장자리야."

"무슨 가장자리?"

"모든 것의."

지미의 표정은 그것만은 분명하다는 것 같다.

"자넨 내 꿈에서만 나타나지 않나."

나는 아무렇지도 않게 그의 손을 흘긋 보며 말한다. 뭔가 이상하다. 아무리 오물을 씻어 내도 그 밑은 계속 더럽다. 세면대는 진흙투성이다.

"그렇게 표현할 수도 있겠지, 친구. 꿈이든, 고도의 스트레스로 인한 환각이든, 아니면 이런 식으로 자기 머리를 망가뜨리는 짓이든. 모두 가장자리야. 현실의 벽면에 난 갈라진 틈이라고. 나 같은 멍청이들이 굴러 떨어지는."

"지미, 넌 죽었어. 이젠 이 소리 하기도 지겨워 죽겠다고."

그는 고개를 젓는다.

"하지만 나를 만나려면 자넨 그 틈 안으로 내려와야 해."

피와 흙이 섞인 세면대 안의 죽은 점점 엷어지고 있다. 문득 나는 그 죽이 다 빠져나가면 지미도 없어질 거라는 것을 깨닫는다.

"자네 말은……."

지미는 슬프게 고개를 젓는다.

"지금 다 이야기하기엔 너무 복잡해. 인간은 자기들이 현실의 조각들을 기록할 수 있다는 이유로 현실을 지배한다고 생각하지. 하지만 그 이상이 존재해, 친구. 그 이상이 존재한다고."

나는 난감하다는 듯 손짓한다.

"지미. 도대체 난 어떻게 해야 하지?"

지미는 세면대에서 물러난다. 망가진 얼굴이 번들거리며 나를 향해 웃는다.

"바이러스 공격."

그는 또렷이 말한다. 이네닌 상륙 지점에서 내가 외쳤던 바로 그 표현이 그의 입에서 나오자 오싹 소름이 끼친다.

"그 어머니를 불러내, 알겠어?"

그리고 손에서 물을 뚝뚝 흘리며, 지미는 마술처럼 사라진다.

"이봐."

트렙은 논리 정연하게 말했다.

"카드민은 합성 신체를 입기 위해 탱크에 들어갔을 거야. 그럼 자기가 널 죽였는지 못 죽였는지조차 족히 한나절은 지난 다음에야 알게 되었을 거 아니야."

"미리 두 개의 신체에다 의식 복제를 해 넣었을 수도 있지."

"아니. 생각해 봐. 그는 가와하라의 명령을 듣지 않고 있어. 지금은 카드민에게 그 정도 능력이 없다고. 개인으로 활동하고 있는데, 가와하라가 자기를 노리는 상황이니 입지가 아주 좁아. 유효 기간이 다 된 물건이야."

"가와하라는 날 부리는 데 필요한 이상 카드민을 버리지 않을 거야."

"음, 글쎄."

트렙은 당혹스러운 얼굴로 잔을 내려다보았다.

"그럴 수도."

케이블인가, 그 비슷한 이름의 다른 곳도 있었다. 벽에는 색깔로 구분된 관들이 연결되어 있고, 거기서 뻣뻣한 구릿빛 머리카락처럼 전선이 튀어나와 있었다. 바에 군데군데 달린 고리에는 치명적으로 생긴 얇은 케이블이 걸려 있었고, 그 끝에는 반짝이는 은색 미니 잭이 달려 있었다. 바 위쪽 허공에 떠 있는 거대한 홀로그래피 잭과 소켓은 물처럼 술집 전체를 채우고 있는 오프비트 리듬에 맞춰 발작적으로 섹스를 하고 있었다. 가끔 전기 부속이 성기로 둔갑하기도 했는데, 이건 어쩌면 테트라메스로 인한 나의 환각일지도 모른다.

나는 바에 앉아 있었다. 팔꿈치 옆에 놓인 재떨이에서 뭔가 달콤한 연기가 피어오르고 있었다. 허파와 목구멍에 찌꺼기가 낀 느낌이 있는 걸로 봐서 내가 그것을 피웠던 모양이었다. 술집은 사람으로 북적댔지만, 나는 혼자라는 묘한 확신에 젖었다.

내 양옆에 앉은 손님들은 얇은 케이블을 몸에 연결한 채 멍든 것 같은 눈꺼풀 밑에서 눈을 파르르 깜빡이며 입술에는 몽롱한 미소를 띠고 있었다. 그중 한 사람은 트렙이었다.

나는 혼자였다.

생각으로 발전할 수도 있었던 것들이 피곤한 의식 밑바닥에 도 사리고 있었다. 나는 담배를 집어 들고 고집스럽게 연기를 빨았 다. 지금은 생각할 시간이 아니다.

생각할 시간이……

바이러스 공격

……없다.

꿈속에서 내 옆을 걷던 지미의 부츠 아래로 이네닌의 잔해가 흐르듯 지나쳤듯이, 내 발밑에서 도로가 지나갔다. 아, 지미가 이 렇게 했던 거였군.

진홍색 입술의 여인은…….

어쩌면 넌…….

뭐? 뭐라고?

잭과 소켓.

뭔가를 이야기하려고…….

생각할 시간이 아니…….

생각할…….

생…….

소용돌이치던 물처럼, 지미의 손에서 떨어져 나와 세면대 바닥의 구멍으로 빠져나가던 진흙과 핏물처럼…….

다시 사라졌다.

하지만 생각은 어김없이 새벽과 함께, 어둑한 물 밑으로 이어지는 흰 돌계단 위에서 다시 찾아왔다. 등 뒤에는 웅장한 건축물이 어렴풋이 서 있었고, 물 건너편 빠른 속도로 빛을 더해 가는 어둠 속으로 나무들을 알아볼 수 있었다. 우리는 공원에 있었다.

트렙이 내 어깨 너머에서 몸을 숙이더니 불붙인 담배를 건넸다. 나는 반사적으로 받아 들고 한 번 빨아들인 후 힘없이 풀린 입술 사이로 연기를 내보냈다. 트렙은 내 옆에 쭈그리고 앉았다. 말도 안 되게 큰 물고기 한 마리가 발아래 물속에서 퍼덕거렸다. 반응을 보이기엔 나는 너무 지쳐 있었다.

"돌연변이."

트렙은 뜬금없이 말했다.

"너도 마찬가지야."

작은 대화의 조각은 물 위로 흘러가 버렸다.

"진통제 필요해?"

"그럴 것 같군."

나는 두개골 속의 느낌을 점검했다.

"맞아."

트렙은 말없이 인상적인 색깔의 캡슐이 든 포장을 건넸다.

"이제 뭘 할 거야?"

나는 어깨를 으쓱했다.

"돌아가야지. 들은 대로 행동하러."

4부

설득

바이러스 오염

나는 공항에서 오는 길에 택시를 세 번 갈아타고 세 번 다 현금으로 돈을 낸 뒤 오클랜드의 어느 싸구려 여인숙에 들었다. 전자 장치 같은 걸로 나를 추적하는 자가 있다 해도 아마 따라잡는 데 어느 정도 시간이 걸릴 것이다. 솔직히 미행당하지 않았다고 확신했다. 약간 편집증적인 것 같기도 했다. 어쨌든 나는 이제 나쁜 놈 쪽에서 일하고 있으니 미행할 필요도 없을 것이다. 하지만 베이시티 터미널에서 헤어질 때 트렙이 반어적으로 "연락 계속하자."라고 던진 말이 마음에 걸렸다. 아직 어떻게 할지 확실히 마음을 정하지 못했을 뿐더러, 마음을 못 정했어도 다른 사람에게 그 사실을 알게 하고 싶지는 않았던 것이다.

　여인숙 방에는 786개의 스크린 채널이 있었다. 대기 중 화면에 홀로포르노와 시사 광고가 진한 색으로 나오고 있었다. 소독약 냄새가 풍기는 더블 침대와 벽에 붙인 에폭시가 벗겨지기 시작하는 샤워 부스도 있었다. 나는 유리창 하나로 된 지저분한 창밖을 내다보았다. 베이시티는 한밤중이었으며, 부슬부슬 안개비가 내리고 있었다. 오르테가와 약속한 시간이 다 되어 가고 있었다.

창밖 10미터 아래쪽에 비스듬한 파이버크리트 지붕이 있었다. 10미터 더 아래쪽에는 거리가 있었다. 머리 위로는 탑 모양의 위층 처마가 아래쪽 지붕과 그 아래 거리를 가리고 있었다. 몸을 숨길 수 있는 공간이다. 나는 잠시 고민하다가 트렙이 준 마지막 진통제를 꺼내 삼키고 최대한 조용히 창문을 연 다음 넘어가서 아래쪽 창틀에 매달렸다. 몸을 완전히 쭉 뻗어도 아직 아래쪽 지붕에서 8미터 높이였다.

원시적인 행동 방식. 흠, 한밤중 호텔 창문을 넘어서 내려가는 것보다 더 원시적인 행동 방식은 없을 것이다.

지붕이 겉보기처럼 단단하기만 바라며, 나는 손을 놓았다.

나는 경사진 지붕 위에 제대로 떨어진 뒤 한쪽으로 굴렀다. 문득 다리가 다시 허공 위로 내밀어져 있다는 것을 깨달았다. 지붕은 단단했지만 생 벨라위드처럼 미끈거렸고, 몸이 빠른 속도로 가장자리로 미끄러졌다. 지탱할 만한 것을 찾아 팔꿈치를 바닥에 대 보았지만 아무것도 없었다. 지붕에서 떨어지려는 순간, 나는 날카로운 지붕 가장자리를 겨우 한 손으로 붙들었다.

거리까지는 10미터. 지붕 모서리가 손바닥에 파고들었다. 나는 잠시 한 팔로 매달린 채 쓰레기통이나 주차된 차량 따위 장애물 같은 것이 없는지 찾아보려다 포기하고 그냥 떨어졌다. 보도가 점점 가까워지더니 몸에 세게 부딪혔지만 날카로운 물체는 없었다. 나는 일어서서 가장 가까운 그늘로 향했다.

10분 동안 가만히 서 있다가 골목을 이곳저곳 돌아다니던 중한 줄로 서서 대기 중인 자동택시들을 발견했다. 얼른 몸을 숨긴 곳에서 빠져나와 다섯 번째 차에 탔다. 크루저가 상승하는 동안나는 오르테가가 준 비밀 코드를 말했다.

"코드 인식. 추정 소요 시간 35분."

크루저는 베이시티 위를 지나 바다로 나갔다.

가장자리가 너무 많다.

머릿속에서는 간밤에 있었던 일들이 아무렇게나 만든 생선 스튜처럼 조각조각 끓고 있었다. 소화할 수 없는 덩어리들이 표면에 떠올랐다가 기억의 흐름에 이리 밀리고 저리 밀리며 다시 가라앉았다. 트렙이 케이블 바에서 잭을 꽂고 있던 모습, 피떡으로 얼룩진 손을 씻던 지미 드 소토, 별 모양 거울 속에서 나를 응시하던라이커의 얼굴. 뱅크로프트의 죽음은 자살이라고 주장하면서 오르테가와 베이시티 경찰처럼 수사 종료를 요구하던 가와하라의모습도 어딘가에 있었다. 미리엄 뱅크로프트와 개인적으로 접촉했다는 사실을, 로렌스 뱅크로프트에 대한 일들을, 그리고 카드민에 대해서도 알고 있던 가와하라.

숙취의 마지막 끄트머리가 전갈처럼 꿈틀거리며 서서히 더해가는 트렙의 진통제 기운과 격투를 벌이고 있었다. 변명이 많은선(禪)의 전사, 내 손에 죽었지만 그 사실을 기억하지 못하기 때문에 아무런 악감정 없이 돌아온 트렙. 본인의 표현을 빌리자면, 자신에게 일어난 일이 아니기 때문에.

자기 손으로 죽었다는 것을 로렌스 뱅크로프트에게 납득시킬

수 있는 사람이 있다면, 그건 너뿐이야.

케이블에서 가상현실에 접속해 있던 트렙.

바이러스 공격. 그 어머니를 불러내, 알겠어?

선터치 하우스의 발코니에서 내 눈을 똑바로 쳐다보고 있던 뱅크로프트의 눈. *난 목숨을 스스로 끊을 인간이 아니고, 설사 그렇다 해도 나라면 이런 식으로 서툴게 자살하지는 않을 거요. 내가 정말 죽을 의도였다면 지금 당신과 이렇게 이야기하고 있지도 않을 거요.*

순간 눈앞이 환해지면서, 내가 무엇을 해야 하는지 알 수 있었다.

택시는 하강하기 시작했다.

"바닥이 불안정합니다. 조심하십시오."

흔들리는 갑판 위에 내려앉는 순간, 필요 없는 말이 굳이 기계에서 흘러나왔다. 나는 슬롯에 화폐를 넣었다. 해치가 올라가고 오르테가가 지정해 준 장소가 나타났다. 좁은 청동색 착륙장, 강철 케이블로 된 난간, 그 너머 바다, 구름과 빗줄기에 젖은 밤하늘 아래에서 끊임없이 철썩이는 검은 물결. 나는 조심스럽게 택시에서 내려 가까운 난간을 붙들었다. 택시는 다시 날아올라 곧 비의 장막 속으로 사라져 버렸다. 크루저의 표지등이 희미해질 즈음, 나는 지금 내가 서 있는 배로 주의를 돌렸다.

착륙장은 고물 쪽에 있었고, 지금 난간을 붙들고 있는 위치에서는 배 전체를 한눈에 볼 수 있었다. 길이는 20미터가량, 밀스포트 트롤 어선의 3분의 2쯤 되는 길이였지만 폭은 훨씬 좁았다. 갑판은 폭풍을 견뎌 낼 수 있는 매끈한 자동 밀폐 설계가 되어 있었다. 한데 대체로 업무용으로 보이는 외관에도 불구하고 이 배를 고기잡이에 이용할 사람은 아무도 없을 것 같았다. 갑판 두 군데에 서 있는 섬세한 전망용 돛대는 높이가 보통의 절반 정도밖에 안 되어 보였고, 날렵하게 빠진 고물 앞쪽으로 제1사장이 칼날처럼 비죽 튀어나와 있었다. 이건 요트였다. 부자들의 수상 저택.

뒤 갑판 위의 해치에서 빛이 새어 나오더니 오르테가의 모습이 착륙장에서 멀리 떨어진 곳에 나타났다. 나는 난간을 힘주어 잡고 위아래 양옆으로 흔들리는 배 위에서 중심을 잡으며 착륙장 한쪽에 나 있는 짧은 계단을 내려갔다. 뒤 갑판을 가로질러 해치로 향했다. 소용돌이에 실린 빗줄기가 갑판을 휩쓸어서 서둘러야 했다. 열린 해치에서 나오는 빛 덕분에 다시 좀 더 가파른 계단이 눈에 띄었다. 나는 좁은 계단을 더듬더듬 내려가서 따뜻한 선실로 들어섰다. 머리 위에서 해치가 우웅 소리를 내며 부드럽게 닫혔다.

"도대체 어디 있었던 거야?"

오르테가가 쏘아붙였다.

나는 잠시 머리에서 물을 닦아 낸 뒤 주위를 둘러보았다. 여기가 부자의 수상 저택이 맞다면 아마 그 부자는 자기 집을 한동안 비웠던 모양이다. 선실 벽면에 가구가 차곡차곡 쌓인 채 반투명 비닐로 덮여 있었고 벽장형의 작은 바로 된 선반은 비어 있었다. 창문 위 해치도 모두 닫혀 있었다. 선실 양쪽 끝에 난 문으로 통하는 방 역시 한참 쓰지 않은 흔적이 역력했다.

그럼에도 불구하고 요트에서는 그것을 낳은 부의 냄새가 풍겼다. 비닐 아래의 의자와 테이블, 문짝은 광택이 나는 진한 목재였고, 발밑의 왁스칠한 나무 판 위에는 양탄자가 깔려 있었다. 나머지 장식도 비슷하게 엄숙한 분위기였으며 벽면에는 원본으로 보이는 미술품이 걸려 있었다. 감정이입주의 화풍으로 뼈대만 남은 화성인의 조선소가 석양에 물들어 있는 작품 하나, 그리고 문화적 배경이 없어서 해독할 수 없는 추상회화 한 점이었다.

오르테가는 헝클어진 머리에 원색 실크 기모노 차림으로 얼굴을 찌푸린 채 그 한가운데 서 있었다. 배 안에 있던 옷가지 중 하나를 골라 입은 모양이었다.

"사연이 길어."

나는 오르테가 옆을 지나쳐서 저쪽 문 안을 들여다보았다.

"취사실을 쓸 수 있으면 커피를 한 잔 마시고 싶은데."

침실이었다. 그리 좋은 취향이라고 할 수 없는 거울 한가운데 크고 둥근 침대가 놓여 있었고, 급히 나왔는지 누비이불이 헝클어진 채 한쪽으로 걷혀 있었다. 반대편 문 쪽으로 가려는데 오르테가가 갑자기 내 뺨을 때렸다.

나는 옆으로 비틀거렸다. 국숫집에서 내가 설리번을 때렸을 때만큼 세지는 않았지만, 선 자세로 더 크게 휘두른 일격이었고 게다가 배가 기울어져 있어서 균형을 잡기가 더 힘들었다. 숙취와 진통제 기운도 한몫을 했다. 나는 쓰러지지는 않았지만 거의 쓰러질 뻔했다. 나는 다시 균형을 잡으면서 한 손을 뺨에 댄 채 오르테가를 쳐다보았다. 오르테가는 양쪽 광대뼈 위에 이글거리는 홍조를 띤 채 나를 노려보았다.

"이봐, 잠을 깨웠으면 미안한데……."

"이 개 같은 자식."

오르테가는 날카롭게 쏘아붙였다.

"거짓말쟁이 새끼."

"내가 무슨……."

"널 체포했어야 하는데, 코바치. 네가 저지른 짓으로 잡아넣었어야 했다고."

점점 성질이 나기 시작했다.

"내가 뭘 했는데? 진정 좀 하고 무슨 일인지 말을 해 봐, 오르테가."

"오늘 헨드릭스의 기억장치를 검색했어."

오르테가는 차갑게 말했다.

"약식 수색 영장이 정오에 통과됐거든. 지난주 분량 전부 다. 난 그걸 확인하고 있었어."

오르테가의 마지막 말이 떨어지는 순간, 급속도로 불붙고 있던 분노가 다시 푹 꺼져 버렸다. 마치 바닷물 한 통을 내 머리 위에 끼얹은 기분이었다.

"아."

"그래. 별로 많지는 않더라고."

오르테가가 돌아서서 기모노 차림의 어깨를 감싸 안은 채 내 옆을 지나 아직 확인하지 않은 문 쪽으로 향했다.

"지금은 당신이 유일한 투숙객이니까. 당신뿐이었어. 그리고 당신을 찾아온 손님."

나는 오르테가의 뒤를 따라 카펫이 깔린 두 번째 방으로 들어섰다. 두 계단을 내려가니 한쪽으로 낮은 나무 칸막이 뒤로 좁고 바닥이 아래로 꺼진 취사실이 있었다. 나머지 벽면에는 첫 번째 방과 마찬가지로 비닐이 덮인 가구가 쌓여 있었는데, 내 맞은편 모서리만 비닐을 벗긴 1제곱미터 넓이의 비디오 스크린과 그에 딸린 수신 및 재생기가 놓여 있었다. 등받이가 꼿꼿한 의자 하나가 그 앞에 놓여 있었고, 스크린 안에는 누가 봐도 틀림없는 엘리어스 라이커의 얼굴이 미리엄 뱅크로프트의 넓게 벌린 허벅지 사이로 파고드는 장면이 정지 영상으로 펼쳐지고 있었다.

"의자에 리모컨이 있어."

오르테가는 내게서 떨어진 채 말했다.

"내가 커피를 끓이는 동안 구경 좀 하시지. 기억도 되살릴 겸. 그런 다음 해명을 해 봐."

오르테가는 미처 대꾸할 틈도 없이 취사실 안으로 들어갔다. 나는 정지된 비디오 화면으로 다가갔다. 머지 나인으로 흠뻑 젖은 기억이 되살아나면서 속이 울렁거렸다. 혼돈의 소용돌이 속에서 잠 한숨 자지 못했던 어제 하루하고 한나절 동안 완전히 잊고 있었던 미리엄 뱅크로프트가 육체를 입은 채 되돌아와서 그날 밤처럼 나를 압도하고 도취시키고 있었다. 헨드릭스 측 변호사와 법률적 입씨름을 거의 끝냈다는 로드리고 바우티스타의 말도 그동안 잊고 있었다.

발길에 뭔가 채어서 카펫을 내려다보았다. 의자 옆 바닥에 3분의 1쯤 찬 커피 머그잔이 놓여 있었다. 오르테가가 호텔 메모리를 얼마나 봤는지 궁금했다. 나는 스크린 위의 영상을 흘끗 보았다. 여기까지만 봤나? 또 뭘 봤지? 이제 어떻게 나가야 할까? 나는 리모컨을 집어 들고 뒤집었다. 지금까지 내 계획에는 오르테가의 협조가 핵심적인 역할을 차지하고 있었다. 지금 그녀가 돌아선다면 골치가 아파진다.

하지만 지금 내 속을 긁는 것은 뭔가 다른 이유였다. 인정한다는 것은 치명적인 어리석음이 될 것이므로 인정하고 싶지 않은 감정. 메모리 뒤쪽에 뭐가 있었는지 궁리하는 와중에도, 지금 스크린에 떠 있는 장면과 밀접하게 얽힌 어떤 감정이 솟아올랐다.

당혹스러움. 수치심.

바보스럽다. 나는 고개를 저었다. 빌어먹을, 어리석다.

"왜 안 봐?"

돌아서니 오르테가가 양손에 김이 오르는 머그잔을 하나씩 들고 서 있었다. 커피와 럼주가 섞인 향이 흘러왔다.

"고마워."

나는 머그를 받아 들고 한 모금 마시며 시간을 벌었다. 오르테가는 내게서 멀어지며 팔짱을 꼈다.

"그래. 미리엄 뱅크로프트가 범인일 리 없는 이유가 수십 가지는 된다면서. 저건 그중의 몇 번째지?"

오르테가는 스크린 쪽으로 턱짓을 했다.

"오르테가, 이건 그것과는 아무……."

"미리엄 뱅크로프트가 무섭다는 건 인정한다면서."

오르테가는 판사처럼 고개를 저으며 커피를 마셨다.

"한데 모르겠어. 저 표정은 공포 같지는 않은데."

"오르테가……."

"'난 당신이 그만두었으면 좋겠어요.' 부인이 이러더군. 실제 그런 말을 했어. 기억이 안 나신다면 돌려서 확인해……."

나는 오르테가의 손이 닿지 않도록 리모컨을 물렀다.

"부인의 말은 나도 기억해."

"그럼 수사를 종료하는 대가로 부인이 제시한 그 솔깃한 조건도 기억하시겠군. 여러 개의 클론을 사용해서……."

"오르테가, 당신도 내가 사건에 뛰어드는 걸 원치 않았잖소. 명백한 자살이라고 그랬지. 그렇다고 당신이 뱅크로프트를 죽인 건 아니듯이……."

"입 다물어."

오르테가는 우리가 손에 들고 있는 것이 커피 잔이 아니라 칼이라도 되는 양 내 주위를 돌았다.

"당신은 부인을 감싸고 있었어. 내내 그 여자 가랑이 사이에 코를 묻고……."

"이걸 끝까지 다 본다면 그게 사실이 아니라는 걸 알 거요."

나는 라이커의 호르몬을 억누르며 평정한 목소리를 유지하려고 애썼다.

"난 커티스를 통해 관심 없다고 전했소. 빌어먹을, 이틀 전에 말했다고."

"검사 손에 이 영상이 들어가면 어떻게 되는지 알아? 미리엄 뱅크로프트는 자기 남편의 사립탐정을 불법적인 성 접대 행위로 매수하려 들었어. 아, 그렇지. 다중 의식 입력 사실도, 증거는 없지만 본인 입으로 자백한 꼴이니까 재판에 상당히 부정적인 영향을 끼치겠지."

"부인은 빠져나갈 거요. 당신도 알고 있잖아."

"메트족 남편이 그 여자 편에 서 준다면 말이지. 한데 남편이 이걸 본다면 그럴 가능성도 별로 없을 텐데. 이건 레일라 베긴 건과는 달라. 도덕적 우위를 반대편에서 점하고 있단 말이지."

도덕에 대한 언급은 논점의 가장자리를 스쳐 지나갔지만, 파문이 사라지고 나자 문득 나는 그것이 사실은 이 상황의 핵심이라는 불편한 진실을 깨달을 수 있었다. 지구의 도덕 문화에 대한 뱅크로프트의 비판적 발언이 떠오르면서, 만약 내 머리가 자기 아내의 허벅지 사이를 탐하는 광경을 그가 실제로 목격한다면 과연 배신감을 느끼지 않을 수 있을까 하는 생각이 들었다.

이 문제에 대한 나의 입장은 어떤 것인지 나 역시 아직 결론을 내리지 못하고 있었다.

"재판 이야기가 나왔으니 말인데 코바치, 당신이 웨이 클리닉에서 잘라서 들고 온 머리만으로도 형기 단축은 어려울 거야. 지구에서는 디지털 의식의 불법 점유에 대해 50에서 100년 형을 내리는데, 그 머리를 잘라 낸 게 애당초 당신이라는 증거가 드러난다면 그 이상도 받을 수 있어."

"그건 당신한테 이야기할 생각이었소."

"아니, 당신은 그럴 생각 전혀 없었어."

오르테가는 버럭 소리쳤다.

"굳이 말할 필요가 없는 건 단 한 가지도 털어놓을 생각이 없었어."

"이봐, 어쨌든 클리닉 쪽에서는 감히 고소하지 못해. 그쪽도 워낙 잘못이……."

"이 오만한 자식."

커피 잔이 둔한 소리를 내며 카펫에 떨어졌다. 오르테가는 주먹을 부르쥐었다. 그 눈에는 진짜 분노가 타오르고 있었다.

"당신도 정말 똑같군. 빌어먹을, 똑같아. 호텔 냉동실에 잘린 머리를 집어넣는 장면을 확보했는데, 그따위 클리닉이 필요할 거라고 생각해? 당신 고향 별에서는 그게 범죄가 아닌가, 코바치? 즉결 참수가……."

"잠깐만."

나는 내 커피 잔을 옆의 의자 위에 내려놓았다.

"누구랑, 내가 누구랑 똑같다는 거지?"

"뭐?"

"방금 내가 똑같다고……."

"내가 한 말 따위 신경 쓰지 마. 당신이 저지른 게 어떤 짓인지 모르나, 코바치?"

"내가 아는 건 오로지……."

갑자기 등 뒤의 스크린에서 소리가 뿜어 나왔다. 질척거리는 신음과 빨아 대는 소리. 나는 왼손에 꽉 쥐고 있는 리모컨을 내려다보며 도대체 어쩌다 재생버튼을 눌러 버렸는지 멍하니 생각했다. 여자의 깊은 신음에 혈관이 꿈틀거리며 위장이 경련을 일으켰다. 순간 오르테가가 내게 덤벼들어 리모컨을 빼앗으려 했다.

"이리 줘. 빌어먹을, 그거 빨리……."

잠시 오르테가와 몸싸움을 벌이느라 덕분에 소리가 더욱 커졌다. 문득, 한 가닥 눈을 뜬 이성의 명령으로, 나는 저항을 포기했다. 오르테가는 의자에 쓰러지며 버튼을 눌렀다.

"……꺼."

긴 침묵이 흘렀다. 우리의 무거운 숨소리만 정적을 깨뜨리고 있었다. 나는 방 반대편 해치를 내린 창문만 뚫어져라 바라보고 있었고, 오르테가는 내 다리와 의자 사이에 주저앉은 채 아직 스크린을 바라보는 모양이었다. 잠시, 우리의 숨결이 박자를 맞추고 있다는 생각이 들었다.

내가 돌아서서 일으켜 주려는 순간, 오르테가도 일어서고 있었다. 우리의 손이 맞닿았고, 아마도 그제야 우리는 무슨 일이 일어나는지 깨달았다.

그것은 마치 대단원과 같았다. 사슬처럼 끌어당기는 인력에 못 이겨 충돌하고 불타는 궤도 진지처럼, 우리의 적의는 원을 그리다가 마침내 안으로 무너졌고 뜨거운 불꽃이 신경을 타고 분출했다. 우리는 키스하며 동시에 웃음을 터뜨렸다. 내 손이 기모노 안으로 들어가서 밧줄 끄트머리처럼 오톨도톨하고 뻣뻣한 젖꼭지와 내 손을 위해 만들어진 것처럼 꼭 들어맞는 젖가슴 위로 미끄러지자 오르테가는 흥분으로 가쁜 숨을 몰아쉬었다. 서서히 흘러내려가던 기모노가 수영 선수 같은 양쪽 어깨에서 하나씩 벗겨져 나갔다. 나는 재킷과 셔츠를 한꺼번에 벗어던졌다. 오르테가의 손은 내 벨트를 미친 듯이 끄르고 지퍼를 연 뒤 길고 단단한 손가락을 바지 안으로 집어넣었다. 내 몸을 문지르는 손가락 끝에 박인 못이 딱딱하게 느껴졌다.

어느새 우리는 스크린이 있는 방에서 나와서 아까 봤던 맨 뒤쪽 선실로 들어서고 있었다. 오르테가의 탄탄한 허벅지에 스치며 문지방을 넘어선 것은 나인 동시에 라이커였다. 마치 고향으로 돌아온 기분이었던 것이다. 거울로 가득 찬 이쪽 방 안에서 오르테가는 흐트러진 시트 위에 고개를 묻고 엉덩이를 위로 올렸다. 그녀의 몸속으로 끝까지 들어가는 순간 나는 헉 하고 숨을 들이쉬었다. 오르테가는 불붙은 듯 뜨거웠다. 뜨거운 목욕물 같은 느낌이 나를 감쌌고, 부딪힐 때마다 그녀의 엉덩이가 내 골반에 와 닿았다. 눈앞의 등뼈는 뱀처럼 뒤틀렸고, 숙인 머리에서 머리카락이 폭포수처럼 우아하게 흘러내렸다. 나는 주위의 거울 속에서 라이커가 손을 뻗어 그녀의 젖가슴을, 갈비뼈를, 둥그스름한 어깨를 감싸는 모습을 볼 수 있었다. 오르테가는 마치 배를 둘러싼 바다처럼 출렁이고 있었다. 영원한 서사시 속의 재회한 연인들처럼, 오르테가와 라이커는 함께 몸부림치고 있었다.

첫 번째 절정이 오르테가의 몸을 휩쓰는 것이 느껴졌다. 헝클어진 머릿결 사이로 입술을 벌린 채 나를 올려다보는 모습을 보는 순간, 마지막 남은 내 자제력도 무너졌다. 나는 그녀의 등과 엉덩이의 굴곡 위로 몸을 묻은 채 경련을 일으키며 그녀의 몸 안에 사정했다. 우리는 함께 침대에 쓰러졌다. 이제 막 태어난 것처럼 페니스가 그녀의 몸 안에서 빠져나오는 것이 느껴졌다. 오르테가는 아직도 절정을 느끼고 있었다.

둘 다 오랫동안 아무 말도 하지 않았다. 배는 자동으로 항로를 나아가고 있었고, 주위를 둘러싼 차가운 거울이 마치 얼음장 같은 조수처럼 몰려와서 우리의 친밀감을 묻어 버리고 있었다. 조금만 있으면 우리는 서로의 눈을 외면한 채 거울 속의 우리 모습에서 조심스럽게 시선을 피하게 될 것이다.

나는 오르테가의 옆구리에 팔을 두르고 그녀의 몸을 부드럽게 옆으로 눕혔다. 우리는 숟가락처럼 포개졌다. 거울 속에서 눈이 마주쳤다.

"어디 가는 거야?"

나는 부드럽게 물었다. 오르테가는 어깨를 약간 으쓱하며 내 품에 파고들었다.

"남쪽으로 내려가서 하와이로 갔다가 돌아오도록 프로그램돼 있어."

"우리가 여기 있는 건 아무도 모르나?"

"위성에서만."

"좋은 생각이군. 이건 전부 누구 거지?"

오르테가는 어깨 너머로 나를 돌아보았다.

"라이커의 배야."

"이런."

나는 얼른 시선을 피했다.

"카펫 좋군."

이 말에 다행히 오르테가는 웃음을 터뜨렸다. 그리고 돌아누워 나를 바라보았다. 손이 올라오더니 내 얼굴이 부서질까, 혹시 사라질까 두려운 듯 부드럽게 쓰다듬었다.

"속으로 되뇌었어. 이건 미친 짓이다. 그냥 몸이 시킨 일이었을 뿐이다."

"대부분의 일이 그렇지. 이건 의식적인 생각과는 별 관계없어. 심리학에 따르면 우리가 사는 방식과도 상관이 없고. 약간의 정당화, 대부분은 일이 일어나고 난 뒤에. 나머지는 모두 호르몬과 유전자와 페로몬이 시키는 일이지. 서글프지만 사실이야."

오르테가의 손가락이 내 얼굴 옆의 주름을 쓸었다.

"난 그게 서글프진 않은데. 나머지 자아로 우리가 해 온 일들이 서글프지."

"크리스틴 오르테가."

나는 그녀의 손가락을 잡고 가만히 쥐었다.

"당신은 정말 러다이트로군. 도대체 어쩌다 경찰 일을 하게 된 거야?"

오르테가는 다시 어깨를 으쓱했다.

"경찰 집안이었어. 아버지도 경찰, 할머니도 경찰. 분위기가 어떤지 알잖아."

"직접 알지는 못하는데."

"그렇겠지."

그녀는 긴 한쪽 다리를 거울이 붙은 벽 쪽으로 나른하게 뻗었다.

"모를 거야."

나는 오르테가의 평평한 배 위로 손을 뻗어 허벅지부터 무릎까지 쓸어내리며, 몸을 살짝 들어 올린 뒤 음모 위에 부드럽게 키스하며 더 아래로 내려갔다. 저쪽 방에서 본 영상을 떠올렸는지, 아직 우리 둘의 애액이 섞여 축축해서인지 오르테가는 잠시 저항하다가 긴장을 풀고 다리를 벌렸다. 나는 그녀의 한쪽 허벅지를 내 어깨 위로 올리고 다리 사이에 얼굴을 묻었다.

점점 신음이 커지면서 복부 아래 근육이 거세게 움찔거렸다. 오르테가는 몸 전체를 침대 위에서 앞뒤로 움직이면서 엉덩이를 들어 부드러운 살을 내 입에 더욱 깊숙이 들이밀었다. 절정의 순간 그녀의 입에서 흘러나온 부드러운 스페인어가 나를 자극했다.

나는 잠잠해진 그녀의 몸 위로 미끄러지듯 올라타면서 곧장 삽입한 뒤, 침대에 온 이후 처음으로 키스를 나누었다.

우리는 웃음을 터뜨리며 처음으로 포옹했고 바깥 바다의 리듬을 따라 천천히 움직였다. 이야기를 나누던 목소리가 나른한 웅얼거림으로 바뀌고 다시 흥분에 가득 찬 신음으로 바뀌었다. 우리는 오랜 시간 동안 느긋하게 자세도 바꾸고 부드럽게 깨물기도 하며 손을 마주 잡기도 했다. 그리고 눈부실 정도로 넘쳐흐르는 감정. 그 감정의 무게를 견뎌내지 못하고 마침내 나는 그녀의 몸 안에 사정했다. 내 절정을 뒤따라 그녀 역시 부들부들 떨며 절정을 맞는 것을 느끼며.

특파 부대에서는 주어진 것을 받아들여라. 버지니아 비도라가 기억의 어느 굽이에서 말하고 있었다. *때로는 그것으로 충분하다.*

다시 서로의 몸이 떨어지자, 지난 스물네 시간의 무게가 건너편 방의 묵직한 양탄자처럼 나를 내리눌렀고 내 의식은 그 아래 따뜻하게 파묻혀 점점 흐려져 갔다. 내 옆의 날씬한 몸이 내 등에 젖가슴을 대고 한 팔로 내 몸을 두른 뒤 서로의 발이 손처럼 얽히는 감각이 마지막으로 뚜렷이 느껴졌다. 사고 활동이 점차 느려지고 있었다.

주어진 것. 때로는. 충분하다.

잠에서 깼을 때 오르테가는 없었다.

해치를 열어 놓은 여러 곳의 유리창을 통해 햇빛이 선실 안으로 들어오고 있었다. 배의 울렁거림은 거의 멈췄지만, 아직도 배가 조금씩 요동칠 때마다 수평으로 구름이 낀 푸른 하늘과 그 아래 평화로운 바다가 번갈아 보였다. 어딘가에서, 누군가 커피를 만들고 훈제육을 굽고 있었다. 나는 잠시 움직이지 않고 누운 채 이리저리 벗어던진 의식의 옷을 끌어 모아 뭔가 이성적인 조합을 만들어 보려고 애썼다. 오르테가에게 뭐라고 말해야 하나? 얼마나 많이, 어디에 중점을 둬서? 특파 부대 강화 능력이 늪에서 끌려나오듯 꾸물꾸물 눈을 떴다. 나는 그것을 도로 쓰러뜨려서 머리맡의 이불 위에 얼룩진 햇빛 속으로 가라앉혔다.

문간에서 유리잔 부딪히는 소리가 들려 돌아보았다. 오르테가가 '결의안 653조 반대'라고 씌어 있는 티셔츠를 입고 서 있었다. '반대'는 붉은 가위표로 지워져 있었고 '찬성'이라는 단호한 단어가 같은 색으로 그 위에 씌어 있었다. 벗은 다리는 영원히 위로 올라갈 것처럼 티셔츠 속으로 사라지고 있었다. 두 손에 든 커다란 쟁반 위에는 내무반 하나쯤 거뜬히 먹일 정도의 아침이 담겨 있었다. 오르테가는 내가 일어난 것을 보더니 눈 위에 드리운 머리카락을 치우고 비틀린 미소를 지었다.

나는 그녀에게 모든 것을 털어놓았다.

"그래, 이제 어떻게 할 거야?"

나는 어깨를 으쓱하고 햇빛에 눈을 가늘게 뜬 채 바다를 바라보았다. 바다는 할란스 월드보다 더 평평하고 둔중해 보였다. 그 광활함이 갑판을 묵직하게 눌렀고, 문득 요트는 어린아이의 장난감 같았다.

"가와하라가 원하는 대로 할 거야. 미리엄 뱅크로프트가 원하는 대로. 당신이 원하는 대로. 빌어먹을, 모든 사람들이 원하는 대로. 수사를 종료할 거야."

"가와하라가 뱅크로프트를 죽였다고 생각해?"

"그런 것 같아. 아니면 죽인 자를 비호하고 있든지. 이제 상관없어. 세라가 그 여자 손에 있으니, 지금 중요한 건 그것뿐이야."

"가와하라에게 납치 혐의를 씌울 수도 있어. 디지털 의식 불법 점유는……."

"50에서 100년. 알아."

나는 희미하게 미소했다.

"간밤에 들었어. 하지만 가와하라가 직접 점유하고 있는 게 아닐 거야. 수하가 있겠지."

"영장을 얻어내면……."

"가와하라는 메트족이야, 크리스틴. 맥박 수 하나 올리지 않고 모두 물리칠걸. 어쨌든 지금 문제는 그게 아니야. 내가 자기 의사에 반해서 움직이는 순간 가와하라는 세라를 가상 고문 프로그램에 집어넣을 테니까. 영장이 발급되려면 얼마나 걸릴까?"

"유엔을 거쳐 오려면 며칠 정도."

오르테가의 얼굴이 어두워졌다. 그녀는 난간에 몸을 기대고 아래를 내려다보았다.

"맞아. 그 정도면 가상현실에서는 1년 가까운 기간이지. 세라는 특파 부대도 아니고 아무 강화 능력도 없어. 8, 9개월이면 가와하라는 정상적인 의식도 곤죽으로 만들 만한 짓을 할 수 있어. 끌어낼 때쯤에는 아마 발광해 있겠지. 끌어낼 수만 있다면 말이야. 어쨌든 난 단 1초라도 세라에게 그런 짓을 겪게 하고 싶지는……."

"알았어."

오르테가는 내 어깨에 손을 얹었다.

"알았어. 미안해."

몸이 으스스 떨려 왔다. 바닷바람 때문인지, 가와하라의 가상 고문실을 떠올려서인지 알 수 없었다.

"됐어."

"난 경찰이야. 본능적으로 나쁜 놈을 잡을 방법을 궁리하게 되지. 그뿐이야."

나는 올려다보고 오르테가에게 쓸쓸한 미소를 보냈다.

"난 특파 부대야. 본능적으로 가와하라의 목구멍을 찢어발길 방법을 궁리하게 되는데, 방법이 없군."

오르테가가 보낸 어색한 미소에, 언젠가 우리를 곤란하게 만들 묘한 애증이 스쳤다.

"이봐, 크리스틴. 한 가지 방법을 찾았어. 뱅크로프트에게 그럴 듯하게 거짓말을 해서 수사를 종료할 수 있는 방법. 불법이야, 아주 불법인데, 관련된 사람 중에서 다치는 사람은 아무도 없는 그런 방법이야. 당신한테 굳이 이야기하고 싶지는 않아. 당신이 알고 싶지 않다면."

오르테가는 해답이 우리를 따라 물속에서 헤엄치고 있다는 듯 요트 옆의 물을 찬찬히 바라보며 잠시 생각에 잠겼다. 나는 그녀에게 시간을 주기 위해 난간을 따라 잠시 걸음을 옮기며 고개를 뒤로 젖힌 채 파란 사발 같은 머리 위의 하늘을 올려다보며 궤도 감시 시스템에 대해 생각했다. 끝이 없는 듯한 바다 한가운데에서 하이테크 안전망으로 무장한 요트 안에 들어앉아 있으니 이 세계의 수많은 가와하라와 뱅크로프트 같은 권력자들에게서 몸을 피할 수 있다고 믿는 것이 훨씬 쉬웠다. 하지만 그런 식의 은신은 수 세기 전에 사라졌다.

젊은 시절 퀠은 할란스 월드의 지배 계급에 대해 이런 글을 쓴 적이 있다.

만약 원하기만 한다면, 그들은 언제든 당신을 마치 화성인의 유물 표면에 묻은 재미있는 먼지처럼 지구 표면에서 걷어 낼 수 있다. 별들 사이의 심연 속으로 도망쳐도, 그들은 당신의 뒤를 쫓을 것이다. 수 세기 동안 저장소에 들어가 있더라도, 다시 몸을 입고 나와 보면 그들은 새로운 클론의 모습으로 당신을 기다리고 있을 것이다. 그들은 한때 우리가 꿈꾸었던 신의 모습이자, 피할 수 없는 신화 속 운명의 대리인. 한때 그 자리를 차지했던 사신(死神)은 낫에 기대 구부정한 늙고 가난한 농부에 지나지 않는다. 자신에게 반기를 들고 일어선 전능한 얼터드 카본의 데이터 저장과 복구 기술에 대적할 기운이 없는, 가련한 사신이여. 한때 인간은 그의 출현에 대한 공포 속에 살았다. 하지만 이제 우리는 그 음울한 위엄을 난폭하게 희롱하며, 그들은 더 이상 사신을 뒷문으로라도 성 안에 들이지 않는다.

나는 미간을 찌푸렸다. 가와하라와 비교하면 사신은 아무것도 아니다.

나는 뱃머리에 멈춰 서서 오르테가가 마음을 정할 때까지 수평선 위의 한 점을 응시했다.

　오래전, 누군가를 알고 있었다고 하자. 생각을 나누고 서로를 깊은 곳까지 빨아들인 사이. 그러던 관계는 멀어지고 인생의 행로가 다른 방향으로 갈리면서 결속이 약해진다. 혹은 외적인 상황 때문에 떨어져 나가기도 한다. 세월이 흐른 뒤 그 사람을, 같은 몸으로 다시 만나면, 그때부터 그 모든 것을 다시 겪게 된다. 무엇 때문에 그렇게 끌렸을까? 같은 사람이 맞나? 같은 이름, 거의 같은 육체적 외양을 갖고 있겠지만, 그렇다고 그를 같은 사람이라고 할 수 있을까? 그렇지 않다면, 변화한 것들은 중요하지 않거나 부차적인 것이라고 할 수 있을까? 사람은 변하기 마련이지만, 얼마나 변하는가? 어렸을 때 나는 인간에게는 본질, 일종의 인격적 핵심 같은 것이 있어서 주위의 표면적인 요소가 진화하고 변화하면서도 그 사람의 원래 모습 자체는 손상을 입지 않는다고 믿었다. 하지만 이후 나는 그것이 인간이 우리 자신을 규정짓는 데 이용하는 은유로 인한 인지 오류라는 사실을 서서히 깨닫게 되었다. 우리가 인격이라고 생각하는 것은 지금 내 눈앞에 있는 저 물결의 어느 한 시점의 형태에 지나지 않는다. 아니, 보다 인간적인 속도에 맞추어 비유하자면, 변화하는 모래 사구의 한 형태라고나 할까. 자극에 대한 반응으로서의 형태. 바람, 중력, 교육. 유전자 지도. 이 모든 것은 침식과 변화를 겪게 마련이다. 이를 극복하는 유일한 방법은 영원히 스택 상태로 있는 것뿐이다.

　태양과 별이 우리가 서 있는 행성을 중심으로 돌고 있다는 환상을 기반으로 원시적 육분의가 작동했듯이, 인간의 감각은 우주의 안정성이라는 환상을 일으키고 우리는 이를 받아들인다. 받아

들이지 않으면, 아무것도 할 수 없으므로.

강의 모드에 푹 빠진 채 세미나실 안을 서성거리던, 버지니아 비도라.

하지만 그러한 육분의를 통해 대양을 정확하게 항해할 수 있다는 사실은 태양과 별이 지구를 중심으로 돈다는 것을 뜻하지 않는다. 인류가 한 문명으로서, 개인으로서 해낸 일들에도 불구하고, 우주는 영속하지 않으며 그 안의 모든 존재 역시 그러하다. 별은 소멸하고 우주는 쏜살같이 팽창하며, 우리 자신도 부단한 순환을 겪는 물질로 구성되어 있다. 일시적으로 연합된, 복제와 소멸을 거듭하는 세포의 군체, 백열하는 전기적 자극의 구름과 위태롭게 저장된 탄소 코드의 메모리. 이것이 현실이며, 이것이 자기 인식이며, 이에 대한 자각은 현기증을 불러일으킬 것이다. 여러분 중에 진공 부대에서 복무한 사람이라면 틀림없이 진공의 우주 속에서 실존의 현기증에 직면해 본 경험이 있을 것이다.

희미한 미소.

여러분이 현실의 공간에서 경험했을 선(禪)은 이곳에서 배워야만 하는 것의 시작에 지나지 않는다. 특파 부대로서 여러분이 성취하는 모든 것은, 세계는 오로지 순환이라는 사실 인식을 기반으로 해야만 한다. 여러분이 특파 부대로서 창조하고 성취하고자 하는, 심지어 인식하고자 하는 모든 것은 그 순환에서 빚어져 나와야만 한다.

여러분 모두에게 행운을 빌겠다.

평생을 살면서 같은 사람을 같은 몸으로 두 번 이상 만나지 못한다면, 다운로드 중앙역에서 한때 알고 지냈던 사람을 기다리는 모든 가족과 친구들에게 이는 어떤 의미일까? 낯선 이의 눈을 통해 이쪽을 바라보는 그들은 과거의 인물과 동일인에 가깝기라도 한 사람일까?

한때 자신이 사랑했던 사람의 몸을 입고 나타난 낯선 사람에 대한 열정에 불타는 한 여자에게 이는 어떤 의미일까? 동일인에 더 가까울까, 더 멀까?

또한 그 열정에 응답한 낯선 남자에게, 이는 어떤 의미일까?

오르테가가 난간을 따라 이쪽으로 다가오는 소리가 들렸다. 그녀는 몇 걸음 떨어진 곳에서 멈추더니 조용히 헛기침을 했다. 나는 미소를 지우고 돌아섰다.

"라이커가 무슨 수로 이 모든 걸 장만했는지 내가 이야기했던가?"

"물어볼 시간도 없었던 것 같은데."

"없었지."

미소가 떠올랐다가 산들바람에 쓸려가듯 사라졌다.

"훔쳤어. 몇 년 전에 아직 신체절도과에서 일하고 있었을 때야. 원래 시드니의 거물 클론 거래인 소유였지. 서부 해안 일대 클리닉을 통해 망가진 물건을 유통시키다 라이커에게 걸려들었어. 라이커는 시드니 태스크포스에 차출되었고, 부두에서 체포를 시도했지. 대규모 총격전이 벌어지고 많은 사람이 죽었어."

"전리품도 많았겠군."

오르테가는 고개를 끄덕였다.

"그쪽은 일처리 방식이 달라. 대부분의 경찰 업무가 사설 용역

업체에 넘겨지지. 지방정부는 체포한 범죄자의 재산으로 보수를 지급하고."

"재미있는 인센티브군."

나는 생각에 잠겨 말했다.

"돈 많은 사람들을 많이 노리겠는데."

"그래, 그렇게 된다고들 하지. 요트는 라이커가 갖게 됐어. 준비 작업도 많이 했고, 총격전에서 부상도 입었으니까."

이 말을 하는 오르테가의 목소리에는 묘하게도 방어적인 기색이 없었다. 문득 라이커가 아주 먼 곳에 있다는 느낌이 들었다.

"눈 밑의 그 상처랑 팔에 난 것도 그때 얻은 거야. 케이블 건으로."

"고약한 놈이지."

팔의 상처에서 살짝 경련이 일었다. 나도 케이블 건을 상대해 본 적이 있었는데, 별로 유쾌한 경험은 아니었다.

"맞아. 다들 라이커가 배를 얻을 자격이 충분하다고 생각했어. 문제는 여기 베이시티 정책은 경찰이 선물이나 보너스, 기타 공무에 대한 보상을 받지 못하게 되어 있다는 거였지."

"이유 있는 정책인 것 같은데."

"그래, 나도 마찬가지야. 하지만 라이커는 그렇게 생각하지 않았어. 싸구려 디퍼를 시켜 배의 기록을 말소하고 다른 이름으로 재등록하게 했지. 누군가를 몰래 숨겨 놔야 할 일이 생겼을 때 쓸 안전 가옥이 필요하다는 이유로."

나는 씩 웃었다.

"얄팍하군. 하지만 난 그 친구 스타일이 마음에 들어. 시애틀에서 그를 밀고한 디퍼가 같은 사람이었나?"

"기억력도 좋군. 그래. 같은 사람이야. 바늘장이 나초라고. 바우티스타는 한쪽에 치우치지 않고 이야기를 하지. 안 그래?"

"그 장면도 봤나?"

"그럼. 보통 같았으면 그따위 마음씨 좋은 삼촌 노릇 하는 꼴을 봤다면 당장 머리를 날려 버렸을 거야. 내가 무슨 감정적인 보호가 필요한 사람인 것처럼 말이야. 사십도 안 됐으면서 벌써 이혼을 두 번이나 한 친구가."

오르테가는 바다를 응시했다.

"아직 그 친구를 상대할 시간이 없었어. 당신이랑 얽히느라 너무 바빠서. 이봐, 코바치. 내가 이런 걸 당신한테 모두 털어놓는 이유는, 라이커는 배를 훔쳤고 서부 해안의 법률을 어겼어. 나도 알고 있어."

"한데 당신은 아무 일도 안 했고."

"아무 일도."

오르테가는 손바닥을 위로 해서 손을 내려다보았다.

"아, 젠장. 코바치, 다 아는 사람끼리 왜 이래? 나도 천사는 아니야. 경찰서에 구금된 카드민에게 발길질도 했어. 당신도 봤잖아. 제리스 밖에서 그 싸움이 벌어졌을 때 당신을 체포할 수도 있었는데 그냥 보내 줬어."

"서류 작업 때문에 피곤하다고 했지."

"그래, 기억해."

오르테가는 얼굴을 찌푸리더니 돌아서서 라이커의 얼굴에서 나를 믿어도 되는 증거를 찾아보려는 듯 내 눈을 바라보았다.

"불법적인 일을 할 거지만 다치는 사람은 없을 거라고 했지. 맞아?"

"관련자 중에서는."

나는 부드럽게 정정했다. 오르테가는 자기 생각을 영원히 바꿔 놓을 수도 있는 설득력 있는 논리를 평가해 보는 사람처럼 천천히 고개를 끄덕였다.

"그래서 필요한 게 뭐지?"

나는 난간에서 떨어져 나왔다.

"일단 베이시티 지역에 있는 사창가 목록. 가상 체험 프로그램을 제공하는 곳. 그런 뒤에는 시내로 돌아가는 게 좋겠어. 여기서 가와하라에게 연락하고 싶지는 않아."

오르테가는 눈을 깜빡였다.

"가상현실 사창가 목록?"

"그래. 양쪽 다 하는 곳도. 아니, 가상 포르노 서비스를 운영하는 서부 해안의 모든 사창가로 하지. 저급한 곳일수록 좋겠어. 난 뱅크로프트에게, 너무 지저분해서 찬찬히 들여다보면서 허점을 찾을 생각도 들지 않는 아주 더러운 거짓말을 할 작정이야. 생각조차 하기 싫을 정도로 고약한 내용으로."

오르테가가 준 사창가 목록은 2000개가 넘었고, 이름 뒤에는 간략한 보안 시스템 정보 및 운영자와 고객의 유기체 손상 전과 기록이 붙어 있었다. 출력을 하니 200장이 아코디언처럼 줄줄 붙어 나왔다. 베이시티로 돌아가는 택시 안에서 목록을 훑어보려다 우리 둘 다 뒷자리에서 종이에 파묻힐 것 같아 포기했다. 그럴 기분도 아니었다. 내 마음은 아직도 문명사회와 그 안의 문제에서 수백 킬로미터 떨어진 망망대해 한복판, 라이커의 요트 선실 안에 누워 있었다.

워치타워 스위트룸에 돌아온 뒤, 나는 오르테가를 부엌에 들여보내고 트렙이 준 번호로 가와하라와 연락을 취했다. 스크린에 나타난 것은 잠기운이 가득한 트렙이었다. 밤새도록 내 뒤를 추적하느라 잠을 못 잔 게 아닌가 싶었다.

"좋은 아침."

트렙은 하품을 하고 체내 시계를 확인하는 모양이었다.

"아니, 오후군. 어디 있었어?"

"여기저기."

트렙은 한쪽 눈을 품위 없게 비비더니 다시 하품을 했다.

"좋을 대로 해. 그냥 이야기나 좀 하자는 것뿐이야. 머리는 어때?"

"좋아졌어, 고마워. 가와하라와 이야기하고 싶은데."

"그래."

트렙은 스크린 쪽으로 손을 뻗었다.

"나중에 이야기하자고."

스크린이 대기 상태로 들어가면서 역겹도록 달콤한 현악 합주와 함께 삼색 나선이 풀리는 무늬가 화면에 떴다. 나는 이를 갈았다.

"다케시 상."

늘 그렇듯 가와하라는 일본어로 입을 뗐다. 그렇게 하면 뭔가 나와 공통분모가 생긴다는 듯이.

"이렇게 이른 시간에 웬일이야. 좋은 소식이라도 있나?"

나는 굳이 아맹글릭어를 고집했다.

"이건 안전한 전화요?"

"그런 게 이 세상에 있다고 할 수 있다면, 가깝지."

"쇼핑 목록이 있소."

"말해 봐."

"우선 군용 바이러스 접근 권한이 필요해. 롤링 4851, 혹은 콘도마르 변종 가운데 하나."

가와하라의 영리한 얼굴이 갑자기 굳었다.

"이네닌 바이러스?"

"그렇소. 벌써 한 세기 전의 일이니 구하기 그리 어렵진 않을 거요. 다음으로는……."

"코바치, 무슨 계획인지 설명을 해 주는 게 좋겠어."

나는 한쪽 눈썹을 치켜 올렸다.

"이건 내가 알아서 하는 일이고 당신은 개입하고 싶지 않은 걸로 알고 있는데."

"당신한테 롤링 바이러스 복사본을 얻어 주게 되면 나도 자동적으로 개입된다고 봐야지."

가와하라는 신중한 미소를 지어 보였다.

"그래, 그걸로 뭘 하려는 거지?"

"뱅크로프트는 자살했다, 그게 당신이 원하는 결과 아니오?"

가와하라는 천천히 고개를 끄덕였다.

"그러려면 이유가 있어야 해."

나는 내가 짜낸 사기극에 어느새 열중하고 있었다. 나는 훈련

받은 일을 하고 있었다. 좋은 기분이었다.

"뱅크로프트는 원격 의식 저장을 하고 있으니, 대단히 구체적인 이유가 있지 않는 이상 자살했다는 것을 납득시킬 수가 없소. 자살 행위 자체와 관련 없는 이유. 예를 들어 자기 보호 같은 이유."

가와하라의 눈이 가늘어졌다.

"계속해 봐."

"뱅크로프트는 정기적으로 사창가에 드나들었소. 가상현실 체험도 하고, 진짜도 하고. 며칠 전에 내게 직접 그렇게 이야기했어. 그리고 드나드는 곳의 질도 그리 까다롭지 않더군. 그런 가상현실 체험 사창가 한 곳에서 욕구 해소를 하는 중에 사고가 생겼다고 가정해 봅시다. 수십 년 동안 아무도 열어 보지 않고 먼지만 쌓인 낡은 프로그램에 우연히 감염된 거요. 저질 사창가에 뭐가 도사리고 있을지 아무도 모르니까."

"롤링 바이러스."

가와하라는 기대감에 숨도 쉬지 않고 있었던 듯 내뱉었다.

"롤링 4851 변종 바이러스는 완전 활성화될 때까지 100분 정도 걸리는데, 그때쯤이면 무슨 조치를 취하기엔 너무 늦지."

나는 지미 드 소토의 영상을 머릿속에서 밀어냈다.

"목표물은 돌이킬 수 없이 오염되는 거요. 뱅크로프트가 어떤 시스템 경고를 통해 이를 알아냈다고 합시다. 아마 체내에 그런 시스템을 틀림없이 갖고 있을 거요. 그걸 아는 순간 현재의 스택과 거기 연결된 두뇌에 대한 신뢰를 잃겠지. 클론이 있고 원격 저장된 의식이 있으니 큰 문제는 아니지만 그래도……."

"정기 전송."

알아채는 순간 가와하라의 얼굴이 빛났다.

"그렇소. 원격 저장된 의식에까지 자동적으로 바이러스가 전송되는 사태를 막아야겠지. 다음번 니들캐스트가 밤에, 어쩌면 몇 분 뒤에 이루어질 예정이라면 원격 저장된 의식이 오염되지 않게 하는 유일한 방법은."

나는 머리에 권총을 쏘는 시늉을 해 보였다.

"대단한 생각이야."

"뱅크로프트가 전화를 걸어서 시간을 확인한 것도 그 때문이야. 자신의 체내 시계를 믿을 수가 없어서. 바이러스가 벌써 오염시켰을지도 모르니까."

가와하라는 엄숙하게 두 손을 들어 올려 박수를 쳤다. 그런 다음 두 손을 깍지 끼고 그 위로 나를 바라보았다.

"대단히 감동적이군. 즉시 롤링 바이러스를 구해 주지. 바이러스를 입력시킬 만한 가상현실 체험 사창가는 골라 놨나?"

"아직. 바이러스 말고도 필요한 게 있소. 디펑죄로 현재 베이시티 중앙 교도소에 복역 중인 아이린 엘리엇의 가석방 및 의식 입력 조처를 해 주시오. 엘리엇의 원래 몸을 구매자로부터 다시 사들일 수 있는지도 알아봐 주고. 무슨 기업이 사들였다고 들었는데 기록이 있을 거요."

"그 엘리엇이란 여자를 이용해서 롤링 바이러스를 입력할 건가?"

"솜씨가 좋은 여자요."

"그런데 잡혔잖아."

가와하라는 신랄하게 대꾸했다.

"그런 일이라면 할 만한 사람이 많아. 최고 수준의 침투 전문가들이지. 그 여자를 빼낼 필요는……"

"가와하라."

나는 치밀어 오르는 성질을 억눌렀지만, 딱딱한 음성에 그 흔적이 남아 있었다.

"이건 내 일이야, 명심해. 당신네 사람들이 온통 기어오르는 건 원하지 않아. 당신이 엘리엇을 빼내 주면, 그 여자는 배신하지 않을 거요. 몸까지 도로 찾아 주면 아마 평생 우리 사람이 되겠지. 내가 원하는 방식은 이런 거고, 그러니 그렇게 하는 거요."

나는 기다렸다. 가와하라는 잠시 표정 없이 앉아 있더니 다시 신중하게 계산된 미소를 지어 보였다.

"좋아. 당신 방식대로 하지. 어떤 위험을 감수해야 하는지, 실패할 경우 어떤 일이 일어날지는 잘 알고 있을 거라고 생각해. 오늘 중으로 헨드릭스로 다시 연락하겠어."

"카드민 소식은?"

"카드민은, 소식 없어."

가와하라는 다시 미소 지었다. 연결이 끊겼다.

나는 대기 상태로 돌아간 스크린을 잠시 응시하며 내가 꾸며낸 계획을 다시 점검했다. 그 모든 기만의 한가운데 진실이 있었다는 찜찜한 느낌이 들었다. 아니, 내가 신중하게 꾸며낸 거짓말들이 진실의 궤도를, 그 바퀴 자국을 따라가고 있다는 기분. 진실 곁에 가까이 숨어 그 구성 요소를 활용하는 것이 좋은 거짓말이지만, 여기는 뭔가 다른 것이, 뭔가 훨씬 사람을 초조하게 하는 것이 있었다. 마치 사냥꾼이 표범의 흔적을 너무 가깝게 따라가다 보니 언제라도 무시무시한 송곳니와 갈기를 휘날리며 늪에서 뛰쳐나올 것만 같은 그런 기분. 진실이 여기, 어딘가에 있었다.

떨어 버리기 힘든 기분이었다.

나는 일어나서 부엌으로 갔다. 오르테가는 거의 텅 빈 냉장고를 뒤지고 있었다. 냉장고 안에서 흘러나오는 불빛을 배경으로 한 얼굴의 윤곽이 마치 다른 사람 같았다. 들어 올린 팔 아래로 오른쪽 젖가슴이 늘어진 티셔츠 안을 과일처럼, 물처럼 채우고 있었다. 그녀의 몸을 만지고 싶다는 참을 수 없는 욕망이 일었다.

오르테가는 고개를 들었다.

"당신은 요리 안 해?"

"호텔에서 알아서 해 줘. 해치로 올라오지. 뭘 먹고 싶은데?"

"그냥 요리를 하고 싶어."

오르테가는 냉장고 뒤지기를 포기하고 문을 닫았다.

"원하는 건 얻었어?"

"그럭저럭. 호텔에 재료 목록을 알려 줘. 팬이나 그릇 같은 건 저기 선반에 있을 거야. 필요한 게 더 있으면 호텔에 말해. 난 목록을 살펴봐야 하니까. 아, 그리고 크리스틴."

그녀는 내가 가리킨 선반에서 고개를 돌렸다.

"밀러의 머리는 여기 없어. 옆방에 넣어 놨어."

오르테가의 입술이 약간 굳어졌다.

"밀러의 머리를 어디 넣어 놨는지는 알고 있어. 그걸 찾고 있던 게 아니야."

잠시 후 바닥까지 늘어진 출력물 뭉치를 들고 창틀에 앉아 있는데, 오르테가가 헨드릭스와 낮은 목소리로 통화하는 소리가 들려왔다. 문을 쿵쿵거리며 닫는 소리에 이어 좀 더 낮게 이야기하는 목소리가 들리더니 기름으로 튀기는 소리가 부드럽게 들려왔다. 나는 담배를 피우고 싶은 충동을 참고 복사물 위로 고개를 숙였다.

나는 뉴페스트에서 보낸 어린 시절 매일같이 봐 왔던 것을 찾고 있었다. 내가 10대 시절을 보낸 곳들, "진짜보다 더 좋은 경험", "다양한 시나리오 선택권", "꿈이 이루어진다" 등을 약속하는 싸구려 홀로그래피를 전시한 구멍가게들이 늘어선 좁은 골목들. 가상현실 체험 사창가 하나 차리는 데는 돈이 별로 들지 않았다. 그냥 전시용 진열장 하나, 고객 전용관을 수직으로 차곡차곡 세울 공간만 있으면 된다. 소프트웨어는 얼마나 정교하고 독창적인가에 따라 가격대가 다양했지만, 프로그램을 돌리는 기계는 보통 군용 잉여 물자에서 싸게 살 수 있었다.

뱅크로프트가 제리스 바이오캐빈에서 시간과 돈을 쓸 수 있었다면, 아마 이런 곳들도 편안하게 드나들 수 있었을 것이다.

부엌에서 흘러나오는 냄새에 점점 흐트러지는 주의력으로 목록을 3분의 2가량 읽어 내려갈 즈음, 낯익은 이름 하나가 눈에 띄었다. 나는 그 자리에 우뚝 얼었다.

검정색의 긴 직모에 진홍빛 입술을 한 여자.

트렙의 목소리가 들리는 것 같았다.

……헤드 인 더 클라우드. 난 자정 전에 거기 가야 해.

그리고 바코드가 찍힌 운전사.

문제없습니다. 오늘 밤은 해안도로 통행량이 별로 많지 않고.

그리고 진홍빛 입술의 여자.

헤드 인 더 클라우드. 그곳 체험을 해 봐요. 여기까지 올라올 돈은 없어도.

클라이맥스의 합창.

하우스 체험, 하우스 체험, 하우스 체험…….

그리고 내 손에 들린 딱딱한 업소 설명문.

헤드 인 더 클라우드, 인가된 웨스트 코스트 하우스, 가상 및 실제 상품 취급, 연안 경계 구역 밖의 공중 시설.

나는 망치로 정교하게 두드린 결정처럼 웅웅 울리는 머리로 기록을 읽어 나갔다.

비행 관제 전파와 항공 표지 시스템은 베이시티와 시애틀에 위치. 비밀 회원용 암호. 정기 감찰. 전과 없음. 서드 아이 홀딩스를 통해 운항이 허가됨.

나는 꼼짝도 하지 않은 채 생각했다.

빠진 조각이 있었다. 한 가지 영상을 잡아낼 수는 있지만 전체를 보여 주지 못하는, 별 모양의 모서리 틀에 끼워 넣은 그 거울 같았다. 나는 내가 갖고 있는 것의 비죽비죽한 한계를 뚫어지게 응시하며 그 가장자리를 넘어 배경을 보려고 애썼다. 트렙은 나를 헤드 인 더 클라우드에 있는 레이(즉, 레일린)에게 데려가려고 했더랬다. 유럽이 아니다. 유럽은 명백히 깨달았어야 하는 것을 내가 감지하지 못하도록 하기 위한, 둔중하고 눈먼 바실리카에 지나지 않았다. 가와하라가 이 일에 관계되어 있다면, 지구 반대편에서 감독만 하고 있지 않았을 것이다. 가와하라는 헤드 인 더 클라우드에 있었다, 그리고……

그리고 뭐?

특파 부대 직관은 잠재의식 인식의 한 형태로서, 실생활에서는 상세한 초점을 얻기 위해 마모시켜 버리는 패턴을 인식하는 능력이다. 연속된 흔적이 충분히 주어지면, 한 단계를 건너뛰어 실제 인식에 대한 일종의 징조처럼 전체를 볼 수 있다. 이 모델을 기본으로 나머지 조각을 채워 나가는 것이다. 하지만 한 단계 도약하기 위해서 필요한 최소한의 정보는 있다. 구식 프로펠러 비행기가 이륙하려면 활주로가 필요하지만, 지금 내게는 그것이 없었다. 마치 땅에 마구 부딪히며 공기를 타려고 기를 쓰다 다시 떨어지고 마는 비행기 같은 기분이었다. 아직은 충분하지 않다.

"코바치?"

나는 고개를 들었다. 순간 보았다. 마치 계기판에 불이 들어오듯, 에어로크 볼트가 철컥 하고 머릿속에서 닫히듯.

머리카락을 느슨하게 뒤로 묶은 오르테가가 한 손에 거품기를 든 채 내 앞에 서 있었다. 티셔츠에 쓰인 문장이 눈에 들어왔다.

결의안 653조. 찬성 혹은 반대, 때에 따라서.

오우무 프레스콧.

뱅크로프트 씨가 유엔 재판소의 막후 실력자라는 건 상식에 속하니까.

제리 세다카.

불쌍한 아네노미는 가톨릭이야……. 우린 이런 년들을 많이 쓰지. 가끔 아주 편리하거든.

불붙은 도화선처럼, 생각이 연상의 고리를 따라 달리고 있었다.

테니스 코트.

네일런 어트킨, 유엔 대법원장.

조셉 쿠말로, 인권위원회.

내가 했던 말.

결의안 653조에 대해 논의하러 오신 모양이군요.

막후 실력자……

미리엄 뱅크로프트.

마르코를 네일런에게서 떼어 놓는 데 도움이 필요할 테니까. 참, 그 사람 씩씩거리고 있어요.

그리고 뱅크로프트.

오늘 그 친구 솜씨를 볼 때 놀랄 일도 아니지.

결의안 653조. 가톨릭.

고장 난 검색 프로그램처럼, 의식 속에서 화면이 정신없이 위로 올라가며 데이터를 쏟아 놓고 있었다.

히죽 웃던 세다카.

청빈의 맹세가 바티칸에 디스크로 보관되어 있어.

가끔 아주 편리하거든.

오르테가.

양심에 관련된 이유로 검색을 금함.

메리 루 힝클리.

작년에 연안 경비대가 바다에서 여자 하나를 건졌어.

몸은 남은 게 거의 없었는데 스택은 건졌지.

양심에 관련된 이유로 검색을 금함.

바다에서.

연안 경계 구역 밖의 비행 시설……

헤드 인 더 클라우드.

브레이크를 걸 수 없는, 일종의 정신적 눈사태 같은 과정이었다. 현실의 덩어리가 떨어져 나와 아래로 굴러 떨어지면서, 재구성을 통해 뭔가 형태를 갖추어 가고 있었다. 하지만 그 최종적인 형태는 아직 알아볼 수가 없었다.

관제 시스템은 베이시티……

……와 시애틀.

바우티스타.

음, 그건 시애틀의 어느 장기 밀매 클리닉에서 벌어진 일이오.

살아남은 둘은 태평양에 빠졌소.

오르테가의 주장은 라이커가 함정에 빠졌다는 거였지.

"뭘 보는 거야?"

오르테가의 말은 시간의 경첩처럼 잠시 허공을 맴돌더니, 갑자기 시간이 물러서면서 그 뒤의 문이 나타났다. 밀스포트 호텔 침대에서 막 잠을 깬 세라와 느슨한 유리창을 천둥처럼 흔들던 궤도 진지의 시험 발사, 그 뒤로 밤의 장막을 가르던 회전익 날갯소리, 그리고 그 굉음 너머 우리의 죽음이 기다리고 있었다.

"뭘 보는 거냐고?"

눈을 깜빡였다. 나는 아직 오르테가의 티셔츠와 그 안의 부드러운 젖가슴, 가슴팍에 인쇄된 문장을 응시하고 있었다. 오르테가의 얼굴에 걸린 엷은 미소가 걱정스러운 듯 빛바래기 시작하고 있었다.

"코바치?"

나는 다시 눈을 깜빡이고 티셔츠 때문에 시작되어 몇 미터나 쌓인 의식의 눈사태 속에서 빠져나오려고 애썼다. 어렴풋이 드러나는 헤드 인 더 클라우드의 진실.

"괜찮아?"

"그래."

"밥 먹을 거야?"

"오르테가, 만약……."

문득 헛기침을 해야 한다는 것을 깨닫고, 나는 침을 삼킨 뒤 다시 시작했다. 이 말을 하고 싶지 않았다. 내 몸은 이 말을 하고 싶어 하지 않고 있었다.

"내가 라이커를 스택에서 꺼낼 수 있다면 어떡하겠어? 영원히 말이야. 그가 무죄라는 것을 밝힌다면, 시애틀 건이 함정이었다는 것을 증명해 낸다면. 그런다면 당신에게는 어떤 의미가 있을까?"

잠시 오르테가는 알아들을 수 없는 언어를 들은 사람처럼 나를 쳐다보고만 있었다. 문득 그녀는 창가로 다가가더니 창틀에 조심스럽게 걸터앉아 나를 쳐다보았다. 아무 말도 없었지만, 나는 이미 그녀의 눈에서 대답을 읽을 수 있었다.

"당신 죄책감을 느껴?"

오르테가는 마침내 물었다.

"뭐에 대해서?"

"우리에 대해서."

웃음이 터져 나올 뻔했지만, 그 물음 아래에 깔린 고통 때문에 목구멍이 반사적으로 닫혔다. 오르테가를 만지고 싶은 욕망은 가시지 않았다. 어제 하루 동안 그 욕망은 조수처럼 빠져나갔다 밀려 들어왔다 했지만, 완전히 사라지지는 않았다. 창틀에 걸친 그녀의 엉덩이와 허벅지 윤곽을 보고 있자니, 그 몸이 내 몸에 닿은 채 허리를 굽히던 모습을 가상현실 속에서처럼 뚜렷이 느낄 수 있었다. 내 손바닥은 그 젖가슴의 무게와 모양을 기억하고 있었다. 마치 그것을 붙잡는 것이 이 몸의 필생의 과업이었다는 듯. 내 손가락이 그녀의 얼굴 윤곽을 쓸어 보고 싶어 하고 있었다. 내 속에는 죄책감이 들어갈 자리가, 이 감정 외에는 다른 어떤 감정도 끼어들 자리가 없었다.

"특파 부대는 죄책감을 느끼지 않아."

나는 짧게 대답했다.

"난 진지해. 라이커가 메리 루 힝클리 사건을 파고드니까 가와 하라가 그를 함정에 빠뜨렸을 가능성이, 아니, 그랬다는 게 거의 확실해. 힝클리의 고용 기록 중에서 혹시 기억나는 게 있나?"

오르테가는 잠시 생각해 보더니 어깨를 으쓱했다.

"남자 친구와 살려고 집에서 가출했지. 집세를 내려고 기록이 남지 않는 이런저런 일을 전전했어. 남자 친구는 쓰레기 같은 놈이었지. 열다섯 살 때부터 전과가 있고. 스티브 거래에도 손을 좀 대고 쉬운 데이터 스택 침투도 몇 건, 주로 여자 등쳐먹고 살았어."

"힝클리를 고깃간에서 일하게 놔둘 만한 놈이었을까? 바이오 캐빈 같은 곳이나?"

"아, 그럼. 말렸을 리가 없지."

오르테가는 돌처럼 차가운 얼굴로 고개를 끄덕였다.

"스너프 매음굴에서 일할 만한 사람을 찾는다면 가톨릭교도가 이상적인 후보겠지. 안 그래? 죽은 다음에 아무 말도 못하잖아. 그 양심에 관한 이유 때문에."

"스너프라."

돌처럼 차갑던 오르테가의 얼굴이 닳은 화강암처럼 굳었다.

"이 근처의 스너프 피해자들 대부분은 일이 끝나면 스택까지 파괴되지. 아무 말도 못해."

"맞아. 한데 일이 꼬인 거야. 구체적으로 메리 루 힝클리가 스너프 매음굴의 창녀로 이용될 계획이었다면, 그걸 안 힝클리가 달아나다 헤드 인 더 클라우드라는 비행 시설 사창가에서 떨어졌다면. 그랬다면 가톨릭이라는 배경이 아주 편리했겠지. 안 그래?"

"헤드 인 더 클라우드? 농담해?"

"그리고 헤드 인 더 클라우드의 소유자는 결의안 653조가 어떻게든 통과하지 못하게 하려고 안달이 나겠지. 안 그래?"

"코바치."

오르테가는 양손으로 진정하라는 듯한 손짓을 했다.

"코바치, 헤드 인 더 클라우드는 하우스야. 고급 매춘굴이라고. 나도 그런 곳을 좋아하지는 않아. 바이오캐빈만큼 역겨워. 하지만 그쪽은 깨끗해. 상류 사회 고객들만 상대하고 스너프 같은 불법적인 일은……."

"당신은 상류 사회 고객들은 새디즘이나 시체 성애 같은 건 즐기지 않는다고 생각하는군. 그런 건 하층민들이나 하는 거다, 그래?"

오르테가는 평정하게 대구했다.

"아니, 그렇지는 않아. 하지만 돈이 있는 사람이 고문을 즐기고 싶다면 가상현실 체험을 통해 하면 돼. 하우스 중에서도 가상 스너프를 다루는 곳이 있지만, 그건 합법적인 일이고 우리가 손댈 여지는 없어. 그쪽도 그게 좋잖아."

나는 심호흡을 했다.

"크리스틴, 누군가 나를 가와하라와 만나게 하기 위해 헤드 인 더 클라우드로 데려가려 했어. 웨이 클리닉의 누군가가. 만약 가와하라가 웨스트 코스트 하우스 카르텔과 관련이 있다면, 그들은 이윤이 되는 일이라면 뭐든지 할 거야. 왜냐하면 가와하라가 그런 사람이니까. 뭐든지 할 사람이니까. 썩어빠진 거물 메트족? 뱅크로프트는 집어치워. 가와하라에 비하면 뱅크로프트는 솔직히 수도사야. 가와하라는 피션 시티에서 자라면서 원자로에서 일하는 노동자의 가족에게 항방사성 약물을 팔았어. 당신 '물장수'가 뭔지 알아?"

오르테가는 고개를 저었다.

"피션 시티에서 갱단 조직원을 가리키는 말이야. 누군가 상납을 하지 않거나 경찰에 고발했을 때, 혹은 야쿠자 보스가 '개구리!' 하는데 펄쩍 뛰지 않았을 때 주로 내리는 벌이 방사능에 오염된 물을 마시게 하는 거야. 조직원들은 방사선 차폐 처리가 된 휴대용 술병에다 저급 원자로 냉각기에서 뽑은 물을 넣어 가지고 다녔어. 그리고 밤에 배신자의 집에 나타나서 이만큼 마시라고 하지. 가족들은 그 광경을 쳐다봐야 했어. 마시지 않으면 마실 때까지 가족을 한 사람 한 사람 죽이는 거야. 이렇게 흥미진진한 지구 역사 잡학 상식을 내가 어떻게 알게 됐는지 알아?"

오르테가는 말이 없었다. 하지만 입술은 혐오감에 굳어 있었다.

"가와하라가 이야기해 줘서 알게 됐어. 그 여자가 어렸을 때 했던 일이 그거였거든. 물장수였어. 그 여자는 그 사실을 자랑스럽게 생각해."

전화가 울렸다. 나는 오르테가에게 시야에서 벗어나라고 말한 뒤 전화를 받았다. 로드리고 바우티스타였다.

"코바치? 오르테가도 같이 있소?"

반사적으로 거짓말이 흘러나왔다.

"아니. 며칠 못 봤는데. 무슨 문제 있소?"

"아, 아니겠지. 또 어디론지 사라졌어. 혹시 오르테가를 보면 오늘 오후 팀 미팅에 빠져서 무라와 반장이 영 언짢아한다고 전해 주시오."

"오르테가가 이쪽으로 올 거라고?"

"그 여자 속을 누가 알아."

바우티스타는 양손을 펼쳐 보였다.

"가 봐야겠소. 다음에 보자고."

"다음에 봐."

스크린이 꺼졌다. 오르테가가 벽에 붙어 서 있다가 다가왔다.

"들었어?"

"그래. 오늘 아침에 헨드릭스의 메모리 디스크를 반납할 예정이었어. 무라와는 애당초 그걸 내가 왜 펠 스트리트 밖으로 가져갔는지 추궁하려는 거겠지."

"당신 사건 아닌가?"

"그렇지만 규정이라는 게 있으니까."

오르테가는 갑자기 피곤한 기색이었다.

"내 힘으로는 오래 끌 수 없어, 코바치. 당신과 돌아다닌다고 벌써 이상한 시선을 많이 받고 있다고. 곧 심각하게 의심하는 사람들도 생길 거야. 당신이 뱅크로프트 건을 며칠 내에 처리하지 못하면……."

오르테가는 두 손을 들어 올렸다.

"강도당했다고 하면 안 되나? 카드민이 디스크를 뺏어갔다고 하면……."

"거짓말탐지기를 쓸 텐데."

"곧바로는 아니잖아."

"코바치, 그러면 망가지는 건 내 경력이야. 당신 경력이 아니라. 난 재미있어서 이 일을 하는 게 아니야. 그냥 휩쓸려서……."

"크리스틴, 들어 봐."

나는 다가가서 그녀의 손을 잡았다.

"라이커를 살려내고 싶어, 아니야?"

오르테가는 돌아서려 했지만, 나는 놓아 주지 않았다.

"크리스틴. 그가 함정에 빠진 거라고 정말 믿어?"

그녀는 침을 삼켰다.

"그래."

"그럼 가와하라라고 믿지 못할 이유가 뭐지? 시애틀에서 그가 쏘아 떨어뜨리려던 크루저는 바다로 나가다가 추락했어. 그 진로를 따라가 보면 크루저가 어디로 가고 있었는지 알아낼 수 있을 거야. 연안 경비대가 바다에서 메리 루 힝클리를 건져 낸 지점을 지도에 표시해 봐. 그런 다음 헤드 인 더 클라우드가 있는 위치를 표시하고, 전부 다 한꺼번에 놓고 어떤 결론이 나오는지 다시 한 번 생각해 보라고."

오르테가는 묘한 눈빛으로 내게서 떨어졌다.

"당신은 이게 사실이기를 바라고 있잖아. 안 그래? 어떤 일이 있어도 가와하라를 범인으로 몰 핑계만 찾고 있어. 증오 때문에. 안 그래? 복수하고 싶어서. 당신은 라이커한테는 관심도 없어. 당신 친구 세라에게조차 전혀 관심이……."

나는 차갑게 말했다.

"그 소리 한 번만 더 해 봐. 한 방 먹여 줄 테니까. 미리 말해 두지만 방금 이야기했던 그 어떤 것도 내겐 세라의 목숨보다 중요하지 않아. 가와하라가 원하는 대로 하지 않을 대안이 있다는 뜻도 아니고."

"그럼 도대체 요점이 뭐야?"

손을 내밀어 오르테가를 잡고 싶었다. 하지만 나는 그 욕구를 억눌렀다.

"나도 몰라. 아직은. 하지만 세라를 구해 낼 수만 있다면 그 뒤에 가와하라를 처치할 방법이 생길 수도 있잖아. 라이커를 구할 방법도. 내가 말하는 건 그게 전부야."

오르테가는 잠시 나를 바라보고 있다가 돌아서더니, 객실에 들어왔을 때 의자 팔걸이에 걸쳐 두었던 재킷을 낚아챘다.

"잠시 나갔다 올게."

오르테가는 조용히 말했다.

"그래."

나 역시 조용히 말했다. 밀어붙여야 할 때가 아니었다.

"혹시 나가게 되면 메시지를 남겨 놓지."

"그렇게 해."

오르테가의 목소리에서 정말 돌아올지 돌아오지 않을지 짐작할 수 있는 기미는 전혀 없었다.

그녀가 가고 난 뒤 나는 자리에 앉아 특파 부대 직관을 통해 살짝 엿본 진실의 구조를 밝혀내기 위해 생각에 잠겼다. 전화가 다시 울렸을 때는 거의 포기한 상태였다. 창밖을 내다보며 오르테가가 베이시티 어디로 갔을까 생각하고 있었던 것이다.

이번에는 가와하라였다. 가와하라는 곧장 본론으로 들어갔다.

"원하는 걸 다 구했어. 잠복 상태의 롤링 바이러스가 내일 아침 8시 실셋 홀딩스로 배달될 거야. 주소는 새크라멘토 가 1187번지. 당신이 올 거라고 말해 뒀어."

"그리고 활성화 암호는?"

"따로 배달하지. 트렙이 연락할 거야."

나는 고개를 끄덕였다. 전쟁 바이러스 운송과 소유에 관한 유엔법은 퉁명스럽다고 해도 좋을 정도로 명백했다. 비활성 바이러스는 연구용, 혹은 어느 특이한 판례에서 보듯 개인적인 기념품으로 소지할 수 있다. 그러나 활성화된 군용 바이러스 및 비활성 바이러스를 활성화시키는 암호를 소유하거나 매매하는 것은 유엔 현행법 위반으로서 100년에서 200년 사이의 저장형에 처하게 되어 있다. 바이러스를 실제로 유포시켰을 때는 삭제형까지 처할 수 있다. 물론 이런 형벌은 군 장성이나 정부 관료를 제외한 일반 시민을 대상으로 한다. 권력자들은 자기들 장난감에 대해 질투심이 많은 법이다.

"빠른 시일 내에 연락하도록 해 주시오. 열흘 기한을 필요 이상 소모하고 싶지 않으니."

나는 짧게 말했다.

"알겠어."

가와하라는 세라를 이용해 협박하고 있는 것이 마치 우리 둘 다 어쩔 수 없는 사악한 자연법칙이기라도 하다는 듯, 이해한다는 표정을 지었다.

"아이린 엘리엇은 내일 저녁에 풀려날 거야. 명목상으로는 내가 소유한 통신 인터페이스 회사인 잭솔 SA가 보석으로 빼내는 걸로 되어 있어. 10시쯤 베이시티 중앙교도소에서 데려가. 일시적으로 당신을 잭솔 서부 지사 보안 컨설턴트 마틴 앤더슨이라고 해 놓지."

"알겠소."

이것은 뭔가 잘못될 경우 나는 그녀에게 묶여 있으니 가장 먼저 당할 거라는 의미를 지닌, 가와하라식의 의사 전달 방식이었다.

"그러면 라이커의 유전자 지문과 충돌할 텐데. 라이커의 몸이 사용 중이니 베이시티 중앙교도소에 활동 중 파일로 분류되어 있을 거 아니오."

가와하라는 고개를 끄덕였다.

"처리해 놨어. 개별적으로 유전자 검색을 하기 전에 일단 잭솔 사내 채널을 거치도록 했어. 코드 입력 방식으로. 잭솔 내부에서 당신의 유전자 지문은 앤더슨으로 기록되어 있을 거야. 다른 문제는?"

"혹시 설리번과 마주치면 어떻게 하지?"

"설리번 소장은 장기 휴가 중이야. 심리적인 문제 때문에. 가상 치료 센터에 들어갔다 나올 거야. 당신이 그 친구를 다시 볼 일은 없어."

가와하라의 태연한 얼굴을 바라보고 있으려니 나도 모르게 소름이 끼쳤다. 나는 헛기침을 했다.

"엘리엇의 몸은?"

"안 돼."

가와하라는 희미하게 미소 지었다.

"신체 기록을 살펴봤는데. 아이린 엘리엇의 몸은 재구입 비용을 정당화할 만한 생체공학적 기능 강화가 전혀 없더군."

"그래서 빼내 달라고 한 게 아니잖아. 그 몸이 특별한 기능을 갖고 있어서가 아니라 동기 부여 차원에서 부탁한 거요. 몸까지 구해 주면 좀 더 충성을……."

가와하라는 스크린 쪽으로 몸을 기울였다.

"정도껏 해, 코바치. 나도 한계가 있어. 엘리엇은 호환성 있는 몸을 얻을 거고, 그 정도만으로도 감사해야 해. 그 여자를 원한 건 당신이고 충성도 문제는 당신이 알아서 해결해야 할 문제야. 이 문제는 더 이상 거론하고 싶지 않아."

"적응 기간도 오래 걸릴 거요. 새 몸을 입으면 동작도 느려지고 반응 속도……."

나는 끈질기게 주장했다.

"역시 당신이 해결할 문제야. 나는 돈으로 쉽게 살 수 있는 최고의 침투 전문가를 제시했지만 당신이 거절했어. 당신 행동에 대해 책임을 지는 법을 배워야겠군, 코바치."

가와하라는 입을 다물고 다시 희미한 미소를 띠며 물러앉았다.

"엘리엇의 배경 조사를 해 봤어. 그 여자가 누군지, 가족이 누군지, 이 일과 어떤 관계가 있는지. 당신이 왜 저장소에서 꺼내려고 했는지. 좋은 생각이야, 코바치. 하지만 미안한데 선한 사마리아인 노릇을 하고 싶으면 내 도움 없이 해. 난 자선사업 운영하는 게 아니니까."

"아니지."

나는 굳은 음성으로 말했다.

"그건 분명 아니야."

"그래. 그리고 문제가 완전히 해결되기 전까지 우리 두 사람이 직접 연락하는 것은 이번이 마지막이라고 생각해도 좋을 것 같은데."

"알겠소."

"자, 적절치 않은 말 같긴 하지만, 행운을 빌어, 코바치."

스크린이 꺼졌다. 가와하라의 마지막 말이 허공을 맴돌았다. 나는 오랫동안 그 소리에 귀를 기울이며, 격렬한 증오로 인해 현실처럼 스크린에 남은 잔상을 응시했다. 문득 입에서 말이 터져 나왔다. 누군가 다른 사람, 혹은 다른 무언가가 나를 통해 말하는 것처럼, 라이커의 음성이 다른 사람의 목소리처럼 들려왔다.

"적절치 않다는 소린 맞아."

목소리는 조용한 방 안을 울렸다.

"개 같은 년."

오르테가는 돌아오지 않았지만 그녀가 요리해 놓은 음식 냄새가 객실을 떠돌고 있었다. 위장이 그 냄새에 반응해서 꿈틀거렸다. 나는 잠시 더 앉은 채 퍼즐의 들쭉날쭉한 가장자리를 모두 맞춰 보려고 애썼지만, 열의가 없었는지 아니면 아직 뭔가 중요한 것이 빠져 있었다. 마침내 나는 증오와 좌절감의 쇳내를 꿀꺽 삼키고, 식사하러 갔다.

가와하라의 조처는 흠잡을 데가 없었다.

다음 날 아침 8시 자동 리무진이 옆면에 잭솔 문양을 번득이며 헨드릭스 바깥에 나타났다. 내려가 보니 뒷좌석에 중국제 디자이너 상표가 붙은 상자가 쌓여 있었다.

객실에 돌아와서 상자를 열어 보니 시레니티 칼라일이 열광할 만한 고급 옷가지가 나왔다. 라이커의 치수에 맞춘 둔중한 모래색 정장 두 벌, 옷깃마다 잭솔 로고를 수놓은 수제 셔츠 다섯 장, 진짜 가죽으로 된 정장용 신발, 파란색 레인코트, 잭솔에서 나온 휴대전화, 엄지손가락 디엔에이 입력 패드가 부착된 작은 검정색 디스크.

나는 샤워를 하고 면도를 한 뒤 옷을 입고 디스크를 실행시켰다. 가와하라가 스크린에 나타났다.

"좋은 아침이야, 다케시 상. 잭솔 커뮤니케이션에 온 것을 환영해. 이 디스크에 입력된 디엔에이 코드는 지금 마틴 제임스 앤더슨의 이름으로 된 계좌에 들어가고 있어. 전에 말했듯이, 잭솔 사의 코드를 찍어 넣으면 라이커의 유전자 정보나 뱅크로프트가 당신에게 만들어 준 계좌와 충돌하지 않을 거야. 아래의 코드를 기억해 둬."

나는 숫자열을 한눈에 죽 훑은 뒤 다시 가와하라의 얼굴을 보았다.

"모든 비용은 잭솔 계좌에서 빠져나가고 열흘 계약 기간이 끝나면 해제되도록 프로그램되어 있어. 그보다 일찍 계좌를 해지하고 싶다면 코드를 두 번 누르고 유전자 정보를 입력한 다음 다시 두 번 누르면 돼. 트렙이 오늘 중에 회사 휴대전화로 연락할 테니까 기계는 항상 지니고 다녀. 아이린 엘리엇은 서부 해안 시각으로 21시 45분에 다운로드될 거야. 그리고 이 메시지를 받을 때면 실셋 홀딩스에 당신에게 가는 소포가 와 있을 거야. 전문가들하고 상담한 끝에 엘리엇에게 필요할 만한 하드웨어 목록과 그것을 비밀리에 구할 수 있는 신뢰할 만한 거래처 목록도 적어 놨어. 모든 비용은 잭솔 계좌로 청구해. 목록은 곧 하드카피로 인쇄될 거야. 이 내용을 다시 참조하고 싶을 경우를 대비해서, 이 디스크는 앞으로 18분 동안은 다시 재생이 가능하도록 되어 있어. 그 뒤에는 자동으로 삭제돼. 자, 이제 뛰어."

가와하라의 얼굴에 미소가 떠오르더니 프린터에서 하드웨어 목록이 지직거리며 나오기 시작했다. 나는 리무진으로 내려가는 길에 목록을 잠시 훑어보았다.

오르테가는 아직 돌아오지 않았다.

실셋 홀딩스에서 나는 할란 가문 상속자 같은 대접을 받았다. 세련된 인간 비서들이 내 편의를 위해 분주히 움직이는 가운데, 기술자가 환각 수류탄 크기만 한 금속 통을 가져왔다.

트렙의 태도는 별다를 것이 없었다. 그날 이른 저녁 트렙이 전화로 지시한 오클랜드의 한 바에서 만났는데, 옷깃에 새겨진 잭솔 이미지를 보고 그녀는 쓰게 웃었다.

"빌어먹을 프로그래머 같아 보여, 코바치. 그 정장은 어디서 얻은 거야?"

"내 이름은 앤더슨이야. 이름에 어울리는 옷이지."

나는 상기시켜 주었다. 그녀는 얼굴을 찌푸렸다.

"다음번에 쇼핑하러 갈 때는 말이야, 앤더슨, 나랑 같이 가자고. 돈도 훨씬 절약시켜 주고 주말에 호놀룰루로 애들을 데려가는 남자 같은 꼴로 돌아다니지 않게 해 줄 테니까."

나는 좁은 테이블 위로 몸을 내밀었다.

"트렙, 지난번에 네가 내 옷에 대해 악평을 했을 때, 난 널 죽였어."

트렙은 어깨를 으쓱했다.

"알 만하군. 도대체 진실을 받아들이지 못하는 사람들이 있다니까."

"물건은 가져왔나?"

트렙은 테이블 위에 손바닥을 펼쳐 내려놓았다. 손을 떼자 테이블 위에는 비닐 포장이 된 평범한 회색 디스크가 놓여 있었다.

"여기 있어. 요청한 대로. 넌 미친놈이 확실해."

트렙의 음성에는 뭔가 존경 같은 것이 어려 있는 것 같았다.

"지구에서 이런 걸 갖고 놀았다간 무슨 벌을 받는지 알아?"

나는 디스크를 손으로 덮은 뒤 주머니에 넣었다.

"다른 곳과 비슷하겠지. 난 선택의 여지가 없어."

트렙은 귀를 긁었다.

"200년형, 아니면 삭제형이야. 나도 하루 종일 이걸 들고 다니느라 영 찜찜했어. 나머지도 다 갖고 있는 거야?"

"왜? 나랑 같이 있는 걸 남들이 보는 게 두렵나?"

트렙은 미소 지었다.

"약간. 당신이 지금 무슨 짓을 하고 있는지 잘 알고 있기만 바랄 뿐이야."

나 역시 그런 바람이었다. 실셋에서 받은 수류탄 크기의 두툼한 물건이 하루 종일 비싼 코트 주머니에 구멍이라도 뚫어 놓을 것처럼 묵직하게 느껴졌던 것이다.

나는 헨드릭스로 돌아가서 메시지를 확인했다. 오르테가에게서는 연락이 없었다. 나는 호텔 방에서 시간을 죽이며 엘리엇에게 할 대사를 생각해 보았다. 9시에 나는 다시 리무진에 올라 베이시티 중앙교도소로 향했다.

나는 대기실에 앉아서 젊은 의사가 필요한 서류를 작성하는 동안 기다리고 있다가 그가 지시하는 곳에 서명했다. 섬뜩할 정도로 익숙한 과정이었다. 대부분의 가석방 조항에는 석방 기간 동안 아이린 엘리엇의 모든 행동에 대한 책임을 사실상 내가 지게 된다는 조건이 딸려 있었다. 엘리엇은 일주일 전 내가 도착했을 때보다 훨씬 책임을 덜 지게 되어 있었던 것이다.

대기실 안쪽 '통제 구역'이라는 팻말이 붙은 문에서 마침내 나오는 엘리엇의 걸음걸이는 마치 중병에서 회복하기 시작하는 환자와 같았다. 거울을 들여다본 순간의 충격이 새로운 얼굴에 그대로 드러나 있었다. 나처럼 직업으로 그 짓을 하는 사람이 아니라면, 처음으로 낯선 사람의 얼굴을 바라보는 것은 절대 쉬운 일이 아니다. 나 자신의 이전 몸과 라이커의 몸이 다르듯이, 엘리엇이 지금 입고 있는 얼굴은 그녀의 남편이 내게 보여 준 포토큐브에 들어 있던 골격이 큰 금발 머리와는 딴판이었다. 가와하라는 '호환성 있는' 몸이라고 표현했는데, 그 삭막한 표현에 완벽하게 들어맞는 몸이었다. 엘리엇의 원래 몸과 비슷한 나이 또래의 여자 몸이었지만, 공통점은 딱 그것뿐이었다. 아이린 엘리엇은 덩치가 크고 흰 피부였지만, 이 몸은 폭포수 아래로 비쳐 보이는 얇은 구리 광맥 같은 피부색을 하고 있었다. 숱 많은 검은 머리가 얼굴을 감싸고 있었고, 뜨거운 석탄 같은 눈과 자두 빛 입술, 몸은 날씬하고 우아했다.

"아이린 엘리엇?"

그녀는 안내 카운터에 비틀비틀 기대서 있다가 나를 돌아보았다.

"네. 누구시죠?"

"내 이름은 마틴 앤더슨. 잭솔 서부 지사에서 나왔습니다. 저희가 당신의 가석방을 주선했습니다."

엘리엇의 눈이 약간 가늘어지더니 나를 머리끝부터 발끝까지 살펴본 뒤 다시 위로 올라왔다.

"프로그래머 같지는 않은데. 그 옷 빼고는 말예요."

"난 보안 컨설턴트로 잭솔과 프로젝트를 같이하고 있습니다. 당신에게 부탁하고 싶은 일이 있습니다만."

"그래요? 이보다 더 싸게 다른 사람을 구할 수 없던가요?"

그녀는 자신을 가리켜 보였다.

"어떻게 된 거예요, 교도소에 있는 동안 내가 유명해지기라도 했나요?"

"어떤 의미로는 그렇습니다."

나는 신중하게 대답했다.

"여기 절차가 끝났으면 일단 옮기는 게 좋겠습니다. 밖에 리무진이 기다리고 있습니다."

"리무진?"

믿기지 않는다는 목소리를 듣는 순간, 내 얼굴에 오늘 처음으로 진심 어린 미소가 떠올랐다. 엘리엇은 꿈이라도 꾸듯 그제야 한숨을 푹 내쉬었다.

"솔직히 당신 누구예요?"

엘리엇은 리무진이 날아오르자 물었다. 지난 며칠 동안 수많은 사람들에게 이 질문을 들었던 것 같은 느낌이었다. 이제 나 자신도 궁금해질 지경이었다.

나는 리무진의 계기반 앞쪽만 응시했다.

"친구."

나는 조용히 말했다.

"지금은 그 정도만 아시면 됩니다."

"무슨 일을 시작하기 전에 일단……."

"압니다."

리무진이 한쪽 옆으로 기울며 선회했다.

"30분 뒤에 엠버에 도착합니다."

뒤를 돌아보지 않았지만, 얼굴 옆면에 엘리엇의 시선이 뜨겁게 느껴졌다.

"당신은 대기업에서 나온 사람이 아니군요."

그녀는 단호하게 말했다.

"대기업은 이런 일을 하지 않아요. 이렇게는."

"대기업은 이윤이 되는 일이면 뭐든지 합니다. 편견으로 오해하지 마십시오. 물론 돈이 된다면 마을 하나라도 불태우겠지요. 하지만 인간의 얼굴을 하는 것이 도움이 된다면 그들은 언제든 인간의 얼굴을 가져다 씁니다."

"그럼 당신은 인간의 얼굴?"

"정확히는 아닙니다."

"나한테 원하는 일이 뭐죠? 불법적인 건가요?"

나는 주머니에서 원통 바이러스 입력기를 꺼내 엘리엇에게 건넸다. 그녀는 두 손으로 받은 뒤 전문가다운 눈으로 관찰했다. 이쪽 편에서 볼 때 이것은 첫 번째 테스트였다. 내가 엘리엇을 굳이 빼낸 것은 가와하라가 제공해 줄 수 있는 전문가나 길거리 기술자들과는 달리 그녀라면 내 사람이 될 수 있을 거라는 계산 때문이었다. 하지만 그 이후부터 내가 의지할 곳이라고는 직관, 그리고 아내가 좋은 사람이라는 빅터 엘리엇의 말뿐이었다. 내가 선택한 방향에 대해 문득 불안한 마음이 일었다. 가와하라가 옳았다. 선한 사마리아인 노릇을 하다가는 값비싼 대가를 치를 수도 있다.

"어디 보자. 이건 제1세대 시멀텍 바이러스군요."

엘리엇은 경멸의 빛을 드러내며 단어 하나하나를 천천히 끊어 발음했다.

"소장 가치가 있는, 이 정도면 솔직히 골동품이지. 한데 이걸 최신식 급속 입력 재킷에 넣어서 위치 추적 방지 포장까지 씌우

다니. 헛소리 집어치우고 솔직히 무슨 일인지 말해 줘요. 시스템에 침투하려는 건가요?"

나는 고개를 끄덕였다.

"목표물은 어디죠?"

"가상현실 체험 사창가입니다. 인공지능이 운영하는."

엘리엇의 새 입술이 소리 없이 휘파람을 불었다.

"해방 작전인가요?"

"아니, 설치하는 겁니다."

엘리엇은 원통을 들어 올렸다.

"이걸? 이게 뭔데요?"

"롤링 4851."

원통을 들어 올리던 손길이 우뚝 멈췄다.

"농담 말아요."

"농담 아닙니다. 이건 잠복 상태의 롤링 변종입니다. 바로 보셨지만, 급속 입력 준비가 되어 있죠. 활성화 코드는 내 주머니에 있습니다. 인공지능 사창가 데이터베이스 안에 롤링 바이러스를 심은 다음 코드를 입력하고 뚜껑을 닫을 계획입니다. 감시 시스템을 해제시키고 뒷정리를 하는 주변적인 일이 있긴 하지만, 기본적으로는 침투 작업이죠."

엘리엇은 내게 호기심 어린 눈길을 보냈다.

"당신 광신도예요?"

"아닙니다."

나는 희미하게 웃었다.

"그런 건 아닙니다. 해 주실 수 있습니까?"

“인공지능에 따라 달라요. 시스템 사양은 갖고 있나요?”

“여긴 없습니다.”

엘리엇은 내게 바이러스를 돌려주었다.

“그럼 나도 뭐라 말할 수 없죠. 안 그래요?”

“그런 대답을 기다리고 있었습니다.”

나는 대답에 만족하며 바이러스를 받아 넣었다.

“새 몸은 어떻습니까?”

“괜찮아요. 원래 몸을 돌려받을 수 없었던 이유가 있나요? 내 몸이라면 훨씬 빨리……”

“압니다. 하지만 불행히도 내 힘으로는 어쩔 수가 없었습니다. 저장소에 얼마나 계셨는지 말해 주던가요?”

“누가 4년이라고 하더군요.”

“4년 반입니다.”

나는 내가 서명한 석방 계약서를 쳐다보았다.

“안됐지만 그사이 다른 사람이 당신 몸에 반해서 사 버렸습니다.”

“아.”

엘리엇은 입을 다물었다. 일생 최초로 남의 몸에서 깨어난 충격은 어딘가에서 다른 사람이 자기 몸을 입고 돌아다니고 있다는 것을 아는 순간 느끼는 배신감과 분노에 비하면 아무것도 아니다. 배우자의 부정을 알게 되는 것과 같은 기분이지만, 직접적으로 와 닿는 정도는 강간 수준이라고나 할까. 또한 이 양자의 경우와 마찬가지로, 본인은 어떻게 할 도리가 없다.

침묵이 길어지자, 나는 엘리엇의 움직이지 않는 얼굴을 바라보며 헛기침을 했다.

"지금 바로 하시겠습니까? 집으로 가는 것 말입니다."

엘리엇은 나를 쳐다보지도 않고 대답했다.

"네, 가요. 내게는 5년 동안이나 못 본 딸과 남편이 있어요. 이런 모습이라고……."

그녀는 자기 몸을 가리켜 보였다.

"……주저할 것 같아요?"

"좋습니다."

엠버의 불빛이 저 앞쪽 어두운 해안선 위로 나타났고 리무진은 하강하기 시작했다. 엘리엇을 곁눈질로 훔쳐보니, 초조감이 조금씩 더해 가는 듯했다. 무릎 위에 얹은 손바닥을 비비고 있었고, 입술 한쪽 옆으로 아랫입술을 질끈 깨물고 있었다. 그녀는 작지만 뚜렷이 들리는 소리를 내며 숨을 내뿜었다.

"내가 간다는 걸 모르고 있나요?"

"모릅니다."

나는 짧게 답했다. 계속하고 싶지 않은 화제였다.

"계약은 당신과 잭솔 서부 지사 사이에 이루어진 겁니다. 가족과는 관계없습니다."

"하지만 당신은 굳이 가족을 만나 볼 수 있도록 해 주고 있어요. 왜죠?"

"가족들이 재회하는 풍경을 워낙 좋아하는 놈이라."

나는 발밑으로 컴컴하게 도사리고 있는 난파한 항공모함에 시선을 주었다. 우리는 말없이 하강했다. 리무진은 방향을 틀어 차선과 기수를 나란히 한 뒤 엘리엇의 '데이터 링크' 몇 백 미터 북쪽에 착륙했다. 그런 다음 앙카나 솔로마오 홀로그래피 광고가 늘어선 해안도로를 부드럽게 달린 뒤 좁은 가게 맞은편에 정확히 멈췄다. 현관문을 괴고 있던 고장 난 모니터는 치워졌고, 문은 닫혀 있었지만 유리벽 뒤쪽 사무실 안에서는 불빛이 새어 나왔다.

우리는 리무진에서 내려 길을 건넜다. 닫힌 문은 잠겨 있었다. 아이린 엘리엇은 구릿빛 손바닥으로 다급하게 문을 두드렸다. 누군가 사무실 안에서 부스스 일어나 앉았다. 잠시 후 빅터 엘리엇으로 보이는 그림자가 전송실 쪽으로 나오더니 안내 카운터를 지나 문으로 나왔다. 희끗희끗한 머리카락은 헝클어져 있었고 얼굴은 잠기운에 푸석푸석했다. 그는 장시간 스택 검색을 한 데이터광 특유의 초점이 흐린 눈으로 밖을 내다보았다. 그는 데이터에 취해 있었다.

"도대체 누가……."

내 얼굴을 알아보는 순간 말이 끊겼다.

"도대체 원하는 게 뭐요, 메뚜기? 이쪽은 누구요?"

"빅터?"

아이린 엘리엇의 새로운 성대에서는 마치 아홉 달 동안 닫혀 있었던 듯한 소리가 났다.

"빅터, 나예요."

엘리엇의 눈길은 내 얼굴과 우아한 아시아계 여성 사이를 오갔다. 그제야 아이린의 말이 트럭처럼 머리를 강타한 모양이었다. 순간 그는 눈에 띄게 움찔했다.

"아이린?"

속삭이는 듯한 음성.

"네, 나예요."

그녀도 쉰 목소리로 속삭였다. 뺨에서는 눈물이 흘러내리고 있었다. 잠시 유리창을 통해 서로를 바라보고만 있다가, 빅터 엘리엇은 문의 잠금장치를 주섬주섬 만지작거리더니 문을 열었다. 구릿빛 피부의 여인은 문지방을 넘어 그의 팔에 안겼다. 두 사람은 새로운 몸의 연약한 뼈가 부서지기라도 할 것처럼 껴안고 서 있었다. 나는 거리에 서 있는 가로등만 바라보았다.

마침내 아이린 엘리엇은 나를 떠올린 모양이었다. 그녀는 남편에게서 포옹을 풀고 돌아서더니 손바닥으로 눈물을 닦아 내고 나를 향해 눈을 깜빡였다.

"잠시……."

"그러죠. 리무진에서 기다리겠습니다. 아침에 다시 오죠."

나는 덤덤하게 말했다. 아내의 손에 이끌려 안으로 들어가는 빅터 엘리엇이 내게 혼란스러운 시선을 보냈다. 나는 그에게 사람 좋게 고개를 끄덕여 보인 뒤 리무진이 서 있는 바닷가 쪽으로 향했다. 문이 내 등 뒤에서 쿵 하고 닫혔다. 주머니를 더듬어 보니 오르테가가 준 찌그러진 담뱃갑이 나왔다. 리무진을 지나 철제 난간 쪽으로 발걸음을 옮기면서, 나는 구부러지고 납작해진 담배 한 개비에 불을 붙였다. 허파 속으로 연기가 빨려 들어가는 그 순간만은 내가 뭔가를 속이고 있다는 생각이 들지 않았다. 저 아래 바닷가에서 모래사장을 따라 높은 파도가 밀려오는 소리가 유령들의 합창 소리처럼 들려왔다. 난간에 몸을 기대고 부서지는 파도 소리를 듣고 있자니, 아직 해결하지 못한 것이 이렇게 많이 남았는데도 왜 이렇게 평화로운 기분이 드는지 의아스러웠다. 오르테가는 돌아오지 않았다. 카드민은 아직 어딘가에서 날 노리고 있다. 세라는 인질로 잡혀 있고, 가와하라는 아직 내 약점을 틀어쥐고 있으며, 나는 뱅크로프트가 왜 죽었는지 아직 알아내지 못했다.

그 모든 것들에도 불구하고, 이 정도의 평화가 깃들일 여유는 있었다.

주어진 것을 받아들여라. 때로는 그것으로 충분하다.

시선이 파도 너머를 향했다. 검은 대양은 비밀을 간직한 채, 해안선 바로 뒤에서 밤의 어둠과 한 덩어리처럼 섞이고 있었다. 거대한 난파선 프리 트레이드 호조차 알아보기 힘들었다. 나는 메리 루 힝클리가 단단한 바다 표면에 부딪혀 산산조각이 나는 모습을, 갈기갈기 찢긴 채 물결 아래로 서서히 가라앉으며 바다의 포식자들이 오기를 기다리는 모습을 상상했다. 해류에 밀려 남은 몸뚱어리가 동족들에게 돌아올 때까지 그녀는 얼마나 오랫동안 바다 속에 있었을까? 저 어둠은 얼마나 오랫동안 그녀를 안고 있었을까?

모든 것을 수용할 수 있을 듯한 안락함에 은근히 젖어, 생각은 정처 없이 떠돌았다. 태양계 너머를 향한 지구 최초의 머뭇거리는 발걸음이었던 천공과 티끌 같은 별빛들을 겨누고 있던 뱅크로프트의 오래된 망원경이 보였다. 화성인이 남긴 천체 지도에 건 희미한 믿음이 결실을 거둔다면 언젠가 머나먼 세계에서 의식을 입력시킬 수 있을지도 모른다는 희망을 안고, 개척자 수백만 명의 의식과 초저온 냉각 배아를 실은 채 외계로 떠난 연약한 방주들. 그 믿음이 결실을 거두지 못한다면 그들은 영원히 떠돌게 될 운명이었다. 우주는 대부분 밤, 그리고 어두운 대양이므로.

이런 상념에 한쪽 눈썹을 치켜 올리면서, 나는 난간에서 몸을 일으켜 머리 위에서 빛나는 홀로그래피를 올려다보았다. 앙카나살로마오는 밤을 독점하고 있었다. 유령 같은 얼굴은 일정한 간격으로 깜빡이며, 애정 가득하지만 초연한 표정으로 거리를 내려다보고 있었다. 그 오연한 얼굴을 바라보고 있노라니, 엘리자베스엘리엇이 왜 그토록 열렬하게 저 정도의 높이를 갈구했는지 쉽게깨달을 수 있었다. 나 역시 저렇게 초연한 표정을 위해서라면 많은 것을 내던질 수 있었을 것이다. 나는 엘리엇의 가게 위쪽 창문으로 시선을 옮겼다. 불은 켜져 있었고, 그중 한 창문에서 벌거벗은 여자 몸의 윤곽이 비쳐 보였다. 나는 한숨을 쉬고 담배꽁초를하수구에 던진 다음 리무진 안으로 피신했다. 불침번은 앙카나에게 맡기자. 나는 오락 채널 중에서 아무거나 켠 다음 수많은 영상과 소리의 집중 포화 속에서 반쯤 잠이 들었다. 밤은 차가운 안개처럼 리무진 곁을 흘렀고, 엘리엇의 집 창문에서 내가 서서히 멀어지고 있는 것 같은 희미한 느낌이 엄습했다. 닻줄이 끊겨 폭풍우가 몰려오고 있는 수평선을 향해 흘러가고 있는 듯한…….

머리 옆 창문을 날카롭게 두드리는 소리에 나는 퍼뜩 잠에서깨었다. 웅크렸던 자세에서 벌떡 일어나 보니 트렙이 밖에서 끈기있게 서 있었다. 그녀는 창문을 내리라고 손짓한 뒤 씩 웃으며 창가에 기댔다.

"가와하라 말이 맞았네. 저 디퍼가 남편이랑 재미 보는 동안차에서 자고 있을 거라고 하더니. 수도사라도 된 줄로 착각하는거야, 코바치?"

나는 짜증스럽게 말했다.

"입 다물어, 트렙. 몇 시야?"

"5시쯤."

트렙의 시선이 체내 시계를 확인하는지 왼쪽 위로 향했다.

"5시 16분. 곧 해가 뜰 거야."

나는 몸을 꼼지락거려 똑바로 세웠다. 입 안에 어제 피운 단한 대의 담배 맛이 남아 있었다.

"여기서 뭐 하는 거야?"

"당신을 지키는 거야. 뱅크로프트를 속여 넘기기도 전에 카드민이 당신을 없애 버리면 곤란하니까. 안 그래? 이야, 이거 혹시 '파괴자들'?"

트렙의 시선을 따라 오락 채널 쪽을 보니 아직 무슨 스포츠 중계가 나오고 있었다. 거의 들리지 않는 해설을 배경으로 자그마한 인간들이 십자 무늬 경기장 위에서 앞뒤로 물러났다 떨어졌다 하고 있었다. 한순간 두 선수가 맞붙자 벌레 소리 같은 환호성이 일었다. 아마 잠들기 전에 소리를 줄였던 모양이었다. 방송을 끄고 주위가 어두워지니 트렙의 말이 맞았다. 밤은 우리 옆 건물 위로 어둠을 탈색한 듯 조금씩 퍼져 가는 부드러운 푸른빛 속에 물러가고 있었다.

"팬이 아닌 모양이지?"

트렙은 스크린 쪽으로 고갯짓을 했다.

"나도 아니었는데, 뉴욕에 오래 살다 보니 익숙해지더라고."

"트렙, 대가리를 여기 박고 스크린을 들여다보고 있으면서 어떻게 날 지킨다는 거지?"

트렙은 상처받은 듯한 눈빛을 주더니 고개를 빼냈다. 나는 리무진에서 내려서 쌀쌀한 공기 속에서 기지개를 켰다. 머리 위에서는 앙카나 살로마오가 아직 휘황했지만 엘리엇의 가게 위 불빛은 꺼져 있었다. 트렙이 말했다.

"몇 시간 전까지 깨어 있었어. 혹시 아이린 엘리엇이 당신한테 달려들지도 모른다 싶어서 뒤쪽도 살펴봤지."

나는 불 꺼진 창문에서 시선을 돌렸다.

"왜 나한테 달려들어? 그 여자는 내 계약 조건을 알지도 못하는데."

"흠, 삭제형 수준의 범죄에 연루되면 누구나 초조해지기 마련이니까."

"이 여자는 안 그래."

이렇게 말은 했지만, 스스로 이 말을 얼마나 믿고 있는지는 알 수 없었다. 트렙은 어깨를 으쓱했다.

"마음대로 해. 하지만 난 아직 당신이 미쳤다고 생각해. 가와하라는 물구나무를 서서도 이 정도는 거뜬히 해치울 수 있는 디퍼를 거느리고 있는데."

가와하라의 기술 지원을 받아들이지 않은 이유는 거의 대부분 직감 때문이었지만, 나는 아무 말도 하지 않았다. 뱅크로프트, 가와하라, 결의안 653조의 연관성에 대한 얼음 같은 확신은 어제 서둘러 준비 작업을 하면서 사라지고, 오르테가가 떠나면서 함께한다는 행복감도 사라졌다. 지금 내게 남은 것은 다가오는 작전 시각의 묵직한 중력과 차가운 새벽, 해안에 밀려오는 파도 소리뿐이었다. 입 안에 남은 오르테가의 맛과 내 몸에 얽히던 날씬한 몸의 온기는 열대의 섬처럼 내 뒤로 점점 멀어지고 있었다. 나는 중얼거렸다.

"이 시간에 커피를 파는 데가 있을까."

"이렇게 작은 마을에?"

트렙은 잇새로 숨을 들이쉬었다.

"없을걸. 한데 오는 길에 자동판매기가 늘어선 걸 봤어. 커피 자동판매기도 하나쯤 있겠지."

"기계 커피?"

나는 입술을 말아 올렸다.

"이봐, 네가 무슨 미식가라도 돼? 대형 자동판매기나 다름없는 호텔에서 지내는 주제에. 코바치, 지금은 기계 시대야. 그런 말 안 들어 봤어?"

"일리가 있군. 얼마나 가야 되지?"

"일이 킬로미터? 내 차를 가져가. 그래야 저 위층 아줌마가 일어나서 창밖을 내다보더라도 놀라지 않을 테니까."

"그러지."

나는 트렙을 따라 길 건너 차체가 낮은 검정 차로 다가갔다. 레이더망에 걸리지 않을 것 같은 모양이었고, 편안한 실내에는 희미한 향냄새가 풍겼다.

"당신 건가?"

"아니, 빌렸어. 같이 유럽에서 돌아온 뒤에. 왜?"

"상관없어."

나는 고개를 저었다. 트렙은 차를 출발시켰고, 우리는 말없이 유령처럼 거리를 달렸다. 나는 바다 쪽 창밖을 바라보며 실체가 없는 답답함을 떨어내려고 애를 썼다. 리무진 안에서 잠시 눈을 붙인 탓에 민감해진 모양이다. 뱅크로프트의 죽음에 대한 해결책이 없다는 데서부터 다시 담배를 피우기 시작했다는 것까지, 현 상황의 모든 것이 다시 신경을 긁고 있었다. 해는 아직 뜨지도 않았는데, 벌써부터 고약한 하루가 될 것 같은 예감이 들었다.

"이번 일이 끝나면 어떻게 할 건지 생각해 봤어?"

"아니."

나는 침울하게 답했다.

자동판매기는 마을 한쪽 끝의 바닷가를 향해 경사진 공터에 있었다. 해수욕장 고객들을 염두에 두고 설치한 것 같았지만, 기계를 들여놓은 가리개 상태를 보아하니 이쪽 장사도 엘리엇의 가게 못지않은 것 같았다. 트렙은 바다 쪽을 향해 차를 세우고 커피를 사러 나갔다. 나는 트렙이 기계를 발로 차고 두드려서 마침내 플라스틱 컵 두 개를 뱉어내게 하는 광경을 창밖으로 지켜보았다. 그녀는 커피를 들고 차로 돌아와서 한 잔을 내밀었다.

"여기서 마실 거야?"

"안 될 거 없지."

우리는 컵에 달린 끈을 당긴 뒤 커피가 끓는 소리에 귀를 기울였다. 아주 뜨거워지지는 않았지만, 커피 맛은 그럭저럭 괜찮았고 확실한 화학적 효과도 가져다주었다. 아까까지의 초조한 기분이 조금씩 물러가고 있었다. 우리는 천천히 커피를 마시며, 단란한 분위기의 침묵에 젖어 앞 유리창 너머 바다를 바라보았다.

"나도 특파 부대에 지원한 적이 있었어."

트렙이 불쑥 입을 열었다. 나는 곁눈질로 그녀를 바라보았다.

"그래?"

"그래. 오래전에. 서류 심사에서 떨어졌어. 충성심이 없다나."

"그랬겠지. 군대 생활 안 해 봤지?"

"어때 보이는데?"

트렙은 마치 아동 성추행 경력이 있지 않느냐는 말을 들은 것처럼 나를 쳐다보았다. 나는 피곤한 웃음소리를 냈다.

"안 해 봤을 것 같은데. 솔직히, 그쪽에서 원하는 건 사이코패스의 경계선에 아슬아슬하게 걸친 성향을 가진 인간들이거든. 대부분의 신병을 일반 군에서 뽑는 것도 그 때문이야."

트렙은 화난 듯한 표정이었다.

"나야말로 사이코패스의 경계선에 아슬아슬하게 걸친 성향을 갖고 있는데."

"그래, 뭐 그거야 의심하지 않는데. 문제는 그런 성향을 가진 민간인들이 단체 정신까지 갖추는 경우가 상당히 드물다는 거지. 서로 상충되는 특징이니까. 한 인간의 마음속에 그 두 가지 감정이 자연스럽게 동시에 일어날 확률은 거의 영에 가까워. 군대에서 받는 훈련은 자연계의 질서를 망가뜨리지. 사이코패스적 행동방식에 대한 저항력을 완전히 부수는 동시에 소속 집단에 대한 광적인 충성심을 키워. 동시에. 군인은 완벽한 특파 부대감이야."

"내가 받아들여지지 않은 게 다행이라는 투로군."

기억이 떠올랐다. 잠시 나는 수평선을 바라보고만 있었다. 나는 나머지 커피를 훌쩍 마셨다.

"그래. 이제 돌아가자고."

돌아가는 길에 우리 사이의 침묵은 어쩐지 변해 있었다. 차창

밖으로 점차 환해지는 새벽빛처럼, 손에 잡히지도 않고 무시할 수도 없는 뭔가.

우리가 엘리엇의 가게 앞에 차를 세웠을 때, 아이린 엘리엇은 이미 나와서 내 리무진에 기대선 채 바다를 바라보고 있었다. 남편은 보이지 않았다.

"넌 여기 있어."

나는 차에서 내리며 트렙에게 말했다.

"커피 고마워."

"그래."

"한동안 내 뒷거울에 네가 따라다니겠군."

"뒷거울에 내가 보이지는 않을걸, 코바치."

트렙이 경쾌하게 말했다.

"이런 일은 당신보다 내가 나아."

"두고 보자고."

"그래, 그래. 두고 봐."

트렙은 돌아서서 걷기 시작하는 내 등 뒤로 목소리를 높였다.

"작전 망치지 마. 우리 모두 그렇게 되는 꼴은 보고 싶지 않으니까."

트렙은 10미터쯤 후진하더니 날카로운 엔진 소리로 정적을 깨뜨리며 보란 듯 기수를 낮춘 채 땅을 박차고 이륙한 뒤, 우리 머리 위를 벗어나자마자 곧장 방향을 틀어 바다 쪽으로 향했다.

"누구죠?"

많이 울었는지, 아이린 엘리엇의 목소리는 쉬어 있었다.

"지원팀입니다."

나는 난파한 항공모함 위로 크루저가 사라지는 모습을 바라보며 멍하니 대답했다.

"같은 곳에서 일하지요. 걱정 마십시오, 친구니까."

엘리엇은 쓸쓸하게 말했다.

"당신 친구인지는 몰라도 내 친구는 아니에요. 당신네들 전부다."

나는 그녀를 본 뒤 다시 바다로 시선을 향했다.

"상관없습니다."

파도 소리만 정적을 깨뜨리고 있었다. 엘리엇은 반들반들한 리무진에 기대선 채 자세를 고쳤다.

"내 딸이 어떻게 됐는지 당신도 알고 있죠."

그녀는 무감각한 목소리로 말했다.

"처음부터 다 알고 있었어요."

나는 고개를 끄덕였다.

"당신은 조금도 거리끼지 않는 거군요. 그 애를 휴지 조각처럼 취급한 남자 밑에서 일하는 게."

나는 잔인하게 답했다.

"많은 남자들이 당신 딸을 이용했어요. 본인 스스로 이용당하도록 했던 겁니다. 왜 그런 짓을 했는지도 물론 남편께 들으셨겠지요."

아이린 엘리엇의 숨이 턱 막히는 소리가 들려왔다. 나는 트렙의 크루저가 해 뜨기 전의 어둑한 여명 속으로 사라진 수평선만 바라보며 말을 이었다.

"따님이 내 고용주를 협박하려고 했던 것도 마찬가지 이유였습니다. 제리 세다카라는 정말 불쾌한 남자를 어떻게 해 보려다 죽음을 당한 것도 그 때문이고. 따님은 당신 때문에 그랬던 겁니다, 아이린."

"나쁜 자식."

엘리엇은 흐느끼기 시작했다. 절망에 빠진 작은 흐느낌이 정적 속을 울려 퍼졌다. 나는 바다만 바라보며 신중하게 말을 이었다.

"나는 더 이상 뱅크로프트를 위해서 일하지 않습니다. 다른 편으로 돌아섰지요. 난 당신한테 뱅크로프트의 아픈 부분을 찌를 기회를, 당신 딸을 망가뜨릴 때도 느끼지 못했던 죄책감을 느끼도록 해 주려는 겁니다. 게다가 이제 교도소에서 나오셨으니 어쩌면 돈을 모아서 엘리자베스를 다시 데려올 수도 있지 않겠습니까. 아니, 최소한 저장소에서 빼내서 가상 콘도 같은 데다 데려다 놓을 수 있을 정도의 돈 말입니다. 어쨌든 풀려났으니, 뭐든 할 수 있는 상황이지요. 선택은 당신이 하십시오. 내가 제의하는 건 그겁니다. 다시 게임 판에 복귀할 기회를 드린 겁니다. 기회를 차 버리지 마십시오."

옆에서 엘리엇이 필사적으로 흐느낌을 억누르는 소리가 들려왔다. 나는 기다렸다. 엘리엇은 마침내 입을 열었다.

"대단히 뿌듯한 기분인가 보군요. 안 그래요? 나한테 이렇게 큰 은혜를 베풀었다고. 하지만 당신은 착한 사마리아인은 아니에요. 날 빼낸 건 사실이지만, 그게 다 대가가 있는 일인데. 안 그래요?"

"물론 그렇습니다."

나는 조용히 말했다.

"당신이 원하는 대로 하라 이거죠, 바이러스 건. 당신을 위해 법을 어기든지, 싫으면 저장소로 돌아가라. 혹시 배신하거나 일을 망치면 당신보다 더한 대가를 치르게 되는 거지. 그게 거래 내용이죠. 안 그래요? 아무것도 공짜가 아니죠?"

나는 파도를 바라보았다.

"그게 거래 내용입니다."

다시 침묵. 아이린은 뭔가 쏟은 것처럼 자기 몸을 내려다보았다.

"내가 어떤 기분인지 알아요?"

"모르겠습니다."

"난 남편과 잤는데, 꼭 그가 바람을 피운 것 같은 기분이네요."

억눌린 웃음소리. 엘리엇은 분한 듯 눈을 닦았다.

"내가 충실하지 못했던 기분이에요. 뭔가에 대해서. 난 내 몸과 가족을 남겨 놓고 교도소로 끌려갔는데. 이제 둘 다 없어요."

엘리엇은 자기 몸을 다시 내려다보았다. 그리고 손을 들어 올려 손바닥을 위로 펼쳤다.

"내가 어떤 기분인지 모르겠어요. 어떤 기분을 느껴야 할지 모르겠어요."

이런 때 해 줄 수 있는 이야기는 많았다. 수많은 문헌과 연구, 논란이 이미 있었던 문제였다. 의식을 새로 입력했을 때 일어날 수 있는 문제들을 총정리한 진부한 글들. 다른 몸을 입고도 배우자가 당신을 다시 사랑할 수 있게 만드는 법, 진부한 심리학적 장광설, 의식 입력 시 일어나는 2차적 트라우마에 대한 고찰. 심지어 신성한 특파 부대 매뉴얼에도 이 문제에 대한 진부한 내용이 실려 있었다. 인용, 정보성 사설, 종교계와 과격파의 헛소리들. 그 모든 것을 엘리엇에게 던져 줄 수도 있었다. 지금 그녀가 겪는 일은 강화 능력이 없는 인간에게 상당히 일반적인 현상이라고 말해 줄 수도 있었다. 시간이 지나면 괜찮아진다고 말해 줄 수도 있었다. 이런 증세만 치료하는 심리동역학적 분야가 있다고. 엘리엇이 충성을 바치고 있는 신께서 돌봐 주실 거라고 말해 줄 수도 있었다. 거짓말을 할 수도 있었고, 설득을 할 수도 있었다. 결국 모두 똑같은 의미다. 현실은 고통이므로, 지금으로서는 어느 누구도, 그 어떤 것도 그 고통을 덜어 줄 수 없으므로.

나는 아무 말도 하지 않았다.

새벽이 점점 밝아오면서 등 뒤의 닫힌 상점 위에도 점점 빛이 더해 가고 있었다. 나는 엘리엇의 가게 창문을 바라보았다.

"빅터는?"

"자고 있어요."

엘리엇은 팔로 얼굴을 닦고 저질 앰피타민을 빨아들이듯 눈물을 킁 하고 삼켰다.

"이렇게 하면 뱅크로프트에게 한 방 먹일 수 있다고요?"

"네. 미묘하게지만, 그렇습니다. 한 방 먹을 겁니다."

"인공지능에 침투한다. 삭제형까지 받을 수 있는 바이러스를 설치한다. 유명한 메트족을 골탕먹인다. 이게 얼마나 큰 위험이 따르는 일인지 알고 있어요? 당신이 내게 무슨 일을 부탁하는 건지 알고 있어요?"

나는 돌아서서 엘리엇의 눈을 바라보았다.

"네, 알고 있습니다."

그녀는 입술을 파르르 떨다가 꾹 다물었다.

"좋아요. 해 보죠."

준비하는 데는 사흘이 채 걸리지 않았다. 돌처럼 차가운 프로로 돌변한 아이린 엘리엇 덕분이었다.

베이시티로 돌아오는 리무진 안에서, 나는 그녀에게 계획을 설명했다. 계속 흐느끼기만 하던 엘리엇은 전문적인 이야기가 계속되자 점점 고개를 끄덕이고 불평도 하고 내 말에 끼어들기도 했으며 미처 내가 생각지도 못했던 자잘한 부분을 덧붙이기도 했다. 레일린 가와하라가 추천한 하드웨어 목록을 보여 주자 3분의 2 정도만 필요하다고 했다. 나머지는 대기업 특유의 비용 불리기이며, 가와하라의 전문가들은 아무것도 모른다는 것이 엘리엇의 생각이었다.

도착할 때쯤 이야기는 끝났다. 엘리엇의 눈빛을 보니 머릿속에서 이미 작전이 진행되고 있다는 것을 알 수 있었다. 얼굴에는 눈물 자국이 말라붙어 있었고, 표정에는 뚜렷한 목적의식과 자신의 딸을 이용한 남자에 대한 증오, 복수하겠다는 확고한 의지가 역력했다.

아이린 엘리엇은 내 사람이 된 것이다.

나는 잭솔 계좌로 오클랜드의 한 아파트를 빌려서 엘리엇을 들어오게 했다. 그리고 잠을 좀 자도록 내버려 두었다. 나도 헨드릭스에 돌아와서 눈을 좀 붙이려고 해 보았지만 잠이 오지 않았다.

여섯 시간 뒤 아파트로 돌아가 보니 엘리엇도 벌써 일어나 움직이고 있었다.

나는 가와하라가 준 거래상에 연락해서 엘리엇이 표시해 놓은 물건들을 주문했다. 몇 시간 뒤 배달이 도착했다. 엘리엇은 상자를 열고 장비를 아파트 바닥에 늘어놓았다.

우리는 오르테가가 준 가상현실 체험 사창가 목록을 살펴보고 후보를 일곱 개로 줄였다. 오르테가는 아직도 나타나지 않았고 헨드릭스로 연락도 취하지 않았다.

이틀째 되던 날 오후, 엘리엇은 기본 장비 설치를 끝낸 뒤, 후보 일곱 군데를 돌아보았다. 후보는 세 군데로 줄었고, 엘리엇은 내게 물건 몇 가지를 더 구해 오라고 부탁했다. 큰 건에 필요한 정교한 소프트웨어였다.

이른 저녁이 되자 후보는 두 군데로 줄었고, 엘리엇은 양쪽에 대한 침투 프로그램을 쓰기 시작했다. 문제에 부딪힐 때마다 물러나서 비교 우위를 검토했다.

우리는 자정에 목표물을 결정했다. 엘리엇은 침대에 들어 여덟 시간 동안 푹 잤다. 나는 헨드릭스로 돌아가서 생각에 잠겼다. 오르테가에게서는 아무 연락이 없었다.

나는 거리에서 아침을 사 가지고 아파트로 돌아갔다. 둘 다 별로 식욕이 없었다.

여기 시각으로 10시 15분. 아이린 엘리엇은 장비를 마지막으로 조정했다.

우리는 해냈다.

27시간 30분이 걸렸다.

"껌이네."

엘리엇이 말했다.

나는 장비를 해체하는 엘리엇을 남겨 두고 그날 오후 뱅크로프트 저택으로 날아갔다.

"대단히 믿기 힘든 얘기군."

뱅크로프트는 날카롭게 말했다.

"내가 분명히 이런 곳에 갔다는 거요?"

선터치 하우스의 발코니 아래 정원에서는, 미리엄 뱅크로프트가 이동식 홀로그래피 영사기로 설명서를 참조하여 엄청나게 큰 종이 글라이더를 만들고 있었다. 날개는 똑바로 바라보기 힘들 만큼 희게 빛났다. 발코니 난간에 기대 서 있으려니, 부인이 손으로 햇빛을 가리며 이쪽을 올려다보았다.

"감시 모니터가 있습니다."

나는 무심한 척 대답했다.

"자동화된 시스템인데, 아직도 작동하고 있더군요. 당신이 현관을 들어가는 모습이 찍혀 있었습니다. 이름을 아는 곳 아닙니까?"

"잭잇업? 물론 들어는 봤지만 실제로 이용해 본 적은 없는 곳이오."

나는 난간에 기댄 채 돌아섰다.

"그렇군요. 혹시 가상 섹스에 대해 반감을 갖고 계십니까? 순현실주의십니까?"

"아니오."

뱅크로프트의 목소리에서 미소가 느껴졌다.

"가상 포맷에 대해서는 아무 반감이 없고, 전에 말했던 것처럼 가끔 그런 곳을 이용하기도 하지. 하지만 이 잭잇업이란 곳은, 어떻게 표현해야 할까, 그리 격조 있는 곳 같지는 않은데."

"아니죠."

나는 동의했다.

"그럼 제리스 클로즈드 쿼터는 어떻게 분류할까요? 격조 있는 사창가입니까?"

"그렇진 않지."

"하지만 엘리자베스 엘리엇과 놀아나려고 그리 가지 않으셨습니까? 그곳이 요즘 들어 내리막길을 걸은 걸까요? 당신과 문제를 일으키는 바람에……."

목소리에서 느껴지던 미소가 일그러졌다.

"좋소. 무슨 말인지 알겠으니 설명할 필요 없어."

나는 미리엄 뱅크로프트에게서 눈길을 돌리고 다시 자리로 돌아왔다. 얼음이 든 칵테일이 작은 테이블 위에 아직 놓여 있었다. 나는 잔을 집어 들고 흔들며 말했다.

"알아들어 줘서 반갑군요. 난 얽히고설킨 문제를 푸느라 상당히 고생을 했으니까. 납치되어 고문도 당하고 그 과정에서 거의 죽을 뻔했습니다. 소중한 당신 딸 나오미보다 나이도 별 많지 않은 루이즈란 여자는 거기 말려들었다가 목숨을 잃었지요. 그러니 내 결론이 마음에 들지 않는다면 이만 집어치웁시다."

나는 뱅크로프트 쪽으로 잔을 들어 보였다.

"감상적인 이야기는 그만두고, 거기 좀 앉아보시오. 난 당신 말을 거부하는 게 아니라, 의문을 제기하고 있는 거요."

나는 의자에 앉아서 손가락으로 그를 가리켰다.

"아니, 당신은 어색한 겁니다. 내 설명이 당신 스스로 경멸하는 당신의 한 부분을 건드리고 있으니까. 그날 밤 잭잇업에서 접속했던 프로그램이 짐작했던 것보다 훨씬 더 지저분한 거라면, 차라리 어떤 소프트웨어인지 알고 싶지 않은 겁니다. 아내의 얼굴에 사정하고 싶어 하는 당신 자신의 일부분을 직시하지 않을 수 없는 이런 상황이 달갑지 않은 겁니다."

"그 화제는 다시 꺼낼 필요가 없다고 보는데."

뱅크로프트는 뻣뻣하게 말했다. 그리고 손가락을 세웠다.

"당신도 아마 알고 있겠지만, 당신 주장을 뒷받침해 줄 보안 카메라 테이프는 뉴스에 나온 내 영상만 있으면 누구나 쉽게 위조할 수 있는 거요."

"알고 있습니다."

나는 48시간 전 아이린 엘리엇이 정확히 그렇게 하는 것을 지켜보았다. 쉽다는 단어도 적절하지 않았다. 바이러스 침투 건을 마친 뒤의 영상 위조는 마치 전신극 댄서에게 앵콜로 스트레칭 운동을 청하는 것과 같았다. 내가 담배 한 대도 다 피우기 전에 엘리엇은 일을 끝냈다.

"하지만 누가 뭐 하러 그랬겠습니까? 내가 어쩌다 다 쓰러져 가는 리치먼드의 어느 사창가를 쑤석거리고 돌아다닐지도 모른다는 걸 미리 귀신처럼 예측하고 거기다 가짜 영상을 심어 놔서 엉뚱한 결론을 내리게 하려고? 뱅크로프트, 정신 좀 차립시다. 내가 애당초 거기까지 따라가게 된 것 자체가 그 영상이 진짜라는 증거 아닙니까? 그리고 어쨌든 그 영상 자체는 아무 근거가 되지 않습니다. 내가 이미 알아냈던 사실, 당신이 원격 저장된 스택에 대한 바이러스 오염을 막기 위해 자살했다는 결론을 확인해 줬을 뿐이지."

"단 엿새 동안 수사한 것을 바탕으로 추론하기에는 지나친 직관적 도약인 것 같소만."

"오르테가 덕분입니다."

나는 가볍게 말했지만, 불쾌한 사실을 대면했는데도 아랑곳없이 계속되는 뱅크로프트의 의심이 약간 불안해지기 시작했다. 그의 신념을 무너뜨리는 것이 이렇게 오래 걸릴 줄은 몰랐다.

"올바른 방향을 잡게 해 준 사람이 바로 그 여자입니다. 오르테가는 처음부터 살인 가설을 믿지 않았지요. 그 여자 표현을 빌리자면, 당신이 누군가가 자기를 죽이도록 그냥 내버려 두기에는 지나치게 강하고 영리한 메트족 개새끼라는 걸 끊임없이 내 머리에 주입시키더군요. 그 말을 들으니 일주일 전에 여기서 나눴던 대화가 생각났습니다. 당신은 내게 이렇게 말했습니다. '난 목숨을 스스로 끊을 인간이 아니고, 설사 그렇다 해도 나라면 이런 식으로 서툴게 자살하지는 않을 거요. 내가 정말 죽을 의도였다면 지금 당신과 이렇게 이야기하고 있지도 않을 거요.' 특파 부대는 완전 기억술을 갖고 있지요. 정확히 당신 표현 그대롭니다."

나는 잠시 말을 멈추고 잔을 내려놓으며, 진실 바로 곁에 늘 도사리고 있는 미묘한 거짓의 논리를 정리했다.

"일주일 내내 나는 당신은 목숨을 스스로 끊을 인간이 아니기 때문에 방아쇠를 직접 당겼을 리가 없다는 가정하에 수사를 진행했습니다. 그 단 하나의 가정 때문에 이에 모순되는 증거는 모두 무시했지요. 전자 하나 샐 틈 없는 이 저택의 보안 시설과 외부인 침입 흔적이 전혀 없다는 사실, 금고의 지문 인식 자물쇠 등."

"그리고 카드민. 오르테가."

"네. 그 역시 수사를 혼선에 빠뜨렸습니다. 하지만 오르테가 건은 저번에 이미 정리했고, 카드민은, 음, 카드민은 잠시 후 이야기하죠. 요점은 자살로 전제하는 한 도무지 꽉 막히더라는 겁니다. 한데 둘이 동의어가 아니라면? 죽고 싶어서가 아니라 뭔가 다른 이유로 당신이 스스로 자신의 스택을 날렸다면? 일단 그 생각을 하고 보니 나머지는 쉬워지더군요. 당신이 그렇게 할 이유가 있다면 무엇이었을까? 죽고 싶은 사람이라 해도 자기 머리에 총을 겨누기란 쉬운 일이 아닙니다. 살고 싶은 사람이 그렇게 하려면 악마와 같은 의지력이 필요하겠지요. 손상되지 않은 의식을 되돌릴 수 있다는 것을 아무리 머리로는 잘 알고 있다 해도, 그 순간의 자기 자신은 죽는 거니까. 방아쇠를 당기지 않을 수 없을 정도로 절박한 이유가 있어야 했습니다."

나는 희미하게 미소했다.

"생명을 위협하는 이유가. 그런 가정을 하니 바이러스 가설을 세우는 데는 오래 걸리지 않더군요. 그 뒤로는 어디서, 어떻게 감염되었는지 알아내는 일뿐이었습니다."

뱅크로프트는 감염이라는 단어를 듣자 불편하게 몸을 움직였다. 나는 득의만만했다. 바이러스! 메트족조차 두려워하는 눈에 보이지 않는 침식자. 원격 저장된 의식과 냉동된 클론이 있는 그들조차 바이러스에는 면역되어 있지 않기 때문이다. 바이러스 공격! 스택 고장! 뱅크로프트는 무너지고 있었다.

"자, 그렇다면 바이러스처럼 복잡한 프로그램을 넷에 연결되어 있지 않은 목표물에 주입한다는 것은 사실상 불가능하다는 점을 감안할 때, 당신은 어딘가에서 넷에 접속했던 것이 분명합니다. 처음에는 사이카섹 시설을 생각했지만 그쪽은 보안이 워낙 철저하지요. 같은 이유로 오사카 출장을 가기 전이었을 가능성도 없습니다. 바이러스가 있었다면, 불활성 상태였다 해도 오사카로 의식이 전송될 때 사이카섹의 모든 경고등이 다 켜졌을 테니까. 원격 저장된 스택은 오염되지 않았으니 사건이 발생하기 48시간 이내에 일어났던 일이 분명했습니다. 당신이 오사카에서 돌아온 뒤 시내에서 시간을 보냈다는 걸 부인께 들었고, 당신도 인정했듯 아마 가상현실 체험 사창가였을 가능성이 있었지요. 그 뒤에 남은 일은 사창가를 검색하는 것뿐이었습니다. 대여섯 곳을 다니다가 잭잇업에 갔는데, 검색어를 넣자마자 바이러스 오염 경보가 전화기를 통해 고막을 찢을 정도로 울려나오더군요. 인공지능에서 직접 쓴 보안 프로그램은 타의 추종을 불허하지요. 잭잇업은 워낙 단단히 봉쇄되어 있기 때문에, 경찰이 보안망을 뚫고 들어가서 핵심 프로세서에 남아 있는 프로그램을 확인하는 데만 아마 몇 달이 걸릴 겁니다."

의식이 점차 쪼그라들다가 완전히 없어질 때까지 인공지능이 마치 염산 통에 넣은 인간처럼 몸부림치고 있을 광경을 상상하니 희미한 죄책감이 느껴졌다. 하지만 죄책감은 곧 사라졌다. 잭잇업을 선택한 데는 여러 가지 이유가 있었다. 지붕이 덮인 상가 안에 위치하고 있기 때문에 위성사진이 없으므로 실내 보안 카메라에 뱅크로프트가 잡혔다는 거짓말이 들통 날 가능성이 없었고, 주위가 우범지대이므로 불법적인 바이러스가 어쩌다 침투했다는 것도 그럴듯했지만, 워낙 역겨운 소프트웨어들을 구비하고 있기 때문에 경찰이 살해당한 기계의 잔해를 굳이 꼼꼼하게 살펴볼 것 같지 않다는 점이 무엇보다 큰 이유였다. 오르테가의 목록에 딸려 온 전과 기록에는 잭잇업의 소프트웨어를 모방한 성범죄가 적어도 열 건은 있었다고 되어 있었다. 특유의 의도적인 무심한 표정으로 소프트웨어 목록을 읽는 오르테가의 입술이 비틀려 올라가는 모습을 상상할 수 있었다.

오르테가가 그리웠다.

"카드민은?"

"확실히 알긴 어렵지만, 애당초 잭잇업에 바이러스를 오염시킨 사람이 아마 카드민을 고용해서 내 입을 막고 진상을 은폐하려고 했던 것 같습니다. 내가 일을 벌이지만 않으면, 잭잇업이 당했다는 건 언제까지고 아무도 몰랐을 겁니다. 입장을 거부당했다고 그런 곳을 이용하는 고객이 경찰에 신고할 리는 없으니까."

뱅크로프트는 나를 뚫어지게 바라보고 있었다. 하지만 그의 입에서 나온 말을 듣는 순간 나는 전투가 거의 끝났다는 것을 알 수 있었다. 믿음의 추는 내 쪽으로 기울어지고 있었다. 뱅크로프트는 속아 넘어가기 직전이었다.

"그러면 누가 바이러스를 일부러 그 집에 넣었단 말인가? 누군가 그 집 인공지능을 살해했다고?"

나는 어깨를 으쓱했다.

"그런 것 같습니다. 잭잇업은 합법의 경계선 상에서 위태롭게 운영하고 있었으니까. 과거에 그곳 소프트웨어가 전송범죄과에 다수 압수된 것 같은데, 이는 잭잇업이 범죄 집단과 어떤 형식으로든 정기적인 거래가 있었다는 이야기지요. 그 때문에 적이 생겼을 수도 있습니다. 할란스 월드의 야쿠자들은 자기들을 배신한 인공지능에게 바이러스 처형으로 보복하는 걸로 알려져 있습니다. 여기서도 그런지, 그럴 만한 능력이 있는 사람이 누군지는 모르겠습니다만. 하지만 카드민을 고용한 사람은 분명 인공지능을 이용해서 그를 경찰 유치장에서 빼냈습니다. 그 점은 펠 스트리트에서 확인해 줄 겁니다."

뱅크로프트는 말이 없었다. 나는 잠시 그를 지켜보며 점점 내 말이 먹혀들고 있다는 것을 확인했다. 그는 자신을 설득하고 있었다. 그의 눈앞에 펼쳐지고 있는 광경이 환히 보이는 것 같았다. 잭잇업에서의 행위에 대한 통렬한 죄책감과 머릿속에서 울리는 오염 경보 사이렌의 공포에 젖어 자동택시 안에 쭈그리고 있는 자신의 모습. 감염됐다! 선터치 하우스의 불빛과 자신을 구할 수 있는 유일한 수술을 향해 어둠 속을 더듬더듬 걷는 그, 로렌스 뱅크로프트. 왜 굳이 집에서 그렇게 먼 곳에서 택시를 내렸을까? 왜 다른 사람을 깨워서 도움을 요청하지 않았을까? 이런 질문들은 이제 굳이 내가 답해 줄 필요가 없을 것 같았다. 뱅크로프트는 '믿고 있었다'. 죄책감과 자기혐오가 그로 하여금 믿게 '만들었고', 스스로 그 질문들에 대답하는 과정에서 머릿속에 틀어박힌 끔찍한 영상은 더욱 굳어질 것이다.

전송범죄과에서 잭잇업의 핵심 프로세서에 안전하게 침투할 때쯤이면, 잭잇업의 지능은 이미 롤링 4851이 남김없이 집어삼킨 후일 것이다. 내가 가와하라를 위해 치밀하게 구성한 거짓말을 밝혀낼 만한 것은 전혀 남아 있지 않을 것이다.

나는 이쯤 했으니 담배를 하나 피워도 되지 않을까 생각하며 일어나서 발코니를 향했다. 지난 며칠 동안 흡연 욕구를 참느라 몹시 힘들었다. 아이린 엘리엇이 일하는 광경을 지켜보는 것은 초조한 일이었다. 나는 가슴 주머니 안의 담뱃갑에 손을 대고 싶은 충동을 억누르고, 글라이더를 거의 완성시킨 미리엄 뱅크로프트를 내려다보았다. 저쪽에서도 올려다보았고, 나는 발코니 난간 쪽으로 시선을 돌렸다. 뱅크로프트의 망원경이 아직 똑같이 얕은 각도로 바다 쪽을 향한 채 거기 서 있었다. 막연한 호기심에 나는 그쪽으로 몸을 기울여 경사각 숫자를 확인했다. 먼지 위에 찍힌 손가락 자국도 아직 그대로였다.

먼지?

뱅크로프트가 무의식적으로 입 밖에 냈던 오만한 말이 떠올랐다. *열을 올렸던 때가 있었소. 별들이 아직 응시할 만한 존재이던 시절이었지. 당신은 그 기분을 기억 못하시겠지만. 마지막으로 그 렌즈를 들여다본 게 거의 2세기 전이군.*

나는 깊은 생각에 빠져 손자국을 응시했다. 200년 전보다 훨씬 가까운 이전에 누군가 이 렌즈를 들여다본 것이 분명했지만, 그리 오래 보지는 않은 것 같았다. 먼지가 극히 약간 떨어져 나간 것으로 봐서 프로그래밍 키는 딱 한 번 사용한 것 같았다. 나는 순간적인 충동으로 망원경 쪽으로 다가가서 원통이 향하고 있는 흐릿한 먼 바다 위를 바라보았다. 저 정도 먼 곳이라면 망원경 각도로 보아 몇 킬로미터 상공일 것이다. 나는 꿈결처럼 대안렌즈에 눈을 갖다 댔다. 시야 한복판에 회색 점 하나가 있었다. 나는 주위의 광활한 푸른색 속에서 초점이 흐려졌다 맞았다 하는 점을 뚫어지게 들여다보았다. 고개를 들고 다시 제어판을 살펴보니 최대 확대 키가 보였다. 서둘러 엄지손가락으로 키를 누르고 다시 렌즈를 들여다보았다. 초점이 뚜렷해진 회색 점이 렌즈 전체를 꽉 채우고 있었다. 나는 천천히 숨을 내쉬었다. 벌써 담배를 피운 느낌이었다.

비행선이 실컷 배를 채운 물고기처럼 허공에 둥실 떠 있었다. 길이는 몇 백 미터 정도, 동체 아래쪽 절반은 불룩한 곡선이었고, 착륙장으로 보이는 것이 군데군데 튀어나와 있었다. 나는 그것이 무엇인지 직감했다. 라이커의 뉴라켐까지 빌려 최대한 해상도를 늘려 보니 비행선 옆구리에 햇빛에 그을린 문장이 보였다. 헤드 인 더 클라우드.

나는 심호흡을 하며 망원경에서 물러섰다. 다시 평상시 초점으로 돌아온 시야에 미리엄 뱅크로프트가 들어왔다. 그녀는 글라이더 부속품들 한가운데 서서 나를 올려다보고 있었다. 부인과 시선이 마주친 순간 나는 몸을 움찔했다. 순간 손이 망원경 제어판 위로 떨어지면서 뱅크로프트가 자기 머리를 날려 버리기 전에 했어야 하는 일이 벌어졌다. 메모리 삭제 버튼을 누르는 바람에 지난 7주 동안 비행선을 렌즈에 담고 있었던 각도가 지워진 것이다.

평생 이런저런 이유로 바보 같다는 생각을 많이 했지만, 지금 이 순간만큼 철두철미한 바보처럼 느껴진 때는 없었다. 지금까지 바로 그 렌즈 안에 일차적인 단서가 숨어서 누가 와서 찾아주기만을 기다리고 있었던 것이다. 성급하고 무심했던 경찰은 현장 수색 부족으로 놓쳤고 뱅크로프트는 망원경이 자기 세계관의 일부일 정도로 가까운 존재이기에 미처 시선을 주지 못하고 무심히 넘겨 버렸다 쳐도, 내게는 변명의 여지가 없었다. 나는 일주일 전에 여기 서서 서로 들어맞지 않는 현실의 조각 둘이 서로 부딪히는 광경을 뻔히 보았다. 뱅크로프트가 망원경을 몇 세기 동안 사용하지 않았다고 말한 바로 그 순간, 나는 먼지 속의 손자국에서 망원경을 최근 사용한 증거를 보고 있었던 것이다. 게다가 미리엄 뱅크로프트가 그 한 시간 뒤에 결정타를 날렸다. *로렌스가 별을 쳐다보는 동안 땅만 내려다보던 사람도 있었으니까.* 그때 나는 망원경 생각을 했고, 내 의식은 다운로드로 인한 무기력에 반기를 들고 내게 뭔가 말하려 했다. 하지만 낯선 행성과 낯선 몸 때문에 불안정하고 균형을 잃고 있었기에 나는 그 말을 무시했다. 다운로드 부작용이 일을 저지른 것이다.

저 아래 정원에서 미리엄 뱅크로프트가 아직 이쪽을 쳐다보고 있었다. 나는 망원경에서 물러나 평정을 회복한 뒤 의자로 돌아갔다. 내가 머릿속에 집어넣은 엉터리 광경에 푹 빠진 뱅크로프트는 내가 갔다 왔다는 것조차 의식하지 못하는 것 같았다.

하지만 내 의식은 오르테가의 목록과 결의안 653조 티셔츠로 인해 열린 생각의 가도를 질주하고 있었다. 이틀 전 엠버에서 느꼈던 조용한 체념, 뱅크로프트에게 거짓말을 납득시키고 세라를 빼내고 손을 얼른 털고 싶다는 조바심은 모두 사라졌다. 모든 것이, 심지어 뱅크로프트조차 궁극적으로는 헤드 인 더 클라우드와 연결되어 있었다. 뱅크로프트가 죽던 날 밤 거기 갔다는 사실은 거의 자명했다. 거기서 그에게 일어났던 일이야말로 몇 시간 뒤 그가 여기 선터치 하우스에서 죽었던 이유를 알아내는 열쇠였다. 또한 레일린 가와하라가 그렇게도 숨기려는 진실을 알아내는 열쇠였다.

즉 내가 직접 헤드 인 더 클라우드에 가야 한다는 뜻이다.

나는 잔을 집어 들고 맛도 느끼지 못한 채 칵테일을 몇 모금 마셨다. 얼음 소리에 뱅크로프트는 상념에서 깨어난 모양이었다. 그는 내가 아직 여기 있다는 것이 놀랍다는 표정으로 고개를 들었다.

"실례했소, 코바치 씨. 워낙 의외의 사실이라. 나도 수많은 시나리오를 그려 봤지만, 이런 단순한 시나리오는 전혀 생각지도 못했군. 이렇게 명백한데도."

자기혐오에 가득 찬 목소리였다.

"내게 필요했던 것은 특파 부대 사립탐정이 아니라 나를 비춰 볼 거울이었어."

나는 잔을 내려놓고 일어났다.

"가는 거요?"

"더 이상 질문이 없으시면. 제가 보기에도 아직 시간이 더 필요하실 것 같습니다. 일이 있으면 헨드릭스로 연락하십시오."

나는 홀을 지나쳐 나오는 길에 미리엄 뱅크로프트와 정면으로 마주쳤다. 그녀는 정원에서 입었던 작업복 차림 그대로였고 머리에는 비싸 보이는 핀을 꽂고 있었다. 한 손에는 마치 폭풍우 치는 밤의 램프처럼 고리 세공으로 싼 화분을 들고 있었다. 꽃을 피운 마터위드가 구멍 사이사이로 길게 늘어져 있었다.

"혹시……."

그녀는 입을 열었다.

나는 마터위드의 방음 범위 안쪽으로 바싹 다가섰다.

"수사는 끝났습니다. 난 할 만큼 했어요. 당신 남편은 해답을 얻었지만 그건 진실이 아닙니다. 그 해답으로 당신이 만족하길 바랍니다. 레일린 가와하라도."

가와하라의 이름이 나오자 부인의 입술이 충격을 받은 듯 벌어졌다. 그녀의 자제력을 뚫고 나온 유일한 반응이었지만, 그것은 내가 원했던 확증이기도 했다. 잔인한 말을 하고 싶은 욕구가 컴컴한 분노의 동굴 속에서 부글부글 끓어올랐다.

"레일린이 침대에서 대단할 거라고 생각해 본 적은 없지만, 유유상종이니. 레일린의 다리 사이는 테니스 솜씨보다는 더 낫겠지요."

미리엄 뱅크로프트의 얼굴이 하얗게 질렸다. 나는 뺨을 맞을 마음의 준비를 했다. 하지만 대신 그녀는 뻣뻣한 미소를 지어 보였다.

"그건 오해예요, 코바치 씨."

"네. 제가 종종 오해를 합니다."

나는 옆으로 비켰다.

"실례하겠습니다."

나는 뒤돌아보지 않고 홀을 빠져나갔다.

건물은 내부를 휑하니 다 뜯어내고 한 층 전체를 창고로 개조한 곳으로, 벽면에는 위가 둥근 똑같은 창문이 줄지어 있었고 희게 칠한 기둥이 가로세로 10미터 간격으로 늘어서 있었다. 철 콘크리트 버팀대가 벽이 그대로 노출된 칙칙한 회색 천장을 십자로 가로지르고 있었다. 바닥은 반반한 콘크리트였다. 창문에서 내리쬐는 강렬한 햇빛 속에는 떠도는 먼지 한 점 없었다. 공기는 차갑고 상쾌했다.

실내 한가운데 단순한 철제 테이블과 불편해 보이는 의자 두 개가 체스라도 하기 좋게 놓여 있었다. 한쪽 의자에는 그을린 얼굴에 잘생긴 얼굴의 키 큰 남자가 앉아 있었다. 그는 체내 수신기로 재즈라도 듣는지 손가락으로 테이블을 빠르게 다르륵 두드리고 있었다. 어울리지 않게 파란 수술복에 수술용 슬리퍼 차림이었다.

나는 기둥 뒤에서 나와서 반반한 콘크리트 바닥을 지나 테이블로 향했다. 수술복 차림의 남자는 올려다보더니 놀라지 않고 고개를 끄덕였다.

"안녕, 밀러. 앉아도 되나?"

"날 고발해 봤자 한 시간 뒤면 내 변호사들이 날 여기서 빼내줄 거요."

그는 사무적으로 말했다.

"그만큼도 안 걸릴걸. 당신 큰 실수한 거요."

그는 다시 테이블 위에 재즈 리듬을 두드리기 시작했다. 창문에서 뭔가 재미있는 것이라도 눈에 띈 듯, 그의 시선이 내 어깨 너머로 향했다. 나는 미소 지었다.

"큰 실수고말고."

그는 중얼거렸다.

나는 부드럽게 손을 내밀어 그의 손을 두드리지 못하도록 테이블 위에 납작하게 붙였다. 밀러의 시선은 바늘에 홱 낚인 듯 다시 위를 향했다.

"도대체 무슨……."

나는 손을 빼내고 일어서려는 그를 도로 자리에 밀어붙였다. 순간 그는 내게 덤벼들기라도 하려는 기색이었지만, 사이에 테이블이 있었다. 그는 앉은 채 죽일 듯한 눈으로 나를 노려보았다. 변호사들이 말해 준 가상 구금 상태의 피의자에 대한 법규를 떠올리는 모양이었다.

"당신 체포된 적이 한 번도 없지, 밀러?"

나는 스스럼없이 물었다. 밀러는 대답하지 않았다. 나는 의자를 그의 앞으로 끌고 와서 뒤로 돌린 뒤 다리를 벌리고 걸터앉았다. 그리고 담뱃갑에서 담배 한 개비를 꺼냈다.

"흠. 이 문장은 아직도 문법적으로는 유효해. 넌 지금 체포된 게 아니니까. 경찰서에 구금된 게 아니라고."

밀러의 얼굴에 처음으로 두려움이 떠올랐다.

"상황을 잠시 개괄해 보자고. 아마 네가 총에 맞은 뒤 난 도망가고 경찰이 와서 널 데려간 줄 아는 모양이지. 경찰이 네 클리닉을 괴롭힐 만한 걸 많이 찾아냈고, 넌 재판 절차를 기다리고 있는 걸로. 흠, 부분적으로는 사실이야. 나는 도망갔고 경찰이 와서 난장판을 수습했지. 한데 불행하게도 거기 없었던 게 하나 있었어. 내가 가져갔거든. 바로 네 머리."

나는 손을 들어 그림을 그리듯 묘사했다.

"목에서 잘라 낸 다음 스택까지 멀쩡하게 갖고 나갔어. 재킷 안에 숨겨 가지고."

밀러는 침을 꿀꺽 삼켰다. 나는 고개를 숙이고 담배 연기를 빨아들였다.

"지금 경찰에서는 과부하된 입자총 빔으로 네 머리까지 완전히 타 버린 걸로 생각하고 있어."

나는 밀러 쪽으로 연기를 뿜었다.

"내가 일부러 그렇게 보이도록 목과 가슴을 그을려 놨거든. 시간이 좀 있고 솜씨 좋은 감식 전문가가 본다면 아마 알아낼 수 있었을지도 모르겠지만, 아직 멀쩡한 네 클리닉 동료들이 수사도 제대로 시작하기 전에 경찰을 내쫓아 버렸어. 클리닉 안에 뭐가 있는지 감안하면 이해는 가지. 너라도 그렇게 했을 거야. 어쨌든, 너는 지금 체포된 게 아니라 영구적 사망으로 처리돼 있다는 뜻이야. 경찰도, 어느 누구도 널 찾지 않아."

"원하는 게 뭐야?"

밀러의 목소리는 갑자기 푹 쉬어 있었다.

"좋아. 이제야 지금 상황을 제대로 깨닫는 것 같군. 자연스러운 일이지. 당신의…… 직업을 생각할 때. 내가 원하는 것은 헤드 인 더 클라우드에 대한 자세한 정보야."

"뭐?"

내 목소리는 딱딱해졌다.

"들었잖아."

"무슨 말을 하는지 모르겠어."

나는 한숨을 쉬었다. 예상했던 반응이었다. 전에도 이런 반응을 본 적이 있었다. 레일린 가와하라가 얽힌 일이면 언제나 그랬다. 가와하라가 불러일으키는 공포 어린 충성심은 피션 시티의 옛날 야쿠자 보스조차 무색하게 할 정도였다.

"밀러, 너랑 입씨름할 시간 없어. 웨이 클리닉은 비행선 사창가 헤드 인 더 클라우드와 관련이 있어. 아마 뉴욕 출신의 트렙이라는 중간 연락망을 통해 연락을 취했을 텐데. 궁극적으로 상대하는 건 레일린 가와하라고. 너도 틀림없이 헤드 인 더 클라우드에 가 본 적이 있어. 왜냐하면 내가 가와하라를 아는데 그 여자는 언제나 동업자들을 자기 소굴에 초대하거든. 첫째는 무적의 태세를 과시하기 위해서, 둘째는 산 교육을 통해 충성심의 가치를 알려주기 위해서. 너도 그런 걸 본 적이 있겠지?"

눈빛을 통해 그렇다는 것을 알 수 있었다.

"좋아. 여기까지는 나도 아는 내용이야. 이제 네 차례야. 헤드 인 더 클라우드의 간략한 설계도를 그려 줘. 기억나는 한 최대한 자세하게. 너 같은 외과 의사는 세부 사항에 강하잖아. 그리고 한 가지 더, 그곳을 찾아가는 데 필요한 절차도 알고 싶어. 보안 코드, 방문을 정당화할 만한 최소한의 이유, 그런 것들. 그리고 내부 보안 상태도 어떤지 알려 줘."

"내가 그냥 말할 것 같나."

나는 고개를 저었다.

"아니, 일단 고문을 해야겠다는 생각은 하지. 어쨌든 난 알아낼 거야. 네가 결정해."

"넌 못해."

"할 거야."

나는 상냥하게 말했다.

"넌 날 모르지. 내가 누군지, 우리가 왜 이런 대화를 하고 있는지. 음, 내가 가서 네 얼굴을 날려 버리기 전날 밤에 말이야. 너희 클리닉이 이틀 동안 날 가상현실 고문 프로그램에 집어넣었어. 샤리아의 종교경찰식으로 말이야. 아마 너도 그 소프트웨어를 검토했을 테니, 어떤 건지 알 거야. 내 문제에 관한 한 아직 복수도 끝나지 않았어."

긴 침묵이 흐르는 동안 점점 밀러의 얼굴에 내 말을 믿는 표정이 떠올랐다. 그는 시선을 비꼈다.

"가와하라가 알아내면……."

"가와하라는 잊어버려. 내가 가와하라와 용무가 끝날 때쯤이면 그 여자도 전설 속의 인물이 되어 있을 테니. 가와하라는 끝장날 거야."

밀러는 잠시 망설이다 거의 무너질 것 같더니 다시 고개를 저었다. 나를 올려다보는 밀러의 눈빛을 보는 순간, 결국 해야 한다는 것을 알 수 있었다. 나는 고개를 숙이고 목구멍에서 사타구니까지 열린 채 수술대 위에 누워 있던 루이즈의 몸과 머리 주위에 놓인 접시 위에 애피타이저처럼 담겨 있던 그녀의 장기를 억지로 떠올렸다. 숨 막히는 고문실에서 내가 입었던 구릿빛 여인의 몸을, 그들이 나를 까칠한 나무 바닥에 눕히고 테이프로 붙인 뒤 살점을 도려낼 때 멍멍할 정도로 머릿속을 울리던 고통에 찬 비명 소리를 떠올렸다. 그 비명을 향수처럼 들이마시던 두 남자.

"밀러."

헛기침을 해야 했다. 나는 다시 말을 시작했다.

"샤리아가 어땠는지 알려 줄까?"

밀러는 아무 말도 하지 않았다. 호흡 패턴이 통제되고 있었다. 다가올 괴로움에 대비하고 있는 것이다. 허름한 구석으로 데려가서 주먹 몇 대로 겁을 주면 알고 있는 걸 털어놓게 할 수 있는 설리번 소장 같은 친구가 아니었다. 강인한 정신에다 강화 기능도 있는 것 같았다. 웨이 클리닉 같은 곳에서 소장 노릇을 하려면 최신 기술 약간쯤은 몸에 두르고 있어야 하는 법이다.

"난 거기 있었어, 밀러. 217년 겨울, 지히체에. 120년 전이지. 그때 넌 태어나지도 않았겠지만, 아마 역사책에서 읽어 봤을 거야. 도시를 초토화시킨 뒤, 우리는 정권 설계자로 입성했어."

긴장했던 목이 말하는 동안 풀리기 시작했다. 나는 담배로 손짓을 해 보였다.

"모든 저항 세력을 분쇄하고 괴뢰 정부를 세우는 것을 보호령에서는 좋은 말로 그렇게 표현하지. 그러려면 당연히 고문도 좀 해야 되는데, 그때는 훌륭한 소프트웨어가 별로 없어서 창의력을 발휘해야 했어."

나는 테이블에 담배를 눌러 끄고 일어섰다.

"네가 만나 봐야 할 사람이 있어."

나는 밀러의 등 뒤를 건너다보았다.

밀러는 내 시선을 따라 돌아보더니 그 자리에 굳었다. 가장 가까운 기둥 뒤에 파란 수술복 차림의 키 큰 형체가 출현하고 있었다. 우리가 바라보는 동안 그 형체는 얼굴을 알아볼 수 있을 정도로 뚜렷해졌다. 하지만 밀러는 수술복 색깔을 보는 순간 무슨 일이 벌어질지 알아차린 모양이었다. 뭔가 말하려는 듯 입을 벌린 채 나를 휙 돌아보는 순간, 그는 내 등 뒤로 시선을 고정시켰다. 얼굴이 새하얗게 질렸다. 돌아보니 다른 형체 하나가 나타나고 있었다. 똑같이 키가 크고 볕에 태운 피부였으며 파란 수술복 차림이었다. 다시 돌아보니 밀러의 표정은 완전히 무너져 있었다.

"파일 겹쳐 쓰기야. 보호령 대부분의 지역에서는 법으로 금지되어 있지도 않아. 물론 기계의 실수일 때는 이렇게까지 극단적이지는 않지. 복구 시스템을 통해 몇 시간 뒤에는 멀쩡하게 나올 수 있고 말이야. 좋은 이야깃거리 아닌가. 내가 어떻게 나 자신을 만나서 뭘 배웠나. 데이트할 때도 좋은 화젯거리고 아이들에게 들려주어도 좋겠지. 아이가 있나, 밀러?"

목소리가 간신히 나왔다.

"그래. 있어."

"그래? 애들도 아버지가 무슨 일로 먹고사는지 아나?"

밀러는 말이 없었다. 나는 주머니에서 전화기를 꺼내 테이블 위에 올려놓았다.

"못 견디겠다 싶으면 알려 줘. 직통 전화야. 통화 버튼만 누르고 이야기해. 헤드 인 더 클라우드. 자세한 사항들."

밀러는 전화를 흘긋 보더니 다시 나를 올려다보았다. 우리 곁에서는 도플갱어가 거의 완전한 형체를 갖추고 있었다. 나는 작별 인사로 한 손을 들어 보였다.

"즐거운 시간이 되기를."

나는 널찍한 선반에 누운 채 헨드릭스의 가상 오락 스튜디오로 빠져나왔다. 저쪽 벽의 디지털시계를 보니 1분도 채 지나지 않았다. 순전히 가상현실 안에 있었던 시간은 몇 초밖에 안 될 것이다. 대부분의 시간은 입력 및 출력 과정이었다. 나는 잠시 그대로 누워 방금 내가 한 일에 대해 생각했다. 샤리아는 오래전 일이었고, 떠나왔다고 생각하고 싶은 나의 한 부분이었다. 오늘 자기 자신을 만나는 사람은 밀러뿐만이 아니었다.

개인적인 일. 스스로에게 상기시켰지만, 이번에는 아니라는 것을 나는 알고 있었다. 이번에는 내가 뭔가를 원하고 있었다. 복수는 그저 핑계일 뿐이었다.

"대상은 심리적 스트레스의 징후를 보이고 있습니다. 예비 모델로 계산해 볼 때 이 상태로 가상현실 시간으로 6일이 경과하면 인격 붕괴로 이어집니다. 현재 비율로는 실제 시간 약 37분에 해당합니다."

헨드릭스가 말했다.

"좋아."

나는 전극을 떼고 최면폰을 벗어던진 뒤 각진 선반에서 내려왔다.

"굴복하면 알려 줘. 내가 부탁한 모니터 영상은 따 놨나?"

"네. 보시겠습니까?"

나는 다시 시계를 보았다.

"지금 말고. 밀러를 기다려야 해. 보안 시스템 통과는 문제없었나?"

"없습니다. 데이터는 보안 상태가 아니었습니다."

"나이만 소장 너무 무심하시군. 얼마나 있지?"

194

"관련 클리닉 영상은 28분 51초 분량입니다. 말씀하신 대로 직원이 시설을 떠난 뒤에 추적하는 데는 시간이 상당히 더 걸릴 겁니다."

"얼마나 더?"

"이 시점에서는 추정할 수 없습니다. 셰릴 보스톡은 20년 된 군용 잉여 물자 마이크로콥터를 타고 사이카섹을 떠났습니다. 이 시설의 보조 직원들 월급은 그리 많지 않은 걸로 생각됩니다."

"왜 그게 놀랍지가 않을까?"

"아마도……"

"넘어가. 비유적인 표현이니까. 마이크로콥터는?"

"비행 시스템은 교통 네트 접속기가 없기 때문에 교통 통제 데이터에도 보이지 않습니다. 비행 궤도를 따라 시각 모니터를 통해 외양을 식별할 수밖에 없습니다."

"위성 추적 말인가?"

"네, 마지막 수단입니다. 일단은 하급 레벨의 지상 기반 시스템부터 시작하고 싶습니다. 그쪽이 좀 더 접속하기 쉬울 겁니다. 위성 보안은 보통 반발력이 높기 때문에, 그런 시스템에 침투하는 것은 보통 어렵고 위험합니다."

"어쨌든 뭔가 찾아내면 알려 줘."

나는 스튜디오를 서성거리며 생각에 잠겼다. 스튜디오에는 사람이 없었으며 다른 선반과 기계들은 대부분 보호용 비닐로 덮여 있었다. 벽에 붙은 일루미늄 타일에서 흘러나오는 흐릿한 불빛 속에서 보니 일종의 피트니스 센터나 고문실 같기도 했다.

"여기 진짜 불빛은 없나?"

낮은 천장 안쪽에 박혀 있던 고광도 전구에서 환한 빛이 쫙 퍼졌다. 벽에는 여기서 제공하는 가상현실 환경에서 출력한 이미지가 붙어 있었다. 스키를 타면서 고글을 통해 바라보는 현기증 나는 산악 풍경, 믿기지 않을 정도로 아름다운 남녀가 연기 자욱한 술집에 앉아 있는 모습. 거대한 육식동물들이 저격수의 망원경 안으로 똑바로 뛰어오는 모습. 가상 환경에서 홀로글라스로 직접 출력한 영상이었기 때문에, 마치 살아 움직이는 것 같았다. 나는 나지막한 의자를 찾아 앉은 뒤 방금 떠나온 환경 속에서 들이마셨던 담배 연기를 그립게 떠올렸다.

"지금 실행 중인 프로그램은 기술적으로 불법은 아니지만."

헨드릭스가 모호하게 말했다.

"디지털화된 인간 의식을 그 사람의 의지에 반하여 구금하는 것은 불법입니다."

나는 천정을 쓸쓸하게 올려다보았다.

"뭐가 문제야, 찜찜해?"

"경찰은 이미 내 메모리를 한번 소환했으며, 펠리페 밀러의 머리를 동결시켜 달라는 당신의 요청을 받아들인 것으로 나를 기소할 수도 있었습니다. 밀러의 스택이 어떻게 되었는지도 알고 싶어 할 겁니다."

"그래, 허가 없이 고객의 방에 멋대로 사람을 들이지 말라는 규정도 호텔 규약 어디에 틀림없이 있을 텐데, 그래도 넌 그렇게 했잖아. 안 그래?"

"보안 규약 위반으로 인해 범죄 행위가 발생하지 않은 한, 그것은 형사상 범죄가 아닙니다. 미리엄 뱅크로프트의 방문으로 인해 발생한 일은 범죄 행위가 아니었습니다."

나는 다시 위를 힐끗 올려다보았다.

"지금 농담하는 거야?"

"현재 제가 적용하는 매개변수 중에 유머는 들어 있지 않으나, 요청하시면 설치할 수 있습니다."

"고맙지만 됐어. 이봐, 나중에 남들이 찾아볼 때 보여 주고 싶지 않은 메모리 영역은 그냥 없애 버리면 안 될까? 그냥 지워 버리면?"

"제 시스템에는 그런 행위를 막는 블록이 내장되어 있습니다."

"안됐군. 난 네가 독립된 개체인 줄 알았는데."

"합성 지능은 유엔 법규의 테두리 안에서만 독립된 개체입니다. 법규는 시스템에 하드와이어 방식으로 구축되어 있기 때문에, 저 역시 인간과 마찬가지로 경찰에 대한 두려움을 갖고 있습니다."

"너 때문에 나까지 경찰이 무서워지는군."

오르테가가 사라진 뒤로 내 자신감도 점점 엷어지고 있었지만, 나는 자신만만한 척했다.

"운만 좀 있으면 증거는 드러나지도 않을 거야. 혹시 드러난다 해도, 글쎄, 이미 넌 깊숙이 발을 들여놓았는데 더 잃을 게 뭐가 있어?"

"제가 더 얻을 건 뭐가 있습니까?"

기계는 냉정하게 물었다.

"고객 확보지 뭐. 난 이번 일이 끝날 때까지 여기 있을 텐데, 밀러에게서 어떤 데이터를 뽑아내느냐에 따라 상당 기간이 될 수도 있어."

잠시 웅웅거리며 돌아가는 에어컨 소리 외에 침묵이 흘렀다. 헨드릭스는 다시 입을 열었다.

"심각한 범죄 사실이 쌓이게 되면 유엔 법규가 직접 발동될 수 있습니다. 144조에 의거, 용량 감축, 혹은 극단적인 경우 폐쇄 조치를 당할 수도 있습니다."

다시 짧은 망설임.

"일단 폐쇄되면 다시 작동되는 일이 있을 것 같지는 않습니다."

어리석은 기계 언어. 기계가 아무리 정교하게 발달해도 말투는 여전히 어린이 교육용 소프트웨어 같다. 나는 한숨을 쉬고 벽에 붙은 홀로그래피를 똑바로 바라보았다.

"손 떼고 싶으면 지금 바로 이야기해."

"손 떼고 싶은 건 아닙니다, 다케시 코바치. 나는 이러한 행위에 관련해서 고려해야 할 사항들을 인식시켜 드리고 있는 것뿐입니다."

"좋아. 인식했어."

나는 분 단위가 하나 지나가는 동안 내내 디지털시계를 바라보았다. 밀러에게는 아직 4시간이 남아 있다. 헨드릭스가 실행 중인 루틴 속에서는 배가 고프거나 목이 마르지도 않을 것이고 기타 신진대사 활동도 필요 없을 것이다. 잠을 잘 수는 있겠지만, 혼수상태로 빠져들게 내버려 두지는 않을 것이다. 주위 환경의 불편함을 제외한다면, 밀러가 싸워야 하는 것은 오직 자기 자신이다. 그를 미치게 하는 것도 결국에는 자기 자신일 것이다.

나는 희망했다.

우리가 이 방식으로 고문했던 '신의 오른손' 순교자들 중에서는 실시간으로 15분 이상을 버틴 사람이 없었다. 하지만 그들은 피와 살을 지닌 전사들이었고 자기들의 영역에서는 광신적으로 용맹스러웠지만 가상현실의 기술에는 전혀 무지했다. 강렬한 교조적 신앙을 지니고 있었기 때문에 그 믿음이 있는 한 수많은 잔학 행위를 저지를 수 있었지만, 일단 흔들리게 되면 마치 댐처럼 무너지면서 그로 인한 자기혐오로 인해 파멸했다. 밀러의 의식은 그렇게 단순하지도 않고 자기 정당화로 무장하지도 않았을 것이며 능력 강화 수준도 상당할 것이다.

바깥은 어두워지고 있을 것이다. 나는 시계를 바라보며 흡연 욕구를 참았다. 오르테가에 대해서도 생각하지 않으려고 애썼지만, 별 소용은 없었다.

라이커의 몸은 점점 골칫거리가 되어 가고 있었다.

밀러는 21분에 무너졌다. 헨드릭스가 연락을 취하기도 전에, 가상현실 속의 전화기와 연결시켜 놓았던 데이터링크 단말기가 갑자기 삑삑거리며 인쇄물을 뽑아내기 시작했다. 나는 일어서서 보러 갔다. 밀러가 말한 내용을 정리해서 인쇄하도록 프로그램이 되어 있었기 때문에 제대로 된 문장처럼 읽히긴 했지만, 정돈 과정을 거쳤는데도 불구하고 상당히 뒤죽박죽인 부분이 많았다. 밀러는 거의 한계에 다다른 뒤에야 굴복한 모양이었다. 처음 몇 줄을 읽어 보니 횡설수설 속에서도 내가 원하던 내용이 나오기 시작하고 있었다.

"복제 파일은 지워 버려."

나는 호텔에 명령하고 빠른 걸음으로 선반을 향했다.

"밀러에게 두 시간 정도 진정할 시간을 준 다음에 날 접속시켜
줘."

"접속 시간은 1분이 넘을 겁니다. 현재 비율로는 3시간 56분에
해당합니다. 가상 환경에 접속하시기 전에, 가상 구현체를 일단
설치해 놓을까요?"

"음, 그것도……."

나는 머리에 최면폰을 쓰다 우뚝 멈췄다.

"잠깐만, 그 가상 구현체는 괜찮은 건가?"

"나는 에머슨 시리즈 메인프레임 인공지능입니다."

호텔은 기분 나쁜 듯 말했다.

"충실도를 최대한으로 높였을 때 제가 만든 가상 구현체는 이
를 투사한 원본 의식과 구별할 수 없습니다. 대상은 현재 1시간
27분 동안 혼자 있습니다. 구현체를 설치할까요?"

"그래."

내 대답에 내가 섬뜩했다.

"아니, 심문 자체를 그쪽에서 하게 해."

"설치 완료."

나는 폰을 다시 벗어던지고 선반 가장자리에 앉아 헨드릭스의
광활한 프로세싱 시스템 안에 두 번째의 내가 있다는 것이 어떤
의미인지 생각에 잠겼다. 이는 특파 부대에서조차 내가 아는 한
한 번도 경험하지 못했던 일이었으며, 나는 일단 범죄 행위를 저
지르고 있는 이상 어떤 기계도 그만한 일을 시킬 만큼 신뢰하지

않았다.

나는 헛기침을 했다.

"이 구현체 말이야. 본인이 자기 정체성을 알고 있을까?"

"처음에는 모릅니다. 당신이 아까 가상 환경에서 나왔던 시점에 알고 있었던 모든 것까지 알고 그 이상은 모르지만, 당신의 지능을 고려할 때 따로 프로그램을 하지 않는 이상 언젠가 그 사실을 유추해 낼 겁니다. 정체성 인식 방지 서브프로그램을 설치할까요?"

"아니."

나는 얼른 말했다.

"가상 환경은 계속 이대로 유지할까요?"

"아니. 내가, 아니, 그가, 구현체가 충분하다고 판단했을 때 폐쇄해."

한 가지 또 다른 생각이 스쳤다.

"그 구현체에도 내게 설치된 가상현실 추적자가 붙어 있나?"

"현재는, 그렇습니다. 현재는 제가 당신의 의식에 조처한 대로 신호를 봉쇄하는 미러코드를 운용하고 있습니다. 하지만 구현체는 당신의 대뇌피질 기억장치와 직접 연결이 되어 있지 않기 때문에, 원하신다면 제가 신호를 제거할 수 있습니다."

"그렇게 수고할 만한 가치가 있나?"

"미러코드를 운용하는 쪽이 더 쉽지요."

호텔은 말했다.

"그럼 그대로 둬."

내 가상 자아를 편집한다는 생각을 하니 뱃속에 불편한 기운이 부글거리는 것 같았다. 가와하라나 뱅크로프트가 현실 세계에서 진짜 인간을 상대로 행하는 독단적 조작 행위와 참으로 비슷했던 것이다. 거칠 것이 없는, 노골적인 권력.

"가상 환경에서 전화가 왔습니다."

헨드릭스가 말했다. 나는 놀라운 한편 기대감에 차서 올려다보았다.

"오르테가?"

"카드민입니다."

호텔은 머뭇거리며 말했다.

"전화를 받으시겠습니까?"

가상 환경은 사막이었다. 발밑에는 불그스름한 흙과 사암, 지평선 끝에서 끝까지 펼쳐진 푸른 하늘에는 구름 한 점 없었다. 저 멀리 선반처럼 놓인 메마른 산맥 위로 태양과 4분의 3 정도 찬 창백한 달이 높이 떠 있었다. 눈부신 햇빛을 비웃기라도 하듯, 공기는 몸이 덜덜 떨릴 정도로 싸늘했다.

조각보 사나이가 나를 기다리고 서 있었다. 마치 이 황량한 풍경 속에 새겨진 듯한, 잔인한 사막의 유령 같은 모습이었다. 그는 나를 보자 씩 웃었다.

"원하는 게 뭐야, 카드민? 가와하라의 세력을 등에 업을 작정이라면, 안됐지만 포기해. 가와하라는 돌이킬 수 없이 너한테 실망했으니까."

카드민은 재미있다는 듯한 미소를 짓더니 가와하라는 완전히 젖혀 놓자는 듯 천천히 고개를 저었다. 깊고 듣기 좋은 목소리였다.

"우리 사이에는 아직 다 못 끝낸 용건이 있을 텐데."

"그래, 넌 연속으로 두 번 실패했지. 세 번째로 시도해 보겠다고?"

나는 목소리에 경멸을 실었다. 카드민은 육중한 어깨를 으쓱했다.

"음, 세 번째는 운이 좋다지 않나. 한 가지 보여 줄 게 있어."

그가 허공에다 손짓을 하자 배경의 사막이 책장처럼 한 꺼풀 일어나면서 뒤쪽의 암흑이 드러났다. 암흑은 스크린처럼 지직거리더니 켜졌다. 잠들어 있는 사람이 화면에 나타났다. 오르테가였다. 심장을 누군가 주먹으로 꽉 쥐는 느낌이었다. 얼굴은 회색빛이었고 눈 밑에 멍이 든 것 같았다. 입가로 침이 한 줄기 얇게 흘러내리고 있었다.

근거리 충격총이다.

내가 가장 최근 충격총에 맞은 것은 밀스포트 공안 경찰한테서였는데, 특파 부대 강화 능력 덕분에 20분 만에 의식을 찾긴 했지만 몇 시간 동안 아무것도 못한 채 덜덜 떨며 경련을 일으키기만 했다. 맞은 지 얼마나 됐는지는 알 수 없었지만, 오르테가는 상태가 몹시 좋지 않아 보였다.

카드민이 말했다.

"간단하게 교환하지. 오르테가와 너를. 나는 미나라는 거리에 있는데, 앞으로 5분 더 거기 있을 거야. 혼자 와. 안 그러면 저 여자 스택을 날려 버릴 테니까. 네가 선택해."

조각보 사나이의 미소와 함께 사막은 사라졌다.

나는 길모퉁이를 두 번 돌아 딱 1분 만에 미나에 도착했다. 담배를 피우지 않고 2주를 보냈더니 라이커의 허파 밑바닥에 공간이 새로 생겨난 기분이었다.

문을 닫은 상점과 텅 빈 공터가 늘어선 작은 거리였다. 사람은 전혀 없었다. 눈에 띄는 유일한 차량은 점점 어두워지는 이른 저녁의 길가에서 불을 켠 채 손님을 기다리는 회색 크루저 한 대뿐이었다. 나는 네멕스 손잡이에 손을 대고 머뭇머뭇 그쪽으로 다가갔다.

크루저 뒤쪽에서 5미터가량 떨어진 곳까지 접근했을 때, 문이 열리더니 오르테가의 몸이 굴러 떨어졌다. 몸은 자루처럼 도로에 털썩 부딪힌 뒤 구겨진 채 꿈쩍도 하지 않았다. 나는 총을 치우고 시선은 차에 고정한 채 둥글게 돌아 오르테가 쪽으로 향했다.

반대쪽 문이 열리더니 카드민이 내렸다. 가상현실에서 마주친 지 얼마 안 되었지만, 그를 알아보는 데는 시간이 걸렸다. 파나마 로즈의 의식 입력 탱크 유리창 뒤에서 꿈꾸듯 액체 속에 잠겨 있을 때 보았던, 키가 크고 검은 피부의 매를 닮은 얼굴이었다. '신의 오른손' 순교자의 클론, 그 육체 뒤에 조각보 사나이가 숨어 있었다.

나는 네멕스 총으로 그의 목덜미를 겨눴다. 크루저 폭 길이보다 약간 더 되는 거리밖에 떨어져 있지 않았기 때문에, 어떤 상황이 전개되더라도 머리를 날리고 스택까지 산산조각 낼 수 있는 거리였다.

"장난치지 마, 코바치. 이건 방탄 크루저니까."

나는 고개를 저었다.

"내가 관심 있는 건 오로지 너야. 거기 그대로 있어."

시선은 그대로 카드민의 목을 향하고 총을 쭉 뻗은 채, 나는 오르테가 옆에 쭈그리고 앉아 총을 쥐지 않은 손으로 얼굴을 만졌다. 따뜻한 숨결이 손가락 끝에 느껴졌다. 목을 더듬어 맥박을 짚어 보니 약하지만 규칙적으로 뛰고 있었다.

"경감은 살아 있어."

카드민은 갑갑하다는 듯 말했다.

"2분 내로 그 총을 내려놓고 차에 타지 않으면 둘 다 어떻게 될지 몰라."

내 손 밑에서 오르테가의 얼굴이 움직였다. 머리가 옆으로 구르면서 체취가 풍겼다. 애당초 우리 둘을 결합시켜 여기까지 끌고 온 페로몬 향기였다. 충격총을 맞았기 때문에 목소리는 약하고 발음이 흐릿했다.

"그러지 마, 코바치. 당신은 나한테 빚진 게 없어."

나는 일어서서 네멕스 총을 약간 내렸다.

"차 뒤로 빼. 저쪽으로 50미터 정도. 오르테가는 걸을 수 없으니 내가 업고 도망친다 해도 2미터도 채 못 가. 뒤로 빼. 옮겨 놓고 내가 차로 갈 테니까."

나는 총을 흔들었다.

"총은 오르테가가 가져간다. 내가 가진 건 이것뿐이야."

나는 재킷 자락을 펼쳐 보여 주었다. 카드민은 고개를 끄덕이고 다시 크루저 안에 들어갔다. 크루저는 부드럽게 저쪽으로 물러갔다. 나는 차가 멈출 때까지 지켜보고 있다가 다시 오르테가 옆에 무릎을 꿇었다. 그녀는 일어나 앉으려고 애썼다.

"코바치, 그러지 마. 저들은 당신을 죽일 거야."

"그래, 틀림없이 그렇게 하려고 하겠지."

나는 그녀의 손을 잡고 네멕스 손잡이를 쥐어 주었다.

"들어 봐. 여기 일은 다 끝났어. 뱅크로프트는 속아 넘어갔고, 가와하라는 약속대로 세라를 다시 돌려보낼 거야. 난 그 여자를 알아. 당신이 메리 루 힝클리 건으로 가와하라를 체포하고 라이커를 빼내는 일만 남았어. 헨드릭스와 이야기해 봐. 내가 거기 단서를 남겨 놨으니까."

저쪽에서 크루저가 재촉하듯 경고음을 울렸다. 점점 어둑어둑해지는 거리에서, 그 소리는 마치 히라타 섬 위에 쓰러져 죽어 가는 코끼리의 울음처럼 처량하게 들려왔다. 오르테가는 충격총 맞은 얼굴 속에서 헤엄쳐 나오듯 시선을 들었다.

"당신은……."

나는 미소 짓고 그녀의 뺨에 손을 댔다.

"난 다음 화면으로 넘어가야 해, 크리스틴. 그것뿐이야."

그리고 나는 일어서서 목덜미 뒤쪽에 두 손을 깍지 낀 뒤 자동차를 향해 걷기 시작했다.

5부

복수의 여신

시스템 파괴

크루저 안에서, 나는 똑같이 생긴 미남형의 얼굴을 성형수술로 망친 근육질의 두 사람 사이에 끼어 앉았다. 덩치로만 보면 격투기 선수로 나서도 될 것 같았다. 크루저는 조용히 거리에서 날아올라 방향을 틀었다. 옆 창문 밖을 힐끗 바라보니 오르테가가 밑에서 몸을 일으키려고 애쓰고 있었다.

"사이어 년은 쏴 버릴까?"

운전사가 물었다. 나는 앞으로 덤빌 태세를 갖췄다. 카드민이 나를 돌아보았다.

"아니, 코바치 씨에게 약속했어. 오르테가와 내가 가까운 미래에 다시 만날 일은 없을 거야."

"안됐군."

나는 말해 줬지만 별로 먹혀들지는 않았다. 그때 그들은 내게 충격총을 쏘았다.

정신이 들어 보니, 가까이서 누군가의 얼굴이 나를 들여다보고 있었다. 연극에 쓰는 가면처럼 흐릿하고 창백한 윤곽이었다. 나는 눈을 깜빡이고 몸을 부르르 떨며 초점을 맞췄다. 얼굴은 뒤로 물러났지만 아직 인형처럼 흐릿했다. 나는 기침을 했다.

"안녕, 카니지."

조악한 얼굴은 미소를 띠었다.

"파나마 로즈에 돌아온 것을 환영합니다, 코바치 씨."

나는 좁은 철제 침상 위에서 비틀비틀 일어나 앉았다. 카니지는 공간을 내주려는 건지, 먹살을 잡히지 않을 만큼 거리를 유지하려는 건지 뒤로 물러섰다.

카니지 뒤쪽으로 흐릿한 시야에 회색 철판으로 된 좁은 선실이 보였다. 나는 바닥에 발을 내리려다 문득 멈췄다. 충격총 때문에 팔과 다리의 신경이 아직 지릿지릿했고 뱃속이 파들거리며 울렁거렸다. 상태를 종합해 볼 때 아주 약한 빔 한 방, 혹은 여러 방을 맞은 것 같았다. 내려다보니 나는 쪼아낸 화강암 색의 묵직한 천으로 된 유도복을 입고 있었다. 침상 옆 바닥에는 스페이스덱 실내화와 벨트가 놓여 있었다. 카드민의 계획이 무엇인지 알 것 같은 불길한 예감이 들었다.

카니지 옆의 문이 열렸다. 40대 초반의 키 큰 금발 여자가 들어왔고, 왼손이 있어야 할 자리에 광택이 흐르는 금속 인터페이스 장비를 달고 있는 것만 빼면 현대적인 인상인 다른 합성 인간이 그 뒤를 따랐다.

카니지는 바삐 소개하기 시작했다.

"코바치 씨, 이쪽은 전투방송 배급사에서 나오신 퍼닐라 그립,

그리고 기술 보조 마일즈 메크. 퍼닐라, 마일즈, 오늘 밤 라이커를 대신하실 다케시 코바치를 소개합니다. 그건 그렇고 축하합니다, 코바치. 앞으로 200년 동안 라이커가 스택에서 나올 일이 없다는 걸 알면서도 그때는 완전히 속았으니까. 다 특파 부대 기술 때문이겠지요."

"그렇지도 않아. 오르테가가 결정적인 요소였으니까. 내가 한 일은 너한테 말을 시키는 것뿐이었어. 말하는 거 하나는 잘하더군."

나는 카니지의 동료들 쪽으로 고개를 끄덕거려 보였다.

"방송이라고 했나? 그건 업체 신조에 어긋나는 일이라고 들었는데. 그런 범죄를 저지른 기자한테 무지막지한 수술까지 시행하셨다면서?"

"제품이 달라요, 코바치 씨. 제품이 달라. 미리 계획된 격투를 방송하는 건 신조를 위반하는 일이지. 하지만 이건 미리 계획된 게 아닙니다. 굴욕을 주기 위한 싸움이라고요."

마지막 단어를 발음하는 카니지의 말투는 차가웠다.

"대단히 한정된 부류의 고객들만 모시다 보니 어쩔 수 없이 손해 본 수익을 만회할 필요가 생기더군요. 파나마 로즈에서 펼쳐지는 경기라면 뭐든지 손에 넣고 싶어서 안달하는 방송사들이 많습니다. 저희의 명성 덕분이지만, 불행히도 그 명성 때문에 그런 사업을 직접적으로 할 수 없는 것이 현실이었지요. 이번에는 여기 그립 씨가 그런 마케팅 상의 딜레마를 처리해 주시기로 했습니다."

내 목소리는 차가워졌다.

"마음도 좋으시군. 카드민은 어디 있지?"

"잠시만요, 코바치 씨, 잠시만. 당신이 오르테가 경감을 위해 이런 식으로 순순히 붙잡혀 올 거라는 이야기를 듣긴 했지만, 솔직히 그때는 믿질 못했답니다. 하지만 당신은 기계처럼 예측대로 움직여 주더군요. 혹시 특파 부대에서 그 모든 능력을 주는 대신 다른 걸 뺏어간 거 아닙니까? 비예측성? 영혼 같은 걸?"

"시는 읊지 마, 카니지. 카드민 어디 있어?"

"아, 좋습니다. 이쪽으로 오시죠."

선실 문 밖에는 보초 둘이 서 있었다. 아까 크루저에 같이 탔던 그 둘인 것 같기도 했지만 신경이 진정되지 않아 뚜렷이 기억할 수가 없었다. 보초는 양쪽에서 내 팔을 하나씩 끼고 카니지를 따라 좁은 복도를 지난 뒤 폴리머를 입힌 금속 위에 온통 군데군데 녹이 슨 계단을 내려갔다. 흐릿한 의식으로 길을 기억하려고 애썼지만, 내 관심사는 온통 카니지가 했던 말에 쏠려 있었다. 카드민에 대한 내 행동을 누가 예측했단 말이지? 카드민? 그럴 것 같지는 않았다. 내게 적의를 갖고 살해 협박까지 하긴 했지만, 조각보 사나이는 나에 대해 아무것도 모른다. 이런 종류의 예측을 할 만한 유일한 사람은 레일린 가와하라였다. 카드민과 협력하는 것을 가와하라가 알면 어떤 일을 당할지를 알면서도 카니지가 눈썹 하나 까딱하지 않았던 것도 설명이 된다. 가와하라가 나를 팔아넘긴 것이다. 뱅크로프트를 속여 넘기고 위기도(어떤 위기인지는 모르지만) 지나간 바로 그날 오르테가는 미끼로 붙잡혔다. 내가 뱅크로프트를 속인 시나리오 상에서 카드민은 악의를 품은 개인 청부업자에 지나지 않으니 그가 나를 해치웠다는 것도 이상

할 게 전혀 없다. 그리고 상황을 볼 때, 나를 살려 두는 것보다 처리하는 게 안전하다.

그런 측면에서는 카드민 역시 마찬가지다. 그러니 어쩌면 그렇게 노골적인 계획은 없었을지도 모른다. 어쩌면 카드민을 해치우라는 명령이 떨어졌을지도 모른다. 내 이용 가치가 남아 있는 한. 하지만 뱅크로프트도 속여 넘긴 시점에서 나는 다시금 소모품 신세가 됐고, 카드민을 내버려 두라는 명령이 다시 나갔을 수도 있다. 그가 나를 죽이든, 내가 그를 죽이든, 운 좋은 놈이 이기도록 내버려 두라고. 여기서 살아남은 놈은 가와하라가 없앤다.

가와하라가 세라를 석방하겠다는 약속만은 지킬 거라고 믿어 의심치 않았다. 옛날식 야쿠자들은 그런 데 유난히 민감하다. 하지만 가와하라는 나에 대해서는 살려 두겠다는 맹세를 한 적이 없었다.

앞선 계단보다 약간 더 넓은 마지막 계단을 내려가니, 개조한 짐칸 위 허공에 걸린 유리 통로가 나왔다. 발아래에는 오르테가와 내가 지난주 전자기 전동차를 타고 지나친 경기장이 펼쳐지고 있었다. 그날 링에 덮여 있던 비닐 덮개는 벗겨져 있었고 상당한 관중이 플라스틱 의자 앞줄을 채우고 있었다. 어린 시절 격투기가 시작되기 직전에 늘 그랬듯, 관객들이 흥분과 기대감에 차서 웅성거리는 소리가 유리를 뚫고 들려왔다.

"아, 관객들이 당신을 기다리고 있군요."

카니지는 내 어깨 너머에 서 있었다.

"보다 정확히 말하자면 라이커를 기다리는 게지요. 날 속인 그 솜씨로 관객들까지 속여 주실 거라고 믿어 의심치 않습니다."

"못 그러겠다면?"

카니지의 조악한 얼굴은 싫다는 표정 비슷한 모양을 지었다. 그는 관중들을 가리켰다.

"뭐, 싸우다 말고 관중들에게 설명을 시작할 수도 있겠죠. 하지만 솔직히 이곳은 음향 효과도 별로 좋지 않은 데다…… 그럴 여유도 없을 겁니다."

그는 불쾌한 미소를 지었다.

"안 봐도 뻔하다?"

카니지의 얼굴에서는 미소가 떠나지 않았다. 뒤에 선 퍼닐라 그립과 동료는 새장 앞의 고양이처럼 육식동물의 본성이 이글거리는 눈으로 나를 쳐다보고 있었다. 발아래 관중들은 기대감으로 점점 소란스러워지고 있었다.

"카드민의 장담만 가지고 이 경기를 주선하느라 시간이 좀 걸렸습니다. 관중들은 엘리어스 라이커가 범법 행위에 대한 대가를 치르는 광경을 보고 싶어 안달이 나 있지요. 그 기대를 저버렸다가는 어떤 사태가 일어날지 모릅니다. 프로답지 못한 행위라는 건 두말할 것도 없고. 한데 혹시 여기 오면서 살아남기를 바란 건 아니시겠지요, 코바치 씨?"

미나라는 이름의 황량한 거리에 어둠이 내리던 풍경과 구겨진 오르테가의 몸이 떠올랐다. 나는 충격총으로 인한 구역질을 달래며 간신히 미소를 지었다.

"아니, 그렇진 않아."

통로를 걸어오는 나직한 발소리. 소리 쪽으로 시선을 보내니 카드민이 나와 똑같은 복장을 하고 서 있었다. 얼마 떨어지지 않은 지점에서 스페이스덱 실내화가 부드럽게 멈췄다. 그는 처음 보는 사람처럼 고개를 삐딱하게 기울이고 나를 쳐다보았다. 그리고 부드럽게 읊었다.

죽어 가는 자들에게 어떻게 설명할 수 있을까?
양측은 목숨의 가치를 대충 내림 잡아
피 묻은 여백에 적었다고?
그들은 다시 물어올 것이다.
결산은 어떻게 이루어졌는지
나는 이미 끝난 일이라고 말할 것이다.
그날 스러진 목숨의 가치를
아는 자들에 의해서.

나는 차갑게 미소 지었다.
"싸움에서 지고 싶으면 먼저 떠벌여라 하는 말도 있지."
"그건 퀠이 어렸을 때 한 말이고."
카드민은 미소했다. 그을린 피부에 새햐얀 이가 드러났다.
"내가 갖고 있는 「분노」에 나와 있는 해설이 맞다면 아직 10대였을 때지."
"할란스 월드에서는 10대 시절이 좀 더 길지. 아마 자기 말이 무슨 뜻인지는 알고 썼을 거야. 대충 시작해 볼까?"
유리 너머에서는 관객의 함성이 자갈 해변에 밀려오는 파도 소리처럼 점차 높아지고 있었다.

링 위에 올라서니, 함성은 띄엄띄엄해졌다. 목소리 하나하나가 물결치는 바다 표면을 스치는 물고기 지느러미처럼 객석을 가로질렀지만, 뉴라캠을 사용하지 않고는 전혀 알아들을 수가 없었다. 함성 속에서 누군가의 외침 소리 하나만이 귓전으로 들어왔다. 링 가장자리로 올라서는 순간 누가 소리친 것이다.

"내 형 기억하냐, 이 개자식아!"

나는 가족에 대한 원한을 품은 사람이 누군가 싶어 올려다보았지만, 분노와 기대감에 찬 무수한 얼굴들만 있을 뿐이었다. 몇몇은 일어서서 주먹을 휘두르며 철판 바닥을 쿵쿵 구르고 있었다. 피에 젖은 욕망이 마치 실체가 있는 기체처럼 공기를 빽빽하게 채워서 숨조차 쉬기 불쾌할 지경이었다. 나는 뉴페스트의 격투장에서 나와 갱단 동료들도 이렇게 소리 질렀나 기억을 더듬어보았다. 아마 그랬던 것 같았다.

우리의 오락을 위해 몸을 날리고 서로를 할퀴는 선수들이 누구인지조차 몰랐는데도. 이 사람들은 그나마 감정적인 이유가 있어서 나의 피를 보고자 하는 것이다.

링 반대편에는 카드민이 팔짱을 낀 채 기다리고 있었다. 양쪽 손가락에 두른 매끈한 강철 강화 관절*이 머리 위 조명을 받아 빛을 발했다. 겉보기에 승부가 한쪽으로 그리 기우는 것 같지 않으면서도 장기적으로 봤을 때는 효과를 발휘할 수 있는 미묘한 전술이었다. 하지만 관절은 그리 걱정이 되지 않았다. 가장 염려되는 것은 카드민의 '신의 뜻' 반응 강화 신경이었다. 샤리아에서 보호령군에 맞서 싸우던 군인들이 그런 시스템을 갖고 있었는데, 결코 쉬운 상대가 아니었다. 오래되긴 했지만 대단히 강력한 군용 생명공학 기술이므로. 그에 비하면 충격총으로 지져 놓은 지 얼마 되지 않는 라이커의 뉴라켐은 별 볼일 없을 것이 분명하다.

나는 링 위에 표시된 대로 카드민의 맞은편에 자리를 잡았다. 주변의 관중들은 약간 잠잠해졌고 스포트라이트가 들어오는 순간 엠시 카니지가 링 위로 올라왔다. 퍼닐라 그립의 카메라 앞이라 예복을 입고 화장을 한 카니지는 어린아이의 악몽에 출현하는 사악한 인형 같았다. 조각보 사나이와 어울리는 한 쌍이었다. 그는 손을 들었다. 목구멍에 마이크를 단 그의 음성이 경기장으로 개조한 짐칸 벽면에 붙은 스피커를 통해 증폭되어 흘러나왔다.

"파나마 로즈에 오신 것을 환영합니다!"

관중석에서 희미한 웅성거림이 일었지만, 곧 기대감에 차서 잠잠해졌다. 카니지는 이를 알고 있었다. 그는 천천히 링을 돌며 기대감을 부추겼다.

"대단히 특별하고 어디에서도 볼 수 없는 파나마 로즈만의 이벤트에 오신 것을 환영합니다. 환영합니다. 엘리어스 라이커 최후의 피비린내 나는 굴욕전에 오신 것을 환영합니다."

관중은 열광했다. 나는 어둠침침한 객석 쪽으로 시선을 들고, 문명의 피부가 벗겨져 나가고 분노가 속살처럼 드러나는 광경을 바라보았다.

카니지의 증폭된 목소리가 함성을 잠재웠다. 그는 양손으로 조용히 하라는 신호를 해 보였다.

"여러분 대부분은 라이커 형사를 각자 다른 인연으로 기억하고 있을 것입니다. 어떤 분들께 라이커라는 이름은 피를, 혹은 부러진 뼈를 연상시킬 것입니다. 그 모든 기억들. 고통스러운 기억들. 어떤 분들에게는 절대 잊지 못할 기억일 것입니다."

관중들은 잠잠해졌다. 카니지의 목소리도 따라 내려갔다.

"여러분. 제가 감히 그 기억을 지워 드리겠다고 하진 않겠습니다. 파나마 로즈에서 드리는 것은 그게 아니니까. 여기는 나약한 망각이 아니라 기억을 드리는 곳입니다. 그 기억이 아무리 쓰라리다 해도. 꿈속에서가 아니라, 현실 속에서, 여러분."

그는 내 쪽으로 한 팔을 펼쳤다.

"여러분, 이것은 현실입니다."

다시 환호가 한바탕 일었다. 나는 카드민을 쳐다보고 한심하다는 듯 한쪽 눈썹을 치켜 올렸다. 죽을지도 모른다는 것은 알고 있었지만, 따분함에 지쳐 죽을 거라고는 미처 생각지도 못했다. 카드민은 어깨를 으쓱했다. 그가 원하는 것은 싸움이었다. 카니지의 극적인 대사는 그 소망을 이루기 위해 치러야 하는, 탐탁지 않은 약간의 대가일 뿐이었다.

"이것은 현실입니다."

엠시 카니지는 되풀이했다.

"오늘 밤은 현실입니다. 오늘 여러분은 엘리어스 라이커가 죽는 것을, 무릎을 꿇고 죽어 가는 장면을 보게 되실 겁니다. 여러분이 얻어맞고 뼈가 부러지던 기억을 제가 지워 드릴 수는 없지만, 여러분을 괴롭힌 자가 대신 얻어맞는 소리로 그 기억을 몰아내 드리겠습니다."

관중은 환호했다. 잠시 카니지가 과장하는 것이 아닌가 하는 생각이 들었다. 아직 사실인지 아닌지 애매한 상황이었던 것이다.

제리스 클로즈드 퀴터스를 나설 때, 옥타이가 라이커의 얼굴을 보고 움찔하며 내게서 물러서던 모습이 떠올랐다. 제리도 몽골 인과 라이커의 관계에 대해 말한 적이 있었다. *라이커는 늘 그쪽을 들쑤셨어. 몇 년 전에는 초죽음이 될 때까지 옥타이를 팬 적도 있었고.* 바우티스타도 라이커의 취조 기술에 관해 말한 적이 있었다. *라이커가 취조하는 걸 나도 많이 봤는데, 늘 위태로운 선위에 서 있었지.* 이 정도의 관객을 끌어 모을 정도라면, 라이커는 몇 번이나 그 선을 넘었던 것일까?

오르테가는 뭐라고 말할까?

카니지가 불러일으킨 함성과 야유의 물결 속에서 오르테가의 얼굴이 고요한 한 점처럼 떠올랐다. 운만 따라 준다면, 오르테가는 헨드럭스에 내가 남겨 놓은 단서를 통해 나 대신 가와하라를 잡아넣어 줄 수 있을 것이다.

그 사실을 알고 있는 것만으로 충분했다.

카니지는 날이 톱니로 된 묵직한 칼을 옷 속에서 뽑아 들고 높이 들었다. 격투장 안은 비교적 조용해졌다.

"최후의 일격."

그는 외쳤다.

"우리의 투우사가 엘리어스 라이커를 다시는 일어나지 못하도록 때려눕히고 나면, 여러분은 살아 있는 그의 척추에서 스택을 뽑아내어 부숴 버리는 광경을 목격하고 라이커가 더 이상 존재하지 않는다는 것을 실감하게 될 겁니다!"

그는 칼을 놓고 팔을 내렸다. 극적인 특수효과였다. 무기는 링 한가운데의 자기장 안에서 공중에 떠 있다가 5미터 높이까지 서서히 올라갔다. 카니지는 물러났다.

"시작!"

마술적인 순간이었다. 일종의 해방감. 마치 익스피리어 한 장면의 촬영이 방금 막 끝나서 이제 다들 무대에서 내려와 휴식을 취할 수 있는, 스캐너 뒤로 돌아가서 위스키 병 하나를 돌려 마시며 익살이라도 떨 수 있는 그런 순간 같았다. 억지로 연기해야만 했던 진부하기 짝이 없는 대본에 대해 농담 한 마디씩 주고받는.

우리는 링 반대편 끝에서 거리를 유지하고, 앞으로 어떻게 나갈 것인지 상대가 눈치 챌까 봐 방어 자세도 취하지 않은 채 빙빙 돌기 시작했다. 나는 카드민의 신체 언어를 읽으려고 애썼다.

'신의 뜻' 생명공학 시스템 3.1부터 7은 단순하지만 그렇다고 무시할 것은 못 된다. 샤리아에 착륙하기 전에 교육받은 적이 있었다. 개발자들이 무엇보다 우선 추구한 것은 힘과 속도였는데 이 두 가지 점에서는 탁월하다. 약점이 있다면 전투 패턴의 서브루틴에 무작위적 선택이 없다는 점이다. 그래서 '신의 오른손' 순교자들은 매우 좁은 기술 범위 내에서 계속 싸우는 경향이 있다.

샤리아에서 우리 편이 지니고 있었던 전투 강화 시스템은 무작위적 반응과 분석 피드백 기능을 기본으로 갖춘 최신형이었다. 라이커의 뉴라켐은 그 정도로 정교하지는 않았지만, 특파 부대의 기술 몇 가지를 이용하면 흉내는 낼 수 있을 것이다. 관건은 특파 부대 강화 능력으로 '신의 뜻'의 전투 패턴을 분석할 때까지만 살아 있는 것…….

카드민이 공격을 개시했다. 거리는 거의 10미터나 떨어져 있었는데, 그는 눈 깜짝할 사이에 다가와서 폭풍처럼 나를 쳤다. 모두 단순한 일자 펀치와 킥이었지만 워낙 힘과 속도가 탁월했기 때문에 막는 것밖에 도리가 없었다. 역습은 불가능했다. 나는 첫 번째 펀치가 오른쪽으로 비껴가도록 몸을 젖히며 그 관성을 이용해 왼쪽으로 비켜섰다. 카드민은 곧장 따라오더니 내 얼굴을 향해 주먹을 날렸다. 머리를 휙 돌렸지만 주먹은 관자놀이를 스쳤다. 하지만 강화 관절 기능이 발동될 정도로 세게 맞지는 않았다. 나는 직감적으로 아래를 막았고, 무릎을 쪼개 놓을 만한 일자 킥이 내 팔뚝을 꺾었다. 뒤따른 팔꿈치가 정수리를 가격했다. 나는 쓰러지지 않으려고 애쓰며 뒤로 물러섰다. 카드민도 따라왔다. 나는 오른손 훅을 날렸지만, 공격 기세를 탄 카드민은 거의 아무렇지도 않게 내 주먹을 받아 냈다. 낮은 펀치가 파고들어 배를 가격했다. 프라이팬에 고기를 올려놓는 듯한 소리와 함께 강화 관절이 작렬했다.

쇠갈고리를 내장에 박아 넣는 느낌이었다. 피부 훨씬 안쪽에 느껴지는 충격과 함께 복부 근육이 뻣뻣해지면서 구역질이 올라왔다. 온몸에서 힘이 죽 빠졌다. 나는 세 발자국 비틀비틀 물러난 뒤 매트 위에 쓰러져서 반쯤 눌린 벌레처럼 꿈틀거렸다. 희미하게, 잘했다는 군중의 함성이 들려왔다.

겨우 고개를 돌려 보니 카드민은 물러서서 주먹을 얼굴 앞에 모으고 깊숙한 눈매로 나를 쳐다보고 있었다. 왼손에 찬 철근 밴드에서 희미하게 붉은빛이 깜빡였다. 관절이 재충전되고 있었다.

나는 깨달았다. 1라운드다.

맨손 격투에는 두 가지 법칙밖에 없다. 첫째, 최대한 많은 주먹을 최대한 강하고 빠르게 날려서 상대를 쓰러뜨린다. 둘째, 상대가 쓰러지면 죽인다. 이 두 가지 외에 다른 법칙이나 상황 판단이 따른다면 그것은 진짜 격투가 아니다. 게임이다. 카드민은 내가 쓰러진 지금 끝장 내 버릴 수도 있었지만, 이것은 진짜 격투가 아니었다. 굴욕을 주기 위한 싸움, 관객을 위해 고통을 극대화해야 하는 게임이었다.

관중.

나는 일어나서 어둑어둑한 객석의 얼굴들을 둘러보았다. 고함치는 입속에서 침으로 번들거리는 이빨들이 뉴라켐으로 강화된 시야에 들어왔다. 나는 뱃속의 무력감을 억누르고 링 위에 침을 뱉은 후 방어 자세를 취했다. 카드민은 뭔가 알아챈 듯 고개를 까딱하더니 다시 덤볐다. 똑같은 속도와 힘을 실은 똑같은 직선타가 작렬했지만, 이번에는 나도 대비를 하고 있었다. 나는 팔꿈치로 연달아 펀치 두 방을 막아낸 뒤 물러나지 않고 카드민의 공격 궤도에 그대로 서 있었다. 카드민은 다음 순간 내 의도를 깨달았지만 그때는 이미 너무 가까이 다가와 있었다. 거의 가슴이 맞닿을 정도였다. 나는 환호하는 관중 모두에게 날리듯 그의 얼굴에 박치기를 했다.

매부리코가 우지직 부러졌고, 나는 비틀거리는 카드민의 무릎에 인스텝 킥을 날려 쓰러뜨렸다. 그리고 목을 노리고 오른손 날을 휘둘렀지만 카드민의 몸은 이미 한참 아래였다. 그는 바닥에서 몸을 굴리며 내 발을 잡아챘다. 내가 넘어지자 그는 무릎을 꿇고 일어나서 뒤통수를 가격했다. 경련이 일어났고 머리가 매트에 부딪혔다. 입 안에서 피 맛이 났다.

몸을 굴려 일어나 보니 카드민은 물러서서 부서진 코에서 흘러내리는 피를 닦고 있었다. 그는 붉게 얼룩진 손바닥을 가만히 내려다보다가 나를 보고 믿기지 않는다는 듯 고개를 저었다. 카드민의 피가 흐르는 광경에 아드레날린이 솟구쳤다. 나는 약하게 씩 웃으며 와 보라는 듯 두 손을 들어 보였다. 찢어진 입술 사이에서 말이 새어 나왔다.

"덤벼, 이 새끼야. 날 쓰러뜨려 봐."

마지막 말이 입에서 채 떨어지기도 전에 카드민은 덤벼들었다. 이번에 나는 그의 몸에 거의 손도 대지 않았다. 거의 무의식적인 반응이었다. 나는 카드민의 일격을 용감하게 받아내고 팔꿈치로 그의 관절을 막아 낸 다음, 특파 부대의 직관으로 카드민의 공격 패턴을 읽어 내서 몇 번 무작위적인 역습을 감행할 만한 공간을 확보했다. 하지만 그는 짜증 나는 벌레 대하듯 내 주먹을 받아 냈다.

마지막 주먹은 빗나갔다. 카드민은 내 손목을 쥐고 확 잡아당겼다. 완벽한 훅이 갈비뼈를 강타했다. 뼈가 뚝 부러지는 것이 느껴졌다. 카드민은 다시 나를 잡아당기고 팔꿈치를 옆구리에 꼈다. 뉴라켐으로 강화된 시력으로 카드민의 팔뚝이 내 팔꿈치를 향해 내려오는 광경이 뚜렷이 보였다. 팔꿈치가 부러지는 소리가, 뉴라켐으로 미처 통증을 잠재우지 못하고 내가 지를 비명 소리가 들리는 듯했다. 나는 카드민을 뿌리치려고 필사적으로 손을 비틀면서 쓰러졌다. 땀에 젖은 손목이 미끄러지면서 팔이 풀려났다. 카드민은 엄청난 힘으로 팔꿈치를 내리쳤지만 다행히 바닥에 쓰러지는 도중에 맞았기 때문에 부러지지는 않았다.

부러진 갈비뼈를 아래로 하고 쓰러지는 순간 눈앞이 캄캄해졌다. 나는 태아처럼 둥글게 웅크리고 싶은 욕구와 싸우며 꿈틀거렸다. 카드민의 얼굴이 1000미터 상공에 있는 것처럼 보였다.

"일어나. 아직 끝나지 않았어."

카드민의 목소리가 멀리서 마분지 찢는 소리처럼 들려왔다.

나는 사타구니를 향해 허리에서 주먹을 날렸다. 하지만 주먹은 빗나가서 허벅지 살을 맞혔다. 카드민은 아무렇지도 않게 팔을 휘둘러 강화 관절로 내 얼굴을 쳤다. 알록달록한 불빛이 번뜩하더니 시야가 새하얗게 변했다. 관중의 함성이 머릿속을 웅웅거렸고, 그 뒤로 소용돌이가 나를 부르는 소리가 들려오는 것 같았다. 모든 것이 마치 중력의 중심처럼 소용돌이치며 초점에 맞았다가 다시 흐려지고 있었다. 뉴라켐은 필사적으로 의식을 잃지 않으려고 애쓰고 있었다. 조명이 내 부상 정도를 살펴보려는 듯 아래로 획 떨어지다가 대충 살펴보고 만족했는지 다시 천장으로 돌아갔다. 의식이 내 머리 주위를 넓게 타원 궤도로 돌고 있었다. 갑자기 나는 샤리아의 망가진 스파이더 탱크의 잔해 속에서 지미 드 소토와 나란히 웅크리고 있었다.

"지구?"

위장색을 칠한 채 씩 웃는 얼굴이 탱크 밖에서 터진 레이저 불빛에 번쩍 빛난다.

"거긴 똥통이야. 한 500년 세월을 거슬러 올라간 것처럼 얼어붙은 사회라고. 거기에서는 아무 일도 일어나지를 않아. 역사적 사건이 허락되지 않는 곳이지."

"헛소리."

그때 머로더 폭격기가 투하한 폭탄이 공기를 가르는 쇳소리가 들려온다. 어두운 탱크 안에서 우리의 시선이 마주친다. 해 질 녘부터 폭격이 계속되고 있고, 로봇들은 적외선 탐지기와 동작 감지 센서로 사냥을 하고 있다. 모처럼 샤리아군의 전파 방해 시스템이 끊긴 틈을 타서, 커시토 장군의 우주 함대가 아직 광속으로 몇 초 걸리는 거리에서 샤리아 부대와 궤도 지배권을 놓고 전투 중이라는 소식이 들어온 바 있었다. 새벽까지 이 전투가 끝나지 않으면 샤리아군은 지상군을 풀어 아군을 섬멸할 것이다. 상황은 좋아 보이지 않는다.

베타타나틴 약 기운도 떨어져 가고 있다. 체온이 정상 체온으로 상승하기 시작하는 것을 느낄 수 있다. 주변 공기는 이제 뜨거운 수프처럼 느껴지지 않고 호흡도 심장 박동수가 거의 영일 때만큼 힘들지 않다.

로봇 폭탄이 간발의 차이로 빗나가며 탱크 다리와 동체가 덜덜 부딪힌다. 우리는 반사적으로 노출계를 확인한다.

"헛소리라고?"

지미는 우리가 스파이더 탱크의 동체에 낸 비죽비죽한 구멍 사이로 밖을 내다본다.

"이봐, 넌 거기 출신이 아니잖아. 난 거기서 왔어. 분명히 말하지만 지구에서 살래 저장소로 갈래 물어보면 난 고민깨나 할 거야. 혹시 갈 기회가 있더라도, 절대 가지 마."

나는 환상을 밀어냈다. 머리 위에서는 살상용 검이 중력장 속에서 마치 나뭇가지 사이로 햇빛이 비치듯 반짝이고 있었다. 지미는 칼 옆을 지나 지붕을 향해 서서히 사라지고 있었다.

"절대 가지 말라고 했잖아. 내가. 지금 네 꼴 좀 보라고. 지구 는……."

그는 침을 탁 뱉고 마지막 말을 메아리처럼 남기며 사라졌다.

"똥통이야. 다음 화면으로 넘어가야 돼."

관중의 소음은 어느새 규칙적인 합창으로 바뀌어 있었다.

분노가 흐릿한 머릿속을 열선처럼 달렸다. 나는 팔꿈치를 짚고 몸을 일으키며 링 반대쪽에서 기다리고 있는 카드민에게 초점을 맞췄다. 그는 나를 보더니 아까 내가 하던 몸짓을 흉내 내어 두 손을 들었다. 관중의 웃음소리가 떠나갈 듯했다.

다음 화면으로 넘어가. 나는 비틀비틀 일어섰다.

네 할 일을 하지 않으면 조각보 사나이가 밤에 와서 잡아간다.

머릿속에 갑자기 목소리가 들어와 박혔다. 객관적 시간으로 거의 1세기 반 동안 듣지 못했던 목소리. 어른이 된 이후 거의 한 번도 기억에 떠올리지 않았던 남자. 내 아버지, 그가 침대 밑에서 들려주던 흥미진진한 이야기들. 하필 이런 때, 정말 필요한 순간에 나타나다니.

조각보 사나이가 와서 널 잡아간다.

아니, 그건 틀렸어, 아빠. 조각보 사나이는 바로 저기 서서 기다리고 있어. 그가 날 잡으러 오는 게 아니라, 내가 가서 그를 물리쳐야 해. 어쨌든 고마워, 아빠. 모든 게 다.

나는 라이커의 세포 하나하나에 남은 모든 힘을 다 짜내어 앞으로 나아갔다.

격투장 저 위쪽에서 유리가 부서졌다. 카드민과 나 사이에 유리 조각이 비처럼 쏟아졌다.

"카드민!"

카드민의 시선이 저 위 유리 통로로 향하는 순간, 그의 흉곽 전체가 폭발했다. 갑자기 뭔가 엄청난 힘으로 균형을 무너뜨린 것처럼 머리와 팔이 뒤로 휙 젖혀졌고 폭발음이 격투장에 메아리쳤다. 유도복 앞자락이 찢겨 나가고 마술처럼 목에서 허리까지 구멍이 뚫렸다. 피가 튀고 줄줄 흘렀다.

고개를 휙 들고 위를 쳐다보니 트렙이 아직도 파편총을 겨눈 채 방금 자기가 깨뜨린 유리 통로 안에 서 있었다. 총구가 계속해서 불을 뿜었다. 나는 주위를 둘러보며 목표물을 찾았지만 링 위에는 갈기갈기 찢긴 카드민의 시체 외에는 아무 것도 없었다. 카니지는 보이지 않았고, 총성 사이로 겁에 질린 관중들의 다급한 외침 소리가 들려왔다. 모두가 일어나서 빠져나가려고 아우성이었다. 그제야 깨달았다. 트렙은 관중을 향해 총을 쏘고 있었던 것이다.

격투장 바닥층에서 빔이 불을 뿜었고 누가 비명을 지르기 시작했다. 나는 느리고 서투른 동작으로 돌아섰다. 카니지가 불타고 있었다.

저쪽 격투장으로 통하는 문간에 로드리고 바우티스타가 총열이 긴 입자총으로 와이드 빔을 내뿜고 있었다. 허리 위로 활활 타오르는 카니지는 불붙은 팔을 날개처럼 휘둘러 몸을 두드리고 있었다. 고통보다는 분노에 가까운 비명 소리였다. 퍼닐라 그립은 가슴에 구멍이 뚫린 채 카니지의 발치에 죽어 있었다. 카니지는 녹아내리는 촛농으로 만든 인형처럼 퍼닐라 그립의 몸 위로 쓰러졌다. 날카로운 비명이 무거운 신음으로 바뀌었다가 전기 음향처럼 묘하게 구르륵거리더니 조용해졌다.

"코바치?"

트렙의 라이플이 조용해졌고 다친 사람들의 비명과 신음을 배경으로 바우티스타의 음성이 유난히 커다랗게 들렸다. 그는 불타고 있는 합성 인간들의 옆을 돌아 링 위로 올라왔다. 얼굴이 피에 젖어 있었다.

"괜찮나, 코바치?"

나는 힘없이 킬킬 웃었다. 갑자기 옆구리에 칼로 찌르는 듯한 통증이 느껴졌다.

"괜찮아, 괜찮아. 오르테가는?"

"오르테가도 무사해. 레티놀을 투여했어. 늦게 와서 미안해."

그는 트렙 쪽으로 손짓을 했다.

"저기 당신 친구가 펠 스트리트에서 나를 찾아오는 데 시간이 좀 걸렸어. 공식 통로를 거치지 않으려고 하는 바람에. 안 먹힐 거라고. 이런 난장판을 쳐 놨으니 저 친구 말이 틀리진 않은 셈이지."

나는 명백한 유기체 손상의 현장을 둘러보았다.

"그렇군. 문제가 되려나?"

바우티스타는 픽 하고 웃었다.

"사람 놀리나? 영장 없이 불법 침입. 비무장 용의자들에 대한 유기체 손상. 문제가 안 될 것 같아?"

"안됐군. 방법이 있겠지."

나는 링 아래로 내려오기 시작했다. 바우티스타는 내 팔을 잡왔다.

"이봐. 저들은 베이시티 경찰을 납치했어. 감히 그런 짓을 하는 놈들은 아무도 없다고. 그 전에 누가 카드민에게 치명적인 실수를 하는 거라고 귀띔을 해 줬어야 했는데."

오르테가 말인지, 라이커의 몸을 입은 나를 가리키는 건지 알 수 없어서 나는 아무 말도 하지 않았다. 대신 다친 데가 있는지 고개를 뒤로 힘차게 젖히고 트렙을 올려다보았다. 그녀는 라이플에 장전하고 있었다.

"이봐, 밤새도록 그 위에 있을 건가?"

"곧 내려갈게."

트렙은 마지막 실탄을 총에 넣은 뒤 깔끔하게 공중돌기로 난간에서 뛰어내렸다. 1미터쯤 떨어졌을까, 등에 진 중력 조절기*에서 날개가 펼쳐지면서 트렙은 총을 멘 채 머리 높이에서 공중에 둥둥 떴다. 긴 검정 코트 차림이라 마치 업무를 끝낸 어둠의 천사 같았다.

그녀는 중력 조절기 다이얼을 조절하여 바닥에 천천히 내려오더니 마침내 카드민 옆에 내려앉았다. 나는 절뚝거리며 다가갔다. 우리는 찢긴 시체를 잠시 말없이 쳐다보았다. 나는 부드럽게 말했다.

"고마워."

"잊어버려. 다 업무니까. 경찰들을 끌어들인 건 미안한데 지원 병력이 급하게 필요했어. 여기서는 사이어를 그렇게 부르잖아. 인근에서 가장 큰 갱단이라고."

그녀는 카드민 쪽으로 고갯짓을 했다.

"저렇게 내버려 둘 거야?"

나는 갑작스러운 죽음에 충격을 받은 얼굴로 얼어 있는 신의 오른손 순교자를 내려다보며, 그 안의 조각보 사나이를 생각하려고 애썼다.

"아니."

나는 발로 시체를 뒤집어서 목덜미를 위로 했다.

"바우티스타, 입자총 좀 빌려 줘."

경찰은 말없이 총을 건넸다. 나는 조각보 사나이의 두개골 아랫부분에 총구를 갖다 대고 잠시 무슨 느낌이 떠오르기를 기다렸다.

"작별 인사라도 하고 싶은 사람 있어?"

트렙이 무표정한 얼굴로 농담을 던졌다. 바우티스타는 돌아섰다.

"그냥 해."

내 아버지라면 무슨 말을 하고 싶었다 해도 마음속에만 간직했을 것이다. 부상당한 관중들의 신음만 들려왔다. 나는 그쪽은 무시했다.

아무 느낌도 없이, 나는 방아쇠를 당겼다.

한 시간 뒤 자동 지게차 위에 걸터앉아 텅 빈 의식 입력 장치에서 빛나는 녹색 등을 바라보고만 있는데 오르테가가 찾아왔다. 나는 아직도 아무 느낌이 없었다. 밀폐 장치가 부드럽게 쿵 소리를 낸 뒤 길게 우웅 하며 열렸지만, 나는 반응하지 않았다. 오르테가의 발소리가 들렸을 때도, 바닥에 헝클어진 케이블에 발이 걸려 짧게 욕설을 내뱉었을 때도 나는 돌아보지 않았다. 마치 기계처럼 동력을 끈 채 앉아만 있었다.

"기분이 어때?"

나는 지게차 옆으로 오르테가가 서 있는 바닥을 내려다보았다.

"보시다시피."

"흠, 보기는 엉망진창이군."

오르테가는 내가 앉아 있는 곳까지 다가와 창살을 잡았다.

"그쪽으로 갈까?"

"마음대로. 잡아 줄까?"

"아니."

오르테가는 팔로 몸을 지탱하고 올라오려고 했지만 얼굴이 창백해지더니 삐딱한 웃음을 지었다.

"잡아 주는 게 좋겠는데."

나는 멍이 덜 든 팔을 내밀었고, 오르테가는 끙 하고 지게차 위에 올라탔다. 그녀는 잠시 어색하게 쭈그리고 있다가 내 옆에 자리를 잡고 어깨를 문질렀다.

"으, 여긴 정말 춥군. 얼마나 오랫동안 앉아 있었어?"

"한 시간쯤."

오르테가는 빈 탱크 쪽을 바라보았다.

"재미있는 거라도?"

"생각 중이야."

"아."

오르테가는 잠시 입을 다물었다.

"휴, 이놈의 레티놀은 충격총보다 더 나빠. 충격총을 맞았을 때는 적어도 몸이 상했다는 건 아는데. 레티놀은 무슨 일을 겪었건 모든 일이 다 괜찮다, 그냥 마음 놓고 쉬어라 이런단 말이지. 그러고 있는데 갑자기 5센티미터 케이블을 넘어가려다 걸려 자빠진다고."

"누워 있어야 하는 거 아닌가?"

"아, 그건 당신도 마찬가지 아냐? 내일쯤 되면 얼굴에 멍이 보기 좋게 들겠군. 머서한테 진통제는 맞았어?"

"필요 없어."

"아, 강인하신 분. 그 몸 관리 잘해 주기로 약속했던 것 같은데."

나는 반사적으로 웃었다.

"내 상대가 어떤 꼴인지 가서 봐."

"봤어. 맨손으로 찢어발겼다면서?"

나는 웃음을 참았다.

"트렙은 어디 있지?"

"당신 친구? 갔어. 바우티스타한테 이해관계의 충돌이라나 뭐라나 하더니 밤의 어둠 속으로 사라지셨지. 바우티스타는 이 난국을 돌파할 길을 궁리하느라 머리를 쥐어뜯고 있어. 가서 이야기 좀 해 보지?"

"좋아."

나는 내키지 않는 기분으로 자세를 바꿨다. 의식 입력 탱크의 녹색 불빛은 어쩐지 최면을 거는 것 같았다. 무감각한 신경 밑에서 생각들이 끊임없이 맴을 돌며 회오리 속의 물고기처럼 서로 물어뜯고 있었다. 카드민의 죽음은 안도가 되기는커녕, 뱃속 깊숙한 곳에서 서서히 불타오르는 파괴 욕구에 불을 당겼다. 누군가 이 모든 사태의 대가를 치러야 한다.

개인적인 일.

하지만 이번 일은 개인적인 차원을 넘어섰다. 이것은 수술대 위에서 찢긴 루이즈, 일명 아네노미의 일, 칼에 찔려 죽고도 가난해서 몸을 입지 못한 엘리자베스 엘리엇의 일, 대기업 간부가 한 달씩 번갈아 가며 입는 몸을 되찾지 못해 울던 아이린 엘리엇의 일, 같은 여자이면서도 같지 않은 사람을 잃어버리고 되찾는 충격에 휩싸인 빅터 엘리엇의 일이었다. 이것은 병든 중년 백인의 몸을 입고 나타난 가족을 대면해야 하는 흑인 젊은이의 일, 아마도 또다른 대기업 흡혈귀에게 곧 넘겨주게 될 폐를 마지막 담배 연기로 오염시키며 고개를 의연하게 치켜든 채 저장소로 들어간 버지니아 비도라의 일이었다. 이것은 이네닌의 진흙탕과 화염 속에서 자기 눈을 파낸 지미 드 소토의 일, 그리고 고통스럽게 모인 병력의 집합체로서 역사라는 똥구덩이 속으로 빠져 들어간 수백만 명의 보호령 군인들의 일이기도 했다. 이 모두, 그리고 그 외의 수많은 다른 사람들을 위해 누군가 대가를 치러야 했다.

약간 어질어질한 기분으로 나는 지게차에서 내려온 뒤 오르테가가 내려오는 것을 도와주었다. 그녀의 몸무게를 지탱하느라 팔이 아팠지만, 갑자기 머리를 스쳐 가는, 이것이 우리가 함께하는 마지막 시간이라는 생각이야말로 더욱 아팠다. 어디서 이런 깨달음을 얻었는지는 알 수 없었지만, 그것은 오래전부터 그 어떤 이성적인 생각보다 더 신뢰하게 된 의식 밑바닥의 분명한 직감이었다. 우리는 손을 잡고 의식입력실을 나섰다. 복도에서 바우티스타를 만난 순간 그제야 둘다 손을 잡고 있었다는 것을 깨닫고 반사적으로 물러났다.

"찾아다녔어, 코바치."

우리가 손을 잡고 있는 것을 보고 무슨 생각을 했는지는 몰라도 바우티스타의 표정은 전혀 변함이 없었다.

"당신 용병 친구가 우리한테 뒤처리를 떠맡기고 날랐다고."

"그래, 크리스틴이⋯⋯."

나는 말을 끊고 오르테가 쪽으로 고갯짓을 했다.

"들었어. 단분자총도 가지고 갔나?"

바우티스타는 고개를 끄덕였다.

"그러면 완벽한 시나리오가 있어. 파나마 로즈에서 총격전이 벌어졌다는 신고가 들어와서 와 보니 관객들이 몰살돼 있고 카드민과 카니지도 죽었고 나와 오르테가도 반죽음 상태더라. 아마 카니지가 누군가의 심경을 건드려서 복수를 한 모양이다."

옆에서 오르테가가 고개를 젓는 것이 보였다. 바우티스타가 말했다.

"말이 안 돼. 펠 스트리트로 들어오는 모든 신고는 기록으로 남아. 크루저에 달린 전화까지 전부 다."

특파 부대 정신능력이 깨어나고 있었다. 나는 어깨를 으쓱했다.

"그래서? 당신과 오르테가는 여기 리치먼드에 끄나풀을 갖고 있었던 거야. 이름을 밝힐 수 없는 끄나풀. 개인 전화로 연락이 왔는데, 카니지의 보안 요원들을 뚫고 들어가려다가 편리하게도 전화가 망가졌다고 해. 흔적도 없이. 수수께끼의 범인은 모든 총질을 혼자 다 하고 자동 보안 시스템까지 몽땅 다 지워 버린 거야. 그건 내가 하지."

바우티스타는 아직도 반신반의하는 표정이었다.

"그건 그런데. 그러려면 데이터공이 필요해. 데이비슨이 솜씨가 좋지만 그렇게까지 좋진 않은데."

"데이터공은 내가 구할 수 있어. 다른 건?"

"관객들 중에 살아 있는 사람이 있어. 아무것도 못하는 상태지만 그래도 숨은 쉬고 있는데."

"잊어버려. 그 사람들이 누굴 봤다면 트렙을 봤겠지. 어쩌면 트렙조차 분명하게는 못 봤을 거야. 몇 초 만에 일어난 일이니까. 우리가 결정할 건 언제 앰뷸런스를 부르느냐 하는 것뿐이야."

"빨리 불러야지. 안 그러면 수상해 보일 테니까."

오르테가가 말했다. 바우티스타가 코웃음을 쳤다.

"이번 사건 자체가 수상해 보이는데 뭐. 펠 스트리트에서도 누군가는 틀림없이 오늘 밤 여기서 있었던 일을 알아낼 거야."

"이런 일을 자주 저지르나 보지?"

"농담 마, 코바치. 카니지는 선을 넘었어. 경찰한테 정면으로 도전한 거라고."

"카니지."

오르테가가 내뱉었다.

"그 자식 틀림없이 어딘가 의식을 저장해 놨을 텐데. 몸을 다시 입자마자 수사를 해 달라고 소리소리 지를 거야."

"아닐 수도 있어."

바우티스타가 말했다.

"카니지가 그 합성 몸을 언제부터 입고 있었을까?"

오르테가는 어깨를 으쓱했다.

"누가 알아? 지난주에도 입고 있었던 건 확실해. 저장해 놓은 의식을 복제하지만 않았다면 적어도 그때부터야. 의식 복제는 아주 비싸잖아."

나는 생각에 잠겨 입을 열었다.

"내가 카니지 같은 사람이라면, 뭔가 중요한 일이 일어날 때마다 저장된 의식을 업데이트할 거야. 비용이 아무리 들더라도. 총에 맞기 전 일주일 동안 뭘 했는지 기억이 안 나는 상황을 당하고 싶지는 않을 테니까."

"무슨 일을 진행 중이냐에 따라 다르지."

바우티스타가 지적했다.

"정말 심각한 불법 행위를 하고 있었다면 아예 모른 채 깨어나는 것이 좋을 수도 있어. 그러면 거짓말탐지기를 써도 웃으면서 빠져나갈 수 있으니까."

"그렇지는 않을걸. 그러면 아예……."

나는 생각에 잠겨 말꼬리를 흐렸다. 바우티스타는 갑갑하다는 듯 손짓을 했다.

"어쨌든. 카니지가 아무것도 모른 채 깨어난다면 나름대로 비밀리에 조사를 해 보겠지만 서둘러서 경찰을 끌어들이진 않을 거야. 알고 깨어난다면……."

그는 손을 벌렸다.

"가톨릭교도의 오르가슴보다 더 조용히 입을 다물겠지. 내 생각에 카니지 쪽은 걱정할 거 없어."

"그럼 앰뷸런스를 불러. 그리고 무라와도……."

하지만 오르테가의 목소리는 점점 아련하게 들려왔다. 퍼즐의 마지막 한 조각이 제자리를 찾아 들어갔다. 두 사람의 대화가 컴링크* 선에서 흘러나오는 잡음처럼 차차 멀어져 갔다. 나는 옆의 벽에 난 작은 홈에 시선을 고정시키고 온갖 논리를 동원하여 방금 떠오른 생각을 검증하기 시작했다.

바우티스타가 이상하다는 듯한 시선을 보내더니 앰뷸런스를 부르러 나갔다. 그가 나가자 오르테가가 내 팔을 가볍게 잡았다.

"이봐, 코바치. 괜찮아?"

나는 눈을 깜빡였다.

"코바치?"

나는 한 손을 뻗어 단단한지 확인하려는 것처럼 벽을 짚었다. 방금 깨달은 생각의 확실성과 비교할 때 주위 모든 것은 실체가 의심스러웠던 것이다. 나는 천천히 말했다.

"크리스틴. 나는 헤드 인 더 클라우드에 가 봐야 해. 그들이 뱅크로프트에게 어떻게 했는지 알아냈어. 난 가와하라를 파멸시킬 수 있고 결의안 653조도 통과시킬 수 있어. 라이커도 석방시킬 수 있고."

오르테가는 한숨을 쉬었다.

"코바치, 그 이야기는……."

"아니."

느닷없이 튀어나온 난폭한 음성에 나까지 퍼뜩 놀랐다. 얼굴에 힘을 주자 타박상을 입은 부분이 아팠다.

"이건 가정이 아니야. 숨바꼭질도 아니고. 이건 사실이야. 난 헤드 인 더 클라우드에 갈 거야. 당신이 도와주건 말건 갈 거야."

오르테가는 고개를 저었다.

"코바치. 당신 꼴을 봐. 엉망진창이야. 오클랜드 포주 하나도 못 당할 꼴을 하고 웨스트 코스트 하우스에 잠입하겠다니. 갈비뼈도 부러지고 얼굴도 그렇게 됐으면서 가와하라의 보안 요원을 당할 것 같아? 잊어버려."

"쉬울 거라고 한 적은 없어."

"코바치, 쉽지 않아. 난 당신이 뱅크로프트 건을 처리할 시간을 벌어 주려고 헨드릭스의 테이프를 최대한 빼돌렸지만, 더 이상은 안 돼. 게임은 끝났어. 당신 친구 세라는 고향으로 돌아가고 당신도 갈 수 있어. 끝이야. 난 원한을 갚는 데는 관심이 없어."

"라이커가 돌아오는 걸 정말 바라기는 해?"

나는 부드럽게 물었다. 순간 오르테가는 나를 칠 기세였다. 콧구멍이 바르르 떨렸고 오른쪽 어깨가 주먹을 날리려는 듯 살짝 물러났다. 하지만 충격총 후유증 때문인지 그냥 자제력 때문인지 그녀는 멈췄다.

"한 대 쳐 주고 싶어, 코바치."

그녀는 평정하게 말했다. 나는 두 손을 들어 올렸다.

"해 봐. 지금은 오클랜드 포주 하나도 못 당할 꼴이라면서?"

오르테가는 목구멍에서 역겹다는 소리를 내며 돌아서려 했다. 나는 손을 들어 그녀를 잡았다. 조금 망설이다가 말했다.

"크리스틴. 미안해. 저질 농담이었어. 그래도 내 말은 끝까지 들어 봐."

오르테가는 입술을 꾹 다물어 감정을 억누른 채 고개를 숙이고 돌아섰다. 그리고 침을 삼켰다.

"듣지 않겠어. 지금까지도 너무 많이 들었으니까."

그녀는 헛기침을 했다.

"더 이상 당신이 다치는 걸 보고 싶지 않아, 코바치. 당신이 더 이상 상하는 건. 그뿐이야."

"라이커의 몸이 상하는 거 말이야?"

오르테가는 나를 보았다.

"아니. 그런 뜻은 아니야."

조용한 음성. 어두침침한 강철 복도 안에서, 어느새 오르테가는 내 몸을 팔로 단단히 두르고 얼굴을 가슴에 묻은 채 내 품에 안겨 있었다. 나도 그녀를 꼭 껴안았다. 우리에게 남은 마지막 시간이 모래알처럼 손가락 사이로 빠져나가고 있었다. 그 순간 오르테가에게 들려줄 계획이 없을 수만 있다면, 우리 사이에서 점점 자라나는 관계를 단절시킬 방법이 없을 수만 있다면, 레일린 가와 하라를 그렇게 미워하지 않을 수만 있다면, 그 순간 나는 거의 무엇이라도 내던졌을 것이다.

거의 무엇이라도.

새벽 2시.

나는 잭솔 계좌로 대여한 아파트로 전화를 걸어 아이린 엘리엇을 침대에서 끌어냈다. 그리고 문제가 생겼는데 풀어 주면 크게 보답하겠다고 말했다. 엘리엇은 몽롱하게 고개를 끄덕였다. 바우티스타는 경찰 마크가 붙어 있지 않은 차를 끌고 엘리엇을 데리러 갔다.

그녀가 도착했을 때 파나마 로즈는 선상 파티처럼 환히 불을 밝히고 있었다. 양옆으로 늘어선 수직 탐조등 때문에 마치 빛을 발하는 줄을 타고 배가 밤하늘에서 내려오는 풍경 같았다. 배와 항구에 일루미늄 케이블 접근 금지선이 여기저기 쳐져 있었다. 격투가 벌어졌던 짐칸 덮개가 벗겨져서 앰블런스가 직접 드나들고 있었고, 범죄 현장을 밝히는 조명이 마치 용광로에서 뿜어 나오는 빛처럼 밤하늘을 향하고 있었다. 붉은색과 파란색 경광등을 번쩍이는 경찰 크루저가 상공과 항구 인근을 가득 채웠다.

나는 선내 통로에서 엘리엇을 만났다.

"내 몸을 돌려받고 싶어요."

엘리엇은 상공에 떠 있는 크루저의 요란한 엔진음 너머로 소리쳤다. 탐조등 불빛이 그녀의 검은 머리를 금발처럼 물들이고 있었다. 나는 외쳤다.

"지금 당장은 안 됩니다. 하지만 교섭 중입니다. 일단 이 일을 해 주십시오. 잘 보여 봐요. 어서, 샌디 킴 눈에 띄기 전에 빨리 들어갑시다."

관할 경찰은 언론 헬리콥터가 접근하지 못하도록 현장을 통제하고 있었다. 그리고 오르테가는 핼쑥한 얼굴과 떨리는 몸을 경찰 외투로 둘둘 감고 있으면서도 놀라운 집중력으로 꼿꼿이 선채 눈을 번득이며 관할 경찰이 접근하지 못하도록 현장을 통제했다. 유기체손상과 경찰들이 고함도 치고 계급으로 으르대기도 하고 허풍도 쳐 가면서 입구를 봉쇄하는 동안 엘리엇은 가짜 모니터 영상을 만들고 있었다. 정말이지 트렙이 말한 대로, 이 일대 최대의 갱단은 바로 경찰이었다. 엘리엇은 손을 놀리며 말했다.

"난 내일 아파트에서 나가요. 그쪽으로 연락해도 없을 거예요."

엘리엇은 가끔 잇새로 바람 소리를 내며 자기가 만들어낸 영상을 입력했다. 그런 다음 어깨 너머로 나를 돌아보았다.

"이 일을 하면 경찰에게 잘 보이는 거라고 했죠. 경찰이 나한테 빚지는 건가요?"

"네, 그런 셈입니다."

"그럼 내가 직접 말할게요. 담당 형사를 불러 줘요. 내가 그 사람하고 이야기할 테니까. 그리고 엠버로 연락하지 마요. 거기에도 없을 거예요. 잠시 혼자 있을 시간이 필요해요."

그녀는 중얼거렸다. 지금 내게는 그 말이 대단한 사치처럼 들렸다.

나는 그가 15년 숙성 몰트위스키를 한 잔 따른 다음 전화기가 있는 곳으로 가져와서 조심스럽게 앉는 모습을 지켜보았다. 부러진 갈비뼈는 앰뷸런스 안에서 다시 붙었지만 옆구리는 아직 전체가 다 통증 덩어리였고 가끔 찌르는 듯한 통증도 지나가곤 했다. 그는 위스키를 마시며 정신을 가다듬더니 전화번호를 눌렀다.

"뱅크로프트 저택입니다. 누구를 연결시켜 드릴까요?"

지난번에 내가 선터치 하우스로 전화했을 때 응답한 바로 그 엄숙한 정장 차림의 여자였다. 같은 정장, 같은 머리 모양, 화장까지 같았다. 어쩌면 전화 응답용 가상 개체인지도 모른다.

"미리엄 뱅크로프트."

그는 말했다.

라이커의 몸이 무기를 차는 광경을 거울 앞에 서서 바라보던 그날 밤처럼 이번에도 수동적인 관전자가 된 기분, 단절된 기분이었다. 파편화. 하지만 이번은 더욱 심했다.

"잠시만 기다리십시오."

여자가 스크린에서 사라지고, 가을 낙엽이 깨지고 닳은 보도 위로 스쳐 지나가는 소리와 비슷한 합성 피아노 음악과 함께 바람에 흔들리는 성냥불 같은 영상이 나타났다. 일 분 뒤 미리엄 뱅크로프트가 격식을 차린 재킷과 블라우스 차림으로 나타났다. 그리고 완벽하게 다듬은 한쪽 눈썹을 치켜 올렸다.

"코바치 씨, 놀랍군요."

"네, 음."

그는 귀찮은 듯 손짓했다. 컴링크를 통해서였지만, 미리엄 뱅크로프트가 발산하는 성적인 매력은 그를 당황시켰다.

"안전한 선입니까?"

"그렇게 생각해도 좋을 거예요. 무슨 일이죠?"

그는 헛기침을 했다.

"생각을 좀 해 봤는데. 의견을 나누고 싶은 문제가 있습니다. 내가, 음, 사과도 해야 할 것 같고."

"그런가요?"

이번에는 양쪽 눈썹이 올라갔다.

"정확히 언제쯤이 좋으신가요?"

그는 어깨를 으쓱했다.

"지금 당장도 별일은 없습니다만."

"그렇군요. 한데 이쪽은 볼일이 있어요, 코바치 씨. 시카고에서 회의가 있어서 내일 저녁이나 돼야 돌아올 거예요."

희미한 미소가 입가에 걸렸다.

"기다리시겠어요?"

"그러죠."

부인은 눈을 가늘게 뜨며 스크린 쪽으로 몸을 숙였다.

"얼굴은 어떻게 된 거예요?"

그는 손을 들어 점점 진해지기 시작하는 멍을 만졌다. 그리 밝지 않은 조명이었지만 눈에 띌 거라고는 미처 생각하지 못했다. 미리엄 뱅크로프트의 관찰력이 이렇게 꼼꼼하리라고도 생각하지 못했다.

"긴 이야깁니다. 만나서 말씀드리죠."

"흠, 얼른 듣고 싶군요."

그녀는 비꼬듯이 말했다.

"내일 오후 헨드릭스로 리무진을 보내죠. 4시쯤? 좋아요. 그때 봐요."

스크린이 꺼졌다. 그는 잠시 그대로 앉아 화면을 응시하다가 전화를 끄고 의자를 빙글 돌려 창 쪽을 돌아보았다.

"저 여자만 보면 초조해."

그는 말했다.

"그래, 나도 마찬가지야. 뭐, 이유야 뻔하지."

"웃기군."

"노력했어."

나는 위스키 병을 가지러 일어섰다. 방을 가로지르는데 침대 옆 거울에 비치는 내 모습이 보였다.

라이커의 몸에 인생의 시련에 온몸으로 돌진한 남자 특유의 분위기가 있었다면, 거울 속의 남자는 역경이 닥칠 때마다 약삭빠르게 살짝 비켜서서 운명의 신이 꼴사납게 옆으로 넘어지는 모습을 구경할 것 같은 인상이었다. 고양이 같은 동작이었다. 매끈하고 수월해 보이는 경제적인 움직임은 앙카나 살로마오의 무대에 서도 될 것 같았다. 남색에 가까운 숱 많은 머리카락이 날렵한 어깨 위로 찰랑거렸고, 우아하게 찢어진 눈빛에는 우주가 살 만한 곳이라는 듯한 부드럽고 무심한 표정이 담겨 있었다.

닌자의 몸을 입은 지 겨우 몇 시간밖에 지나지 않았지만(안구 왼쪽 상단에 위치한 시간 표시에 따르면 정확히 7시간 42분) 통상 겪게 되는 다운로드 부작용은 전혀 없었다. 예술가 같은 날렵한 갈색 손으로 위스키 병을 잡는 단순한 근육과 뼈의 움직임이 즐거움을 불러일으켰다. 쿠말로 뉴라켐 시스템이 이 몸으로 언제든지 할 수 있는 무수한 능력들을 노래하듯 지각의 한계선 상에서 끊임없이 고동치고 있었다. 특파 부대에서조차 이런 몸은 입어 본 적이 없었다.

문득 카니지의 말이 떠올랐다. 나는 마음속으로 쓴웃음을 지었다. 이만한 몸이 식민지로 반출되는 것을 10년 동안이나 막을 수 있다고 생각했다면 유엔은 세상 물정을 모르는 게 틀림없다.

"난 너에 대해 몰라. 하지만 정말 묘한 기분이군."

그는 말했다.

"말해 봐."

나는 내 잔을 채운 뒤 병을 내밀었다. 그는 고개를 저었다. 나는 창가로 돌아가서 유리창에 기대앉았다.

"카드민은 도대체 어떻게 이런 걸 참았을까? 오르테가 말로는 늘 자기 자신을 복제해서 같이 일했다고 했잖아."

"시간이 지나면 모든 게 익숙해지니까. 게다가 카드민은 미친놈이었어."

"아, 우린 안 그렇고?"

나는 어깨를 으쓱했다.

"우린 선택의 여지가 없었으니까. 도망치는 것 말고는. 그쪽이 더 나았을까?"

"그거야 네가 판단할 문제지. 가와하라에게 침투하는 쪽은 너니까. 난 그냥 몸이나 팔면 되잖아. 참, 오르테가는 이번 계획 중에서 특히 그 부분이 별로 마음에 들지 않았을 거야. 전에도 혼란스러웠는데 지금은 더욱……."

"오르테가가 혼란스럽다니! 그럼 나는 어떤 기분이게?"

"네가 어떤 기분인지는 알아, 멍청이. 내가 너잖아."

"그래?"

나는 술을 한 모금 마시고 유리잔을 가리켰다.

"얼마나 더 있어야 우리 둘이 정확히 동일인이 아닌 사람이 될까?"

그는 어깨를 으쓱했다.

"존재는 기억이야. 지각이 분리된 지 이제 겨우 7, 8시간밖에 안 지났잖아. 그리 큰 변화가 일어날 만한 시간은 아니지. 안 그래?"

"40년 남짓 쌓인 기억에? 그렇긴 하지. 그리고 한 인간의 인격은 어린 시절에 주로 형성되니까."

"그래, 그런 얘기가 있지. 말이 나왔으니 말인데, 기분이 어때? 아니, 조각보 사나이가 죽었다는 사실에 대해 '우린' 어떤 기분인 거지?"

나는 거북한 얼굴로 자세를 바꿨다.

"그 이야기는 나중에 하면 안 될까?"

"무슨 얘기든 해야 되잖아. 내일 저녁까지 둘이서 여기 있어야 하는데……."

"나가고 싶으면 넌 나가. 나도 들어온 길로 나갈 수 있어."

나는 지붕 쪽으로 엄지손가락을 젖혔다.

"정말 그 이야기는 별로 안 내키는 거군?"

"됐다고."

원래 계획은 라이커의 몸을 입은 내가 미리엄 뱅크로프트와 사라질 때까지 닌자 복제본은 오르테가의 아파트에 간다는 것이었다. 한데 헤드 인 더 클라우드에 대한 습격을 감행하려면 헨드릭스와 협력 관계를 유지해야 하는데, 닌자 몸을 입고 있으면 의식을 스캔하지 않는 이상 호텔 측에 내가 라이커의 몸과 동일인이라는 것을 증명할 방법이 없다는 데 생각이 미쳤다. 라이커가 미리엄 뱅크로프트와 같이 떠나기 전에 닌자를 호텔에 소개시키는 것이 더 좋은 방법 같았다. 하지만 트렙이 분명 아직도 라이커를 감시하고 있을 테니 같이 헨드릭스 정문으로 들어가는 것은 별로 좋은 방법이 아니다. 나는 바우티스타에게 중력 조절기와 스텔스복을 빌려 입고 날이 밝기 직전에 고공 통행 차량들을 이리저리 피해서 42층 난간에 내렸다. 라이커에게 내가 온다는 것을 전해 들은 헨드릭스는 환기구를 통해 나를 들여보내 주었다.

쿠말로 뉴라켐 시스템이 있으니 현관문으로 들어오는 것 못지 않게 수월했다.

"이봐. 난 너야. 네가 알고 있는 모든 걸 다 알고 있어. 이 문제에 대해 이야기한다고 나쁠 건 없잖아."

라이커가 말했다.

"내가 아는 걸 다 안다면 뭐 하러 굳이 이야기하지?"

"가끔은 구체화시키는 게 도움이 되니까. 다른 사람과 이야기할 때도 종종 스스로에게 이야기하듯 할 때도 있잖아. 상대는 그저 귀만 빌려 줄 뿐이지. 이쪽은 그냥 말로 표현하는 것뿐이라고."

나는 한숨을 쉬었다.

"글쎄, 아버지에 대한 생각은 오래전에 묻었어. 오래전에."

"그래, 그렇지."

"농담 아니야."

"아니."

그는 나를 손가락으로 가리켰다. 내가 선터치 하우스의 발코니에서 사실을 직시하지 않으려 하는 뱅크로프트를 가리켰을 때와 똑같은 동작이었다.

"넌 스스로를 속이고 있어. 우리가 '쇼나곤 11'에 가입했던 해에 라즐로 마약굴에서 만났던 그 포주 기억나? 사람들이 떼어놓지 않았으면 죽일 뻔했잖아."

"그건 약 때문이고. 테트라메스 때문에 제정신도 아니었고 쇼나곤에 가입했다고 우쭐해 있었잖아. 젠장, 겨우 열여섯 살이었는데."

"헛소리. 그 포주가 아버지를 닮아서 그랬어."

"그럴 수도."

"사실이야. 그 이후 15년 동안 우리는 똑같은 이유로 권위 있는 인물들을 죽이면서 살았어."

"말도 안 되는 소리 그만 좀 해. 15년 동안 우린 방해가 되는 사람들을 죽였어. 군대에서. 직업상. 그리고 도대체 언제부터 포주가 권위 있는 인물이 된 거야?"

"그럼 어쩌면 15년 동안 우리가 죽인 건 포주들이었을지도 모르겠군. 남을 이용하는 사람들. 그에 대해 복수하는 의미로."

"아버지는 어머니에게 몸 팔라고 시킨 적 없어."

"확실해? 우리가 무슨 전술 핵처럼 엘리자베스 엘리엇 건만 들입다 판 이유는 뭐지? 이번 수사에서 우린 왜 사창가에 그렇게 큰 비중을 뒀을까?"

나는 위스키를 한 모금 삼키며 말했다.

"왜냐하면 처음부터 수사 방향이 그쪽이었으니까. 엘리엇 쪽이 올바른 방향인 것 같았기 때문에 그쪽을 쫓아간 거야. 특파 부대의 직감이지. 뱅크로프트가 아내를 대하던 태도도……."

"아, 미리엄 뱅크로프트. 그쪽도 말하자면 길지."

"입 닥쳐. 엘리엇 쪽은 파고들 만했어. 그날 제리스에 가지 않았다면 헤드 인 더 클라우드까지 추적하지 못했을 거야."

"아."

그는 한심하다는 듯 손짓을 하더니 잔을 기울였다.

"넌 네 맘대로 생각해. 내가 보기에 조각보 사나이는 아버지를 상징했어. 우린 진실을 가까이서 감히 들여다보지 못했으니까. 우린 그 때문에 가상현실에서 처음 그 기괴한 혼합 개체를 만난 순간 그렇게 놀란 거야. 기억나나? 아도라시온의 그 오락실. 거기서 그걸 본 뒤 우린 일주일 동안 악몽을 꿨어. 일어나 보면 손에 찢어진 베개 조각을 쥐고 있었지. 그 때문에 정신 치료소에도 들어갔잖아."

나는 짜증스럽게 손짓했다.

"그래, 기억나. 아버지가 아니라 조각보 사나이 때문에 잔뜩 겁을 먹었지. 카드민을 가상현실에서 만났을 때도 똑같은 느낌을 받았어."

"한데 이제 카드민은 죽었지? 이제 어떤 기분이지?"

"난 아무 느낌도 없어."

그는 다시 나를 가리켰다.

"그건 거짓말이야."

"거짓말이 아니야. 그 자식은 날 방해하고 협박했고, 지금은 죽었어. 끝이야."

"다른 사람한테 협박당했을 때 기억 안 나나? 아주 어렸을 때지?"

"이 이야기는 더 이상 하고 싶지 않아."

나는 병을 집어 들어 다시 잔을 채웠다.

"다른 이야기를 하자고. 오르테가는 어때? 그 문제에 대해 우린 어떤 기분이지?"

"한 병 다 마실 거야?"

"좀 줄까?"

"아니."

나는 두 손을 펼쳤다.

"그래서 그건 어때?"

"취할 때까지 마실 거야?"

"물론이야. 나 자신과 이야기를 하면서 꼭 멀쩡해야 할 이유는 없으니까. 이제 오르테가에 대해서 말해 봐."

"그 문제는 내가 이야기하기 싫어."

"왜? 뭔가 이야기하자면서. 오르테가는 왜 안 돼?"

"그 문제에 대해서는 우리의 감정이 같지 않으니까. 넌 이제 라이커의 몸을 입고 있지 않잖아."

"그렇다고······."

"그렇지. 우리와 오르테가 사이에 있었던 건 순전히 육체적인 관계였어. 다른 것이 싹틀 시간이 없었다고. 그렇기 때문에 지금 넌 오르테가 이야기를 기분 좋게 꺼낼 수 있는 거야. 다른 몸을 입고 있으니 이제 네게 남은 건 그 요트와 몇몇 추억 속의 장면들에 대한 향수뿐이거든. 네겐 이제 육체적인 이끌림이 더 이상 없는 거라고."

대답할 말을 찾았지만, 할 말이 없었다. 갑자기 발견해 낸 우리의 차이점은 마치 제3의 불청객처럼 방 안에 자리를 잡았다.

라이커는 주머니를 뒤져 오르테가의 담배를 꺼냈다. 담뱃갑은 납작하게 눌려 있었다. 그는 담배 한 대를 꺼내 처량하게 들여다보더니 입에 물었다. 나는 질책하는 듯한 기색을 보이지 않으려고 애썼다.

"마지막이야."

그는 발화 패치에 담배를 갖다 댔다.

"호텔에도 있을 거야."

"그렇겠지."

그는 연기를 뿜어냈다. 왠지 그의 중독이 부러울 지경이었다.

"음, 우리가 지금 의논해야 할 게 한 가지 있어."

"뭐지?"

하지만 나도 이미 알고 있었다. 우리 둘 다.

"내 입으로 말하라고? 좋아."

그는 연기를 다시 빨아들이고 쉽지 않은 화제라는 듯 어깨를 으쓱했다.

"일이 끝난 뒤에 우리 둘 중 누굴 제거할 건지 정해야지. 시간이 갈수록 양쪽 다 생존 본능이 점점 강해질 테니 빨리 결정해야 해."

"어떻게?"

"모르겠어. 넌 어느 쪽을 기억하고 싶지? 가와하라를 물리친 기억? 아니면 미리엄 뱅크로프트에게 오럴 섹스를 해 준 기억?"

그는 씁쓸하게 웃었다.

"물론 상대가 안 되겠지만,"

"이봐, 이건 그냥 해변에서 섹스 한번 하는 정도가 아니야. 다중 복제 인간을 상대로 하는 섹스라고. 아마 이 정도로 금지된 쾌락은 거의 없을걸. 어쨌든 아이린 엘리엇이 나중에 기억 접목을 해서 양쪽 경험을 다 살릴 수 있다고 했어."

"그럴 수는 있겠지. 기억 접목을 할 수도 있어. 하지만 그래도 우리 둘 중 하나는 지워져야 해. 기억을 융합시키는 게 아니라, 한쪽 기억을 다른 쪽에 접목하는 거라고. 편집이야. 넌 너 자신한테 그런 짓을 하고 싶어? 살아남는 쪽에게? 우린 헨드릭스가 만든 가상 자아조차 차마 편집하지 못했잖아. 그런 경험을 안고 어떻게 살아가지? 안 돼. 깨끗하게 결정해야 해. 이쪽이냐, 저쪽이냐. 우리가 결정해야 한다고."

"그래."

나는 위스키 병을 집어들고 우울하게 상표를 응시했다.

"그럼 어떻게 하지? 내기를 할까? 가위바위보, 오전삼승제 어때?"

"난 보다 이성적인 방안을 생각하고 있었는데. 지금 이 순간 이후의 기억을 서로에게 이야기해 준 뒤에 어느 쪽을 남겨 둘 건지 결정하는 건 어때? 보다 가치 있는 쪽으로."

"그런 걸 어떻게 가늠해?"

"할 수 있을 거야. 너도 알잖아."

"둘 중 한쪽이 거짓말을 하면? 진실을 윤색해서 보다 멋진 기억으로 만들면? 아니면 어느 한쪽이 더 좋다고 거짓말을 한다면?"

그의 눈이 가늘어졌다.

"농담이지?"

"며칠 동안 많은 일이 일어날 수 있어. 네가 말했듯이 둘 다 생존하고자 할 거라고."

"그렇게 되면 오르테가한테 거짓말탐지기를 써 달라고 하지 뭐."

"난 차라리 내기가 좋겠어."

"병 좀 줘. 네가 진지하게 나오지 않으면 나도 그만둘 거야. 젠장, 차라리 네가 그 위에서 불에 타 죽어서 저절로 문제가 해결되면 좋겠네."

"대단히 고맙군."

나는 그에게 병을 건네고 그가 두 손가락 폭만큼 술을 따르는 것을 지켜보았다. 지미 드 소토는 언제나 싱글 몰트 위스키를 한 번에 다섯 손가락 폭 이상 마시는 것은 신성모독이라고 주장했더랬다. 그 뒤로는 다른 술을 섞어 마시는 것이 좋다는 것이었다. 한데 오늘 밤에는 왠지 그 신앙을 저버려야 할 것 같은 예감이 들었다.

나는 잔을 들어 올렸다.

"결심의 합일을 위하여."

"응, 혼자 마시던 날들의 끝을 위하여."

다음 날은 거의 하루 종일 숙취가 가시지 않았다. 나는 호텔 모니터를 통해 그가 떠나는 모습을 지켜보았다. 보도로 나가서 잠시 기다리고 있으니 길고 반질거리는 리무진이 길가에 내려앉았다. 문이 위로 열렸고, 안에서 미리엄 뱅크로프트의 옆모습이 잠시 보였다. 그는 올라탔고 문이 부드럽게 다시 닫히며 두 사람의 모습이 사라졌다. 리무진은 한번 흔들리더니 이륙해서 사라졌다.

나는 물도 없이 진통제를 삼키고 10분 뒤 오르테가를 기다리러 지붕으로 올라갔다.

바깥은 추웠다.

오르테가는 여러 가지 소식을 전해 주었다.

아이린 엘리엇이 연락해서 다른 작전에 대해 이야기할 마음이 있다고 알려왔다. 펠 스트리트가 구경도 못해 봤을 정도로 보안이 철저한 니들캐스트를 통해 연락이 들어왔으며, 나를 직접 상대하지 않으면 이야기를 하지 않겠다고 한 모양이었다.

파나마 로즈에 대해 급조한 시나리오는 잘 먹혀들었고, 오르테가는 헨드릭스의 보안 테이프를 여전히 지니고 있었다. 카드민의 죽음으로 인해 펠 스트리트의 수사도 형식적인 절차로 전락했고 아무도 서둘러 덤벼들려 하지 않았다. 카드민이 경찰서 유치장에서 탈출한 경위에 대한 감사과의 내사는 이제 겨우 시작 단계였다. 인공지능이 개입했다는 것을 감안할 때 헨드릭스도 언젠가는 조사를 받게 되겠지만 아직 여기까지는 진행되지 않고 있었다. 부서 간 협조해야 하는 몇 가지 업무가 있었는데, 오르테가는 무라와에게 몇 가지 단서가 남았다고 둘러대서 2주 정도 무기한으로 깔끔하게 마무리를 하고 오라는 허가를 받아 냈다. 감사과와 별로 사이가 좋지 않은 오르테가가 그쪽에 원만하게 협조해 주지는 않을 것이라는 암묵적인 판단 덕분이었다.

감사과 형사 두 명이 파나마 로즈를 둘러보고 갔지만 유기체 손상과는 오르테가와 바우티스타를 중심으로 하여 폐쇄된 스택처럼 입을 꽉 다물고 있었다. 감사과 입장에서는 아직 아무런 진척이 없었다.

우리에게는 2주가 남아 있었다.

오르테가는 북동쪽으로 크루저를 몰았다. 엘리엇이 알려 준 지점은 숲으로 둘러싸인 호수 서쪽 끝에 버블팹이 여러 개 모여 있는 곳이었다. 오르테가는 알겠다는 듯 투덜거리며 버블팹 상공에서 방향을 틀었다.

"아는 곳이야?"

"비슷한 곳들이 있지. 사기 치는 곳이야. 가운데 접시 보이지? 저 접시를 통해 오래된 정지 기상위성 플랫폼에 연결해서 지구 이쪽 반구 어디에든 마음대로 접속해. 서부 해안에서 일어나는 모든 데이터 범죄 중 한 자리 비율이 아마 여기서 다 일어날걸."

"왜 안 잡아들이지?"

"경우에 따라."

오르테가는 버블팹에서 얼마 떨어지지 않은 호숫가에 크루저를 착륙시켰다.

"덕분에 오래된 궤도 위성들이 굴러가거든. 이 사람들이 없으면 해체해야 하는데 그러면 돈이 많이 들어. 소규모 범죄만 저지르는 한 아무도 신경 쓰지 않아. 전송범죄과는 더 큰 범죄로 바쁘거든. 별 관심이 없어. 가 보자고."

우리는 크루저에서 내려서 호숫가를 따라 캠프장으로 향했다. 공중에서 봤을 때는 건물 구조가 비슷해 보였는데, 가까이서 보니 버블팹에는 각자 알록달록한 그림이나 추상 패턴이 그려져 있었다. 똑같은 디자인은 전혀 없었지만, 동일인이 그린 것으로 보이는 곳은 여러 군데 있었다. 그리고 버블팹 중에는 포치가 설치된 곳도 있었고, 다른 버블팹과 연결된 곳도 있었으며, 아예 통나무 오두막집을 붙여 지어 놓은 곳도 있었다. 건물 사이에 매 놓은 빨랫줄에 옷가지가 널려 있었고, 꼬마들이 신나게 뛰어다니며 몸을 더럽히고 있었다.

캠프 경비가 버블팹이 첫 번째 둘러쳐진 곳에서 우리를 맞았다. 굽이 없는 작업용 부츠를 신은 키가 2미터 정도였고 몸무게는 지금 내 몸 두 개를 합친 정도로 나가 보였다. 헐렁한 회색 작업복 아래로 격투 선수의 자세가 엿보였다. 눈은 관자놀이에서 돌출한 붉은 뿔 형태였다. 뿔 밑의 얼굴은 늙었고 상처투성이였다. 험상궂은 외모와 왼팔에 안고 있는 어린애가 대조를 이루었다.

그는 내게 고개를 끄덕였다.

"앤더슨?"

"그렇소. 이쪽은 크리스틴 오르테가."

오르테가의 이름이 밋밋하게 들려와서 나는 깜짝 놀랐다. 라이커의 페로몬 반응이 없으니 내 옆의 여자는 버지니아 비도라를 연상시키는 날씬하고 자신감에 찬 매력적인 여성에 불과했던 것이다. 오로지 그것, 그리고 남은 기억뿐이었다. 오르테가도 같은 기분일지 궁금했다.

"경찰인가?"

전직 격투 선수의 목소리는 그다지 따뜻함에 흘러넘친다고는 할 수 없었지만 적대적이지도 않았다.

"지금은 아니오."

나는 단호하게 말했다.

"아이린 있나?"

"있소."

그는 아이를 다른 팔에 옮겨 안고 가리켰다.

"별이 그려진 버블팹이오. 당신을 기다리고 있었소."

아이린 엘리엇이 문제의 버블팝에서 나타났다. 경비는 우리를 그쪽으로 안내했다. 가는 길에 아이들이 하나 둘 기차처럼 졸졸 따라붙었다. 엘리엇은 두 손을 주머니에 넣고 우리를 바라보고 있었다. 전직 격투 선수와 마찬가지로, 엘리엇도 수수한 회색 부츠와 작업복 차림이었고, 화려한 무지개 색 헤어밴드가 유난히 튀어 보였다.

"손님이야. 괜찮지?"

경비가 말했다. 엘리엇은 침착하게 고개를 끄덕였다. 경비는 잠시 망설이다가 어깨를 으쓱하더니 아이들을 이끌고 멀어졌다. 엘리엇은 그의 뒷모습을 보고 있다가 우리 쪽으로 돌아섰다.

"안으로 들어오시죠."

버블팝 안은 나무 칸막이와 플라스틱 돔에 이은 철사에 걸친 깔개로 나뉜 실용적인 공간이었다. 벽에는 캠프의 아이들이 그린 듯한 그림들이 걸려 있었다. 엘리엇은 부드러운 조명이 켜진 공간으로 향했다. 버블팝 벽면에 에폭시로 붙인 낡은 접속 터미널과 의자가 놓여 있었다. 몸에 잘 적응된 모양인지 엘리엇의 동작은 자연스러웠다. 새벽녘 파나마 로즈에서도 느꼈지만 지금 보니 더욱 분명했다. 엘리엇은 의자에 앉더니 생각에 잠긴 눈으로 나를 올려다보았다.

"그 몸을 입고 있는 건 앤더슨 당신 맞겠죠?"

나는 고개를 숙였다.

"이유를 말씀해 주시죠."

나는 엘리엇의 맞은편에 앉았다.

"그건 당신 결정에 달렸습니다. 할 겁니까, 말 겁니까?"

"내 몸을 돌려받게 해 준다고 약속하셨죠."

엘리엇은 아무렇지도 않은 목소리를 내려고 애썼지만, 간절한 기색은 숨길 수가 없었다.

"그게 조건인가요?"

나는 오르테가를 올려다보았다. 그녀는 고개를 끄덕였다.

"맞아요. 일이 성공하면 몸을 돌려주라는 연방 명령을 받아낼 수 있을 거예요. 하지만 성공한다는 조건하에. 일이 잘못되면 아마 모두 다 저장소행이 될 거예요."

"당신은 그럼 연방 명령을 받고 활동하는 건가요?"

오르테가는 딱딱하게 미소 지었다.

"그렇진 않아요. 하지만 유엔 헌장에 따라 연방 명령을 소급적으로 적용할 수 있어요. 말했듯이 성공하면요."

"소급적 연방 명령이라."

엘리엇은 눈썹을 치켜 올리며 나를 돌아보았다.

"흔치 않은 사례인 것 같은데. 엄청난 일을 벌이고 있는 거겠죠?"

"그렇습니다."

엘리엇의 눈이 가늘어졌다.

"그리고 당신은 이제 잭솔에서 일하지 않는다고요? 도대체 당신 누구예요, 앤더슨?"

"난 당신의 구세주죠, 엘리엇. 오르테가의 요청이 받아들여지지 않는다면 내가 개인적으로라도 당신 몸을 사 주겠습니다. 약속합니다. 자, 할 겁니까, 말 겁니까?"

아이린 엘리엇은 잠시 초연한 태도로 앉아 있었다. 그녀에 대해 갖고 있었던 기술적인 존경심이 왠지 보다 개인적인 차원으로 옮겨 가고 있었다. 문득 그녀는 고개를 끄덕였다.

"말해 봐요."

나는 설명하기 시작했다. 계획을 전부 다 펼쳐 놓는 데는 30분 정도 걸렸고, 그동안 오르테가는 가만히 서 있다가 버블팝을 초조하게 들락거렸다. 오르테가를 탓할 수는 없었다. 지난 열흘 동안 오르테가는 거의 모든 직업적 신조를 깨뜨려야만 했고, 지금은 혹시 잘못되면 모든 관계자들이 100년, 혹은 그 이상의 저장형에 처해질 수 있는 계획에 동참하고 있다. 바우티스타와 다른 사람들의 도움이 없었다면, 아무리 메트족이 진심으로 미워도, 아무리 라이커를 되찾고 싶어도 감히 엄두도 내지 못했을 것이다.

어쩌면 나한테도 해당되는 말인지도 모른다.

아이린 엘리엇은 앉아서 말없이 들으면서 내가 답할 수 없는 세 가지 기술적인 질문을 던졌다. 설명이 끝나자 엘리엇은 한참 동안 말이 없었다. 주위를 서성거리던 오르테가가 내 뒤로 와서 섰다.

"당신 미쳤군요."

엘리엇은 마침내 입을 열었다.

"할 수 있습니까?"

엘리엇은 입을 열었다가 다시 다물었다. 생각에 잠긴 표정이 떠올랐다. 아마 예전에 디핑했던 기억을 되살리고 있는 것 같았다. 잠시 후 엘리엇은 스스로를 설득하려는 듯 고개를 끄덕이고 천천히 입을 열었다.

"네. 할 수는 있지만 실시간으로는 안돼요. 격투장 보안 장치를 조작하거나 인공지능 핵심 프로세서에 바이러스를 다운로드하는 일과는 차원이 달라요. 여기에 비하면 인공지능 건은 시스템 확인 정도에 불과하죠. 이 일을 하려면, 시도라도 해 보려면 가상 환경이 필요해요."

"그건 별문제 없습니다. 다른 건?"

"헤드 인 더 클라우드가 보유한 반침투 시스템이 어떤 것이냐에 따라 달라요."

엘리엇의 목소리에 아주 잠시 눈물 기운이 스쳤다.

"고급 사창가라고 했죠?"

"아주 고급이죠."

오르테가가 말했다. 엘리엇의 감정은 다시 가라앉았다.

"그럼 일단 몇 가지 시험을 해 봐야 해요. 시간이 좀 걸릴 거예요."

"시간은 얼마나 걸리죠?"

오르테가가 물었다.

"글쎄, 두 가지 방법이 있어요."

프로 특유의 삐딱한 목소리였다.

"무턱대고 침투해서 그곳 경보를 모조리 발동시킬 수도 있고, 한 이틀 정도 차근차근 할 수도 있겠죠. 당신이 택해요. 당신 일정에 맞춰 줄 테니."

"천천히 하시죠."

나는 오르테가에게 경고하는 듯한 시선을 보냈다.

"영상 및 음향 녹음 장치를 내 몸에 다는 문제는? 몰래 해 줄 수 있는 사람이 있습니까?"

"네, 할 수 있는 사람이 있어요. 하지만 텔레메트리 시스템은 안 돼요. 거기서 동시 전송을 했다가는 당장 집이 무너질 정도로 경보가 울릴 거예요."

엘리엇은 터미널로 돌아가서 일반 접속 스크린을 켰다.

"리즈에게 몸에 찔러 넣을 수 있는 마이크가 있는지 알아보죠. 보호 마이크로스택인데, 고해상도로 몇 백 시간 분량을 녹화할 수 있어요. 그걸 갖고 와서 여기서 재생하는 걸로 하죠."

"좋습니다. 비쌉니까?"

엘리엇은 눈썹을 치켜 올리고 우리를 돌아보았다.

"리즈와 이야기해 보세요. 부속품을 사야 할지도 모르겠지만 소급적인 연방 명령을 받아 준다는 조건으로 수술은 해 줄 거예요. 리즈도 유엔 차원의 도움을 받아야 할 일이 있거든요."

나는 오르테가를 흘끗 보았다. 그녀는 갑갑하다는 듯 어깨를 으쓱했다.

"글쎄, 가능할 겁니다."

오르테가는 내키지 않는 어조로 말했다. 엘리엇은 바삐 스크린을 조작하기 시작했다. 나는 일어서서 오르테가를 향했다.

"오르테가."

귀에 대고 속삭이려다, 문득 새 몸을 입은 상태에서는 오르테가의 체취에 전혀 영향을 받지 않는다는 것을 깨달았다.

"자금이 딸리는 건 내 잘못이 아니야. 잭솔 계좌는 사라졌고, 이런 일로 뱅크로프트의 돈을 끌어 쓰는 건 아주 이상하게 보일 거야."

"그런 게 아니야."

"그럼 뭐지?"

오르테가는 나를 돌아보았다.

"당신도 잘 알잖아."

나는 깊은 숨을 들이쉬고 오르테가의 시선을 피하기 위해 눈을 감았다.

"그것까지 당신이 준비한 거야?"

"그래."

오르테가는 한 걸음 물러서며 평상시와 똑같은 목소리로 돌아왔다.

"충격총은 펠 스트리트 무기창에서 가져왔어. 없어졌다는 건 아무도 눈치 채지 못할 거야. 나머지는 뉴욕 시경의 압수무기보관소에서 가져오기로 했어. 내가 내일 직접 가서 가져올 거야. 반출 기록 없이. 몇 군데 신세를 졌어."

"잘됐군. 고마워."

"됐어."

잔인할 정도로 빈정대는 어조였다.

"아, 그건 그렇고 거미독 탄창을 확보하느라 시간이 엄청나게 걸렸대. 뭐에 쓰려는 건지 물론 나한테는 말 안 해 줄 거지?"

"개인적인 일이야."

엘리엇의 스크린에 누군가 나타났다. 50대 후반 흑인의 몸을 입은, 진지해 보이는 여자였다.

"안녕, 리즈. 당신한테 손님이 왔어."

엘리엇은 쾌활하게 말했다.

비관적인 전망에도 불구하고 아이린 엘리엇은 하루 뒤 예비 검색을 끝냈다. 나는 호숫가로 내려가서 리즈의 간단한 미세 수술에서 몸을 추스르며 여섯 살쯤 되는 여자아이와 물수제비를 뜨고 있었다. 오르테가는 아직 뉴욕에 있었다. 우리 사이의 냉전은 아직 완전히 풀리지 않았다.

엘리엇은 야영장에서 나와서 물가로 내려오지 않고 고함을 질러 성공했다는 소식을 전했다. 나는 물 위로 메아리치는 고함 소리를 들으며 눈살을 찌푸렸다. 탁 트인 야영장 분위기에 아직 완전히 적응하지 못했고, 이런 곳에서 데이터 해킹을 어떻게 성공한다는 것인지 아직 이해할 수가 없었다. 나는 돌을 여자 아이에게 건네준 뒤 리즈가 녹화 시스템을 삽입한 눈 밑의 쓰린 부위를 무의식적으로 문질렀다.

"자. 이걸로 할 수 있는지 해 봐."

"이 돌은 무거운데요."

아이는 애처롭게 말했다.

"그래도 해 봐. 난 아까 아홉 번 튀겼어."

아이는 나를 올려다보았다.

"아저씨는 능력자잖아요. 난 겨우 여섯 살이고."

"맞는 말이야. 둘 다."

나는 아이의 머리에 한 손을 올려놓았다.

"하지만 자기 능력으로 어쨌든 해야 하는 거란다."

"나도 크면 리즈 아줌마처럼 장비를 달 거예요."

쿠말로 뉴라캠이 깔끔하게 쓸어 놓은 두뇌 밑바닥에서 작은 서글픔이 밀려 올라왔다.

"좋지. 자, 난 가 봐야겠다. 물에는 너무 가까이 가지 마라."

아이는 짜증스럽게 나를 쳐다보았다.

"수영할 수 있어요."

"나도 마찬가지야. 하지만 빠지면 추울 것 같은데, 안 그래?"

"그렇기는 하지만……."

"그럼 됐지."

나는 아이의 머리를 한번 헝클어뜨리고는 물가를 떠났다. 첫 번째 버블팹에서 돌아보았다. 아이는 넓적하고 커다란 돌을 들고 물이 적군이라도 되는 양 바라보고 있었다.

임무를 완수한 엘리엇은 오랫동안 스택을 헤엄치다 나온 뒤 대부분의 데이터공이 그렇듯 여유로운 분위기였다.

"역사 조사를 약간 해 봤어요."

엘리엇은 벽에 붙여 놓았던 터미널을 밖으로 펼쳤다. 터미널 덱 위로 두 손이 춤추듯 움직이자 스크린이 켜지며 엘리엇의 얼굴에 알록달록한 빛을 드리웠다.

"삽입한 부위는 어때요?"

나는 눈 밑을 다시 만졌다.

"괜찮습니다. 시간 칩을 운영하는 시스템에 곧장 붙였지요. 리즈는 이런 것만 해도 먹고살 수 있을 것 같은데요."

"그랬죠."

엘리엇은 짧게 대답했다.

"반보호령 문건 때문에 구속되기 전에는. 일이 다 끝나면 연방에다 리즈를 선처해 달라고 꼭 말 좀 해 줘요. 절박하니까."

"네. 리즈도 그러더군요."

나는 어깨 너머로 스크린을 들여다보았다.

"그건 뭡니까?"

"헤드 인 더 클라우드. 탬파 제작소 설계도예요. 동체 사양, 내장 등등. 몇 세기 전에 만들어진 건데, 이걸 아직 저장해 놓고 있는 게 놀랍네요. 어쨌든, 원래는 스카이 시스템 궤도 기후 관리 넷이 생기기 전, 카리브해 폭풍 관리 함대용으로 건조된 배였어요. 개조할 때 장거리 스캔 장비는 많이 뜯어냈지만, 국지적 센서는 남아 있는데 그걸 기본 보안 장비로 활용하고 있네요. 기온 변화 관측, 적외선 탐지, 그런 것들. 체온을 가진 물건이 선체에 닿으면 곧 감지할 수 있어요."

나는 놀라지 않았다.

"침투할 수 있는 경로는?"

엘리엇은 어깨를 으쓱했다.

"수백 군데예요. 환기구, 정비 통로. 맘대로 골라요."

"밀러가 내 가상현실 자아에게 말했던 내용을 다시 확인해 본 다음에. 하지만 아마 위쪽에서 들어가겠지요. 문제는 체온뿐입니까?"

"그래요. 한데 이 센서들은 수 밀리미터 단위의 온도 차까지 감지할 수 있어요. 폐에서 나오는 호흡까지 걸릴지도 몰라요. 거기서 끝나는 게 아니라."

엘리엇은 스크린 쪽으로 우울하게 고개를 끄덕였다.

"이 시스템이 아주 마음에 들었는지, 개조할 때 선체 전체에 다 깔았어요. 실내 기온 감지 장비가 복도와 통로마다 다 깔려 있어요."

"네. 밀러가 체온 인식표가 어쩌고 했죠."

"맞아요. 손님들은 선체로 들어갈 때 인식 번호를 부여받고, 그 번호가 시스템에 입력돼요. 초대받지 않은 사람이 복도를 걸어가거나 본인의 인식 번호로 통과할 수 없는 구역을 지나가면 선체의 모든 경보가 울리게 돼 있어요. 간단하지만 아주 효과적이죠. 내가 거기 침투해서 당신 인식 번호를 생성하기도 어려울 것 같은데요. 보안이 너무 두터워요."

"그건 걱정 마십시오. 그게 문제가 되진 않을 테니까."

"뭘 어떻게 한다고?"

나를 바라보는 오르테가의 얼굴에 격분과 불신이 폭풍우처럼 스쳤다. 그녀는 내가 무슨 전염 물질이라도 되는 듯 내게서 물러났다.

"그냥 제안일 뿐이야. 당신이 원하지 않으면……."

"안 돼."

오르테가는 이 말을 낯선 단어지만 마음에 든다는 듯 뱉어냈다.

"안 돼. 절대 안 돼. 난 당신을 위해서 바이러스 범죄도 묵인했고, 증거물도 은닉했고, 다중 의식 입력도 도왔고……."

"다중이라고 할 것까지야."

"그건 범죄야."

오르테가는 잇새로 내뱉었다.

"당신을 위해서 경찰에 압류된 마약을 훔쳐 낼 수는 없어."

"좋아, 잊어버려."

나는 망설이며 잠시 뺨 안쪽으로 혀를 굴렸다.

"그럼 마약을 좀 더 압류하는 건 도와줄 수 있겠지?"

오르테가의 얼굴에 내키지 않는 미소가 퍼지는 것을 보고 나는 속으로 환호를 올렸다.

마약상은 2주 전 내가 광고 반경 안에 우연히 들어갔던 바로 그 자리에 있었다. 이번에는 움푹 들어간 벽면에 몸을 숨기고 방송기를 친구처럼 어깨에 지고 있는 모습이 20미터 전방에서 보였다. 거리에는 사람이 거의 없었다. 나는 길 건너에 자리 잡은 오르테가에게 고개를 끄덕여 보이고 다가갔다. 우스꽝스러울 정도로 공격적인 여인들이 늘어선 골목 풍경과 베타나틴 약 기운이 갑자기 엄습하는 광고 방송은 그대로였지만, 이번에는 미리 예측하고 있었기 때문에 쿠말로 뉴라켐이 충격을 확실히 흡수할 수 있었다. 나는 사람 좋은 미소를 띠고 마약상에게 다가갔다.

"스티프 있는데."

"잘됐군. 마침 그걸 찾고 있었는데. 얼마나 있나?"

상인은 약간 놀라며 탐욕과 의심이 섞인 표정을 지었다. 유사시를 대비하여 벨트에 차고 있던 호러 박스* 쪽으로 손이 내려갔다.

"얼마나 원하는데?"

"죄다. 네가 가진 거 전부."

나는 유쾌하게 답했다.

상인은 그제야 알아차렸지만 너무 늦었다. 나는 호러 박스 제어판을 누르려는 그의 손가락 두 개를 붙잡았다.

"아아."

그는 반대쪽 팔을 내게 휘둘렀다. 나는 손가락을 꺾었다. 그는 고통에 비명을 지르며 쓰러졌다. 나는 그의 배를 찬 후 호러 박스를 빼앗아 던져 버렸다. 오르테가가 내 뒤로 다가와서 땀이 송송 맺힌 상인의 얼굴에 경찰 배지를 흔들어 보이며 간결하게 말했다.

"베이시티 경찰이다. 넌 체포됐어. 어디 가진 것 좀 볼 수 있을까?"

베타타나틴은 솜에 싼 미세한 유리병과 피부에 붙이는 패치 형태로 되어 있었다. 나는 약병을 불빛에 들어 올린 뒤 흔들어 보았다. 안의 액체는 뿌연 적색이었다.

"어떻게 생각해? 8퍼센트 정도?"

나는 오르테가에게 물었다.

"그런 것 같아. 그보다 약할지도."

오르테가는 무릎으로 상인의 목을 눌러 얼굴을 보도에 밀어붙였다.

"이건 어디서 가져오지?"

"이건 좋은 물건이에요."

상인은 꺽꺽거렸다.

"직접 구한다고요. 이건……."

오르테가는 주먹 관절로 그의 머리를 세게 내리쳤다. 상인은 입을 다물었다.

"이건 쓰레기야."

그녀는 참을성 있게 말했다.

"잔뜩 희석시켜서 전혀 약발이 안 먹는 거라고. 이런 건 필요 없어. 그러니까 네 물건에는 손 하나 안 댈 거야. 우린 네가 이걸 어디서 받아 오는지 알고 싶어. 주소."

"주소는 전혀……."

"도주하다 총에 맞아 죽는 걸로 해 줄까?"

오르테가는 유쾌하게 물었다. 상인은 갑자기 매우 조용해졌다.

"오클랜드예요."

그는 느릿느릿 말했다. 오르테가는 그에게 종이와 연필을 건넸다.

"적어. 이름 말고 주소만. 대충 둘러댔다가는 진짜 스티프 원액 50시시를 갖고 와서 먹여 줄 줄 알아."

오르테가는 종이를 받아 읽은 뒤 상인의 목에서 무릎을 치우고 어깨를 툭툭 쳤다.

"좋아. 이제 일어나서 얼른 꺼져. 여기가 정말 맞는 주소라면 내일은 다시 나와서 일해. 하지만 혹시 아니라면, 명심해. 네 구역은 내 손바닥 안이니까."

우리는 그가 절뚝거리며 멀어지는 것을 지켜보았다. 오르테가는 종이를 두드렸다.

"아는 곳이야. 작년에 약물 관리반에서 두 번 체포했는데, 그때마다 교활한 변호사들이 주동자 급을 빼냈지. 가서 시끄럽게 한 다음에 원액 얼마로 우릴 매수하는 걸로 생각하도록 하자고."

"좋아."

나는 멀어지는 상인의 뒷모습을 바라보았다.

"정말 쏠 생각이었나?"

오르테가는 씩 웃었다.

"설마. 하지만 저쪽은 모르잖아. 약물관리반*에서 큰 건이 있을 때 주요 상인들을 거리에서 쓸어 버리려고 그렇게들 하지. 관련 경찰들은 공식적으로 징계를 받고 신체 손상에 대해서도 보상이 이루어지지만 시간이 걸리고 그동안 악당들은 꼼짝없이 교도소에 잡혀 있어야 하니까. 게다가 총 맞으면 아프잖아? 그럴듯했지?"

"너무 그럴듯해서 나까지 속았어."

"나도 특파 부대에나 들어갈 걸 그랬지."

나는 고개를 저었다.

"나랑 너무 오래 어울렸군."

나는 천장을 응시하며 최면폰에서 흘러나오는 음향이 나를 현실에서 데려가 주기를 기다렸다. 내 양쪽에는 유기체손상과 기술 담당 데이비슨과 오르테가가 각자 자기 선반에 누워 있었다. 최면폰을 쓰고 있는데도 두 사람의 느리고 규칙적인 숨소리가 내 뉴라켐의 지각 한계선에서 들려왔다. 나는 좀 더 긴장을 풀고 최면 시스템이 내 의식을 부드럽게 바닥으로 이끌어 주기만을 기다렸지만, 그러기는커녕 이번 계획의 세부 사항들이 마치 오류 확인 프로그램 돌리듯 머릿속에서 끊임없이 흘러가기만 했다. 이네닌 이후 겪었던 불면증처럼, 짜증스럽게 곤두선 신경은 도저히 잠잠해지지 않았다. 나는 시야 가장자리에 표시된 시간을 보고 적어도 1분이 지난 것을 확인하고는 팔꿈치에 기대 몸을 세우고 다른 선반 위에서 잠들어 있는 사람들을 둘러보았다.

"무슨 문제가 있나?"

나는 커다랗게 물었다.

"셰릴 보스톡에 대한 추적이 완료됐습니다. 혼자 계실 때 말씀드리는 게 좋을 것 같았습니다."

헨드릭스가 말했다. 나는 일어나 앉은 뒤 몸에서 전극을 떼어냈다.

"그건 맞는 말이야. 다른 사람들은 모두 다 들어갔나?"

"오르테가 반장과 동료 분들은 약 2분 전에 가상현실에 입력되셨습니다. 아이린 엘리엇은 오늘 이른 오후에 이미 들어가셨습니다. 방해하지 말라고 부탁하시더군요."

"지금 속도 비율이 얼마지?"

"11.15입니다. 아이린 엘리엇이 그렇게 요청했습니다."

나는 혼자 고개를 끄덕이며 선반에서 일어났다. 11.15는 데이터공의 일반적인 작업 속도. 미키 노자와의 유혈 낭자하지만 별볼일은 없는 익스피리어 제목으로 쓰이기도 했다. 지금 유일하게 뚜렷이 떠오르는 장면이 묘하게도 미키의 캐릭터가 마지막에 살해당하는 장면이었다. 불길한 전조가 아니기를 바랄 뿐이었다.

"좋아. 찾아낸 걸 보여 줘."

어둑하게 요동치는 바다와 불빛이 흘러나오는 오두막 사이에 레몬 숲이 하나 있었다. 나는 나무 사이로 난 흙길을 걸었다. 시큼한 레몬 향이 마치 세제 같았다. 길 양편의 키 큰 풀숲 속에서 매미 우는 소리가 마음을 달래 주었다. 벨벳 같은 하늘에는 별이 보석처럼 박혀 있었고 오두막 뒤쪽의 땅은 비스듬한 언덕과 암반으로 이어지고 있었다. 어두운 언덕배기에서 양 떼가 움직이는 모습이 희게 어른거렸고 어디선가 개 짖는 소리가 들렸다. 저 멀리 어촌의 불빛이 별보다는 어둡게 반짝이고 있었다.

오두막 포치 위 처마에는 방풍등이 매달려 있었지만, 포치의 나무 탁자에는 아무도 없었다. 자유분방한 추상화가 그려진 벽에 '68년 민박'이라고 적힌 간판이 붙어 있었다. 처마에 매달린 풍경이 바다에서 불어오는 산들바람에 빙글빙글 돌며 딸랑거리고 있었다. 유리 종에서 속이 빈 나무 타악기에 이르기까지 다양한 소리가 났다.

가꾸지 않고 버려둔 비스듬한 포치 앞뜰에는 소파와 안락의자가 대충 둥글게 배치되어 있었다. 마치 안의 가구만 남기고 오두막을 통째로 들어 올려서 약간 더 위쪽으로 옮겨 놓은 것 같았다. 의자 쪽에서 두런거리는 목소리가 흘러왔고 담뱃불이 붉게 깜빡이고 있었다. 나도 담배에 손을 뻗으려다 문득 담뱃갑도 없고 피우고 싶지도 않다는 생각에 혼자 어둠 속에서 삐딱하게 얼굴을 찡그렸다.

두런거리는 목소리 사이로 바우티스타의 음성이 들렸다.

"코바치? 당신이오?"

"그럼 누구겠어? 여긴 가상현실이라고."

오르테가가 갑갑하다는 듯 말하는 목소리가 들려왔다.

"그렇지. 하지만……."

바우티스타는 어깨를 으쓱하고 빈 의자를 가리켰다.

"파티에 오신 걸 환영하네."

의자에는 총 다섯 명이 빙 둘러앉아 있었다. 아이린 엘리엇과 데이비슨은 바우티스타의 의자 옆 긴 소파 가장자리에 서로 떨어져 앉아 있었다. 바우티스타 반대쪽에는 오르테가가 긴 다리를 소파 위에 죽 뻗고 있었다.

다섯 번째 인물은 팔걸이의자에 깊숙이 몸을 묻고 다리를 죽 뻗고 있었다. 얼굴은 어둠에 묻혀 보이지 않았다. 뻣뻣한 검은 머리가 알록달록한 밴대너 위쪽으로 비죽비죽 솟아 있었다. 무릎 위에는 흰색 기타가 놓여 있었다. 나는 그의 앞에 섰다.

"헨드릭스?"

"그렇습니다."

이전까지만 해도 없었던 깊고 풍부한 음색이었다. 커다란 손이 기타 프렛 위로 움직이면서 어두운 정원에 화음이 울려 퍼졌다.

"기본 개체 투영. 원래 제작자들이 하드와이어해 놓은 겁니다. 클라이언트 미러 시스템을 모두 제거하면 마지막으로 남는 게 이거죠."

"멋있군."

나는 아이린 엘리엇의 맞은편 의자에 앉았다.

"업무 환경은 마음에 듭니까?"

엘리엇은 고개를 끄덕였다.

"좋아요."

"여긴 얼마나 있었습니까?"

엘리엇은 어깨를 으쓱했다.

"저요? 하루쯤. 당신 친구가 몇 시간 전에 날 여기 데려다 줬어요."

"2시간 30분 됐어. 왜 이렇게 늦었어?"

오르테가가 심술궂게 말했다.

"뉴라켐 결합으로. 저 친구한테 못 들었어?"

나는 헨드릭스 쪽으로 고갯짓을 했다.

"정확히 그렇게 말하더군. 한데 그게 도대체 무슨 뜻인지 알아야지."

경찰다운 시선이었다. 나는 도리 없다는 듯 손짓을 해 보였다.

"나도 마찬가지야. 쿠말로 시스템 때문에 계속 거부 반응이 일어나더군. 한참이 걸려서야 호환이 됐어. 제조사에 항의 편지라도 쓸까 봐."

나는 아이린 엘리엇을 돌아보았다

"디핑을 할 때는 가상 포맷 속도 비율을 최대로 높여야겠지요?"

"맞아요. 저 사람 말로는 최대가 332라는데, 이번 건은 끝까지 올려야 해요."

엘리엇은 헨드릭스 쪽으로 엄지손가락을 젖혀 보였다.

"작전은 검토해 봤습니까?"

엘리엇은 음울하게 고개를 끄덕였다.

"궤도 은행보다 더 보안이 철저해요. 하지만 몇 가지 재미있는 사실은 알아냈어요. 첫째, 당신 친구 세라 사칠로프스카는 이틀 전에 헤드 인 더 클라우드에서 게이트웨이 통신위성을 거쳐 할란스 월드로 전송됐어요. 일단 전선을 빠져나간 셈이죠."

"대단하군. 그걸 알아내는 데 얼마나 걸렸습니까?"

엘리엇은 헨드릭스 쪽으로 고개를 까딱했다.

"좀 걸렸죠. 도움이 됐어요."

"그리고 두 번째는?"

"아, 18시간에 한 번씩 유럽 모처로 은밀하게 니들캐스트가 이루어지고 있어요. 직접 디핑을 하지 않고는 내용을 알 수는 없지만, 아직 그렇게까지는 나갈 때가 아닌 것 같아서요. 하지만 우리가 찾던 게 아마 그쪽인 것 같아요."

나는 거미처럼 생긴 자동화포와 가죽처럼 충격을 흡수하던 자궁, 가와하라의 바실리카 지붕을 엄숙하게 떠받치던 돌로 된 수호천사들을 기억했다. 두건 아래로 비웃던 천사들의 미소에 대한 응답처럼, 내 입술에도 다시금 미소가 떠올랐다.

"자, 그럼."

나는 모인 사람들을 둘러보았다.

"이제 시작해 봅시다."

다시 샤리아에 온 것 같았다.

우리는 해가 지고 한 시간 뒤 헨드릭스 타워에서 이륙하여 자동차 불빛이 점점이 박힌 밤하늘로 날아올랐다. 오르테가가 끌고 온 록히드 미토마 크루저는 선터치 하우스로 나를 데려다 주었던 차와 똑같았지만, 어둑어둑한 내부를 둘러보니 기억에 남아 있는 지히체 특파 부대 사령실이었다. 똑같은 광경이었다. 데이터콤 기술 장교 역할을 맡은 데이비슨의 얼굴이 스크린에서 흘러나오는 불빛에 창백한 푸른빛으로 빛나고 있었다. 밀봉 포장에서 패치와 약물 주입기를 꺼내는 오르테가는 위생병이었다. 바우티스타는 조종실로 통하는 통로에 걱정스러운 얼굴로 서 있었고, 내가 모르는 모히칸 머리 하나가 조종을 맡고 있었다. 내 얼굴에서 무슨 표정을 읽었는지, 오르테가가 갑자기 불쑥 몸을 굽혀 내 얼굴을 들여다보았다.

"무슨 문제라도?"

나는 고개를 저었다.

"그냥 향수가 조금 느껴져서."

"음, 희석 비율이 제대로여야 하는데."

오르테가는 선체에 몸을 기대고 섰다. 손에 든 첫 번째 패치는 진주 색 광택이 나는 녹색 식물에서 뜯어낸 꽃잎 같았다. 나는 씩 웃고 고개를 한쪽으로 젖혀 경정맥을 드러냈다.

"이건 14퍼센트야."

오르테가는 차가운 녹색 꽃잎을 내 목에 붙였다. 부드러운 사포처럼 피부가 살짝 잡히더니 길고 차가운 손가락이 쇄골을 지나 가슴 깊숙이 스며들어갔다.

"좋은데."

"당연하지. 거리에서 이게 얼마에 거래되는지 알아?"

"경찰 부수입인가?"

바우티스타가 돌아보았다.

"농담할 이야기가 아냐, 코바치."

"내버려 둬, 로드."

오르테가는 느릿하게 말했다.

"상황이 상황이니만큼 고약한 농담이라도 해야지. 긴장해서 그런 거야."

나는 정답이라는 듯 관자놀이에 한 손가락을 갖다 댔다. 오르테가는 패치를 유쾌하게 벗긴 뒤 물러섰다.

"다음은 3분 뒤에. 알겠지?"

나는 만족스럽게 고개를 끄덕이고 '사신'의 약효에 마음을 열었다.

처음에는 불편한 기분이었다. 체온이 떨어지기 시작하면서 크루저 안의 공기가 뜨겁고 갑갑하게 느껴졌다. 폐 속에 공기가 축축하게 쌓여서 숨 쉬는 것이 힘들어졌다. 시야가 흐릿해지고 신체의 체액 균형이 기울면서 입 안이 바짝 말랐다. 극히 작은 동작도 힘든 과제처럼 느껴지기 시작했다. 생각하는 것 자체도 갑갑했다.

그러다 통제력 자극 물질의 약효가 고개를 들면서 몇 초 후 흐릿하던 머리가 칼날에 비친 햇빛처럼 눈부시게 밝아졌다. 신경 조절 기능이 다시 체온 변화에 적응하기 시작하면서 걸쭉하고 덥던 공기도 물러갔다. 숨을 들이쉬는 것이 마치 추운 밤에 뜨거운 럼주를 마시는 것처럼 나른한 쾌락처럼 느껴졌다. 크루저와 그 안의 사람들이 마치 해답을 알아낼 수 있는 퍼즐처럼……

얼굴에 공허한 미소가 서서히 퍼져 갔다.

"와, 크리스틴. 이건…… 정말 좋은 거군. 샤리아보다 더 나아."

"좋다니 다행이군."

오르테가는 시계를 보았다.

"2분 더. 준비 됐어?"

나는 입술을 부르르 떨며 숨을 내쉬었다.

"준비 됐어. 뭐든지. 뭐든지 해."

오르테가는 바우티스타에게 조종실 계기판을 봐 달라는 듯 고개를 까딱했다.

"로드, 얼마나 남았지?"

"40분 내에 도착해."

"스텔스복을 입혀야겠군."

바우티스타가 머리 높이의 로커를 뒤지는 동안, 오르테가는 주머니에 손을 집어넣더니 무시무시한 주삿바늘이 꽂힌 피하 스프레이를 꺼냈다.

"이것도 맞는 게 좋을 거야. 유기체 손상 보험 차원에서."

나는 기계처럼 정확히 고개를 저었다.

"바늘? 아니, 설마 그걸 내 몸에 꽂겠다는 건 아니지?"

오르테가는 참을성 있게 말했다.

"위치 추적자야. 이거 없이는 이 크루저 밖으로 못 나갈 줄 알아."

나는 반짝이는 바늘을 바라보았다. 라멘에 넣을 채소를 썰듯, 의식이 사실들을 분석하고 있었다. 해병 전술대에서도 극비 작전을 수행하는 요원들의 위치를 추적하기 위해서 피하 추적자를 사용했다. 일이 잘못되었을 때 대원을 구조할 수 있는 정확한 위치를 알려 주는 것이다. 일이 잘 풀렸을 때 추적자의 분자는 보통 48시간 내에 유기물질로 분해된다.

나는 데이비슨 쪽을 보았다.

"범위는?"

"100킬로미터 정도."

스크린 불빛을 받은 젊은 모히칸 머리의 얼굴은 갑자기 아주 유능해 보였다.

"수색을 개시할 때만 신호가 나옵니다. 이쪽에서 호출하지 않는 이상 방출되지 않죠. 상당히 안전합니다."

나는 어깨를 으쓱했다.

"좋아. 어디다 넣지?"

오르테가는 손에 주사를 들고 일어섰다.

"목 근육. 머리가 절단될 때를 대비해서 스택에 가까운 위치에."

"멋지군."

나는 일어서서 오르테가가 주사를 놓을 수 있게 등을 돌렸다. 두개골 하부 근육에 잠시 찌르는 듯한 통증이 느껴진 뒤 사라졌다. 오르테가는 내 어깨를 두드렸다.

"끝났어. 스크린에 잡히나?"

데이비슨은 버튼 몇 개를 누른 뒤 만족스럽게 고개를 끄덕였다. 내 앞의 바우티스타는 중력 조절기를 의자에 털썩 놓았다. 오르테가는 시계를 보더니 두 번째 패치에 손을 뻗었다.

"이번엔 37퍼센트. 본론으로 들어가 보실까?"

다이아몬드 속에 가라앉는 느낌이었다.

헤드 인 더 클라우드에 도착했을 때쯤에는, 약물로 인해 이미 대부분의 감정 반응이 제거되고 모든 사물이 날 데이터의 날카로운 모서리를 번쩍이고 있었다. 명료함은 실체처럼, 이해의 얇은 막처럼 눈에 보이고 귀에 들리는 모든 사물을 한 겹 둘러싸고 있었다. 스텔스복과 중력 조절기는 사무라이 갑옷 같았고, 세팅을 살펴보려고 충격총을 총집에서 빼내는 순간 안에 충전된 전류가 마치 손에 잡힐 듯 느껴졌다.

내 몸에 두른 무기류의 언어 중에서 이것이 유일하게 너그러운 표현이었다. 나머지는 단호한 죽음의 문장들뿐이었다.

거미독탄을 장탄한 단분자총은 갈비뼈 아래쪽, 충격총 반대편에 매달려 있었다. 나는 총구 크기를 넓게 조절했다. 반동과 소음 없이 5미터 거리에서 방 안 가득한 적을 단 한 발로 쓰러뜨릴 수 있을 정도였다. 세라 사칠로프스카가 '안녕' 하고 인사를 건네는 것 같았다.

크기나 두께가 데이터 디스켓만 한 터마이트 마이크로수류탄 탄창은 왼쪽 엉덩이 주머니 안에 들어 있었다. 이피게니아 데미를 추억하는 의미에서였다.

신경 발검 칼집에 넣어 팔뚝에 찬 테빗 나이프는 마지막 유언처럼 스텔스복 안에 감춰져 있었다.

제리스 클로즈드 쿼터 밖에서 가슴을 가득 채웠던 차가운 감정을 끌어낼까 생각했지만, '사신'의 명료한 감각 속에서는 필요 없을 것 같았다.

작전 시간이다.

"목표물이 보입니다. 와서 한번 보시겠습니까?"

조종사가 말했다. 오르테가 쪽을 보니, 그녀는 어깨를 으쓱했다. 우리는 같이 들어갔다. 오르테가는 모히칸 머리 옆에 앉아서 부조종사의 헤드셋을 썼다. 나는 진입 통로에 서 있는 바우티스타 옆에 그냥 섰다. 거기서 봐도 잘 보였다.

록히드 미토마 조종실 내장은 대부분 투명 합금 재질 위로 장비가 솟아 있었기 때문에, 조종사가 장애물 없이 크루저 주변을 관찰할 수 있게 되어 있었다. 샤리아에서 느꼈던, 약간 오목한 쟁반이나 쇠로 된 헛바닥, 마법의 양탄자를 타고 구름 위를 거닐던 것 같은 기분이 기억났다. 어질어질하면서도 신이 된 듯했던 기분. 모히칸 머리의 옆모습을 바라보니 문득 내가 '사신'의 약 기운에 젖어 있듯 저 친구는 그런 기분이 들지 않을지도 모르겠다는 생각이 들었다.

오늘 밤은 구름이 없었다. 헤드 인 더 클라우드는 멀리서 바라본 산속 마을처럼 왼쪽에 떠 있었다. 얼음 같은 깜깜한 허공 속에서 작은 파란 조명들이 환영한다는 듯 따뜻하게 노래하고 있었다. 가와하라는 세상의 가장자리에 사창가를 건설한 것이다.

불빛들을 향해 방향을 트는데 지직거리는 전기음이 조종실을 채우더니 계기반에 잠시 불이 들어왔다. 오르테가는 날카롭게 말했다.

"포착됐어. 좋아. 선체 아래로 저공비행해. 실컷 살펴보라고."

모히칸은 대답을 하지 않았지만, 크루저 기수가 아래를 향했다. 오르테가는 머리 위 투명판 위로 투사된 계기반으로 손을 뻗더니 버튼 하나를 눌렀다. 차가운 남자 목소리가 조종실을 채웠다.

"……제한 구역에 들어왔다. 우리는 영내로 침입하는 항공기를 격추시킬 권한을 갖고 있다. 즉시 신원을 밝혀라."

"베이시티 경찰이다."

오르테가는 간결하게 답했다.

"창밖을 보면 경찰 마크가 보일 거다. 경찰 업무 때문에 올라왔으니까 포 방향을 이쪽으로 조금만 돌렸다가는 흔적도 없이 박살 내 주겠어."

지직거리며 침묵이 흘렀다. 오르테가는 나를 돌아보며 씩 웃었다. 전방에 헤드 인 더 클라우드가 마치 미사일 스코프에 잡힌 목표물처럼 떠 있더니, 크루저가 선체 아래쪽으로 기수를 숙이면서 방향을 틀자 갑자기 머리 위로 휙 솟았다. 교각마다 얼어붙은 과일처럼 달려 있는 불빛들과 착륙장 아랫면, 좌우로 둥그렇게 펼쳐진 선체가 펼쳐지더니, 어느새 뒤로 지나쳤다.

"업무의 성격을 말하라."

목소리가 험악하게 울려 퍼졌다. 오르테가는 비행선에 스피커가 어디 달렸는지 확인하려는 듯 조종실 옆으로 밖을 내다보았다. 목소리가 싸늘해졌다.

"이봐, 업무의 성격은 이미 말했잖아. 착륙장을 알려 줘."

다시 침묵. 우리는 5킬로미터가량 거리를 두고 비행선을 돌았다. 나는 스텔스복의 장갑을 끼기 시작했다.

"오르테가 반장."

이번에는 가와하라의 목소리였지만, 베타타나틴에 깊숙이 젖은 상태에서는 증오조차도 초연하게 느껴져서 일부러 상기시켜야 했다. 내 의식 대부분은 저쪽에서 오르테가의 음성을 얼마나 빨리 인식했는지 가늠하고 있었다.

"약간 뜻밖이군요. 영장이라도 가져오셨나? 우리 영업 허가는 합법적인 걸로 아는데."

오르테가는 나를 돌아보고 한쪽 눈썹을 치켜 올렸다. 목소리를 알아챈 데 놀란 모양이었다. 그녀는 헛기침을 했다.

"이건 허가 문제가 아닙니다. 우린 도망자를 찾고 있어요. 굳이 영장을 가져와야 한다고 고집하신다면 찔리는 데가 있는 거라고 짐작할 수밖에 없군요."

"협박하지 마, 경감. 지금 누굴 상대하는지 알고 있나?"

가와하라는 차갑게 말했다.

"레일린 가와하라겠지."

죽음 같은 침묵 속에서 오르테가는 신이 나는 듯 천장 쪽으로 주먹을 날리더니 이쪽을 돌아보며 씩 웃었다. 한 방 먹인 것이다. 희미한 미소가 내 입가에 걸리는 것이 느껴졌다.

"그 도망자의 이름을 먼저 밝혀 주었으면 하는데요, 경감."

가와하라의 목소리는 다시 의식을 입력하지 않은 합성 신체의 표정처럼 유들유들해졌다.

"이름은 다케시 코바치."

오르테가는 다시 나를 보며 웃었다.

"하지만 현재 전직 경찰관의 몸을 입고 있지요. 당신과 코바치의 관계에 대해 몇 가지 물어볼 게 있습니다."

다시 긴 침묵이 흘렀다. 미끼가 먹혀드는 모양이었다. 이건 특파 부대의 가장 정교한 속임수를 여러 겹 깔아 만든 함정이었다. 가와하라는 틀림없이 오르테가와 라이커의 관계를 알고 있을 것이고, 오르테가가 애인의 몸을 입은 남자와 감정적으로 어떻게 얽혀 있을지 짐작하고 있을 것이다. 그런 내가 사라졌다는 사실에 오르테가가 초조해한다는 것은 믿을 수밖에 없다. 헤드 인 더 클라우드에 영장도 없이 접근했다는 것도 이해가 될 것이다. 미리엄 뱅크로프트 사이에도 아마 연락이 오고 갈 테니 내가 지금 어디 있는지도 알고 있을 것이며, 자신이 오르테가보다 심리적 우위를 점할 수 있다고 확신할 것이다.

하지만 이 모든 것보다 더 중요한 이유는, 자신이 헤드 인 더 클라우드에 있다는 것을 베이시티 경찰이 도대체 어떻게 알았을까 하는 궁금증일 것이다. 또한 경찰이 그 사실을 직접적으로든 간접적으로든 다케시 코바치에게서 알아냈다면, 도대체 다케시 코바치는 어떻게 알았을까 궁금할 것이다. 코바치가 얼마나 알고 있는지, 경찰에게 어느 정도 이야기했는지도 알고 싶을 것이 틀림없다.

그러므로 가와하라는 오르테가와 이야기하고 싶을 것이다.

나는 스텔스복의 손목 부위를 죄고 기다렸다. 크루저는 헤드 인 더 클라우드 위를 이미 세 번째 돌고 있었다.

"올라오시죠."

가와하라가 마침내 말했다.

"우현의 착륙 인도등 쪽으로 따라 들어오면 암호를 알려 줄 거예요."

록히드 미토마 크루저의 뒤쪽에 달린 배출용 튜브는 스마트 폭탄이나 정찰 미사일을 배출하기 위해 만들어지는 군용 폭탄 투하구보다 소형이었다. 나는 선실 바닥을 통해 튜브에 들어간 뒤, 스텔스복에 중력 조절기, 각종 무기류까지 완전무장을 한 몸을 이리저리 비틀어서 몸을 구겨 넣었다. 지상에서 서너 번 미리 연습을 해 두었지만, 헤드 인 더 클라우드를 향해 흔들리며 나아가는 크루저 안이라 길고 까다로운 과정이었다. 마지막으로 중력 조절기까지 튜브 안에 집어넣은 뒤, 오르테가는 스텔스복 헬멧을 한 번 두드리더니 해치를 닫았다. 주위는 깜깜해졌다.

3초 뒤 튜브 입구가 열리더니 내 몸을 뒤쪽 밤하늘로 분출했다.

지금 입고 있는 몸의 세포는 기억하고 있지 않지만, 그것은 희미하게 되살아나는 즐거움의 감각이었다. 나는 갑갑한 튜브와 시끄럽게 진동하는 크루저 엔진 소리에서 벗어나서 갑자기 무한한 공간과 정적 속에 있었다. 몸이 아래로 떨어지면서 나는 바람 소리조차 스텔스복 헬멧의 쿠션을 뚫고 들어오지 못했다. 몸이 튜브 밖으로 완전히 나오자마자 중력 조절기가 일단 추락에 제동을 건 뒤 정상적으로 작동하기 시작했다. 조절기의 자장 속에서 몸이 마치 분수대에서 솟아나는 물줄기 위에 뜬 공처럼 이리저리 흔들리는 것이 느껴졌다. 나는 방향을 바꾸면서 크루저의 방향등이 헤드 인 더 클라우드의 동체 속으로 사라지는 모습을 지켜보았다.

　비행선은 내 눈앞에 무시무시한 폭풍우처럼 버티고 있었다. 둥그스름한 선체와 그 아래 건조물에서 불빛이 나를 향해 반짝였다. 보통 때라면 정지 상태로 적에게 노출되었다는 이유로 위축되었겠지만, 베타타나틴 기운은 정밀한 데이터의 흐름을 통해 감정을 깨끗이 몰아내고 있었다. 스텔스복을 입은 내 몸은 주위의 허공에 섞여 검게 보일 것이며 레이더망에도 잡히지 않는다. 이론적으로는 내 주위로 형성된 중력장이 어딘가의 스캐너에 걸릴 수도 있지만, 비행선의 위치 안정 장치가 형성한 엄청난 중력 왜곡 범위 안에 들어 있기 때문에 나를 찾아내려면 열심히, 아주 열심히 찾아야 할 것이다. 이 모든 것을 완전무결한 자신감으로 인식하고 있었기 때문에 의혹이나 두려움, 기타 골치 아픈 감정이 끼어들 여지가 없었다. 나는 '사신'에 취해 있었다.

　나는 추진기를 조심스럽게 전진에 맞추고, 거대하며 둥그스름한 선체 쪽으로 흘러가기 시작했다. 헬멧 안에서 바이저 표면에 시뮬레이션 그래픽이 뜨면서, 아이린 엘리엇이 찾아낸 침입 가능 지점들에 붉은 윤곽선이 나타났다. 사용되지 않는 공기 흡입구 입구가 깜빡이면서 그 옆에 '후보 지점 1'이라는 작은 녹색 글자가 떴다. 나는 일정한 속도로 그쪽을 향해 상승하기 시작했다.

터릿 입구는 폭이 1미터 정도였고, 대기 샘플링 시스템을 잘라 낸 가장자리 부위가 비죽비죽했다. 나는 다리를 몸 앞으로 들어 올리고(중력장 안에서는 쉽지 않은 일이다.) 해치 가장자리를 다리로 붙잡은 다음 허리까지 겨우겨우 몸을 집어넣었다. 그런 다음 중력 조절기가 방해되지 않도록 몸을 앞으로 구부려 구멍 속으로 미끄러져 터릿 바닥까지 들어갔다. 나는 중력 조절기를 껐다.

안쪽에는 기술자가 등을 대고 누워서 장비를 간신히 점검할 정도의 공간밖에 없었다. 터릿 안쪽에는 압력 조절 핸들이 달린 구식 에어로크가 있었다. 아이린 엘리엇이 디핑해 낸 설계도 그대로였다. 몸을 비틀어서 핸들을 두 손으로 잡는 와중에도 스텔스복과 중력 조절기가 좁은 통로에 거치적거리고 있다는 사실, 힘을 너무 많이 써서 몸속의 힘이 거의 고갈되었다는 사실을 의식하고 있었다. 나는 무의식 상태의 근육에 힘을 불어넣기 위해 심호흡을 한번 한 다음 느릿한 심장 박동이 전신에 산소를 펌프질할 때까지 기다린 후 다시 핸들을 잡고 힘을 주었다. 예상과 달리 핸들은 상당히 쉽게 돌아갔다. 에어로크 해치가 바깥쪽으로 툭 떨어졌다. 해치 안쪽은 컴컴한 허공이었다.

나는 잠시 누운 채 근육의 힘을 좀 더 모았다. 사신 칵테일 두 방이 몸에 익는 데 시간이 좀 걸리는 것 같았다. 샤리아에서는 사신의 농도를 20퍼센트 위로 올릴 필요가 없었다. 지히체는 기온이 상당히 높은 편이었고 스파이더 탱크의 적외선 센서도 조악했기 때문이다. 하지만 이 정도의 상공에서 신체의 체온이 샤리아의 상온 정도라면 당장 선내의 모든 경보가 울리기 시작할 것이다. 신중하게 산소를 불어넣지 않으면 세포 내에 비축된 에너지를 급속히 소모하기 때문에 작살에 찍힌 물고기처럼 바닥에서 헐떡거리게 될 염려가 있었다. 나는 가만히 누워 천천히 심호흡을 했다.

몇 분 뒤 나는 다시 몸을 일으키고 중력 조절기를 푼 다음 조심스럽게 해치 안으로 몸을 밀어 넣었다. 손바닥에 철제 격자 통로가 닿았다. 나는 천천히 몸을 해치 밖으로 마저 빼냈다. 마치 번데기에서 탈피하는 나방 같은 기분이었다. 나는 어두운 복도 양쪽을 살펴본 뒤 일어나서 스텔스 헬멧과 장갑을 벗었다. 엘리엇이 탬파 항공기 제작소 스택에서 디핑해 낸 용골 평면도가 정확하다면 이 복도는 거대한 헬륨 저장 통 사이를 지나 선체 후미의 양력 조절실로 이어지며, 거기서 선체 관리용 사다리를 타고 곧장 주 갑판으로 내려갈 수 있을 것이다. 밀러를 취조해서 얻어낸 정보를 종합해 보건대, 가와하라의 거처는 좌현으로 두 층 아래에 있다. 거처에는 선체 아래쪽으로 향하는 거대한 창문 두 개가 있다.

나는 기억에서 설계도를 출력하면서 단분자총을 꺼내 들고 후미 쪽으로 걸음을 옮기기 시작했다.

양력 조절실까지 가는 데는 15분도 채 걸리지 않았고 도중에 아무도 만나지 않았다. 조절실은 자동화된 것 같았다. 최근에는 아무도 선체 위쪽까지 올라오지 않은 모양이었다. 사다리를 찾아서 힘들게 내려가다 보니 불빛이 위쪽으로 따뜻하게 내 얼굴을 비췄다. 주 갑판에 거의 다 온 것이다. 나는 멈춰 서서 사람 목소리에 귀를 기울였다. 거의 1분가량 청력과 접근 감각을 최고도로 높여 정탐한 뒤 다시 나머지 4미터를 내려간 다음 카펫이 깔린 환한 복도에 내려섰다. 양쪽 다 사람이 없었다.

나는 체내 시각 디스플레이를 본 뒤 단분자총을 집어넣었다. 시간이 점점 흐르고 있었다. 지금쯤 오르테가와 가와하라는 이야기를 나누고 있을 것이다. 주변을 돌아보니, 원래 주 갑판의 기능이 무엇이었는지는 몰라도 지금은 사용되지 않고 있는 것 같았다. 통로는 빨강색과 금색으로 장식되어 있었고, 몇 미터마다 이국적인 식물과 서로 얽혀 있는 사람 모양의 램프가 달려 있었다. 발밑의 푹신한 카펫에는 성적 방종을 대단히 사실적으로 묘사한 무늬가 짜여 있었다. 팔다리를 벌린 남자, 여자, 기타 생명체가 서로 구멍마다 줄줄이 연결되면서 복도 끝까지 이어지고 있었다. 벽에 걸린 비슷한 홀로그래피는 사람이 앞을 지나가니 살아나서 신음 소리를 냈다. 그중에는 언젠가 거리의 광고 방송에서 본 검은 머리에 진홍색 입술의 여인, 지구 반대편에서 내 다리에 자기 허벅지를 누르고 있었던 그 여인도 있었다.

베타타나틴으로 인한 차가운 냉정함 덕분에, 어떤 그림도 내게는 화성인이 남긴 기술 상형문자로 가득 찬 벽만큼도 영향을 끼치지 못했다.

복도 양편에는 10미터 간격으로 호화로운 이중문들이 있었다.

별다른 상상력을 발휘하지 않아도 문 뒤쪽에서 무슨 일이 벌어지고 있는지는 쉽게 짐작할 수 있었다. 제리스 바이오캐빈 같은 곳. 언제라도 문에서 고객이 튀어나올 것 같았다. 나는 걸음을 재촉해서 다른 층으로 갈 수 있는 계단과 엘리베이터로 이어지는 다른 복도를 찾았다.

거의 다 갔을 무렵, 5미터 정도 앞의 문이 갑자기 열렸다. 나는 우뚝 멈춰 서서 단분자총 손잡이에 손을 갖다 대고 어깨를 벽에 붙인 뒤 문 앞쪽 모서리에 시선을 고정시켰다. 뉴라켐이 웅웅거렸다.

눈앞에 반쯤 자란 늑대 새끼 아니면 개 같은 회색 털로 덮인 동물이 관절염에라도 걸렸는지 느릿느릿 열린 문에서 나오고 있었다. 나는 단분자총에 손을 댄 채 동물을 주시하며 벽에서 서서히 몸을 뗐다. 동물은 기껏해야 무릎 높이 정도였고 네 발로 기고 있었지만, 뒷다리 구조가 어쩐지 아주 이상했다. 뒤틀린 것 같았다. 귀는 뒤로 누워 있었고 목구멍에서 작게 낑낑거리는 소리를 내고 있었다. 동물이 고개를 이쪽으로 돌리는 순간, 총을 쥔 손에 힘이 들어갔다. 하지만 짐승은 나를 쳐다보기만 했고, 말없이 고통을 호소하는 눈빛을 보자 위험하지 않다는 것을 깨달을 수 있었다. 짐승은 고통스럽게 절뚝거리며 복도를 지나 저쪽 반대편 벽에 붙은 문 앞에 멈춰 서더니 귀를 기울이는 듯 길쭉한 머리를 문에 가까이 숙였다.

나는 마치 꿈처럼 나도 모르게 다가가서 머리를 문에 갖다 댔다. 방음 장치는 좋았지만 최고조로 능력을 끌어올린 쿠말로 시스템 앞에서는 무력했다. 청각의 한계 지점 어딘가에서 마치 웅웅거리는 곤충처럼 소리가 귓전을 간질였다. 리듬감 있는 쿵쿵 하는 소리가 둔하게 들려왔고 힘이 다한 사람이 애원하는 듯한 비명 소리도 들려왔다. 귀를 기울이는 순간, 그 소리는 사라졌다.

동시에 개는 낑낑거리는 소리를 멈추더니 문 옆 바닥에 드러누웠다. 내가 물러나자 개는 고통과 원망이 응결된 눈빛으로 나를 한번 올려다보았다. 깨어 있었던 나의 지난 30년 세월 동안 나를 바라보았던 모든 희생자들의 눈빛이 그 눈 속에 들어 있는 것 같았다. 문득 개는 고개를 돌리더니 다친 뒷다리를 무심하게 핥기 시작했다.

찰나의 순간, 베타타나틴의 차가운 막을 뚫고 뭔가 치밀어 올랐다.

나는 짐승이 나왔던 문으로 돌아가서 양손으로 단분자총을 몸 앞으로 빼 들고 안으로 들어갔다. 방 안은 널찍했고 파스텔 색으로 장식되어 있었으며 벽에는 고풍스러운 2차원 그림이 걸려 있었다. 투명한 휘장이 걸린 거대한 침대가 방 한가운데를 차지하고 있었다. 귀빈으로 보이는 40대 남자가 허리 아래쪽으로 완전히 벗은 채 침대 가에 앉아 있었다. 허리 위로는 격식을 갖춘 이브닝드레스 차림이었지만, 어울리지 않게 팔꿈치까지 올라오는 튼튼한 작업용 면장갑을 끼고 있었다. 그는 허리를 굽힌 채 축축한 흰 옷가지로 다리 사이를 닦고 있었다. 내가 들어서자 그는 올려다보았다.

"잭? 전부 끝났……"

그는 내가 쥔 총을 어리둥절하게 쳐다보더니, 총구가 얼굴 50센티미터 앞까지 다가오자 퉁명스러운 음성으로 말했다.

"이봐, 이런 프로그램은 신청하지 않았는데."

"서비스요."

나는 무감각하게 말하며 단분자총이 그의 얼굴을 갈기갈기 찢어 놓는 광경을 바라보았다. 얼굴을 감싸려는 듯 다리 사이에 있던 손이 위로 올라오는가 싶더니, 그는 침대 위에 모로 쓰러졌다. 뱃속 깊숙한 곳에서 신음을 내뱉으며 그는 죽었다.

시야 한구석에서 작전 시각이 붉은색으로 깜빡였다. 나는 뒷걸음질로 방을 나섰다. 반대편 방문 앞에 엎드린 짐승은 내가 다가가도 올려다보지 않았다. 나는 무릎을 꿇고 엉겨 붙은 털을 부드럽게 쓰다듬어 주었다. 개는 고개를 들었다. 목구멍에서 낑낑거리는 소리가 다시 흘러나왔다. 나는 단분자총을 내려놓고 빈손에 힘을 주었다. 신경 발검 칼집에서 번쩍이는 테빗 나이프가 튀어나왔다.

얼마 뒤, 나는 '사신'의 서두르지 않는 침착한 동작으로 칼날을 털에 닦은 뒤 칼을 다시 집어넣고 단분자총을 집어 들었다. 그런 다음 조용히 옆 복도로 들어섰다. 다이아몬드처럼 차분한 약 기운 깊숙한 곳에서 뭔가 자꾸 신경이 쓰였다. 하지만 사신은 걱정을 허락하지 않았다.

엘리엇이 훔쳐낸 설계도에서 본 대로, 이어진 복도를 따라가니 계단이 나왔다. 아까와 똑같이 환락의 풍경을 묘사한 카펫이 깔려 있었다. 나는 총을 몸 앞으로 내민 채 근접 감각을 레이더망처럼 앞쪽에 펼치고 조심스럽게 계단을 내려갔다. 움직이는 것은 없었다. 가와하라는 오르테가 일행이 이곳에서 뭔가 골치 아픈 것을 목격할 경우에 대비해 모든 해치를 내린 모양이었다.

나는 두 층을 내려간 뒤 기억에 입력된 설계도에 의지하여 복잡한 복도를 누볐다. 가와하라의 거처는 다음 모퉁이를 돌면 있을 것이다. 등을 벽에 댄 채, 나는 미끄러지듯 모퉁이까지 간 뒤 얕게 숨을 쉬며 기다렸다. 근접 감각을 통해 문간에 누군가 있다는 것을 알 수 있었다. 한 명 이상이다. 담배 냄새도 희미하게 났다. 나는 무릎을 꿇고 주변을 살핀 뒤 얼굴을 땅에 댔다. 그리고 한쪽 뺨으로 카펫을 스치듯이 하며 고개를 모퉁이 너머로 내밀었다.

비슷한 녹색 작업복 차림의 남자 하나, 여자 하나가 문간에 서 있었다. 여자가 담배를 피우고 있었다. 둘 다 충격총을 보란 듯이 벨트에 차고 있었지만, 보안 요원이라기보다는 기술 요원 같았다. 나는 약간 긴장을 풀고 잠시 더 기다렸다. 시야 한구석에서 작전 시간 경과 분을 표시하는 숫자가 혈관처럼 고동쳤다.

15분이 흐른 뒤 그제야 문소리가 들렸다. 뉴라켐으로 청력을 최대한으로 높이자, 방에서 나가는 사람을 위해 요원들이 옷을 바스락거리며 길을 비키는 소리가 들려왔다. 목소리도 들려왔다. 공식적인 무심함을 가장한 오르테가의 목소리, 그리고 라킨 앤드 그린의 맨드로이드처럼 기계적인 가와하라의 음성. 베타타나틴이 증오를 억눌러 준 덕분에, 가와하라의 목소리도 마치 지평선 먼 곳에서 들려오는 총성처럼 느껴졌다.

"……더 이상 도와 드릴 수는 없겠군요, 경감. 웨이 클리닉에 대한 당신 말이 사실이라면, 내 밑에서 일하던 때보다 정신 상태가 상당히 이상해진 게 분명하니까. 책임감은 느낍니다만. 그런 일이 일어날 줄 알았다면 절대 로렌스 뱅크로프트에게 그를 추천하지 않았을 거예요."

"말했지만, 가정입니다."

오르테가의 목소리가 약간 날카로워졌다.

"오늘 이야기한 내용을 다른 곳에 발설하지 말아 주셨으면 좋겠어요. 코바치의 소재를 알아낼 때까지는……."

"그러죠. 민감한 사안이라는 건 이해합니다. 여긴 헤드 인 더 클라우드예요. 우린 고객의 비밀을 철저하게 보장하기로 이름나 있죠."

"네. 들었습니다."

오르테가의 목소리에 희미하게 혐오가 어렸다.

"그렇다면 이제 안심하셨겠지요. 자, 이제 실례하겠어요, 경감. 전 바쁜 업무가 있어서. 티아와 맥스가 이착륙장까지 안내해 드릴 겁니다."

문이 닫히고 부드러운 발자국 소리가 이쪽으로 다가왔다. 나는 순간 긴장했다. 오르테가와 동행이 내가 있는 쪽으로 오고 있었던 것이다. 아무도 예측하지 못한 상황이었다. 설계도상에서 주 이착륙장은 가와하라의 방 앞쪽에 위치해 있었기 때문에 나는 후미에서 접근하기로 했던 것이다. 오르테가와 바우티스타가 왜 선미 쪽으로 향하는지 알 수 없었다.

하지만 당황하지는 않았다. 차가운 아드레날린 반응과 유사한 감각이 의식을 휩쓸면서, 사실에 의거한 정보만을 전달해 주었다. 오르테가와 바우티스타는 위험하지 않다. 아마 도착했을 때도 같은 길로 왔거나, 뭔가 다른 이야기가 된 것이 분명하다. 만약 저쪽에서 내가 있는 복도를 지나친다면, 경비 요원이 눈빛만 옆으로 돌려도 날 볼 수 있을 것이다. 조명도 밝았고 당장 숨을 만한 곳도 없었다. 하지만 내 체온은 상온 이하로 떨어져 있고 맥박과 호흡도 낮게 기어가는 수준이므로, 정상적인 인간의 근접 감각을 무의식적으로 자극할 만한 요소는 거의 없다고 볼 수 있다. 어디까지나 경비가 평범한 몸을 입고 있다고 가정했을 경우지만…….

만약 저쪽에서 내가 아까 내려왔던 계단으로 올라가기 위해 이리 들어선다면…….

나는 벽에 딱 달라붙어 단분자총 분산 범위를 최소한으로 줄인 뒤 호흡을 멈췄다.

오르테가. 바우티스타. 뒤를 따르는 경비 둘. 손을 뻗으면 오르테가의 머리카락을 만질 수 있을 정도로 가까운 거리에서 내 앞을 지나쳤다.

아무도 돌아보지 않았다.

나는 일행이 지나치고 나서 1분 더 기다린 뒤 숨을 쉬었다. 그리고 다시 복도 양쪽을 확인한 다음 얼른 모퉁이를 돌아 총 손잡이로 문을 두드렸다. 대답을 기다리지 않고 나는 안으로 들어갔다.

방은 밀러가 묘사한 그대로였다. 폭은 20미터, 투명 유리로 된 벽은 지붕에서 바닥까지 비스듬히 안쪽으로 기울어져 있었다. 맑은 날이면 경사진 벽 위에 누운 채 수천 미터 아래로 펼쳐지는 바다를 구경할 수도 있을 것이다. 삭막한 인테리어는 가와하라의 새천년 초기 취향을 그대로 보여 주고 있었다. 벽은 뿌연 회색이었고 바닥은 합금 유리로 되어 있었으며, 일루미늄 판을 종이처럼 접어 구석의 철 삼각대 위에 고정시켜 놓은 것이 조명이었다. 책상 대신 거대한 검정 철판이 방 한쪽을 차지하고 있었고, 반대편에는 이판암 색깔의 긴 의자 여러 개가 기름통을 흉내 낸 화로를 둘러싸고 있었다. 의자 뒤쪽으로 밀러가 침실이 있다고 추측한 통로가 있었다.

책상 위에는 데이터 홀로디스플레이가 혼자 천천히 돌아가고 있었다. 레일린 가와하라는 이쪽으로 등을 보인 채 밤하늘을 응시하고 있었다.

"잊은 거라도 있나?"

그녀는 생각에 잠긴 목소리로 물었다.

"아니, 없어."

내 말이 떨어진 순간 가와하라의 등이 굳었다. 하지만 가와하라는 서두르지 않고 유연하게 돌아섰다. 단분자총을 보고도 얼음장 같은 침착한 표정은 흐트러지지 않았다. 등을 돌리고 이야기하던 목소리와 다름없는 무심한 목소리였다.

"누구지? 여긴 어떻게 들어왔나?"

"생각해 봐. 거기 편안히 앉아서 생각하시지."

나는 의자 쪽을 가리켰다.

"카드민?"

"그건 모욕이군. 앉아!"

순간 알아차렸다는 빛이 떠올랐다. 불쾌한 미소가 입가에 어렸다.

"코바치? 이 어리석은, 어리석은 자식. 이제 와서 모든 걸 망치다니."

"앉으라고 했어."

"그 여자는 갔어, 코바치. 할란스 월드로. 난 약속을 지켰어. 도대체 이게 무슨 짓인지 알기나 해?"

"두 번 다시 말하지 않겠어. 당장 앉지 않으면 무릎뼈를 부숴 버릴 거야."

나는 온화하게 말했다. 가와하라는 입가에 희미한 미소를 띤 채 가장 가까운 의자에 아주 천천히 앉았다.

"좋아, 코바치. 오늘 밤은 네 각본대로 어디 해 봐. 끝나고 나면 사칠로프스카를 도로 끌고 올 테니까. 어쩌려는 거야? 날 죽일 건가?"

"필요하다면."

"'무슨 이유'로? 도덕적 입장이라도 취하겠다는 건가?"

강세를 준 첫 두 단어는 마치 무슨 물건 이름처럼 들렸다.

"잊고 있는 게 있는 것 같은데. 여기서 날 죽여 봤자, 열여덟 시간 뒤에 유럽에 있는 원격 저장 시스템이 그 사실을 감지하고 자동적으로 최신 업데이트된 의식을 클론에 입력하게 돼 있어. 그 뒤에 여기서 무슨 일이 있었는지 파악하는 것도 오래 걸리지 않을 거야."

나는 의자 모서리에 걸터앉았다.

"글쎄, 그건 모르는 일이지. 뱅크로프트가 자기한테 무슨 일이 있었는지 알아내는 데 얼마나 오래 걸렸지? 게다가 아직 진실은 모르고 있잖아, 안 그래?"

"뱅크로프트 때문에 이러는 거야?"

"아니, 레일린. 이건 우리 둘의 문제야. 당신은 세라를 가만 내

296

버려 두어야 했어. 할 수 있을 때 날 가만 내버려 두었어야 했어."

가와하라는 아이를 달래는 엄마처럼 혀를 찼다.

"저런. 조종당한 게 억울해서? 미안해서 어쩌니?"

목소리는 갑자기 다시 변했다.

"넌 특파 부대였어, 코바치. 조종으로 살아가는. 우리 모두가 마찬가지야. 우리 모두 거대한 조종의 매트릭스 속에서 살아가지. 산다는 건 그 먹이사슬의 꼭대기에 올라가기 위한 한판 투쟁이야."

나는 고개를 저었다.

"난 그 안에 넣어 달라고 부탁한 적 없어."

"코바치, 코바치."

가와하라의 표정이 갑자기 부드러워졌다.

"부탁해서 들어온 사람이 어디 있어. 내가 피션 시티에서 손가락이 꼬인 난쟁이 아버지와 정신 나간 창녀 어머니 밑에서 태어나게 된 게 부탁을 해서였을까? 내가 원해서 그렇게 태어났다고 생각해? 인간은 부탁해서 들어오는 게 아니라, 그냥 던져 넣어지는 거야. 그다음에는 물 위에 고개를 내밀고 있으려고 발버둥치는 것뿐이라고."

"혹은 남의 목구멍에 물을 집어넣거나."

나는 상냥하게 동의했다.

"당신은 어머니를 닮은 것 같군. 그렇지?"

잠시 가와하라의 얼굴은 함석판으로 만든 가면 뒤로 용광로가 이글거리는 듯했다. 눈 속에서 분노가 폭발하는 것이 역력했다. 내가 '사신'만 복용하지 않았다면 아마 두려움을 느꼈을 것이다.

"날 죽여."

가와하라는 입술을 꾹 다문 채 말했다.

"한껏 즐겨 봐. 앞으로 넌 끔찍한 고통을 겪을 테니까, 코바치. 뉴베이징의 그 한심한 혁명가들이 죽을 때 어떤 고통을 겪었는지 알고 있지? 네놈과 그 더러운 계집에게는 고통의 새로운 한계를 탐험하게 해 주겠어."

나는 고개를 저었다.

"그렇진 않을걸, 레일린. 당신 의식 업데이트는 10분 전에 지나갔어. 한데 그 과정에서 디핑을 했어. 뭘 복사해 간 건 아니고, 니들캐스트 안에 롤링 바이러스를 삽입했지. 지금쯤 핵심까지 전파됐을 거야, 레일린. 원격 저장된 당신 의식도 오염됐어."

가와하라의 눈이 가늘어졌다.

"거짓말."

"오늘은 거짓말 아니야. 아이린 엘리엇이 잭잇업에 침투한 솜씨 멋있었지? 당신도 가상 환경 속에 있는 엘리엇을 봤어야 하는데. 아마 니들캐스트 안에 침투해 있는 동안 마인드바이트 몇 개는 따 놨을 거야. 기념품이지. 그것도 대단한 희귀본. 스택 기술자들이라면 아마 전쟁터를 떠나는 정치가보다 더 서둘러서 당신 원격 스택 뚜껑을 단단히 밀봉시킬 테니까."

나는 홀로그래피 디스플레이 쪽으로 고갯짓을 했다.

"몇 시간만 있으면 아마 경보가 울릴 거야. 이네닌에서는 더 오래 걸렸지만 그건 워낙 오래전이니까. 그동안 기술력도 많이 발전했겠지."

그제야 가와하라는 내 말을 믿었다. 눈빛에서 뿜어 나오던 분노는 보다 집약된 백색 불꽃으로 바뀌었다.

"아이린 엘리엇."

그녀는 힘주어 말했다.

"그년을 찾으면……."

"공갈은 그 정도면 됐고."

나는 무심하게 말을 끊었다.

"잘 들어. 지금 그 몸에 있는 스택이 네겐 유일한 생명줄인데, 지금 난 당장이라도 그걸 척추에서 끊어 내서 밟아 버리고 싶은 기분이거든. 아예 산 채로 그래 줄 수도 있어. 그러니 입 다물어."

가와하라는 찢어진 눈으로 나를 노려보며 꼼짝도 않고 앉아 있었다. 윗입술이 이를 드러내며 살짝 말려 올라갔지만, 다시 자제심을 회복하는 듯했다.

"원하는 게 뭐야?"

"이제 좀 나아졌군. 내가 지금 원하는 건 당신이 뱅크로프트를 함정에 빠뜨린 경위에 대한 자백이야. 결의안 653조, 메리 루 힝클리, 처음부터 끝까지 다. 라이커를 함정에 빠뜨린 경위도 같이 말해 줬으면 좋겠어."

"녹화하고 있어?"

나는 녹화 시스템을 장착한 왼쪽 눈꺼풀을 두드려 보이고 미소 지었다.

"내가 말할 거라고 생각해?"

나를 노려보는 가와하라의 눈빛 속에는 분노가 도사리고 있었다. 잔뜩 몸을 도사린 채 허점이 보이기만 기다리는 눈빛. 나는 이런 가와하라를 전에도 본 적이 있었지만 그 눈빛의 표적이 된 적은 없었다. 포연이 자욱한 샤리아의 시가전보다도 위험한 눈빛이었다.

"나한테서 그런 말을 들을 수 있을 거라고 생각해?"

"긍정적으로 생각하자고, 레일린. 당신이 가진 돈과 영향력이라면 삭제형은 아마 면할 수 있지 않겠나. 고작 한 200년 저장소에 들어갔다 나오겠지."

내 목소리는 차가워졌다.

"말하고 싶지 않으면 지금 여기서 바로 죽든가."

"협박에 의한 자백은 법적으로 받아들여지지 않아."

"웃음밖에 안 나오는군. 이건 유엔 법정으로 가지 않아. 내가 어디 법정에 한 번도 안 가 본 사람인가? 변호사들 손에 이 건을 맡길 거라고 생각해? 당신이 오늘 밤 여기서 말한 모든 건 내가 지상으로 돌아가는 순간 특송 니들캐스트를 통해 월드웹 1로 전송될 거야. 당신 자백과 내가 위층에서 해치운 사람의 영상까지."

가와하라의 눈이 휘둥그레졌다. 나는 고개를 끄덕였다.

"그래, 진작 말할 걸 그랬나. 당신은 고객 하나를 잃었어. 죽진 않았지만 아마 몸은 교체해야 할 거야. 자, 이렇게 됐으니 샌디 킴 라이브 방송이 나가면 3분 내로 유엔 특공대가 영장을 잔뜩 들고 이 집 문 앞에 들이닥칠걸. 그쪽도 선택의 여지가 없으니까. 뱅크로프트 하나만으로도 움직이지 않곤 못 배기겠지. 샤리아와 이네닌 공격 명령을 내린 사람들이 자기들의 권력 기반을 보호해야 하는 상황에서 그깟 사소한 헌법적 원칙 하나 위배하는 데 눈 하나 깜짝할 것 같나? 자, 이제 말해."

가와하라는 방금 들은 내용이 은근한 저질 농담에 지나지 않는다는 듯 눈썹을 치켜 올렸다.

"어디부터 시작할까요, 다케시 상?"

"메리 루 힝클리부터. 힝클리는 여기서 떨어졌지?"

"그럼."

"스너프용으로 고용했지? 고객이 호랑이 몸을 입고 숨바꼭질하는 데 쓰려고?"

"어디 보자."

가와하라는 고개를 삐딱하게 기울이며 추측했다.

"누구한테 들었지? 웨이 클리닉 사람인가? 어디 보자. 밀러가 교육차 여기 왔지만 그자는 네가 죽였는데……. 아, 설마 또 다른 사람을 잡아들인 거야, 다케시? 필리페 밀러를 데려간 건가?"

나는 아무 말 없이 단분자총 총신 너머로 가와하라를 바라보았다. 닫힌 문을 통해 희미하게 들려오던 비명이 다시 들려오는 듯했다. 가와하라는 어깨를 으쓱했다.

"호랑이는 아니었어. 하지만 그 비슷한 종류지."

"한데 힝클리가 알아차렸고?"

"용케, 알아차렸지."

가와하라는 긴장을 푸는 듯했다. 보통 때의 나였다면 이런 가와하라의 모습에 오히려 초조해졌을 것이다. 하지만 베타나틴 약 기운에 젖은 상태라 더욱 주의만 집중될 뿐이었다.

"어깨 너머로 기술자한테서 한마디 주워들었는지. 우린 보통 스너프 고객들에게 진짜 서비스를 하기 전에 가상 프로그램으로 먼저 경험하게 해. 일단 그 안에서 반응을 확인하지. 어떤 경우에는 하지 말도록 설득하기도 하고."

"정말 사려 깊으시군."

가와하라는 한숨을 쉬었다.

"어떻게 해야 당신이 이해를 하지, 다케시? 우린 서비스를 제공하고 있어. 합법적인 한도 내에 머무를 수 있다면 더 좋지 않겠어?"

"헛소리 마, 레일린. 가상현실 체험을 해 보고 나면 몇 달 뒤에 진짜를 경험하고 싶어서 찾아오잖아. 그게 당연한 수순이라는 걸 당신은 알고 있어. 불법적인 체험을 유력자들에게 팔면 당신한테도 권력이 생기겠지. 유엔 총독들이 많이 찾아오지? 보호령 장군 같은 그런 인간들?"

"헤드 인 더 클라우드는 엘리트를 상대해."

"위층에서 내가 해치웠던 그 머리가 희끗희끗한 놈처럼? 그치도 중요한 인물이지?"

가와하라는 어디서 용기가 났는지 미소를 지었다.

"칼튼 맥케이브? 그렇게 말해도 좋겠지. 영향력이 있는 사람."

"메리 루 힝클리의 내장을 갈기갈기 찢을 예정이었던 유력자가 누군지 말해 주겠나?"

가와하라는 약간 굳었다.

"아니, 말할 수 없어."

"못하시겠지. 나중에 써 먹을 카드는 남겨 놔야 하니까. 그렇지? 좋아, 넘어가자고. 그래서 어떻게 됐지? 힝클리는 여기 올라와서 자기가 도살당할 운명이라는 걸 알아내고 탈출하려고 했어. 중력 조절기를 훔쳤나?"

"그렇진 않아. 중력 조절기는 보안이 철저하니까. 아마 셔틀 밖에 매달려서 나갈 수 있다고 생각했겠지. 아주 영리한 애는 아니었나 봐. 정확한 과정은 아직 알아내지 못했지만, 어쨌든 떨어졌어."

"뛰어내렸든가."

가와하라는 고개를 저었다.

"그럴 용기는 없었을걸. 메리 루 힝클리는 사무라이 정신이 있는 애는 아니었어. 대부분의 평범한 인간들처럼 마지막 순간까지 목숨을 건지려고 보기 흉하게 발버둥쳤을 거야. 기적을 바라면서. 자비를 구하면서."

"보기 흉하기도 하겠군. 사라진 건 곧장 알아차렸나?"

"당연하지! 고객이 기다리고 있었단 말이야. 우린 배를 샅샅이 뒤졌어."

"곤란했겠군."

"그럼."

"며칠 뒤에 그 애 몸이 수면으로 떠올랐을 때는 더욱 곤란했겠군? 행운의 여신이 그 주에는 잠시 자리를 비웠나 보지?"

"운이 없었지. 하지만 전혀 예상치 못했던 건 아니니까. 크게 골치 아파질 거라고는 생각하지 않았어."

가와하라는 포커 패를 논하듯 인정했다.

"가톨릭이라는 건 알고 있었나?"

"그럼. 채용 조건 중의 하나였는데."

"한데 라이커가 미심쩍은 개종 과정을 파헤치기 시작하니까 똥 밟았다 싶었겠군. 힝클리가 증언을 하면 곧장 당신이 드러나고 유력자 친구들한테도 얼마나 불똥이 튈지 모르니까. 헤드 인 더 클라우드와 당신이 스너프 혐의로 기소되면. 뉴베이징에서 당신이 뭐라고 표현했더라? 용납할 수 없는 위험이라고 했던가? 뭔가 조치를 취해야 했어. 라이커의 입을 막아야 했지. 내 추리가 어긋나면 말해 줘."

"아니, 그럭저럭 맞아."

"그래서 라이커를 함정에 빠뜨렸고?"

가와하라는 다시 어깨를 으쓱했다.

"매수를 시도했지. 그는…… 비협조적이었고."

"안됐군. 그래서 어떻게 했지?"

"몰라서 물어?"

"당신 입으로 듣고 싶어. 자세한 과정을. 내 쪽에서 너무 말을 많이 하고 있는 것 같은데, 이야기 좀 풀어 봐 봐. 아니면 당신이 비협조적인 걸로 간주할지도 모르니까."

가와하라는 짐짓 극적인 태도로 시선을 천장으로 향했다.

"내가 엘리어스 라이커를 함정에 빠뜨렸습니다. 시애틀에 있는 클리닉에 대해 가짜 정보를 흘렸지요. 라이커의 음성을 재구현해서 그 목소리로, 라이커가 살해한 두 사람을 가톨릭으로 위조해 달라고 이그나시오 가르시아에게 의뢰했어요. 시애틀 경찰이 믿지 않을 거라는 걸, 가르시아를 심층 수사하면 위조 사실이 드러난다는 걸 노렸습니다. 자, 이 정도면 괜찮아?"

"가르시아는 어디서 알았지?"

"라이커를 매수하려고 할 때 미리 뒷조사를 했거든. 그때 알아낸 거야."

가와하라는 의자 위에서 답답하다는 듯 자세를 바꿨다.

"그래, 나도 그렇게 생각했어."

"눈치도 빠르셔라."

"모든 게 순조롭게 진행됐군. 한데 결의안 653조가 등장해서 모든 일을 다시 흔들어 놓았어. 힝클리에 대한 수사도 끝나지 않았고."

가와하라는 고개를 숙였다.

"그렇습니다."

"결의안 통과를 막을 수도 있었잖아. 유엔 위원회의 결정권자들을 매수해서."

"누굴? 여긴 뉴베이징이 아니야. 당신도 피리와 어트킨을 만나 봤잖아. 돈으로 매수할 수 있는 사람들 같던가?"

나는 고개를 끄덕였다.

"그럼 마르코의 몸을 입고 있었던 것도 당신이 맞군. 미리엄 뱅크로프트도 알고 있었나?"

"미리엄?"

가와하라는 난감한 얼굴이었다.

"몰랐지. 아무도 몰랐어. 그게 중요하지. 마르코는 미리엄과 테니스를 자주 하거든. 완벽한 핑계 아닌가?"

"완벽하지는 않았어. 당신 테니스 솜씨 영 엉망이더군."

"실습 디스크로 연습할 시간이 없었어."

"왜 마르코였지? 그냥 당신이 직접 가면 안 되나?"

가와하라는 손을 저었다.

"난 결의안이 나온 뒤로 줄곧 뱅크로프트에게 매달렸어. 가까이할 기회가 있을 때마다 어트킨한테도 말을 했고. 계속 그러면 수상하잖아. 마르코가 내 편에 서서 말해 주는 쪽이 그래도 좀 거리감이 있어 보이니까."

"러더포드한테 연락을 받은 것도 당신이었어."

나는 거의 나 자신을 향해 말하고 있었다.

"우리가 변호사를 찾아간 뒤 선터치 하우스로 걸었던 그 전화. 난 미리엄한테 건 거라고 생각했는데, 당신이 마르코 흉내를 내면서 같이 있었어."

"맞아."

희미한 미소.

"당신은 이번 사건에서 미리엄 뱅크로프트가 맡은 역할을 대단히 과대평가했던 것 같군. 아, 그건 그렇고 지금 라이커의 몸을 입고 있는 건 누구야? 궁금해서 물어보는 것뿐이야. 누군지는 몰라도 상당히 그럴듯했거든."

나는 아무 말도 하지 않았지만, 나도 모르게 입가에 희미한 미소가 떠올랐다. 가와하라는 눈치 챘다.

"정말이야? 이중 의식 입력? 당신 정말 오르테가 반장을 손가락 끝으로 좌지우지하고 있는 모양인데? 아니, 손가락이 아니라 다른 걸로 움직이는 건가? 어쨌든, 축하해. 메트족이라고 해도 손색이 없을 정도의 조종 능력이야."

가와하라는 짧게 키득거리며 웃었다.

"이건 칭찬이야, 다케시 상."

나는 조롱 섞인 말을 무시했다.

"오사카에서 뱅크로프트와 만났지? 8월 16일 목요일에. 그가 오사카로 간다는 건 알고 있었나?"

"그래, 사업차 규칙적으로 가니까. 우연히 만난 것처럼 했어. 돌아오는 길에 헤드 인 더 클라우드에 오라고 초청했지. 그 사람은 그게 습관이야. 계약이 끝난 뒤 매춘을 하는 게. 그것도 아마 알 아냈겠지?"

"그래서 뱅크로프트가 여기 올라왔고, 당신은 그에게 뭐라고 이야기했지?"

"진실을 말했어."

"진실?"

나는 가와하라를 응시했다.

"힝클리에 대해서 말하면 그가 당신을 지지할 거라고 생각했다고?"

가와하라가 내게 보내는 시선에는 소름 끼치는 단순성이 깃들어 있었다.

"안 될 거 없잖아? 우리는 수 세기 전부터 우정을 쌓아 왔어. 때로 평범한 한 인간의 일생보다 더 오랜 시간이 걸려야 결실을 맺을 수 있는 사업 전략들을 공유하고 있지. 그가 보잘것없는 인간들의 편에 설 거라고는 생각지 못했어."

"그래서 뱅크로프트가 널 실망시켰군. 메트족끼리의 신의를 저버렸다?"

가와하라는 다시 한숨을 쉬었다. 이번에는 수 세기 전부터 먼지만 쌓여 있던 마음속 어딘가에서 나온, 진정한 피로감이 묻어나는 음성이었다.

"로렌스의 로맨틱한 싸구려 감상벽을 난 언제나 과소평가하곤 해. 그는 여러 면에서 당신과도 비슷한 데가 많아. 하지만 당신과는 달리 로렌스에겐 변명의 여지가 없지. 그는 3세기 넘게 살아왔어. 난 적어도 그 세월이 그의 가치관에 어느 정도 반영되었을 거라고 생각했어. 아니, 그렇게 생각하고 싶었나 봐. 나머지는 그냥 대외적인 처세술이다, 양 떼를 위한 화술에 지나지 않는다고."

가와하라는 날씬한 팔로 어쩌겠느냐는 듯한 손짓을 해 보였다.

"한데 유감스럽게도 그건 나 혼자만의 바람이었지."

"그래서 뱅크로프트는 어떻게 했지? 도덕적 입장 같은 걸 취하던가?"

가와하라의 입가가 비틀어져 올라갔다.

"날 놀리는 거야? 웨이 클리닉에서 수십 명의 피를 손에 묻힌 네가 감히? 보호령의 도살자, 발을 디딘 모든 세계에서 인간 생명을 제거했던 네가? 다케시, 당신은 말이지, 좀 앞뒤가 안 맞는 구석이 있어."

베타타나틴의 갑옷으로 침착하게 무장한 나로서는 가와하라의 둔감함에 대한 짜증이 약간 일 뿐이었다. 확실히 해 둘 필요가 있었다.

"웨이 클리닉은 개인적인 문제였어."

"웨이 클리닉은 업무였지, 다케시. 당신과는 아무 개인적인 관계가 없는 사람들. 당신이 제거했던 사람들 대부분은 그저 자기 일을 하고 있었을 뿐이야."

"그럼 다른 일을 선택했어야지."

"샤리아 사람들은? 그 사람들은 무슨 선택을 했어야 했을까? 하필 그때 그 세계에 태어나지 않아야 했나? 군에 입대한 것이 잘못된 거였나?"

"그때 난 어리고 어리석었어."

나는 간단히 말했다.

"이용당했지. 뭘 몰랐기 때문에 당신 같은 인간들을 위해서 사람을 죽였어. 그 뒤로 난 많이 현명해졌어. 이네닌에서 있었던 일을 통해서. 이제는 나 자신을 위해서가 아니면 사람을 죽이지 않아. 한 사람의 생명을 빼앗을 때도 그 가치를 알고 죽이지."

가와하라는 한심한 학생을 대하는 선생처럼 고개를 저었다.

"가치라. 인간 생명의 가치. 여전히 어리고 어리석군. 인간의 생명에는 가치가 없어. 그렇게 많은 것들을 보고도 아직 깨닫지 못했나, 다케시? 인간의 생명 자체에 내재한 가치란 없어. 기계를 제조하려면 돈이 들지. 원료를 추출하는 데도 돈이 들고. 하지만 인간은?"

가와하라는 내뱉듯이 말했다.

"사람은 언제나 더 많이 생겨나. 원하든 원치 않든 암세포처럼 증식한다고. 인간 자원은 풍부해, 다케시. 무슨 가치가 있다는 거지? 가상 스너프 프로그램을 만들어서 운영하는 것보다 인간을 채용해서 진짜 스너프로 이용하는 게 돈이 덜 든다는 거 알고 있나? 진짜 인간의 육체는 기계보다 더 싸. 이건 우리 시대의 공리에 해당되는 진실이야."

"뱅크로프트는 그렇게 생각하지 않더군."

"뱅크로프트?"

가와하라는 목구멍 깊숙한 곳에서 역겹다는 듯 소리를 냈다.

"뱅크로프트는 고답한 관념 위에서 절뚝거리는 불구자야. 그가 어떻게 이렇게 오랫동안 살아남았는지 정말 수수께끼라니까."

"그럼 당신이 그가 자살하도록 프로그램을 짠 건가? 화학적으로 약간의 압박을 가해서?"

"프로그램을 짰다라……."

가와하라는 눈을 커다랗게 떴다. 깎아 놓은 듯한 입술 사이에서 약간 허스키하면서 맑은 즐거운 웃음소리가 터져 나왔다.

"코바치, 왜 그렇게 멍청해. 뱅크로프트는 자살한 거라고 했잖아. 그건 내 생각이 아니라 그 사람 생각이었어. 예전에는 나랑 같이 있는 게 아무리 역겨워도 내가 하는 말은 믿지 않았나? 생각해 봐. 내가 무엇 때문에 그 사람을 죽이려고 하겠어?"

"힝클리에 대해 당신이 한 말을 지우려고. 죽은 다음 새 몸에 마지막으로 업데이트된 의식을 입력하면, 당신이 경솔하게 입 밖에 냈던 말도 기억에서 사라질 테니까."

가와하라는 현자처럼 고개를 끄덕였다.

"그래, 네가 보기엔 그게 앞뒤가 맞을 수도 있겠군. 방어적인 행동이었다는 거지. 어쨌든 당신은 특파 부대를 떠난 뒤 줄곧 방어적인 입장에서 살아왔던 사람이니까. 방어 자세로 살아가는 생명체는 언제나 방어 자세로 사고하게 되지. 한데 당신이 잊고 있는 게 한 가지 있어, 다케시."

가와하라는 극적으로 입을 다물었다. 베타타나틴 기운에도 불구하고 희미한 의혹의 물결이 일었다. 지나치게 과장된 태도였다.

"그게 뭐지?"

"난, 다케시 코바치, 당신이 아니라는 사실이야. 난 방어적인 입장에서 움직이지 않아."

"테니스 칠 때도?"

가와하라는 계산적인 미소를 지었다.

"재미있는 농담이군. 난 로렌스 뱅크로프트의 기억을 지울 필요가 없었어. 왜냐하면 그때는 이미 뱅크로프트가 가톨릭 신자인 창녀를 죽인 뒤였기 때문에, 결의안 653호가 통과되면 나와 마찬가지로 잃을 것이 많은 입장이었거든."

나는 눈을 깜빡였다. 가와하라가 뱅크로프트의 죽음에 책임이 있다는 핵심적인 확신을 중심으로 수많은 가설을 세워 봤지만, 이 정도로 극적이었을 거라고는 미처 생각지 못했다. 하지만 가와하라의 말로 내가 이미 진실을 들여다볼 수 있을 정도로 다 맞췄다고 생각했던 거울 조각들이 새로 짜 맞춰지기 시작했다. 나는 새롭게 윤곽을 드러낸 한쪽 구석을 쳐다보았다. 그쪽으로 옮겨 간 조각들은 차라리 못 보는 것이 나았으리라.

가와하라는 내 침묵에 미소 지었다. 자신의 말이 내게 충격을 주었다는 것을 알고 흡족해하고 있었다. 허영, 허영. 가와하라의 유일한, 여전한 단점. 모든 메트족들과 마찬가지로 그녀 역시 자기도취에 빠져 있었다. 내 퍼즐의 유일한 조각, 가와하라의 마지막 자백은 너무나 쉽게 흘러나왔다. 그녀는 내 반응을 보고 자신이 나보다 얼마나 앞서 있는지, 내가 자기보다 얼마나 뒤떨어져서 따라가고 있는지 확인하고 싶었던 것이다.

테니스 솜씨에 관한 내 농담이 분명 가와하라의 자존심을 살짝 건드렸을 것이다.

가와하라는 말을 이었다.

"아내의 얼굴을 미묘하게 닮은 여자였어. 신중하게 골라서 약간의 성형수술로 더욱 비슷하게 꾸몄지. 뱅크로프트는 그 여자의 목숨을 끊었어. 두 번째 사정하던 순간이었을 거야. 결혼 생활이란. 남자들을 왜 그렇게 만드는지.”

“그 장면을 찍어 놨나?”

내가 듣기에도 어리석은 질문이었다. 가와하라는 다시 미소를 지었다.

“이봐, 코바치. 굳이 대답할 만한 질문을 해.”

“그가 약물도 복용하고 있었나?”

“아, 물론이지. 그건 맞았어. 고약한 약물인데, 당신도 알 텐데……”

베타타나틴 때문이었다. 심장 박동 수를 끌어내리는 차가운 약물 기운 때문이었다. 약 기운만 없었더라면 측면에서 문이 열리는 순간 공기의 흐름을 감지하고 곧장 행동을 취할 수 있었을 것이다. 그 생각이 빠르게 스치는 순간, 그 이유만으로도 이미 대응이 늦었다는 것을 알 수 있었다. 생각할 때가 아니었기 때문이다. 전투에서 생각이란 뜨거운 목욕물과 마사지만큼 부적절한 사치다. 생각은 쿠말로 뉴라켐의 명료한 반응 시스템을 흐리게 했다. 나는 한 2세기 정도 뒤늦게 단분자총을 들어 올리며 돌아섰다.

지잉!

충격파가 기차처럼 나를 치고 지나갔다. 시야 뒤편으로 불을 환히 밝힌 기차 유리창이 쏜살같이 지나치는 광경이 보이는 것만 같았다. 혹시 총이 빗나갔거나 내가 스텔스복 밑으로 신경 방호복을 입고 있을 경우를 대비해 충격총을 쭉 뻗은 채 문간에 쭈그리고 앉아서 대기하고 있는 트렙이 정지 영상처럼 눈에 들어왔다. 희망은 있었다. 내 손은 경련을 일으키며 열렸고 감각을 잃은 손가락에서 총이 빠져 나갔다. 나는 그 옆으로 쓰러졌다. 나무 바닥이 위로 올라와서 아버지의 손바닥처럼 내 머리 옆을 때렸다.

"왜 이렇게 늦었지?"

희미해지는 의식 속에서 낮게 웅웅거리는 가와하라의 목소리가 저 높은 곳에서 들려왔다. 날씬한 손이 시야에 들어오더니 단분자총을 집어 들었다. 그녀의 다른 손이 반대쪽 총집에서 충격총을 빼내는 것이 느껴졌다.

"경보가 몇 분 전에 울렸습니다."

트렙이 충격총을 집어넣으며 시야에 들어오더니 쭈그리고 앉아서 신기한 눈으로 나를 내려다보았다.

"맥케이브가 한참 지나서야 정신을 차리고 경보를 울렸거든요. 당신네 멍청한 보안 요원들은 아직 대부분 시체를 보고 눈만 두리번거리면서 주 갑판에 모여 있죠. 이건 누구죠?"

"코바치야."

가와하라는 책상 쪽으로 돌아가며 단분자총과 충격총을 허리춤에 찔러 넣었다. 마비된 눈으로 보니, 가와하라는 한 걸음 내딛을 때마다 몇 백 미터쯤 멀어지며 마치 광활한 평야를 가로질러 아주 먼 곳으로 사라지는 것 같았다. 인형처럼, 그녀는 책상 위로 몸을 기울이고 내 눈에는 보이지 않는 제어판을 두드렸다.

나는 의식을 잃지는 않았다.

"코바치?"

트렙의 얼굴이 갑자기 무표정해졌다.

"코바치는 지금 미리엄 뱅크로프트와 같이……."

"그래. 나도 그런 줄 알았지."

홀로그래피 데이터가 책상 위에서 살아났다. 데이터를 가까이서 들여다보는 가와하라의 얼굴에 온갖 색깔이 스쳐 지나갔다.

"이중으로 의식을 입력했어. 오르테가의 도움을 받았겠지. 네가 파나마 로즈를 좀 더 오래 지키고 있었어야 했어."

소리는 아직 웅웅거렸고 시야는 한곳에 얼어붙어 있었지만, 의식을 잃지는 않았다. 베타나나틴의 약효인지, 쿠말로 시스템의 보너스 능력인지, 그 두 가지가 조합되면서 우연히 나타난 현상인지 알 수는 없었지만 무슨 이유에선지 나는 의식을 유지하고 있었다.

"경찰이 잔뜩 있는 범죄 현장 주위에 있으면 초조해져서."

트렙은 이렇게 말하고 손을 뻗어 내 얼굴을 만졌다.

"그래?"

가와하라는 아직 데이터의 흐름에 몰입해 있었다.

"도덕 토론과 진실된 자백으로 이 정신병자 녀석의 주의를 흐뜨리는 일도 내 소화 기능에 그리 도움이 되진 않았어. 난 네가 절대…… 빌어먹을!"

가와하라는 한쪽으로 격하게 고개를 꺾더니, 다시 숙여서 책상 위를 응시했다.

"사실이었군."

"뭐가요?"

가와하라는 트렙을 내려다보았다. 갑자기 경계하는 눈빛이었다.

"상관없어. 그 자식 얼굴은 왜 만지고 있는 거야?"

"차갑군요."

"빌어먹을, 당연히 차갑지."

비속어를 많이 사용한다는 것은 레일린 가와하라가 당황했다는 뜻이다. 나는 꿈꾸듯 생각했다.

"적외선 탐지기를 어떻게 통과했겠어? 눈에 스티프를 맞은 거야."

트렙은 신중하게 무표정한 얼굴로 일어섰다.

"이자를 어떻게 할 거죠?"

"가상현실에 집어넣을 거야."

가와하라는 음침하게 말했다.

"할란 출신 여자 친구랑 같이. 하지만 그 전에 일단 수술을 해야겠어. 몸에 녹화기가 장착되어 있으니까."

나는 오른손을 움직이려고 해 보았다. 엄지손가락 마지막 관절이 겨우 살짝 움직일 뿐이었다.

"실시간 송신은 아닌가요?"

"아니라고 했어. 어쨌든 송신했다면 시작되자마자 알았을 거야. 칼 있나?"

공포와 비슷한 경련이 뼛속 깊숙한 곳을 달렸다. 나는 필사적으로 마비 상태가 조금이라도 풀릴 기미가 없는지 몸을 점검했다. 쿠말로 신경계는 아직 돌아가고 있었다. 눈을 깜빡이는 자율신경이 마비되어 눈알이 바싹 말라가고 있었다. 흐릿한 눈으로, 나는 가와하라가 트렙에게 손을 내밀며 책상에서 돌아오는 모습을 보았다.

"칼은 없어요."

귓속이 웅웅거리며 고동치고 있었기 때문에 확신할 수는 없었지만, 트렙의 목소리는 어쩐지 반항적으로 들렸다.

"괜찮아."

가와하라는 성큼성큼 발을 내딛어 다시 시야에서 사라졌다. 목소리가 작아졌다.

"여기 이 정도면 충분해. 넌 덩치들을 불러서 이 개자식을 의식이동실로 데려가. 아마 7번과 9번이 준비가 됐을 거야. 책상에 있는 저 잭을 써."

트렙은 망설였다. 마비된 중앙 신경계에서 작은 얼음 조각에 금이 가듯 무언가 뚝 부러지는 소리가 들렸다. 눈꺼풀이 천천히 눈을 덮었다. 한 번, 또 한 번. 세척 작용으로 눈에 눈물이 괴었다. 트렙은 이를 보고 굳었다. 그녀는 책상 쪽으로 다가갈 기색이 없었다.

오른손 손가락이 꿈틀거리며 굽혀졌다. 복부 근육에도 힘이 들어가기 시작했다. 눈동자가 움직였다.

가와하라의 목소리가 희미하게 들려왔다. 아마 통로 저쪽의 다른 방에 있는 모양이었다.

"오고 있나?"

트렙의 얼굴은 아직 무표정했다. 시선이 나를 떠났다. 그녀는 크게 말했다.

"네. 좀 있으면 올 겁니다."

기능이 돌아오고 있었다. 뭔가 내 신경계에 다시 파직파직 생명을 불어넣고 있었다. 떨림이 가라앉으면서 폐 속의 공기가 어쩐지 걸쭉하고 갑갑하게 느껴졌다. 베타나나틴 약 기운이 평소보다 빨리 떨어지고 있다는 뜻이다. 팔다리에는 납을 씌워 놓은 것 같았고, 손에는 마치 약한 전류가 흐르는 두꺼운 솜 장갑을 낀 기분이었다. 아직 몸싸움을 할 상태는 아니었다.

몸무게 때문에 납작하게 바닥에 눌려 있던 왼손이 몸 아래에서 주먹을 쥐었다. 오른손이 질질 끌리며 옆쪽으로 서투르게 움직였다. 다리는 몸을 간신히 지탱할 정도밖에 되지 않을 것 같았다. 할 수 있는 대책에는 한계가 있었다.

"좋아."

가와하라의 손이 내 어깨에 닿더니 생선 내장이라도 꺼내는 자세로 내 몸을 잡아끌어 등을 바닥에 대고 눕혔다. 얼굴은 잔뜩 집중해 있었고 다른 손에는 끝이 날카로운 핀셋이 쥐어져 있었다. 가와하라는 다리를 벌리고 내 가슴에 걸터앉은 뒤 왼쪽 눈꺼풀을 손가락으로 벌렸다. 나는 깜빡이려는 눈을 억누르고 꼼짝도 하지 않았다. 핀셋 끝이 5밀리미터 정도 벌어진 채 눈을 향해 내려왔다.

나는 팔뚝의 근육에 힘을 주었다. 신경 발검 칼집에서 테빗 나이프가 튀어나와 손으로 들어왔다.

옆으로 휘둘렀다.

갈비뼈 아래 옆구리를 노렸지만, 충격총으로 인한 떨림과 차차 떨어져 가는 베타나틴 약 기운 때문에 겨냥이 빗나가면서 칼날은 가와하라의 왼쪽 팔꿈치 아래를 가르고 뼈에 부딪혀 튀어나왔다. 가와하라는 비명을 지르고 눈꺼풀을 쥔 손을 놓았다. 아래로 내리친 핀셋은 광대뼈를 찍었다. 뺨에서 살이 움푹 떨어져 나갔다. 쇳조각이 살에 걸리는 통증이 희미하게 느껴졌다. 피가 눈으로 흘러 들어갔다. 나는 다시 약하게 칼을 휘둘렀지만, 이번에는 내 몸에 올라탄 가와하라가 몸을 비틀어서 다친 팔로 아래쪽을 막았다. 그녀는 다시 비명을 질렀다. 솜 장갑을 낀 듯한 손에서 힘이 빠졌다. 칼자루가 손아귀에서 빠져나갔다. 나는 남아 있는 모든 힘을 왼팔로 모은 뒤 가와하라의 관자놀이에 강력한 펀치를 날렸다. 그녀는 팔에 난 상처를 움켜쥔 채 내 몸 위에서 굴러 떨어졌다. 잠시 C381 코팅에서 시안화물이 스며들 정도로 칼날이 깊게 들어간 것이 아닌가 하는 생각이 들었다. 하지만 실라 소렌슨의 말로는 약효가 작용하기까지는 몇 번 호흡하는 정도의 시간이 걸린다고 했다.

가와하라는 일어서고 있었다.

"빌어먹을, 뭘 기다리는 거야? 이 새끼 쏴 버리지 않고."

가와하라는 트렙에게 날카롭게 물었다.

트렙의 얼굴에서 진실을 본 순간, 가와하라의 목소리가 기어들어갔다. 눈 깜짝할 사이 가와하라의 손이 총집에 넣은 충격총 쪽으로 향했다. 동작이 느렸던 것으로 보아 어쩌면 트렙 자신조차 그 순간에야 깨달았는지도 몰랐다. 가와하라는 트렙의 총이 미처 총집에서 반도 나오기 전에 핀셋을 던지고 단분자총과 충격총을 둘 다 뽑아 들고 겨누었다.

"이 배신자 년."

가와하라는 신기하다는 듯 소리쳤다. 내가 처음 들어보는 상스러운 억양이었다.

"너 이 자식이 올 줄 알고 있었지? 넌 죽었어, 이 나쁜 년."

가와하라가 방아쇠를 당기는 순간 나는 비틀거리며 일어나서 그녀를 덮쳤다. 총 두 개가 다 발사되는 소리가 들렸다. 가청 주파수대를 넘어서는 단분자총의 쉬익 하는 소리와 충격총의 날카로운 전기 충격음. 흐릿한 한쪽 눈 가장자리로 트렙이 필사적으로 총을 빼내려다 총에 맞는 광경이 보였다. 트렙은 우스울 정도로 놀란 표정을 짓고 쓰러졌다. 동시에 내 어깨가 가와하라의 어깨에 가서 부딪쳤고, 우리는 비스듬한 창문 쪽으로 비틀거렸다. 가와하라는 나를 쏘려고 했지만 나는 팔로 총을 두 개 다 쳐내고 가와하라의 발을 걸었다. 가와하라는 다친 팔로 나를 붙잡았다. 우리는 비스듬한 창문 위로 함께 쓰러졌다.

충격총은 바닥을 미끄러져 저쪽으로 가 버렸지만, 가와하라는 단분자총을 놓치지 않았다. 총구가 휙 돌아 나를 향했다. 나는 서툰 동작으로 총을 아래로 쳐 내는 동시에 반대쪽 손으로 가와하라의 머리를 때렸다. 하지만 주먹은 빗나가서 어깨에 맞았다. 가와하라는 무시무시하게 얼굴을 찡그리더니 내 얼굴에 박치기를 했다. 셀러리에 이가 들어가는 느낌과 함께 코가 부러지면서 입 위로 피가 쏟아졌다. 그 피를 맛보고 싶다는 광적인 욕구가 일었다. 다음 순간 가와하라는 나를 유리 위로 누르며 몸에 강력한 주먹을 날렸다. 한두 방은 막아냈지만, 서서히 몸에서 힘이 빠져나갔고 팔의 근육도 흥미를 잃고 있었다. 몸속이 무감각해지고 있었다. 싸움이 끝났다는 것을 알고 나를 내려다보는 가와하라의 얼굴은 잔혹한 승리감에 젖어 있었다. 그녀는 잔뜩 벼르더니 마지막으로 사타구니에 주먹을 날렸다. 나는 경련을 일으키며 유리에서 미끄러져 바닥에 대 자로 쓰러졌다.

"그 정도면 못 움직이겠지."

가와하라는 악문 잇새로 내뱉은 뒤, 숨을 몰아쉬며 다시 일어섰다. 거의 흐트러지지 않은 우아한 머리 모양 아래로 언뜻 그 새로운 말투와 어울리는 표정이 내비쳤다. 그것은 피션 시티에서 회색 플라스크에 든 물을 마셔야 했던 가와하라의 희생자들이 목격했을 잔혹한 만족감이었다.

"거기 잠깐만 누워 있어."

몸 상태로 볼 때 다른 길은 없었다. 나는 몸이 상했다는 기분에 젖어 체내에 스머든 화학물질의 무게와 충격총으로 놀란 신경 아래로 빠르게 침잠하고 있었다. 한 팔을 들어 올리려고 해 보았지만, 팔은 마치 뱃속에 납 덩어리 1킬로그램을 넣은 물고기처럼 다시 툭 떨어졌다. 가와하라는 이 모습을 보고 웃었다.

"그래, 멋지군."

가와하라는 이렇게 말하고 자기 왼쪽 팔을 내려다보았다. 블라우스가 찢어진 틈으로 피가 흐르고 있었다.

"이 상처를 낸 대가도 치러야 할 거다, 코바치."

가와하라는 움직이지 않는 트렙 쪽으로 다가갔다.

"그리고 너도, 이 나쁜 년아."

그녀는 창백한 트렙의 갈비뼈를 세게 찼다. 몸은 움직이지 않았다.

"한데 이 개자식이 너한테 어떻게 해 준 거야? 앞으로 10년 동안 빨아 주겠다고 하던?"

트렙에게서는 대답이 없었다. 나는 왼손에 힘을 주어 손가락을 다리 쪽으로 몇 센티미터 겨우 움직였다. 가와하라는 트렙의 몸을 마지막으로 힐끗 돌아보며 책상으로 가서 제어판을 건드렸다.

"보안?"

"네, 가와하라 님."

비행선에 접근했을 때 오르테가에게 질문을 던졌던 그 남자 목소리였다.

"침입자가 있어서……"

"알고 있어."

가와하라는 지친 목소리로 말했다.

"5분 동안 그 침입자랑 격투를 벌였다. 왜 이리 오지 않는 거야?"

"가와하라 님?"

"호출을 했는데 얼마나 걸려야 여기까지 오냐는 말이야."

잠시 침묵이 흘렀다. 가와하라는 고개를 책상 위로 숙인 채 기다렸다. 나는 팔을 계속 뻗었다. 오른손과 왼손이 힘없이 만난 다음, 손에 있는 것을 꼭 쥐고 다시 아래로 떨어졌다.

"가와하라 님, 호출 신호가 없었는데요."

"아."

가와하라는 다시 트랩을 돌아보았다.

"좋아. 어쨌든 지금 당장 여기로 사람을 보내. 네 명. 쓰레기를 치워야 하니까."

"알겠습니다."

그 와중에도 입가에 희미한 미소가 떠올랐다. '님?'

가와하라는 이쪽으로 돌아오다가 허리를 굽혀 핀셋을 집어 들었다.

"뭘 보고 웃는 거야, 코바치?"

침을 뱉어 주려고 했지만, 침은 입을 겨우 빠져나와 피와 섞인 채 턱 위로 죽 늘어졌다. 가와하라의 얼굴이 갑자기 분노로 뒤틀렸다. 그녀는 내 배를 찼다. 상태가 상태인지라 거의 느껴지지도 않았다.

"너."

가와하라는 사납게 입을 열었다. 하지만 다음 순간 평소대로 억양 없는 얼음장 같은 목소리가 다시 돌아왔다.

"너 때문에 일평생 겪어도 충분할 만큼 골치가 아팠어."

가와하라는 내 옷깃을 잡고 비스듬한 창문 위로 몸을 질질 끌어올려 눈을 맞췄다. 거의 대화 조로 다시 누그러진 음성이었다.

"가톨릭교도들처럼, 이네닌의 네 동지들처럼, 애처로운 성교로 널 이 세상에 존재하게 만든 그 쓸모없는 뒷골목 인생들처럼, 다케시. 인간이라는 원료, 넌 그런 존재에 불과해. 뉴베이징에서 그 상태를 뛰어넘어 나와 손을 잡을 수 있었는데도, 넌 내 얼굴에 침을 뱉고 하찮은 인간의 존재로 되돌아갔어. 여기 지구에서도 넌 내 편에 서서 인간이라는 종족 전체를 조종하는 위치에 오를 수도 있었어. 넌 권력을 가진 인간이 될 수도 있었어, 코바치. 이해해? '의미 있는' 존재가 될 수도 있었다고."

"난 그렇게 생각하지 않아."

나는 유리벽을 타고 다시 아래로 미끄러지며 힘없이 중얼거렸다.

"내 속에는 아직 양심이 덜그럭거리고 있어. 어디 뒀는지 잊어버려서 탈이지만."

가와하라는 얼굴을 찌푸리고 내 옷깃을 한 번 더 잡았다.

"농담도 잘 하는군. 기백이 있어. 하긴 좀 이따 네가 가는 곳에서는 그런 정신이 많이 필요할 거다."

"누가 내가 어떻게 죽었는지 물어보면."

나는 말했다.

"말해 달라, 여전히 분노하고 있었노라고."

"퀠이군."

가와하라는 몸을 더욱 내밀었다. 지치도록 사랑을 나눈 연인들처럼 거의 내 위에 몸을 겹친 자세였다.

"하지만 퀠은 가상 고문을 겪은 적이 없잖아? 넌 분노한 채 죽지 못해, 코바치. 애원하면서 죽을 거야. 계속. 끊임없이."

가와하라는 내 가슴팍을 잡고 세게 눌렀다. 핀셋이 올라왔다.

"식전주 맛부터 봐라."

핀셋 끝이 눈 밑으로 돌진했고, 피가 가와하라의 얼굴에 튀었다. 아픔이 작렬했다. 순간 핀셋이 눈을 뚫고 들어와서 마치 거대한 철탑처럼 우뚝 솟아 있는 광경이 시야에 들어왔다. 가와하라가 핀셋을 돌리는 순간 뭔가 툭 터졌다. 시야에 붉은 빛이 확 퍼지면서 엘리엇의 데이터 링크에 있던 고장 난 모니터 스크린처럼 시야가 꺼졌다. 가와하라가 리즈의 녹화 장비가 달린 핀셋을 빼내는 모습이 성한 눈으로 보였다. 미세한 녹화 장비 뒤쪽 끝에서 작은 핏방울이 뺨으로 뚝 떨어졌다.

가와하라는 엘리엇과 리즈도 찾아낼 것이다. 오르테가와 바우티스타, 그 외 수많은 사람들까지도.

"빌어먹을, 이제 충분해."

나는 혀가 꼬이는 목소리로 중얼거리며 허벅지 근육에 힘을 주어 가와하라의 허리에 다리를 둘렀다. 왼손은 비스듬한 유리창에 납작하게 붙었다.

둔탁한 폭발음, 뒤를 이어 유리가 날카로운 소리를 내며 깨졌다.

터마이트 마이크로수류탄은 지연 시간을 최소한으로 설정해 놓았기 때문에 투척 즉시 폭발하며 폭발력의 90퍼센트가 접착면에 집중되도록 설계되어 있었다. 남은 10퍼센트의 폭발력으로 인해 쿠말로 골수 합금 골격과 탄소 강화 힘줄에서 살이 뜯겨 나가고 다중 결합 인대가 찢기면서 손바닥에 동전 크기의 구멍이 났다.

아래쪽 창문이 강물 위에 두껍게 언 얼음처럼 갈라졌다. 마치 슬로모션 같았다. 옆에서 유리 표면이 가라앉으면서 내 몸은 구멍 난 쪽으로 미끄러지기 시작했다. 객실 안에 차가운 바깥바람이 밀려 들어오는 것이 희미하게 느껴졌다. 가와하라의 얼굴은 충격으로 멍해졌지만, 상황을 깨달은 순간에는 이미 늦었다. 가와하라는 내 가슴과 머리를 마구 때리며 발버둥을 쳤지만 허리를 단단히 감은 내 다리를 풀 수는 없었다. 핀셋이 위로 올라갔다가 떨어지는 순간 광대뼈에서 길게 살점이 벗겨져 나가며 망가진 눈을 다시 찔렀지만, 이미 아픔도 베타타나틴 기운을 마침내 뚫고 올라온 분노의 모닥불에 완전히 타 버려 아득하게, 나와 상관없는 것처럼 느껴질 뿐이었다.

말해 달라, 여전히 분노하고 있었노라고.

발버둥을 치고 있는 몸 아래의 유리가 마침내 무너지면서, 우리는 바람과 창공 속으로 밀려 나갔다.

우리는 떨어졌다…….

왼팔은 폭발 충격으로 마비되어 있었다. 하지만 차가운 암흑

속으로 떨어지기 시작하는 순간 나는 오른손으로 나머지 수류탄을 가와하라의 두개골 아랫부분에 단단히 갖다 댔다. 아래로 아득히 바다가 보였고, 헤드 인 더 클라우드는 로켓처럼 우리 위쪽으로 멀어지고 있었으며, 레일린 가와하라는 멀어지는 비행선에 제정신을 완전히 놓고 나온 얼굴을 하고 있었다. 뭔가 비명을 지르고 있었지만, 그 소리가 안에서 들리는 것인지 밖에서 들리는 것인지도 이미 알 수 없었다. 귓전을 쉬익 하며 스치는 바람 소리 속에서 지각은 멀어져 갔고, 더 이상 한 개인의 시각이라는 작은 창문으로 돌아가는 길을 찾을 수는 없었다. 추락은 잠처럼 유혹적이었다.

마지막 남아 있는 의지로, 나는 수류탄이 폭발할 정도로 잔뜩 힘을 주어 가와하라의 두개골을 가슴에 꽉 끌어안았다.

데이비슨이 스크린을 보고 있다면 좋겠군. 이것이 마지막으로 든 생각이었다.

주소는 묘하게도 릭타운이었다. 나는 두 블록 북쪽에서 자동 택시를 내린 뒤 나머지는 걸어갔다. 섬뜩한 합일의 기분을 떨쳐 낼 수가 없었다. 우주라는 기계가 갑자기 현실의 막에 구멍을 내서 그 너머를 엿볼 수 있게 된 느낌이었다.

내가 찾는 아파트는 갈라진 콘크리트 사이로 잡초가 자라는 착륙장을 중심으로 한 유(U) 자형 건물이었다. 칙칙한 지상 자동차와 비행 자동차 사이에 있는 마이크로콥터가 곧 눈에 띄었다. 차체가 한쪽으로 비스듬히 기울어져 있긴 했지만, 최근에 보라색과 붉은 테두리 칠을 한 모양이었고 비싸 보이는 센서 장비도 앞 뒤에 붙어 있었다. 나는 혼자 고개를 끄덕이고 건물 외부에 난 계 단을 올라 이층으로 향했다.

17호의 문이 열리고, 열한 살 난 소년이 적의를 담은 눈으로 나를 쳐다보았다.

"네?"

"셰릴 보스톡을 찾아왔는데."

"여기 없어요."

나는 한숨을 쉬고 눈 밑의 상처를 문질렀다.

"그렇지 않을 텐데. 마이크로콥터도 주차장에 있고, 넌 아마 아들, 대릴인 모양인데 어머니는 세 시간 전에 야간 근무를 끝내 고 돌아왔잖아. 엄마한테 가서 뱅크로프트의 몸에 관한 일로 누 가 찾아왔다고 전해라."

"아저씨 사이어예요?"

"아니, 그냥 이야기만 하려고 왔어. 엄마가 날 도와주면 돈으로 보상을 할 수도 있을 거라고 해."

소년은 잠시 나를 쳐다보고 있다가 말없이 문을 닫았다. 안에 서 어머니를 부르는 목소리가 들렸다. 나는 흡연 욕구를 참으며 기다렸다.

5분 뒤 헐렁한 카프탄 차림의 셰릴 보스톡이 문을 열고 나타 났다. 보스톡의 합성 신체는 아들보다 더 표정이 없었지만, 그것 은 태도 때문이 아니라 근육이 축 늘어진 합성 신체 특유의 얼굴 이었다. 비교적 염가 모델의 합성 신체는 자고 일어나면 미세 근 육이 기운을 차리는 데 더 오랜 시간이 걸리는데, 이 몸 역시 싸구려 특가품이었다.

"날 만나자고 하셨다고요? 용건이 뭐죠?"

안정되지 않은 합성 목소리가 물었다. 나는 최대한 부드럽게 말했다.

"나는 로렌스 뱅크로프트를 위해 일하는 사립 탐정입니다. 사이카섹에서 당신이 하는 일에 대해 몇 가지 물어볼 게 있습니다. 들어가도 될까요?"

보스톡은 작은 소리를 냈다. 전에도 남자들 앞에서 문을 닫으려고 했지만 그러지 못했던 경험이 있는 것 같은 목소리였다.

"오래 걸리지 않을 겁니다."

보스톡은 어깨를 으쓱하더니 문을 활짝 열었다. 나는 그 옆을 지나 깔끔하지만 허름한 방으로 들어섰다. 가장 눈에 띄는 것은 매끈한 검정색 오락 시스템이었다. 시스템은 반대편 구석의 카펫을 들어 올리고 마치 기계 신의 상징처럼 떡 버티고 있었고, 다른 가구들은 오락기를 중심으로 경건하게 다시 배치된 것 같았다. 마이크로콥터의 페인트칠처럼, 새것 같았다.

대릴은 어디론지 사라졌다. 나는 다가가서 비스듬히 경사진 디스플레이 시스템을 살펴보았다.

"좋은 시스템이군요. 언제 장만하셨습니까?"

"얼마 전에요."

셰릴 보스톡은 문을 닫고 쭈뼛거리며 방 한가운데 와서 섰다. 서서히 깨어나기 시작하는 얼굴 표정은 잠기운과 의혹 사이를 오가고 있었다.

"뭘 물어보고 싶으신데요?"

"앉아도 되겠습니까?"

보스톡은 한참 사용한 듯한 안락의자를 말없이 가리키고 맞은편 긴 의자에 앉았다. 카프탄 자락 안쪽의 분홍색 합성 살갗이 인공적인 느낌을 주었다. 나는 용건을 시작하는 것이 내키지 않는 기분으로 잠시 보스톡을 바라보았다.

보스톡은 한 손을 신경질적으로 까딱했다.

"그래서요? 뭘 물어보고 싶다고요? 밤 근무 끝내고 자고 있는데 깨우셨으니 대단한 이유가 있으실 텐데요."

"8월 14일 화요일 당신은 뱅크로프트의 가족 클론 은행에 들어가서 로렌스 뱅크로프트의 클론에 피하 스프레이로 뭔가를 주사했습니다. 그게 뭔지 알고 싶군요, 셰릴."

상상했던 것보다 훨씬 극적인 변화였다. 셰릴 보스톡은 합성 얼굴을 격렬하게 떨더니 내가 진압봉으로 으르대기라도 한 것처럼 움츠러들었다. 그녀는 날카롭게 외쳤다.

"일상 업무의 일부였어요. 난 클론에 화학 약품 주사를 할 권한을 갖고 있다고요."

보스톡이 말하는 것 같지 않았다. 마치 누군가 외우라고 지시한 내용 같았다. 나는 조용히 물었다.

"시나모페스테론이었습니까?"

싸구려 합성 인체는 얼굴이 붉어지거나 창백해지지 않지만, 얼굴에 떠오른 표정만으로도 똑같은 효과를 내고 있었다. 보스톡은 주인에게 배신당해 겁에 질린 짐승 같았다.

"당신이 그걸 어떻게 알았어요? 누구한테 들었죠?"

목소리가 높아지며 흐느낌으로 변해 갔다.

"당신이 어떻게 알지. 아무도 모를 거라고 그랬는데."

보스톡은 소파에 주저앉아 손에 얼굴을 묻고 흐느끼기 시작했다. 어머니가 우는 소리를 듣고 대릴이 다른 방 문간에 나타나더니 잠시 망설이다가 자기가 어떻게 할 수 있는 일도 없고 끼어들어서도 안 된다고 생각했는지 그냥 그대로 서서 겁에 질린 얼굴로 나만 쳐다보기 시작했다. 나는 한숨을 억누르고 아이에게 최대한 위협적이지 않은 얼굴로 고개를 끄덕여 보였다. 대릴이 조심스럽게 소파로 다가와 어머니의 어깨에 손을 얹자, 보스톡은 한대 맞은 양 펄쩍 뛰었다. 추억이 물결처럼 밀려오면서 내 표정이 차갑고 엄숙해지는 것을 느낄 수 있었다. 그들에게 미소를 지어보이려고 했지만, 그것도 우스꽝스러운 짓이었다. 나는 헛기침을 했다.

"당신을 어떻게 하려고 온 게 아닙니다. 그냥 알고 싶어서 왔습니다."

내 말이 얼기설기 얽힌 공포의 거미줄을 뚫고 셰릴 보스톡의 의식까지 전달되는 데는 잠시 시간이 걸렸다. 눈물을 억누르고 나를 올려다보는 데는 더 오랜 시간이 걸렸다. 대릴은 어리둥절한 얼굴로 옆에 앉은 엄마의 머리만 쓰다듬고 있었다. 나는 이를 갈며 머릿속에 차오르는 열한 살 시절의 기억을 억누르려 애썼다. 그리고 기다렸다.

"그 여자였어요."

보스톡은 마침내 말했다.

선터치 하우스를 끼고 바다 쪽으로 도는데 커티스가 내 앞을 막아섰다. 분노로 얼굴이 거무죽죽했고 양옆에 내린 손은 주먹을 꽉 쥐고 있었다. 그는 내게 으르렁거렸다.

"부인은 당신과 이야기하고 싶어 하지 않아."

"비켜, 커티스. 안 그러면 다칠 거야."

나는 평정하게 말했다. 커티스의 팔이 가라데 자세로 올라왔다.

"말했잖아, 부인은……."

나는 커티스의 무릎을 찼다. 그는 내 발 아래 쓰러졌다. 다시 한 번 차인 그는 테니스 코트 쪽으로 몇 미터 굴러 떨어졌다. 겨우 멈추는 순간 나는 그의 몸에 걸터앉았다. 그리고 등허리를 무릎으로 누르며 머리카락을 잡고 머리를 잡아당겼다. 나는 참을성 있게 말했다.

"오늘 일진이 별로 안 좋은데 말이야. 너 때문에 더 재수가 없어. 자, 난 올라가서 네 주인과 이야기를 해야겠어. 10분 정도 말하고 갈 거야. 머리가 있으면 가만 물러나 있어."

"이 새끼가……."

나는 커티스의 머리를 더욱 세게 잡아당겼다. 그는 비명을 질렀다.

"날 따라 들어오면, 커티스, 널 해칠지도 몰라. 아주 심하게. 알아들어? 오늘은 너 같은 잡놈을 상대할 기분이 아니야."

"놔줘요, 코바치 씨. 열아홉 살 애들도 아니고."

어깨 너머를 돌아보니 미리엄 뱅크로프트가 샤리아의 하렘 복장을 본떠 만든 헐렁한 모래 색 옷 주머니에 손을 찌른 채 서 있었다. 긴 머리카락은 황토색 천 아래로 들어가 있었고, 눈동자가 햇빛에 빛났다. 갑자기 오르테가가 나카무라사에 대해 했던 말이 떠올랐다. *그 회사는 그 여자의 얼굴과 몸을 이용해서 자기네 물건을 선전해.* 그 순간 미리엄 뱅크로프트의 신체 모델다운 자연스러운 자세에서 그 말을 실감할 수 있었다.

나는 커티스의 머리카락을 놓고 물러섰다. 커티스는 일어섰다.

"난 어렸을 때도 이렇게 어리석지는 않았습니다."

이건 거짓말이었다.

"당신이 물러나라고 이야기해 주시죠. 당신 말은 들을지도 모르니."

"커티스, 가서 리무진 안에서 기다려. 오래 걸리지 않아."

"혹시 저놈을……."

"커티스!"

뭔가 착오가 있다는 듯, 말대답 같은 것은 예상도 못했다는 듯 진심으로 놀란 기색이 담긴 목소리였다. 커티스는 얼굴을 붉히더니 당황해서 눈물을 글썽이며 멀어졌다. 두 번째는 때리지 말았어야 하는 게 아닌가 하는 생각에, 나는 그가 시야에서 사라질 때까지 쳐다보았다. 미리엄 뱅크로프트는 내 표정을 읽은 모양이었다.

"아무리 당신이라도 지금쯤 폭력 욕구는 충분히 만족했을 거라고 생각했는데. 아직 목표물을 찾고 있어요?"

부인은 조용히 말했다.

"내가 목표물을 찾고 있다고 누가 그랬습니까?"

"당신이 그랬어요."

나는 얼른 그녀를 보았다.

"난 기억 못합니다."

"편리하기도 하셔라."

"아니, 그게 아니라."

나는 두 손을 벌려서 내밀어 보였다.

"정말 기억을 못합니다. 우리가 함께했던 기억은 사라졌습니다. 난 그 기억이 없어요. 지워졌습니다."

부인은 한 대 맞기라도 한 듯 움찔했다. 그녀는 띄엄띄엄 말했다.

"하지만 당신은, 내 생각에, 겉보기에는……."

"똑같지요."

나는 내 몸을, 라이커의 몸을 내려다보았다.

"바다에서 건져낸 내 다른 몸에는 별로 성한 게 없었습니다. 대안은 이것뿐이었지요. 한 번 더 의식 복제를 하게 해 달라고 청해 봤지만 유엔 수사관들에게 일언지하에 거절당했습니다. 솔직히 그들 잘못은 아니지요. 우리가 했던 의식 복제를 정당화시키는 것도 쉽진 않을 겁니다."

"그럼 어떻게……."

"결정했느냐고요?"

나는 내키지 않는 미소를 지었다.

"안으로 들어가서 이야기할까요?"

나는 미리엄 뱅크로프트의 뒤를 따라 온실 안으로 들어갔다. 누군가 마터워드 옆 테이블에 물주전자와 목이 긴 유리잔을 미리 배치해 놓았다. 주전자에는 석양 빛 액체가 들어 있었다. 우리는 말 한마디 없이, 눈빛도 마주치지 않고 맞은편에 앉았다. 미리엄 뱅크로프트는 자기 잔을 먼저 따랐다. 이 사소한 허물없는 태도가 그녀와 나의 다른 자아 사이에 무슨 일이 있었는지 많은 것을 말해 주고 있었다.

"시간이 별로 없어요. 전화로도 이야기했지만, 로렌스가 날 즉시 뉴욕으로 오라고 불렀어요. 당신이 전화했을 때 떠나려던 참이었죠."

나는 아무 말도 하지 않고 기다리다가 부인이 자기 잔을 채운 뒤에 내 잔을 들었다. 뭔가 대단히 어색하게 느껴졌고, 그런 기색이 겉으로도 비친 모양이었다. 부인은 그제야 깨달았다.

"아, 난……"

"괜찮습니다."

나는 의자에 몸을 묻고 액체를 마셨다. 달콤함 뒤로 희미하게 톡 쏘는 맛이었다.

"우리가 어떻게 결정했느냐고요? 내기를 했습니다. 가위바위보로. 물론 그 전에 몇 시간이고 이야기를 했지요. 당국에서는 우리가 결정을 내릴 때까지 특수 보안된 초고속 가상 포럼 안에 넣어 주더군요. 이번 사건의 영웅을 위해 비용을 아끼지 않은 셈이지요."

나는 목소리에 씁쓸한 기색이 스며드는 것을 느끼고 일단 입을 다물었다. 그리고 음료를 죽 마셨다.

"방금 말했듯이, 우린 이야기를 했습니다. 많이. 여러 가지 결정 방법에 대해 이야기해 보았고, 그중 몇 가지는 적극 검토하기도 했지만 결국엔 도로 돌아왔습니다. 가위바위보. 오전삼승제. 뭐 어떠냐?"

나는 어깨를 으쓱했다. 하지만 의도했던 만큼 태연한 몸짓이 아니었다. 나 자신의 존폐 여부를 놓고 나 자신의 수를 읽으려고 애쓰던 그 내기에 대해 생각하면 아직도 오싹한 기분을 떨칠 수가 없었다. 오전삼승제, 2대 0까지 갔다. 제리스 클로즈드 쿼터 안의 정크 리듬처럼 심장이 두근거렸고, 아드레날린으로 어질어질했다. 가와하라와 대치하던 순간도 이렇게까지 힘들지는 않았다.

그가 마지막 판을 진 뒤(그가 바위, 나는 보였다.) 우리는 영원처럼 느껴지는 시간 동안 서로의 뻗은 손을 응시하고만 있었다. 문득 그는 희미하게 미소 지으며 일어나더니 엄지손가락과 집게손가락을 들어 자기 머리를 가리켰다. 경례와 익살스러운 자살 흉내 중간쯤 되는 몸짓이었다.

"지미를 만나면 뭐라고 말할까?"

나는 말없이 고개를 저었다.

"음, 좋은 인생 되길 바라."

그는 이렇게 말하고 햇빛 가득한 방을 나선 뒤 등 뒤로 조용히 문을 닫았다. 내 마음 한구석에서는 아직도 그가 마지막 판을 일부러 포기했다는 외침이 메아리치고 있었다.

그들은 다음 날 내 의식을 다시 몸에 입력했다.

나는 시선을 들었다.

"내가 왜 군이 여기까지 왔는지 궁금하실 것 같습니다만."

"그래요."

"셰릴 보스톡 때문입니다."

"누구요?"

나는 한숨을 쉬었다.

"미리엄, 제발. 더 이상 힘들게 만들지 마십시오. 셰릴 보스톡은 자기가 뭔가 안다는 이유로 당신이 자길 죽일까 봐 겁을 집어먹고 있어요. 난 그게 아니라는 걸 납득하기 위해 여기 온 겁니다. 보스톡에게 그렇게 약속했으니까."

미리엄 뱅크로프트는 커다란 눈으로 잠시 나를 바라보더니, 느닷없이 내 얼굴에 음료를 끼얹었다. 그녀는 나직하게 내뱉었다.

"이 오만한 자식. 감히 네가. 감히 어떻게?"

나는 눈을 닦고 그녀를 응시했다. 반응이 있을 거라고는 생각했지만 이런 건 아니었다. 나는 머리카락에 묻은 칵테일까지 닦아냈다.

"무슨 말씀인지?"

"감히 어떻게 여기 들어와서 힘든 일이니 어쩌니 하고 있어? 지금 이 순간 내 남편이 무슨 일을 겪고 있는지 알기나 해?"

"음, 어디 보자."

나는 셔츠에 손을 닦으며 이맛살을 찌푸렸다.

"지금 뉴욕에서 벌어지는 유엔 특별 청문회에서 별 다섯 개짜리 특급 증인으로 나가 계시죠. 왜, 배우자랑 떨어져 있다고 우울하실 것 같습니까? 뉴욕에서도 사창가 하나 찾는 건 그리 어렵지 않을 겁니다."

미리엄 뱅크로프트의 턱이 굳었다. 그녀는 속삭이듯 말했다.

"당신은 잔인해."

"당신은 위험하죠."

자제심의 표면에서 김이 약간씩 솟아나고 있었다.

"난 샌디에이고에서 태아를 죽인 사람도 아니고, 남편이 오사카에 출장을 가 있는 동안에 남편의 클론에다 시나모페스테론을 주입한 사람도 아닙니다. 그 상태에서 남편이 처음 섹스하는 여자에게 어떤 짓을 저지를지 잘 알고도, 그리고 그 여자가 자신이 아니라는 것을 잘 알고도 말이죠. 셰릴 보스톡이 겁에 질린 것도 놀랄 일은 아닙니다. 당신을 보고 있으니 나조차 이 집 대문을 살아서 빠져나갈 수 있을지 의문스러우니까."

"그만 해."

부인은 깊이 떨리는 숨을 들이쉬었다.

"그만 해요, 제발."

나는 입을 다물었다. 우리는 말없이 앉아 있었다. 부인은 고개를 숙이고 있었다. 나는 마침내 입을 열었다.

"어떻게 된 건지 말해 주시죠. 대부분은 가와하라에게 들었습니다. 로렌스가 왜 자살했는지도 알고 있고……."

"알고 있다고요?"

부인의 목소리는 이제 조용했지만, 그 질문에는 아직도 독기가 남아 있었다.

"말해 봐요, 뭘 안다는 거죠? 협박을 피하려고 자살했다는 거? 뉴욕에서는 그렇게 말하고들 있겠죠?"

"그게 논리적인 가설이죠, 미리엄."

나는 조용히 말했다.

"가와하라는 로렌스를 함정에 빠뜨렸습니다. 결의안 653조에 반대하지 않으면 살인자라는 사실을 공개하겠다. 사이카섹 니들캐스트가 지나가기 전에 자살하는 것만이 유일한 탈출구였습니다. 로렌스가 자살이라는 수사 결과를 그렇게 못마땅하게 생각하지만 않았어도 아무 일 없이 넘어갔을 겁니다."

"그렇죠. 당신만 오지 않았더라면."

나는 방어적인 몸짓을 해 보였다.

"내가 끼고 싶어 긴 건 아닙니다."

"죄책감은?"

부인의 목소리가 정적 속에 울려 퍼졌다.

"혹시 그건 생각 안 해 봤나요? 자신이 무슨 일을 저질렀는지 깨닫고 로렌스가 어떤 기분이었을지, 그 렝탕이라는 소녀가 가톨릭이기 때문에 아무리 결의안 653조를 통과시켜 잠시 살려 낸 다음 재판에 증언을 하게 한다 해도 다시는 살아날 수 없다는 것을 알았을 때 그가 어떤 기분이었을지? 그가 자기 스택에 총을 대고 방아쇠를 당긴 게, 자신이 저지른 일을 벌하기 위해 한 일이었다는 생각은 안 들던가요? 어쩌면 그가 당신 표현대로 '아무 일 없이 넘어가려고' 자살한 것이 아니라는 생각, 한 번도 안 해 봤어요?"

나는 뱅크로프트에 대해 잠시 생각해 보았다. 부인이 원하는 대답을 해 주는 것은 그리 어렵지 않았다.

"그럴 가능성도 있습니다."

미리엄 뱅크로프트는 픽 하고 웃었다.

"가능성이 있다는 정도가 아니에요, 코바치 씨. 잊었나 본데, 난 그날 밤 여기 있었어요. 계단에 서서 그가 들어오는 걸 봤어요. 그의 얼굴을 봤다고요. 그의 얼굴에 어린 고통을 봤어요. 그는 자기가 한 짓에 대한 대가를 치렀어요. 자신이 판사가 되어 자신을 처형한 거예요. 그는 대가를 치르고, 범죄를 저지른 자를 파괴했어요. 한데 이제 그 범죄에 대한 기억이 전혀 없는 사람이, 그 범죄를 저지르지 않은 사람이 죄책감을 다시 안고 살아가게 된 거예요. 이제 만족해요, 코바치 씨?"

목소리의 씁쓸한 울림이 마터위드를 통해 온실 밖으로 새어나갔다. 정적이 더욱 깊어졌다.

"왜 그런 일을 했습니까?"

부인이 다시 뭐라 말할 기색이 없어서 내가 물었다.

"말라 렝탕이 왜 당신 남편의 부정에 대한 대가를 치러야 했습니까?"

부인은 내가 뭔가 중대한 영적 진실에 대해 묻기라도 한 듯 나를 쳐다보다 무기력하게 고개를 저었다.

"그에게 상처를 줄 수 있는 방법이 그것밖에 생각나지 않았으니까."

결국엔 가와하라와 다를 게 없다. 나는 잔인한 표현을 신중하게 조율해 냈다. 하찮은 사람들을 퍼즐 조각처럼 움직이는 또 하나의 메트족일 뿐. 나는 억양 없이 물었다.

"커티스가 가와하라를 위해 일하고 있다는 건 알고 있었습니까?"

"그럴 거라고 생각했어요. 일이 일어난 뒤에."

그녀는 한 손을 들어 올렸다.

"하지만 증거가 없었죠. 어떻게 알아냈어요?"

"되짚어 보니 그렇더군요. 내게 헨드릭스를 추천하면서 날 그리 데려간 사람이 커티스였습니다. 내가 호텔로 들어간 지 5분 뒤에 가와하라의 명령을 받은 카드민이 들이닥쳤고. 우연이라기엔 지나치죠."

"그렇군요. 들어맞아요."

부인은 무심하게 말했다.

"커티스가 당신에게 시나모페스테론을 구해 주던가요?"

미리엄 뱅크로프트는 고개를 끄덕였다.

"가와하라를 통해서 얻었겠군요. 분량도 충분했던 모양입니다. 당신이 나한테 그를 보낸 날 밤에 자기도 눈에다 약을 맞고 나타났으니까. 오사카 여행 전에 클론에 약을 주입하라고 했던 것도 커티스였습니까?"

"아니, 그건 가와하라였어요."

미리엄 뱅크로프트는 헛기침을 했다.

"며칠 전에 우린 아주 솔직한 대화를 나눴죠. 뒤돌아보니 오사카 건을 전후로 한 일을 모두 그 여자가 조종하고 있었던 게 틀림없어요."

"네, 레일린은 용의주도했습니다. 상당히 용의주도했지요. 로렌스가 자기를 지지하지 않겠다고 할 가능성이 있다는 걸 알았던 겁니다. 그래, 당신은 나처럼 그 섬의 놀이 공원에 데려가 주는 걸로 셰릴 보스톡을 매수했습니다. 단, 나처럼 미리엄 뱅크로프트의 눈부신 몸과 유희를 즐기는 대신 그 몸을 직접 입혀 줬겠지요. 상당한 돈과 다음에도 와서 다시 놀게 해 주겠다는 약속으로. 불쌍한 여자. 서른여섯 시간 동안 천국을 경험하고 돌아와서 이제 금단 증상에 덜덜 떠는 마약쟁이 꼴로 살고 있으니. 다시 데려갈 겁니까?"

"난 약속을 지키는 여자예요."

"그렇습니까? 음, 날 봐서라도 곧 한번 해 주십시오."

"나머지는? 당신한테 증거는 있나요? 내가 이번 일에 개입했다는 걸 로렌스에게도 말할 건가요?"

나는 주머니에 손을 넣어 검은 디스크를 꺼냈다. 그 디스크를 들어 보이며 말했다.

"주사 장면이 찍힌 영상입니다. 셰릴 보스톡이 사이카섹을 떠나서 당신 리무진이 있는 곳까지 간 뒤, 리무진을 타고 바다 쪽으로 가는 장면을 합성한 겁니다. 이게 없으면 당신 남편이 약물의 영향 하에 말라 렝탕을 죽였다는 사실을 증명할 길이 없습니다만, 어쨌든 법정에서는 가와하라가 헤드 인 더 클라우드에서 약물을 주입했다고 생각할 수도 있겠죠. 증거는 없지만 그렇게 결론 내리는 쪽이 편리하니까요."

"어떻게 알았어요?"

부인은 온실 한쪽 구석을 바라보며 작고 무심한 목소리로 말했다.

"어떻게 보스톡을 찾아냈죠?"

"주로 직관이죠. 내가 망원경을 들여다보는 걸 당신도 봤잖습니까."

부인은 고개를 끄덕이고 헛기침을 했다.

"당신이 나를 갖고 노는 줄 알았어요. 로렌스에게 말한 줄 알았죠."

"아닙니다."

희미한 분노가 가슴을 찔렀다.

"당시 가와하라는 내 친구를 가상현실에 잡아 놓고 있었습니

340

다. 그 친구가 정신이 나갈 때까지 고문하겠다고 협박했죠."

부인은 곁눈질로 나를 보더니 다시 눈길을 돌렸다.

"그건 몰랐어요."

"네, 어쨌든."

나는 어깨를 으쓱했다.

"망원경에서 절반쯤 알아냈습니다. 당신 남편이 자살하기 직전에 헤드 인 더 클라우드에 갔다는 사실을. 가와하라가 갖고 있는 온갖 불쾌한 장난감들을 생각해 보니 어쩌면 당신 남편이 자살하도록 유도된 게 아닐까 싶더군요. 약물이나, 가상현실 프로그램 같은 걸로. 전에도 그런 일을 본 적이 있습니다."

"그렇겠죠."

이제 피곤한 듯 관심이 점점 멀어져 가는 목소리였다.

"그럼 왜 헤드 인 더 클라우드에서 찾지 않고 사이카섹에서 찾았나요?"

"모르겠습니다. 말했지만, 직관이었죠. 비행선 사창가에서 약물을 먹인다는 게 어쩐지 가와하라 스타일 같지 않았기 때문일지도. 너무 경솔하고 투박하죠. 그 여자는 체스 플레이어지, 으르대는 사람이 아닙니다. 아니었죠. 어쩌면 사이카섹처럼 헤드 인 더 클라우드의 보안 장치를 뚫고 들어갈 길이 보이지 않는데 당장 뭔가 해야만 해서였기 때문일지도 모르겠습니다. 어쨌든 난 헨드릭스를 시켜 사이카섹에 침투한 뒤 클론에 대한 기본적인 의학적 처리 과정을 알아내게 한 다음 특이한 점을 역추적했습니다. 그랬더니 셰릴 보스톡이 나오더군요."

"빈틈없으셔라."

부인은 나를 돌아보았다.

"그래서 이제 어떻게 할 거죠, 코바치 씨? 더 많은 정의를 추구할 건가요? 더 많은 메트족을 십자가형에 처할 건가요?"

나는 디스크를 테이블 위에 던졌다.

"헨드릭스에게 사이카섹에 침투해서 주입 장면을 삭제하도록 명령했습니다. 말씀드렸지만, 어쨌든 법정에서는 당신 남편이 헤드 인 더 클라우드에서 약물을 주입받은 걸로 가정할 겁니다. 간단한 해법이죠. 아, 그리고 혹시나 누군가 당신이 날 매수하려던 걸 이용해서 무슨 일을 꾸밀까 봐 당신이 내 방에 찾아온 장면이 담긴 헨드릭스의 메모리도 삭제했습니다. 어쨌든 난 헨드릭스에 엄청난 빚을 진 셈이죠. 헨드릭스는 이따금 고객 몇 명만 찾아오게 해 주면 그걸로 됐다고 하더군요. 비교적 돈도 별로 안 드는 일이죠. 당신이 그래 줄 거라고 약속해 놨습니다."

오르테가가 침실 장면을 보았다는 이야기, 오르테가를 설득하는 데 얼마나 오래 걸렸는지는 이야기하지 않았다. 솔직히 오르테가가 왜 내 말에 동의해 주었는지 아직 나 자신도 알 수가 없었다. 나는 미리엄 뱅크로프트가 놀란 표정을 짓고 손을 내밀어 디스크를 쥐는 모습을 30초 동안 바라보기만 했다. 그녀는 움켜쥔 손가락 위로 나를 올려다보았다.

"왜죠?"

"모르겠습니다."

나는 퉁명스럽게 말했다.

"누가 압니까, 어쩌면 당신과 로렌스는 서로 어울리는 사람일지도 모르죠. 어쩌면 한 사람과의 관계에서 존경과 성욕을 동시에 느낄 능력이 없는 성적 부적응자와 계속 같이 살아가는 게 당신 몫일지도 모르고. 자신이 렝탕을 죽인 게 약물 때문이었는지 아닌지 모른 채 살아가는 게 로렌스의 몫일지도 모르죠. 어쩌면 당신 둘 다 레일린과 똑같은 사람일지도 모르겠습니다. 어쩌면 당신들 메트족에게 어울리는 사람들은 오직 당신들뿐인지도. 나머지 사람들은 당신들과 어울리지 않는다는 건 분명합니다."

나는 가려고 일어섰다.

"잘 마셨습니다."

문까지 다다른 순간이었다.

"다케시."

나는 마지못해 돌아서서 다시 부인의 얼굴을 보았다.

"그렇지 않아요."

미리엄 뱅크로프트는 확신 어린 목소리로 말했다.

"당신이 그렇게 믿고 있는 건 사실일지 몰라도, 그 때문은 아니죠. 안 그래요?"

"네, 그 때문은 아닙니다."

"그럼 왜죠?"

"말했지만, 나도 이유는 모르겠습니다."

나는 부인을 응시했다. 내가 기억하지 못한다는 것이 다행한 일인지 아닌지 알 수 없었다. 목소리가 부드러워졌다.

"그가 내게 부탁하더군요. 내가 이기면 이렇게 해 달라고. 이게 조건 중 하나였습니다. 이유는 말하지 않더군요."

나는 마터위드 사이에 혼자 앉아 있는 미리엄 뱅크로프트를 뒤로하고 떠났다.

에필로그

엠버는 썰물이었다. 기우뚱한 프리 트레이드 호까지 젖은 모래 밭이 이어지고 있었다. 뱃머리 쪽으로 배의 내장이 쏟아져 나와 화석처럼 굳은 양, 배 밑바닥에 걸린 돌멩이들이 얕은 수면 위로 드러나 있었다. 바닷새들이 돌 위에 앉아 서로를 향해 날카롭게 울부짖고 있었다. 한 가닥 바람이 모래사장 위로 불어와 우리의 발자국에 고인 수면에 잔잔한 파문을 일으켰다. 앙카나 살로마오 의 얼굴이 철거된 도로는 한층 황량했다.

"가신 줄 알았어요."

아이린 엘리엇이 내 옆에서 말했다.

"진행 중입니다. 할란스 월드 쪽에서 니들캐스트 승인을 질질 끌고 있어서요. 내가 돌아오는 게 정말 싫은 모양입니다."

"여기서도 당신을 원하지 않죠."

나는 어깨를 으쓱했다.

344

"낯선 상황은 아닙니다."

우리는 잠시 조용히 걸었다. 자기 몸을 되찾은 아이린 엘리엇과 이야기를 하려니 묘한 기분이었다. 헤드 인 더 클라우드 침투를 준비하던 며칠 동안 내려다보는 데 익숙해져 있었는데, 골격이 큰 이 금발 머리 여인은 거의 나 정도로 키가 컸고, 저번 몸에서는 태도에서만 희미하게 느껴졌던 자신감이 풍겼다.

"일자리를 얻었어요."

마침내 엘리엇은 입을 열었다.

"메인라인 디지털 인간 저장 회사에서 보안 컨설팅을 맡게 됐죠. 이 회사 들어 봤어요?"

나는 고개를 저었다.

"동부에서 상당히 유명한 곳이에요. 청문회 자리에 그쪽 헤드헌터가 있었다나 뭐라나. 유엔에서 무죄판결이 나자마자 연락이 오더군요. 5000에 바로 그 자리에서 계약을 하자고. 엄청나죠."

"관행이죠. 축하합니다. 동부로 이사를 갈 겁니까, 원격으로 일하실 겁니까?"

"적어도 당분간은 여기서 할 것 같아요. 엘리자베스를 베이시티의 가상 콘도에 넣어 놨는데, 여기서 접속하는 게 훨씬 싸거든요. 거기 등록하느라 그 5000을 거의 다 써 버렸어요. 엘리자베스의 몸을 살 비용을 마련하려면 몇 년 더 걸리겠죠."

엘리엇은 수줍은 미소를 보냈다.

"요즘은 거기서 주로 시간을 보내고 있어요. 빅터가 오늘 간 곳도 거기고."

나는 부드럽게 말했다.

"변명하실 필요는 없습니다. 어쨌든 그분이 나와 만나고 싶어 할 것 같진 않군요."

엘리엇은 시선을 돌렸다.

"사실, 그 사람은 워낙 자존심이 강해서……."

"됐습니다. 그때 내가 했던 것처럼 누가 내 감정을 완전히 짓밟아 놨다면 나 역시 그 사람을 만날 기분이 안 들 겁니다."

나는 멈춰 서서 주머니에 손을 넣었다.

"그러고 보니 생각나는군. 드릴 게 있습니다."

엘리엇은 회색 신용 칩을 내려다보았다.

"이게 뭐죠?"

"8000 정도 있습니다. 이 정도면 엘리자베스에게 맞춤형 몸을 사 줄 수 있을 겁니다. 빨리 고른다면 올해 말쯤에는 데려올 수 있겠지요."

"뭐라고요?"

나를 쳐다보는 엘리엇의 얼굴에서 미소가 사라졌다. 잘 알아들을 수 없는 농담을 들은 사람 같았다.

"우리한테 이걸…… 왜? 왜 이러는 거예요?"

이번에는 해답이 있었다. 오늘 아침 베이시티에서 오는 내내 생각해 두었던 것이다. 나는 아이린 엘리엇의 손을 잡고 칩을 손바닥에 놓았다.

"뭔가 깨끗하게 끝나는 일이 한 가지쯤 있었으면 해서."

나는 조용히 말했다.

"뭔가 좋은 기분을 느낄 수 있는 일이."

잠시 엘리엇은 나를 쳐다보기만 했다. 다음 순간 그녀는 내 품에 뛰어들더니 팔을 두르고 울음을 터뜨렸다. 옆에 있던 갈매기가 놀라 모래 위에서 날아올랐다. 내 뺨에 눈물이 묻는 것이 느껴졌다. 하지만 동시에 그녀는 웃고 있었다. 나도 엘리엇의 몸을 가만히 안아 주었다.

우리는 잠시 그대로 끌어안고 있었다. 그렇게 서 있으려니, 먼 바다에서 불어오는 산들바람처럼 깨끗해지는 것 같았다.

주어진 것을 받아들여라. 버지니아 비도라의 목소리가 어딘가에서 들려왔다. *때로는 그것으로 충분하다.*

나를 할란스 월드로 재전송하는 니들캐스트에 승인이 떨어지는 데는 다시 열하루가 더 걸렸고, 그동안 나는 대체로 헨드릭스에 틀어박혀 뉴스를 보며 지냈다. 체크아웃이 다가오면서 묘한 죄책감이 느껴졌다. 레일린 가와하라의 죽음에 대해 공개적으로 알려진 사실은 거의 없었기 때문에 보도는 선정적이고 섬뜩했으며 대체로 부정확했다. 유엔 특별 청문회는 베일에 싸여 있었고, 결의안 653조가 승인될 거라는 소문이 터졌을 때는 이미 이 소식과 이전의 사건들을 연관시킬 만한 연결고리는 거의 없었다. 뱅크로프트의 이름은 거론되지 않았고, 내 이름 역시 마찬가지였다.

뱅크로프트와는 다시 만날 기회가 없었다. 니들캐스트 승인과 할란스 월드에서 의식을 재입력시켜 준다는 서약서를 들고 온 오우무 프레스콧은 계약 조건은 철저히 지켜질 거라고 기분 좋게 전하면서도 앞으로 뱅크로프트 가족 중 어느 누구와도 연락을 취하려 해서는 안 된다는 은근히 위협적인 메시지를 같이 전달했다. 프레스콧이 내세운 이유는 잭잇업에 관한 이야기를 꾸며 내어 약속을 어겼다는 것이었지만, 실질적인 이유는 듣지 않아도 알 수 있었다. 헤드 인 더 클라우드 침투 당시 미리엄이 어디에서 무엇을 하고 있었는지 드러난 순간, 청문회장 저편에 앉아 있던 뱅크로프트의 얼굴에서 이미 보았기 때문이었다. 메트족 특유의 품위 있는 언사에도 불구하고, 뱅크로프트는 질투심에 떨고 있었다. 만약 그가 내가 삭제한 헨드릭스 침실 파일을 본다면 어떨지 궁금했다.

오르테가는 니들캐스트의 날 베이시티 중앙 저장소까지 나를 태워 주었다. 헤드 인 더 클라우드 사건 일차 심리를 위해 메리 루 힝클리의 의식을 증언용 합성 신체에 다운로드한 바로 그날이었다. 입구 계단 앞에는 엄숙한 검은 제복 차림의 유엔 진압 경찰이 한 줄로 늘어서서 구호를 외치는 인파와 대치하고 있었다. 기자들을 헤치고 들어가는데 내가 지구에 도착하던 날 보았던 조악한 홀로그래피 플래카드가 머리 위를 떠다녔다. 폭풍우가 몰려오려는지 하늘은 회색이었다.

"어릿광대들 같으니라고."

오르테가는 마지막 시위대를 팔꿈치로 밀어내며 내뱉었다.

"유엔 진압 경찰을 건드리면 골치 아플걸. 저 친구들 진압하는 걸 봤는데 장난 아니야."

나는 주먹으로 하늘을 내지르며 다른 손에는 플래카드 생성기를 들고 있는 빡빡머리 청년 옆을 지났다. 목소리는 거칠었고 거의 무아지경 상태인 것 같았다. 나는 약간 숨을 몰아쉬며 군중을 빠져나와 오르테가 옆에 섰다.

"위협이 될 만한 조직력은 아니군."

나는 군중의 구호 소리 때문에 목소리를 높였다.

"그냥 소리만 지르는 것뿐인데."

"그래도 진압 경찰은 봐주지 않아. 아마 최소한 기본으로 몇 사람 머리는 빠개 놓을 거야. 대체 무슨 소란이냐고."

"진보의 대가야, 크리스틴. 당신도 결의안 653조가 통과되기를 바랐잖아."

나는 성난 군중들 쪽을 가리켰다.

"이제 얻었어."

마스크와 진압복 차림의 진압 경찰 중 한 사람이 곤봉을 약간 들어 올리며 줄을 이탈해서 계단을 내려왔다. 재킷 어깨에는 진홍색 경사 계급장이 달려 있었다. 오르테가가 배지를 들어 보이고 잠시 고함치듯 대화를 나눈 뒤에 올라가도 좋다는 허가가 떨어졌다. 경찰의 줄이 갈라지며 이중문이 나타났다. 문과 그 문을 지키는 검은 복장의 표정 없는 경찰들 중에서 어느 쪽이 더 기계적인지 알 수 없었다.

폭풍 전의 흐릿한 햇빛만 투명 지붕을 통해 새어 들어오는 실내는 조용하고 음울했다. 나는 텅 빈 벤치를 둘러보고 한숨을 쉬었다. 어느 행성이든, 그 행성에서 무슨 짓을 했든 떠날 때는 항상 똑같다. 혼자인 것이다.

"잠시 시간 줄까?"

나는 고개를 저었다.

"한평생이 필요할 것 같은데, 크리스틴. 그리고 조금만 더."

"골치 아픈 일은 피해. 그러면 한평생 잘살 수 있을 거야."

농담을 하려던 모양이었지만 마치 수영장에 둥둥 뜬 시체 같은 느낌이었다. 문장이 툭 끊기는 것으로 보아 오르테가 역시 느낀 모양이었다. 청문회 증언을 위해 잠깐 라이커의 몸을 입었을 때부터, 우리 사이에는 점점 어색한 분위기가 커져 가고 있었다. 청문회가 진행되는 동안에는 둘 다 바빠서 별로 만나지는 못했지만, 청문회가 끝나고 모두 집으로 돌아간 뒤에도 어색함은 가시지 않았다. 몇 번 질풍 같은, 피상적인 만족감만 느껴지는 관계를 갖기는 했지만 라이커가 무죄로 풀려난다는 것이 확실시되면서 그조차 사라졌다. 우리가 나눈 따뜻함은 이제 박살 난 등불 안의 불꽃처럼 아슬아슬하게 흔들리고 있었다. 그 불빛에 매달리려다가는 우리 둘 다 고통스럽게 델 뿐이다.

나는 돌아서서 희미하게 미소를 지었다.

"골치 아픈 일은 피하라고? 트렙에게도 그렇게 말했나?"

이건 매정한 말이었다. 나도 알고 있었다. 믿기지 않게도 가와하라가 쏜 스턴 빔은 트렙을 살짝 맞히며 비껴간 것 같았다. 나도 듣고 나서야 기억이 났지만, 단분자총도 내가 가와하라를 대면하러 들어가기 전에 확산 범위가 최소로 맞춰져 있었다. 그렇게 놓아둔 것은 순전히 우연이었다. 신속하게 출동한 유엔 감식반이 오르테가의 지휘 하에 증거물을 채취하러 헤드 인 더 클라우드에 도착했을 때 이미 트렙은 사라지고 없었고 내가 공기 흡입구에 놓아둔 중력 조절기도 없어졌다. 트렙이 파나마 로즈에 대해 어떤 증언을 할지 모르니 차라리 보내는 것이 낫다고 오르테가와 바우티스타가 결정한 것인지, 경찰이 도착하기 전에 트렙 혼자서 비틀비틀 무대에서 퇴장한 것인지 나는 몰랐다. 오르테가는 먼저 설명해 주지 않았고, 단도직입적으로 물어볼 만한 친밀감도 이미 남아 있지 않았다. 우리가 이 문제를 터놓고 입에 올린 것은 처음이었다.

오르테가는 얼굴을 찌푸렸다.

"당신 둘을 동급으로 생각하라는 말이야?"

"어떻게 생각하라는 게 아니라, 크리스틴."

나는 어깨를 으쓱했다.

"하지만 솔직히 트렙과 내가 크게 다른 것 같지는 않아."

"계속 그런 식으로 생각한다면 앞으로도 변할 일은 아무것도 없을 거야."

"크리스틴, 변하는 건 아무것도 없어."

나는 바깥 군중 쪽으로 엄지손가락을 가리켰다.

"저런 멍청이들, 자기 머리로는 아무 생각도 하기 싫어서 신념 체계를 통째로 삼켜 버린 저런 멍청이들도 언제나 있을 거고. 버튼 하나만 누르면 프로그램대로 착착 돈을 벌어들이는 가와하라나 뱅크로프트 같은 사람들도 언제나 있을 거야. 게임이 문제없이 잘 돌아가는지, 규칙을 너무 자주 깨뜨리는 건 아닌지 감시하는 당신 같은 사람도 언제나 있겠지. 그럼에도 불구하고 규칙을 깨뜨리고 싶을 때, 메트족들은 트렙이나 나 같은 사람을 보내서 대신 시킬 거야. 그게 진실이야, 크리스틴. 내가 150년 전에 태어났을 때도 그랬고, 역사책에서 읽은 내용을 보면 과거에도 그리 다르지 않았어. 이런 진실에 익숙해지는 게 좋아."

오르테가는 잠시 나를 평정하게 바라보고 있더니 속으로 무슨 결심이라도 한 듯 고개를 끄덕이고는 물었다.

"당신 원래부터 가와하라를 죽이려고 생각했지, 안 그래? 자백이니 뭐니 한 얘기는 나를 끌어들이기 위한 핑계에 불과했지?"

스스로 여러 번 자문했지만, 아직 나조차 뚜렷한 해답을 얻지 못한 질문이었다. 나는 다시 어깨를 으쓱했다.

"그 여자는 죽어도 쌌어, 크리스틴. 영구적 죽음을 당해도 쌌다고. 내가 확실하게 아는 건 그뿐이야."

위에서 지붕을 두드리는 소리가 희미하게 들렸다. 고개를 젖혀 보니 유리판 위로 물방울이 투명하게 터지고 있었다. 비가 내리기 시작하고 있었다.

"가야 해."

나는 조용히 말했다.

"당신이 다음번에 이 얼굴을 볼 때는 내가 아닐 테니까, 혹시 말하고 싶은 게 있으면……."

이 말을 듣는 오르테가의 얼굴이 거의 눈에 띄지 않을 정도로 움찔했다. 나는 서투른 말을 꺼낸 것을 속으로 저주하며 오르테가의 손을 잡으려 했다.

"저, 혹시나 마음이 조금이라도 편해질까 싶어 하는 얘기지만, 우리 사이는 아무도 몰라. 바우티스타가 짐작할 것 같기는 한데, 확실하게 아는 사람은 없어."

"내가 알아."

오르테가는 손을 내밀지 않은 채 날카롭게 말했다.

"내가 기억해."

나는 한숨을 쉬었다.

"그래, 나도 마찬가지야. 기억할 만한 가치가 있지, 크리스틴. 하지만 그 일로 나머지 일생을 망치지는 마. 가서 라이커를 되찾고,

다음 화면으로 나아가라고. 중요한 건 그거야. 아, 그렇지."

나는 주머니에 손을 집어넣어 구겨진 담뱃갑을 꺼냈다.

"이것도 가져가. 난 이제 필요 없고, 라이커에게도 더 이상 필요하지 않을 거야. 그러니까 다시 피우게 하지 마. 적어도 이건 내 덕분이야. 다시 피우지 못하도록 해."

오르테가는 눈을 깜빡이더니 갑자기 내게 키스했다. 입과 뺨 중간쯤. 나는 어느 쪽으로도 움직이지 않았다. 혹시나 눈물을 보게 될까 두려워서, 나는 돌아서서 홀 저쪽 끝의 문을 향했다. 계단을 오르며 한번 돌아보았다. 오르테가는 팔로 자기 몸을 감싸안은 채 아직 그 자리에 서서 멀어지는 나를 지켜보고 있었다. 폭풍우 속이라 너무 멀어서 얼굴이 똑똑히 보이지 않았다.

내 속의 뭔가가, 너무나 깊숙이 자리하고 있어서 뜯어냈다가는 나라는 인간을 하나로 묶어 주는 핵심을 파괴하게 되는 뭔가가 아팠다. 지붕 패널을 두드리는 빗소리가 차차 커지고 유리창에 빗물이 흘러내리면서, 이 기분도 점점 고조되더니 눈 안쪽에서 빗물처럼 출렁거렸다.

다음 순간 나는 감정을 닫아걸었다.

나는 다음 계단을 향해 돌아서면서 가슴속 어딘가에서 나직한 클클거림을 찾아 내뱉었다. 순간 확 치밀어 오르더니 웃음 비슷하게 입 밖으로 나왔다.

다음 화면으로 넘어가자.

계단 꼭대기에 문이, 그 너머에는 니들캐스트가 기다리고 있었다.

계속 웃으려고 애쓰며, 나는 문 안으로 들어섰다.

〈끝〉

용어 해설

강화 관절power knuckles 주먹에 끼는 쇠로 된 관절. 격투용.

궤도 진지orbital 할란스 월드는 화성인의 '궤도 진지'로 둘러싸여 있는데, 인간이 정착하기도 전에 설치된 이들은 어느 정도 이상의 기술 수준을 갖춘 비행 물체를 무조건 쏘아 떨어뜨리도록 프로그램되어 있다. 이 궤도 진지는 작가의 2005년도 발표작인 「깨어난 분노(Woken Furies)」에서 주요 소재로 다뤄지고 있다.

극저온 가사 상태cryogenic suspension 늙지 않는 상태로 수십 년 동안 인간을 저장하여 오랜 시간이 걸리는 성간 우주여행에 보내는 기술. 본 작품에서는 몸 자체를 수송할 필요 없이 의식만 전송하므로 시대에 뒤떨어진 기술로 묘사된다.

극저온 수송선cryoshi 극저온 가사 상태의 인간을 실어 나르는 수송선.

뉴라켐neurachem 시력, 청력 등 신체의 반사 신경 능력을 향상시키는 일종의 인공 합성 호르몬.

니들캐스트needlecast　방송(broadcast)과 대비되는 말. 브로드캐스트는 전파를 사방으로 송출하지만, 니들캐스트는 바늘처럼 한 방향으로만 전파를 집약시켜 원거리 전송, 심지어 행성 간 전송까지 가능하게 만드는 기술이다. 작가 모건이 구상한 미래에서 인간은 직접 행성 간 여행을 하지 않고 니들캐스트를 통해 의식 즉 스택을 다른 행성으로 보내는 방식으로 전 우주를 누빈다.

단분자총shard pistol　단분자 크기의 무수한 파편을 발사하여 어떤 보호 장구도 무력화시키는 화학 공격용 총. 사용하는 화학물질의 종류에 따라 수면탄, 독거미탄 등이 있다.

디지털 인간 저장D.H.S　Digital Human Storage의 약자로, 작가 모건이 구상한 미래에서 인간의 '의식'은 데이터이며 디지털 형식으로 저장, 전송이 가능하다. 이를 파괴하여 영구적 사망(Real Death)에 이르게 하는 것은 오늘날의 살인과 동일한 범죄이며, 모든 형벌은 징역에 해당하는 '저장형'으로 대치된다. D.H.F Digital Human Freight의 약자로 디지털 인간 운송을 뜻한다.

디핑dipping　니들캐스트를 통해 위성을 거쳐 목적지로 향하는 전파를 중간에서 가로채는, 일종의 해킹으로 묘사되고 있다.

마인드바이트mindbite　디핑을 통해 뽑아낸 의식.

머지 나인 Merge Nine　약물의 명칭.

메트족Meth　성경에 나오는 인물 중 최고령(969년)을 살았다고 하는 Methuselah(므두셀라)에서 따온 말. 엄청난 경제력과 권력으로 몸을 계속 갈아입으며 불로불사를 누리는 소수의 지배자.

바이오캐빈biocabin　일반 사창가.

버블팹bubblefab　투명 소재로 만든 가상현실 또는 네트워크 접속실

인데, 풍선 모양을 본떠 지은 이름이다.

베이시티Bay City 오늘날의 샌프란시스코. 레이먼드 챈들러에 대한 오마주로 읽힌다.

베타타나틴betathanatine 일명 '사신(Reaper)'으로 불린다. 가사 상태를 체험하게 하는 약물로서 심장 박동을 극히 느리게 하기 때문에 레이더 감지를 피하는 전투 약물로도 쓰인다.

사이어Sia 경찰을 뜻하는 지구의 속어.

삭제, 삭제형 Erasure 스택의 정보를 삭제하는 형벌. 오늘날의 사형에 해당한다.

샤리아Sharya 코바치가 전투를 벌였던 행성의 이름.

송스파이어Songspire 화성에서 자라는 식물의 이름.

스컬워크skullwalk 타인의 의식을 체험하는 오락. 현대의 유명인 가십의 대안으로 묘사된다.

스택cortical stack 대뇌피질 기억장치. 인간이 태어나면 뇌에 끼워 넣는 칩. 모든 경험 정보를 저장한 한 인간의 영혼. 줄여서 일상적으로 '스택(Stack)'이라고 부른다.

스티프Stiff 베타타나틴의 속어.

신의 뜻 Will of God '신의 오른손' 순교자들이 개발한 신경 강화 능력으로서, 구식이지만 파괴력이 뛰어난 것으로 묘사되고 있다.

신의 오른손 Right Hand of God 과거 라이커가 학살했던 샤리아 전투의 종교 투사.

신체절도과Sleeve Theft 경찰청 수사과의 한 부서.

아맹글릭Amanglic 미래의 지구에서 사용되는 언어.

앨커트래즈Alcatraz 샌프란시스코 앞바다에 있는 섬으로 철통같은 보안을 자랑했던 교도소로 쓰였다. 현재는 관광지. 이곳이 이 책에서는 철통같은 보안을 자랑하는 스택 보관 시설로 쓰이고 있다.

약물관리반Controled Substancees 경찰청 수사과의 한 부서.

얼터드 카본altered carbon 기억장치인 스택을 은유적으로 일컫는 말로, 탄소(carbon)가 인체의 주요 구성 성분이므로 인체의 변형된 상태를 뜻하는 것으로 보인다.

영구적 사망 Real Death 스택(기억 장치)을 파괴하여 의식이 완전히 사멸한 죽음.

외계offworld 외계인. '메뚜기'라고도 한다.

웨트웨어wetware 신체에 이식하는 기계 부품을 말한다.

유기체 손상 Organic Damage 오늘날의 폭행 혹은 살인에 해당하지만, 미래에는 몸이라는 유기체의 손상일 뿐이다.

의식 입력re-sleeve 다른 몸에 다시 의식을 집어넣는 것.

이해의 날 Understanding Day 화성에 문명이 존재했다는 가설이 이 책의 미래에는 완전히 진상이 해독되지 않은 사실로 받아들여지고 있는데, 심지어 최초의 우주 이주선은 화성인이 남긴 우주 지도에 희망을 걸고 우주로 떠났다고 되어 있다. 이 모든 화성 연구의 시발점이 되었던 것은 고래와 의사소통이 가능해지고 고래에게 '종족적 기억'으로 남아 있는 먼 옛날 화성인에 대한 기억을 알아내면서부터다. 이날을 '이해의 날'이라고 기념하는데, 본문에는 자세한 앞뒤 설명은 되어 있지 않고 그냥 암시 정도만 되어 있다.

익스피리어experia 영화가 발전한 미래형 오락 미디어.

일루미늄illuminum 빛을 발하는 방사성 물질로 조명 대신 흔히 사용된다. 빛(illuminate)과 금속에 자주 붙는 어미인 'inum'을 합성하여 만든 조어. 반감기가 있기 때문에 오래 지나면 침침해진다.

입자총particle blaster 빔을 발사하여 대상을 태우는 총.

준궤도 비행suborbital 인공위성처럼 회전 궤도까지는 가지 않지만 대기권 밖으로 나갈 정도의 빠른 속도로 비행선을 쏘아 올려 목적지까지 가는 기술.

중력 조절기gravity harness 몸에 매고 중력을 조절하여 공중을 날 수 있는 장비.

지상 자동차ground car 20세기형 일반 자동차.

컴링크comlink 오늘날의 전화에 해당한다.

쿠말로Khumalo 최신 뉴라켐의 이름.

퀠주의자Quellist 식민지 여성 혁명가였던 퀠의 정신을 이어 받은 사람. 낡고 타락한 사회 구조가 철벽처럼 공고해지고 기득권이 전횡을 누리는 지구와 달리, 할란스 월드는 농노제를 갓 벗어난 초기 자본주의로서 아직 사회 변혁이 거듭되는 곳으로 묘사되고 있다. 현재와 미래를 각자 외계와 지구에 투영시킨 어두운 세계관을 읽을 수 있는 부분이다.

터마이트 수류탄termite granade 대전차 폭탄으로 사용된다.

테트라메스tetrameth 신경계에 작용하는 약물.

특파 부대 정신 훈련 Envoy Conditioning 동양의 '선(禪)'을 응용한 각종 강화 프로그램. 이 훈련을 받은 자는 이후 공직에 취임하지 못하게 할 정도로 아주 강력한 능력으로 묘사되고 있다. 고도의 능력자들이라 권력까지 부여하면 위험해진다는 의미로 파악된다.

특파 부대 Envoy Corps 유엔령 방위군 중에서도 행성 간 전투에 투입되는 엘리트 특수 부대.

하우스the House 카르텔화된 고급 매춘 시설.

할란스 월드 Harlan's World 코바치의 고향 별 이름.

합성 인간artificial sleeve 인공적으로 합성한 신체.

호러 박스horror-box 격투 시에 무서운 영상을 출력하여 상대를 겁먹게 만드는 장비로 묘사된다.

밀리언셀러 클럽을 펴내면서

지난 수백 년 동안 소설은 기묘하면서도 교양 넘치고, 자유로우면서도 현실에 뿌리박고 있으며, 흥미진진하면서도 감동적인 이야기로 독자들의 사랑을 독차지해 왔다.

민담이나 전설 등에 비해 비교적 최근에 탄생한 이야기 형식인 소설이 순식간에 이야기 왕국의 제왕으로 올라선 것은 현대인들이 살아가면서 느끼는 희망과 절망, 불안과 평화 등 온갖 삶의 양상들을 허구 속에 온전히 녹여 내어 재창조함으로써 이야기를 읽는 기쁨과 더불어 삶을 재발견하는 즐거움을 주어 온 까닭이다.

사실 이야기를 읽음으로써 삶을 다시 생각하고, 삶을 생각함으로써 이야기를 다시 만들어 온 것은 인간이라면 피할 수 없는 숙명이다.

그런데도 최근 이야기의 제왕이라는 소설의 위기를 말하는 목소리가 점점 늘어나고 있다. 만약에 이 말이 사실이라면, 그리하여 사람들이 소설을 점차 외면하고 있다면, 핏속에 스며들어 있으며 뼛속에 틀어박힌 이야기 본능이 무언가 다른 것에 홀려 있음에 틀림없다.

사람들은 이제 이야기를 소설이 아니라 거리에서, 인터넷에서, 영화에서, 드라마에서, 광고에서, 대중가요에서 즐기고 있는 것이다.

'밀리언셀러 클럽'은 이러한 소설의 위기를 넘어서려는 마음에서 기획되었다. 국내뿐만 아니라 전 세계 각국에서 독자들의 사랑을 한껏 받은 작품들을 가려 뽑아 사람들 마음을 다시 소설로 되돌리고 이야기를 한껏 즐길 수 있도록 배려하였다.

'밀리언셀러'라는 이름을 단 것은 소설이 다시 사람들의 마음을 끌어 널리 읽히기를 바라기 때문이고, '클럽'이라는 이름을 단 것은 소설을 사랑하는 독자들이 이 작품들을 가운데 놓고 오랫동안 이야기를 나누기를 바라기 때문이다.

앞으로 '밀리언셀러 클럽'에는 예로부터 오늘날까지, 동양에서 서양까지 시대와 장소를 가리지 않고 널리 독자들의 사랑을 받아 온 작품들 중에서 이야기로서 재미에 충실할 뿐만 아니라 인간 본연의 모습을 확인시켜 줄 수 있는 소설들이 엄선되어 수록될 것이다.

이 작품들이 부디 독자들을 소설의 바다로 끌어들여 읽기의 즐거움을 극대화함으로써 이야기 본능을 되살려 주어 새로운 독서 세대를 창출하기를 바라는 마음 간절하다.

옮긴이 | 유소영

전문 번역가. 딘 쿤츠의 제인 호크 시리즈 『사일런트 코너』, 『위스퍼링 룸』, 로버트 브린자의 에리카 경감 시리즈 『나이트 스토커』, 클리브스의 형사 베라 시리즈 『하버 스트리트』, 존 르 카레의 『민감한 진실』, 『나이트 매니저』, 제프리 디버의 링컨 라임 시리즈를 전담으로 번역하였으며, 퍼트리샤 콘웰의 법의학자 케이 스카페타 시리즈 『법의관』, 『하트잭』, 『시체농장』, 『데드맨 플라이』를 우리말로 옮겼다. 그 밖의 역서로 존 스칼지의 『무너지는 제국』, 리처드 모건의 『얼터드 카본』, 존 딕슨 카의 『벨벳의 악마』, 발 맥더미드의 『인어의 노래』, 논픽션 『어둠 속으로 사라진 골든스테이트 킬러』 등이 있다.

얼터드 카본 2

1판 1쇄 찍음 2008년 8월 30일
1판 2쇄 펴냄 2024년 3월 14일

지은이 | 리처드 K. 모건
옮긴이 | 유소영
발행인 | 박근섭
편집인 | 김준혁
펴낸곳 | 황금가지

출판등록 | 2009. 10. 8 (제2009-000273호)
주소 | 06027 서울 강남구 도산대로 1길 62 강남출판문화센터 5층
전화 | 영업부 515-2000 **편집부** 3446-8774 **팩시밀리** 515-2007
홈페이지 | www.goldenbough.co.kr

도서 파본 등의 이유로 반송이 필요할 경우에는 구매처에서 교환하시고
출판사 교환이 필요할 경우에는 아래 주소로 반송 사유를 적어 도서와 함께 보내주세요.
06027 서울 강남구 도산대로 1길 62 강남출판문화센터 6층 민음인 마케팅부

한국어판 ⓒ 황금가지, 2008. Printed in Seoul, Korea
ISBN 978-89-6017-146-6 04840
ISBN 978-89-6017-144-2 04840 (세트)

㈜민음인은 민음사 출판 그룹의 자회사입니다.
황금가지는 ㈜민음인의 픽션 전문 출간 브랜드입니다.